LAC SAUVAGE

SÉBASTYEN DUGAS

*À Geneviève,
mon étoile partie trop tôt.
Ma petite Charlotte,
ma sœur.
Tu me manques terriblement.*

AVANT-PROPOS

Ce roman est le deuxième de la collection *Abygaelle Jensen*.

Pour mes lecteurs francophones hors Québec qui voudraient s'initier aux expressions de mon coin de pays, j'ai inclus un lexique à la fin de ce roman.

Bonne lecture.

Sébastyen.

1

D'ici une semaine, peut-être moins, André Spacek sera mort.

Il le sait. Et il l'accepte.

Sa vie a perdu tout son sens depuis des mois, peut-être même des années. Exaspéré par une société qu'il méprise de plus en plus, il ne se reconnaît pas dans ce monde malade, qui suinte l'hypocrisie et le *m'as-tu-vu*. Un monde peuplé de profiteurs et d'arrivistes.

Alors oui, dans quelques jours, il quittera ce monde de fous. Mais pas avant d'avoir réglé ses comptes. Pas avant d'avoir obtenu justice.

Derrière lui, dans la file du supermarché, Denise Bédard s'approche en traînant les pieds.

Petite dame d'un certain âge, droite malgré les années, elle le jauge sans trop y penser. Il est grand, le crâne dégarni brillant sous les néons. Il se dandine, nerveux, incapable de rester en place plus de trois secondes. Il y a dans ses gestes une urgence familière, un je-ne-sais-quoi qui rappelle à Denise des gens de son passé — toujours en train de courir après quelque chose qu'ils n'attraperont jamais.

Elle ne sait pas encore qu'il s'appelle André Spacek, et encore moins qu'il va bientôt chambouler sa vie.

Elle soupire. Le panier du type déborde, alors qu'elle ne tient que quatre articles.

Pourquoi la caisse prioritaire est-elle encore fermée ? Bah ! Elle a le temps. Elle n'est plus à une minute près.

Devant eux, une femme dépose ses articles sur le tapis roulant. La caissière les scanne d'un geste absent, en mâchonnant sa gomme sans enthousiasme. Le *tchic-tchic* de ses mâchoires couvre presque les *bips* mécaniques de la caisse.

Elle ne pourrait pas s'en foutre plus, celle-là..., pense Denise en lançant un regard blasé à l'employée.

Elle regrette son penchant pour critiquer les plus jeunes. Elle ne peut s'empêcher de les trouver prétentieux et de croire que tout leur est dû.

Elle pousse un soupir teinté d'amertume. La vieillesse a cette lucidité cruelle, celle de comprendre, trop tard, la valeur du temps, de la légèreté, de l'insouciance. Elle repense à ses vingt ans. À ce qu'elle aurait pu faire avec l'énergie d'alors et la tête qu'elle a aujourd'hui.

Une bombe, une vraie bombe, se dit-elle, avant de chasser ces pensées nostalgiques d'un nouveau soupir.

Devant elle, l'homme se retourne. Leurs regards se croisent. Il jette un œil à ses quatre articles, puis esquisse un sourire.

— Madame, passez donc. Vous n'avez presque rien.

— Vous êtes sûr ? demande-t-elle, un peu prise au dépourvu.

— Ben oui. Ça me fait plaisir.

Il pousse son panier de côté. Elle le remercie avec un sourire franc, puis dépose ses articles sur le tapis. La caissière, elle, reste de marbre, loin d'être émue par l'altruisme de Spacek. Elle jette un œil distrait à l'horloge. Le temps lui semble d'une insupportable lenteur. La vieille dame lui sourit, mais se heurte à une grimace d'ennui.

Quelques minutes plus tard, Spacek sort de l'épicerie. Il balance ses sacs dans le coffre. En refermant le hayon, il lève les yeux. La boutique de surplus militaire, juste à côté, est encore ouverte. Bonne nouvelle. Il n'avait pas prévu d'y passer ce soir, mais tant qu'à faire... Demain, il aura d'autres priorités. Plus... urgentes.

À l'intérieur, l'air pue la guerre froide. L'endroit évoque un décor de film de guerre de série B. Des mannequins sans visage, vêtus d'uniformes militaires ou de vêtements de chasse aux couleurs criardes, sont figés dans des postures grotesques.

Il fait son choix sans hésiter : bottes à cap d'acier, manteau kaki, couteau de survie. Classique. Efficace.

— En avance pour la chasse, non ? lance le commis avec un sourire un peu trop jovial.

— Tout dépend du gibier, répond Spacek, les lèvres étirées dans un rictus que le commis ne sait trop comment interpréter.

Il rit, un peu confus. Peut-être qu'il comprendra plus tard. Ou peut-être pas.

De retour dans le stationnement, Spacek dépose ses achats dans le coffre. Son regard accroche une silhouette assise sur un banc de l'arrêt d'autobus. Denise. Seule, les épaules rentrées, un petit sac d'épicerie sur les genoux.

Il hésite à peine. Il n'est pas là par hasard.

Il avance, ralentit, s'arrête pile devant elle. La vitre du côté passager descend dans un grincement sourd. Denise lève les yeux. Elle le reconnaît. Sourit timidement.

— Je vous dépose quelque part ? propose-t-il.

Elle le regarde, méfiante. Elle n'est pas du genre à accepter ce type de proposition. Trop de reportages. Trop de faits divers. Mais le soleil se couche tranquillement, et l'idée d'affronter un bus plein de jeunes bruyants l'angoisse.

— Vous êtes sûr que ça ne vous dérange pas ?

— Pas du tout. C'est moi qui vous le propose. Vous restez où ?

Il connaît déjà la réponse, mais joue la comédie.

— Rue des Récollets.

— Dix minutes à peine. Montez.

Elle grimpe, les genoux un peu raides. Cette douleur sourde qui vous rappelle le poids des années.

— Vous êtes bien gentil. Merci encore.

Pendant le trajet, elle meuble le silence avec des histoires sans importance. Des souvenirs flous. Des anecdotes du quartier. Spacek hoche la tête de temps en temps, mais reste silencieux. Quelque chose dans sa voix le touche. Peut-être la douceur, peut-être le timbre. Ça lui rappelle sa grand-mère, morte il y a vingt ans.

Et voilà que cette vieille dame, sur le siège passager, réveille tout ça d'un seul coup. Étrange, cette émotion. Lui qui croyait être insensible depuis qu'il avait arrêté ses médicaments.

Devant la maison, elle empoigne son sac, le remercie à nouveau. Ses yeux brillent. Une sincérité rare.

— On ne croise plus souvent des gens comme vous, de nos jours. Ça fait du bien. Ça redonne un peu d'espoir dans la société.

Il baisse les yeux.

— Tâchez de vous en souvenir... demain.

— Pardon ?

Il relève la tête, esquisse un sourire doux-amer.

— Vous avez raison. Le monde manque de bonté.

De retour chez lui, il range une partie de ses provisions. L'autre moitié reste sur le comptoir. Le manteau kaki, lui, atterrit sur la rampe de l'escalier, pile sous le cône de lumière jaune qui éclaire l'entrée. Il se verse un grand verre d'eau glacée, s'adosse au comptoir. Regarde dehors.

La cour est déjà avalée par l'ombre. Juste avant que tout disparaisse, il distingue le monticule. La terre encore fraîche. Il détourne les yeux, soupire. Non. Pas maintenant. Pas le temps pour ça.

Trop de choses à faire. Ça lui rappelle beaucoup trop de souffrances.

Il descend au sous-sol.

Sur la table de métal : deux AR-15 soigneusement huilés, trois Glock 19, des caisses de munitions éventrées, quelques grenades. Des attaches autobloquantes. Du duct tape. Tout est placé au millimètre, comme sur une scène d'autopsie. Un couteau à cran d'arrêt repose à côté d'un cellulaire encore sous emballage. Contre le mur, un uniforme de SWAT pend juste à côté d'un kit de camouflage. Plus loin, un ensemble noir, plié avec une rigueur presque militaire. Sur le plancher, des rangers dégagent une forte odeur de cuir neuf.

Spacek dépose les bottes qu'il vient d'acheter, les aligne soigneusement avec le reste de l'équipement. Une pièce de plus dans l'engrenage. Le casse-tête s'assemble.

Quelques minutes plus tard, il reprend le volant. Sa voiture glisse sous les lumières fatiguées de la ville. Il traverse des zones industrielles désertes, rongées par les graffitis et le temps. Il s'engage dans une ruelle mal éclairée, coupe le moteur et sort. Il pousse une lourde porte et entre.

L'intérieur du vieil entrepôt résonne comme une cathédrale abandonnée. Une vieille télé crache les nouvelles du soir. La voix nasillarde du présentateur ricoche sur les murs en brique.

Un jeune homme est affalé sur une chaise branlante, un bol de macaroni au fromage entre les mains. En voyant Spacek dans l'embrasure de la porte, il sursaute.

— Fuck. Tu m'as fait peur, lâche-t-il en riant nerveusement.

— Tout se passe comme prévu ? demande Spacek.

— Tout est sous contrôle.

Léonard Malveaux, qu'on surnomme Ti-Boy, n'est pas qu'un larbin. À dix-neuf ans, c'est presque un fils. Il avait douze ans à peine quand Spacek l'a rencontré. Un gamin perdu, fils unique de Josée — son ex. Il avait essayé de le cadrer, de lui donner des repères, de le sortir du néant. Mais

Ti-Boy avait toujours préféré les zones grises. Trop intelligent pour rester tranquille. Trop impulsif pour penser aux conséquences.

Malgré tout, Spacek lui fait confiance. Tissée dans le sang, la loyauté, le silence et la crasse d'un monde qui les avait toujours laissés en plan.

Un bruit sourd résonne dans la pièce d'à côté. Spacek tourne la tête, écoute un instant.

— Nerveux pour demain ? demande Ti-Boy, la bouche pleine.

Spacek se dirige vers la pièce d'où vient le son.

— Quand t'es prêt, t'es pas nerveux, dit-il en tournant la poignée.

Ti-Boy sourit. André peut se montrer cassant avec ses leçons de morale, mais il a aussi un côté tendre que Ti-Boy exploite à son avantage.

L'air qui s'échappe de la pièce est moite, saturé d'une odeur rance faite de peur et de désespoir. Trois silhouettes sont là, entassées dans l'obscurité, enchaînées à leurs lits métalliques. Leurs yeux suivent Spacek comme des bêtes acculées. Ils ne hurlent plus depuis longtemps. L'espoir, ça se dissout vite dans les murs de béton.

Spacek ramasse les assiettes sales éparpillées sur le sol. Une femme gémit. Une plainte douce, résignée. Il ne réagit pas. Il referme la porte d'un coup sec, comme on referme un cercueil.

Il dépose la vaisselle dans l'évier industriel, déjà rempli jusqu'au rebord.

— Faudrait penser à faire un peu de ménage, laisse-t-il tomber, pensif.

— Hein ? répond Ti-Boy sans détourner les yeux de l'écran. Un match de soccer capte maintenant toute son attention.

Spacek s'approche, jette un œil à l'écran.

— Laisse faire. Recharge ton cell. Je vais avoir besoin de te joindre demain.

— Ouais, ouais, pas de stress, répond Ti-Boy, le regard vissé sur le match.

Spacek sort. L'air du soir est lourd, collant. En marchant vers sa voiture, il repasse le plan dans sa tête. Chaque minute. Chaque détour. Chaque sortie. Rien n'est laissé au hasard. Ce qu'il prépare va cogner fort. Ce n'est pas juste une opération. C'est un avertissement. Une fracture dans la façade déjà pourrie d'un système qui protège les tricheurs et écrase les autres.

Chaque pion est en place.

La terreur qu'il s'apprête à déclencher fera trembler les fondations d'une société gangrenée par les inégalités et la corruption.

Il pense à Josée.

Elle avait failli y passer. L'overdose l'avait laissée à moitié morte, le corps vidé, l'esprit en miettes. Le père de Ti-Boy n'avait jamais fait partie de sa vie. Trop lâche, trop absent, trop rien. Alors Spacek avait pris le relais. À contrecœur, au début. Il n'avait pas le cœur d'un père, juste un instinct de survie. Mais il l'avait fait, parce que quelqu'un devait le faire. Et parce qu'il en avait vu, lui, des enfants sombrer dans les fissures du système, sacrifiés sur l'autel de l'indifférence.

Un homme qui comprend la misère ne peut pas rester les bras croisés. Pas quand il sait de quoi le monde est capable.

C'est l'heure d'agir.

De frapper fort.

De réveiller les moutons serviles encore sous le joug d'un gouvernement oppresseur.

Dans moins de douze heures, son nom sera sur toutes les lèvres. Il sait que ça changera tout, qu'il ne pourra plus revenir en arrière. Mais il s'en moque. La terreur qu'il s'apprête à semer est nécessaire.

Ceux qui voient le monde comme lui comprendront.

Les autres ?

Qu'ils crèvent en enfer.

Sur le chemin du retour, il s'arrête au coin de Papineau. Il la choisit comme un café trop sucré à trois heures du matin. Trois cents dollars balancés sur la commode, sans un mot. Une mécanique froide. Sans regard. Elle s'habille lentement, en silence. Quand elle sort, il attend que le taxi s'éloigne avant de refermer.

Il se verse un bol de céréales au miel et aux noix. S'assied devant son ordinateur. L'écran affiche les premières lignes de son discours. Il les relit, les corrige à peine. Tout sonne juste.

Un sourire illumine lentement son visage.

Tout est prêt.

2

Sa tasse de café encore fumante à la main, G. W. Wilson laisse échapper un juron à mi-voix. Une gorgée trop rapide a brûlé la peau fine de ses lèvres. Il passe sa langue sur la brûlure pour atténuer la douleur.

Autour de lui, la grande salle de réunion s'anime dans un chaos contenu. Les membres du conseil d'administration de la Financière Powerlife prennent place autour de la majestueuse table en bois massif. Les voix se mêlent dans un brouhaha assourdissant.

Wilson — petit homme sec aux cheveux grisonnants en couronne — balaie la salle du regard. Ses yeux perçants imposent encore le respect malgré son âge et la difficulté qu'il éprouve à s'adapter aux nouvelles générations. Ce n'est certainement pas un hasard si des hommes plus âgés, ayant dépassé la cinquantaine, forment son cercle restreint. Des vieux loups, loyaux. Comme lui.

Il s'installe à sa place habituelle, à l'extrémité de la table. Devant lui, deux écrans géants servent à présenter des graphiques, des projections ou des visioconférences. Depuis plus de vingt ans, la Powerlife domine le marché des fonds privés à Montréal. Wilson tient les rênes d'une main de fer depuis le premier jour. Zéro compromis.

Travailleur acharné, il a bâti sa vie autour de son travail, délaissant tout le reste, y compris sa famille. Même après son deuxième infarctus, il a refusé de ralentir, malgré les supplications de sa femme. La retraite, pour lui, est une absurdité, un concept lointain réservé à ceux qui manquent d'ambition.

— Bon. On commence, là ! lâche-t-il d'une voix sèche, comme un coup de cravache.

Le brouhaha s'estompe instantanément. Les vice-présidents prennent place docilement autour de la table. L'ordre du jour de cette réunion extraordinaire est chargé. Chaque minute compte.

Une trentaine de minutes après le début de la réunion, un bruit sourd retentit à l'extérieur de la salle. Des murmures étouffés parviennent à travers les murs. Wilson fronce les sourcils, visiblement agacé.

— Mais qu'est-ce que c'est que ce vacarme ? s'écrie-t-il, le visage rouge de colère.

D'un signe de tête, il ordonne à Marcel Tanguay de s'enquérir de la situation. Mais avant même qu'il ne se lève, la porte s'ouvre brusquement.

Un silence de mort s'abat sur la salle. Une ombre surgit. Un homme. Grand. Habillé tout en noir. Un sac en bandoulière pend à son épaule, la mitraillette est braquée sur eux. L'homme, le visage tordu de haine, scrute la salle sans un mot.

Pétrifié, G. W. Wilson reste muet. Il tente d'analyser la situation, de comprendre. Malgré des années passées à négocier les dossiers les plus complexes de la finance, rien ne l'a préparé à ça.

La scène est si surréaliste qu'il a l'impression d'être dans un mauvais rêve.

Un cauchemar éveillé.

Le type garde son fusil d'assaut bien en vue. Un AR-15,

pense Wilson. Un de ces modèles maudits qui font la une à chaque fusillade aux États-Unis.

Le canon bouge lentement, d'un dirigeant à l'autre. Quinze hommes, quinze paires d'yeux écarquillés. Aucun ne respire.

Soudain, une sensation glacée descend le long de l'échine de Wilson.

Il le reconnaît.

André Spacek.

Ses yeux sauvages le transpercent avec une intensité qui lui donne froid dans le dos. Il se souvient. Le licenciement de Spacek, dix-huit mois plus tôt. Un coup de balai violent. Spacek, alors directeur principal de l'ingénierie des processus, avait été accusé d'avoir agressé sexuellement un mineur. Un appel anonyme, tombé comme une hache.

La direction avait sauté sur l'occasion. Une aubaine. Enfin une raison béton pour éjecter cet emmerdeur connu pour son tempérament explosif. Pas d'enquête policière sérieuse, pas de preuve formelle. Juste le bruit. Et ça avait suffi.

Les avocats de la Powerlife s'étaient lancés là-dessus comme une meute affamée. Une enquête interne superficielle, un rapport vague, et la recommandation de le congédier « afin de préserver l'image de l'entreprise ».

Spacek avait tenté de riposter. Il avait déposé une plainte pour licenciement abusif. Mais il avait abandonné du jour au lendemain, sans prévenir, sans explication.

La Financière Powerlife, avec son armada juridique, aurait pu facilement l'écraser, l'épuiser financièrement. Spacek, cet excentrique, dont l'agressivité avait fait fuir bon nombre d'employés, était devenu un poids dont il fallait se débarrasser à tout prix.

On lui avait proposé de suivre des ateliers de gestion de la colère, mais il avait refusé catégoriquement, affirmant que seules ses performances comptaient. Malgré son efficacité, il était devenu un boulet.

Cette manœuvre, bien que discutable, avait permis à l'organisation d'économiser une somme considérable en indemnités de départ. Et maintenant, il est de retour.

Armé.

Le regard fou.

Wilson avale difficilement sa salive.

— Qu'est-ce que tu fais ici, André ? Es-tu devenu fou ? lâche-t-il d'une voix plus cassée qu'il ne l'aurait voulu.

Spacek ne répond pas. Juste ce sourire — un rictus cruel, figé.

Il sort lentement un papier froissé de sa poche arrière. Il le déplie avec un soin presque théâtral, comme s'il savourait chaque seconde.

Puis il lève les yeux, se racle la gorge et commence à lire. Sa voix est calme, posée. Mais glaciale.

« La Financière Powerlife est un cancer qui ronge notre société. Ses dirigeants, ces vautours avides, se gavent de nos souffrances, écrasant les faibles pour engraisser leurs comptes en banque. Des profits records, des dividendes obscènes, tout ça au détriment d'un peuple qui crève de faim. Ils se fichent de l'intérêt général, préférant s'acoquiner avec les banques et les multinationales pour piller les dernières ressources de notre pays.

Ils nous traitent comme des esclaves, des moins que rien. On nous exploite jusqu'à la moelle, puis on nous jette comme des déchets une fois qu'on n'a plus besoin de nous. Pendant ce temps, les riches s'enrichissent, la dette explose, et nos enfants héritent d'un monde en ruine.

Assez, c'est assez ! Trop longtemps, nous avons subi en silence. Aujourd'hui, la colère gronde. Le peuple se réveille et exige la justice. Nous ne nous laisserons plus faire. Nous prenons les armes pour défendre nos droits, notre dignité et notre avenir.

Powerlife, vous êtes au sommet de la liste. Vous avez semé la misère, vous devez maintenant récolter la tempête. Tremblez, car le jour du jugement est arrivé. Le sang coulera, et ce sera le vôtre.

Comme Jules César l'a proclamé avant de traverser le Rubicon : Alea jacta est — le sort en est jeté. »

Sa diatribe terminée, il se redresse. Son regard passe lentement d'un dirigeant à l'autre. Il domine la pièce. Il exsude une colère froide.

— Il y en a ici qui ne sont pas d'accord avec ce que je viens de dire ? Allez, levez la main.

Après un moment d'hésitation, quatre mains se lèvent timidement. Wilson ne bouge pas. Son cœur cogne contre sa cage thoracique comme un tambour déchaîné. Il tente de garder la face, mais une goutte de sueur glacée coule le long de sa tempe, traçant une ligne de panique sur sa peau.

Sans un mot, Spacek lève son arme. Il vise les contestataires et tire. Méthodique. Précis. Aucune hésitation.

Les coups claquent, secs et violents, comme des coups de tonnerre. Les corps s'effondrent lourdement. Le sang éclabousse le bois noble de la table comme une signature indélébile.

— D'autres objections ?

Personne ne répond. Personne ne bouge. Les visages sont figés, pétrifiés d'horreur et d'incrédulité. Le temps lui-même semble suspendu.

Le regard de Spacek s'arrête sur Wilson.

Il lit la peur dans ses yeux. Une peur vive, sans filtre. Dans la tête de Wilson, tout s'emballe. Des images de sa famille défilent à toute vitesse. Il revoit le visage de sa femme, cette voix familière, dure :

« Pourquoi t'as pas pris ta retraite quand je te l'ai demandée ? »

Il aurait pu. Il aurait dû.

Et maintenant, il est là. Piégé comme un rat dans une souricière qu'il a lui-même construite.

— Pourquoi tu fais ça, André ? demande-t-il, la voix nouée, presque implorante.

Spacek incline la tête, l'air surpris. Son regard s'assombrit, et un rictus de dégoût lui tord le visage.

— T'as donc rien retenu de ce que j'ai dit ? crache-t-il. Ben non, évidemment. Tu n'écoutes jamais ! Vous vivez là-haut, dans vos crisses de tours d'ivoire, loin du monde. Vous vous câlissez de vos employés comme de votre première paire de bas. Des petits pions, interchangeables. Des fourmis qu'on écrase. Vous osez vous appeler des leaders ? Mais vous êtes des coquilles vides. Des vampires de l'économie. Des osties de sangsues qui s'empiffrent pendant que le reste du monde crève. Pis vous avez eu l'audace de me crisser dehors à cause d'un canular. Une dénonciation anonyme, sans fondement, sans preuve. Une excuse parfaite pour vous débarrasser de moi. Vous savez pertinemment ce que vous avez fait, alors ne jouez pas au con avec moi.

— Tu semblais bien content d'encaisser ta paye quand ça t'arrangeait, non ? rétorque Marc Servino, le regard dur. On ne t'a jamais entendu chialer sur l'injustice à ce moment-là.

— Ah, Marc ! T'as toujours été le plus stupide d'entre tous, raille Spacek avec un sourire moqueur.

Avant que Servino ne puisse répliquer, Spacek tire une rafale de balles vers lui et lui pulvérise la tête. Un geyser de sang. Sa chaise bascule, son corps s'écrase au sol comme un sac de viande. Le silence dense qui suit est bientôt brisé par des cris d'épouvante. L'air est saturé de fer, de peur, de tension et de panique contenue.

Spacek jette un regard dédaigneux sur la flaque rouge qui s'élargit autour du cadavre.

— Je l'ai toujours détesté, anyway. Classons ça dans la catégorie : « pour le plaisir. » Franchement, c'est pas une grande perte, marmonne Spacek. Bon. On va pas perdre plus de temps. La police ne va pas tarder. Faut que vous compreniez une chose : ce que vous m'avez fait... était inacceptable.

Spacek tourne les talons et marche tranquillement vers la sortie. Un souffle d'espoir naît dans la poitrine de Wilson. Trop bref.

Spacek referme la porte avec une douceur cruelle, puis se retourne, un sourire diabolique sur le visage.

— C'est payback time !

Il lève son arme. Vise Wilson. Et tire.

Plusieurs détonations. Le corps du dirigeant s'affale sur la table, sa chemise blanche se gorgeant de sang comme une éponge. Les balles suivantes claquent dans la pièce, sèches, brutales, comme des éclairs venus tout droit de l'enfer.

Quand le dernier souffle s'éteint, Spacek s'arrête. Il bâille exagérément, comme pour déboucher ses oreilles. Puis il laisse le silence reprendre possession des lieux, à peine troublé par le sifflement d'un néon et le bruit régulier du sang qui tombe goutte à goutte.

Dans un coin, recroquevillé contre un pied de table, Patrick Tremblay essaie de disparaître. Émergeant d'un nuage âcre et bleuté, tel un spectre surgissant des ténèbres, Spacek s'approche lentement. Un sourire cruel au coin des lèvres.

— On ne s'est jamais rencontrés, n'est-ce pas ?

Tremblay hoche faiblement la tête. Il est livide. Une tache sombre marque déjà l'entrejambe de son pantalon.

— Ton nom ?

— P... Patrick Tr... Tremblay.

— Vice-président de quoi ?

— R... ressources humaines.

— Ah ben ! Tu remplaces Nicole ! dit Spacek, faussement enjoué.

Tremblay hoche de nouveau la tête. Incapable de parler davantage.

— Ben, bonne chance ! lance Spacek en ricanant. Y va y avoir ben du monde à remplacer. Tu m'as rien fait, je te connais pas. Allez, debout !

Tremblay tente de se lever. Ses jambes flageolent, incapables de le soutenir. Il fait de son mieux pour cacher l'humiliation de son pantalon souillé d'urine. Spacek, indifférent, se dirige vers la sortie.

Puis il s'arrête et se retourne brusquement.

Il tire une autre rafale de balles. Tremblay est projeté en arrière, le regard figé d'effroi. Son corps s'effondre dans une posture grotesque.

— T'aurais fini aussi pourri qu'eux autres, Pat.

Spacek fixe la scène pendant quelques instants, sans expression. Puis il range son arme.

Il s'avance vers le mur en bois. Il sort un couteau à cran d'arrêt, le déploie d'un clic métallique et commence à graver quelque chose. Lentement. Avec soin.

Lorsqu'il quitte enfin la salle, il remarque une silhouette tremblante sous un bureau. Fatima Nouri, la fidèle adjointe de Wilson.

Elle n'a pas fui. Par peur, par choix. Peut-être les deux.

Spacek s'arrête. Son visage s'adoucit légèrement.

— Désolé, Fatima.

Il tourne les talons.

Elle lève la tête juste à temps pour le voir s'éloigner dans le couloir. Elle reconnaît sa voix. Son visage. Elle n'a aucun doute. Elle reste immobile, incapable de comprendre ce à quoi elle vient de survivre.

Elle ne sait pas si elle est une témoin, une miraculée ou une future cible.

Mais lui, il sait. Pour Spacek, Fatima n'était pas une enne-
mie, mais une victime collatérale des exactions de ces magnats
cupides.

Elle a passé des années à servir ces imbéciles qui la trai-
taient comme une moins que rien en retour. Il l'a libérée de sa
prison dorée, même si elle ne le verra jamais du même œil.

Au loin, les sirènes de police retentissent. Mais Spacek ne
s'en préoccupe pas.

Il connaît les lieux. Chaque étage, chaque sortie de secours.
Il sera déjà loin quand les premiers policiers franchiront la
porte.

3

Le téléphone vibre sur la table de nuit, tranchant le silence comme un coup de scalpel. La chambre est plongée dans une noirceur épaisse, presque poisseuse. Une main émerge des draps froissés, tâtonne à l'aveugle et finit par attraper l'appareil. Les paupières d'Abygaelle Jensen s'entrouvrent à contrecœur. Son visage porte les marques d'un sommeil agité. Trop agité. Elle plisse les yeux. L'écran affiche un numéro connu : son patron, Charles Picard.

Elle grogne, essaie de rassembler ses esprits. Neuf heures du matin. Techniquement, elle ne commence pas avant quatorze heures. Mais si le boss des homicides l'appelle, ce n'est pas pour parler de la météo.

— T'as une voix de cadavre, lance Picard dès qu'elle décroche.

— Ouais, bon matin à toi aussi.

Il rit à peine, puis enchaîne. Un carnage dans une tour de bureaux, en plein centre-ville. Une institution financière. Il veut qu'elle mène l'enquête.

Abygaelle marmonne une réponse inintelligible que Picard interprète comme une confirmation de son départ imminent.

Puis, fidèle à ses habitudes, il raccroche sans dire au revoir. Picard n'a cure de saluer les gens à la fin d'une conversation. Il ne se préoccupe pas de ce genre de protocole futile.

Elle pousse un long soupir et se redresse lentement. Elle sent ses courbatures lui rappeler cruellement qu'elle vieillit. À sa gauche, un mouvement la fait sursauter. D'abord, elle pense à Zorro, son fidèle labrador noir. Mais il dort en boule sur son coussin favori, juste à côté de la commode en merisier.

Puis, ça lui revient brusquement.

— Ah, fuck, c'est vrai ...

Les images de la veille se bousculent dans sa tête. Trop d'alcool, pas assez de sommeil, et, manifestement, un inconnu dans son lit.

— Salut, beauté, grogne une voix rauque à côté d'elle.

Elle se tourne lentement. Il a l'air perdu, décoiffé, l'oreiller imprimé dans la face. Un sourire endormi. Elle ne se souvient pas de son nom. Juste qu'il a comblé un vide hier soir. Un vide brut, charnel.

— Rappelle-moi ton nom, dit-elle en s'asseyant au bord du lit.

— C'est une joke ?

— J'ai bien peur que non.

Il se redresse, le regard flou, un peu vexé. Elle lève les yeux au ciel.

— Ne sois pas si princesse, c'est pas contre toi. Je me rappelle pas grand-chose. C'était bon ? On a eu du fun ? T'as pas à te plaindre ? Alors ... c'est quoi ton nom ?

Le ton est sec. C'est plus un ordre qu'une question.

— Kevin.

— Sacrament, murmure-t-elle en se frottant les yeux avec dépit.

Elle se lève, nue, traverse la chambre jusqu'à la commode et enfile un sous-vêtement. Kevin la suit du regard. Il siffle d'admiration.

— T'es vraiment sexy, tu sais ?

— Je sais.

Elle attrape un soutien-gorge, puis se retourne vers lui.

— Écoute, Kevin, il va falloir que tu t'actives. Je dois partir.

— Tu me mets dehors ?

Elle le regarde avec un sourire en coin.

— T'es un sensible, toi, hein ?

— Non, c'est juste que...

— C'est juste que rien. Let's go, habille-toi. Tu m'excuseras, mais je ne pourrai pas te faire à déjeuner. Va falloir que tu t'arranges tout seul. Il y a un restaurant à deux coins de rue, vers l'est.

— Je pourrais rester, t'attendre ici, tout nu dans le lit, comme ça, à ton retour...

Abygaelle éclate de rire. Un vrai rire, franc.

— Dans tes rêves, Kevin.

Elle passe une main sur son front en grimaçant.

— Câlisse... La tête va m'exploser.

Elle se traîne jusqu'à la salle de bain, avale deux Advil à sec, puis revient dans la chambre. Son visage se crispe en voyant Kevin, toujours allongé sous les draps, qui l'observe avec l'air béat d'un enfant espiègle. Elle sent l'irritation monter, sèche, brutale, comme un reflux acide. Il joue avec les limites de sa patience.

— Allez, laisse-moi rester, la supplie-t-il. T'es une dynamo au lit... je veux te revoir.

Elle soupire, jette un œil vers son chien, toujours roulé en boule sur son coussin, impassible.

— Zorro, attaque !

Le labrador noir redresse vaguement le museau, grogne pour la forme, puis replonge la tête entre ses pattes.

— Traître... siffle-t-elle.

Elle attrape un revolver noir posé au sol et le pointe vers Kevin.

— Je te le répéterai pas : dégage.

Kevin sursaute, bondit hors du lit, mains levées comme un mauvais acteur de série B.

— Ben voyons, t'es folle, tabarnak ?

— T'as pas idée. Décrisse. Ça presse.

Il s'habille à toute vitesse, jurant de ne plus jamais la revoir. Abygaelle esquisse un sourire malicieux et appuie sur la détente.

Un petit clic, suivi d'un tintement ridicule : un jingle aigu s'échappe du jouet en plastique.

Zorro, tout à coup attentif, remue la queue.

Kevin se fige, les yeux ronds.

— T'as eu peur du jouet de mon chien ? dit-elle, un sourire en coin. Franchement, Kevin... t'es trop mou pour moi.

— C'est pas ce que tu disais hi—

— Ne termine pas cette phrase, Kevin. Je te jure. Maintenant, tu sors. Sinon, je serai pas mal moins aimable.

— Tu peux l'être moins ? lance-t-il sur un ton assassin.

Abygaelle se retient de rire. Elle l'observe sautiller vers la sortie, luttant pour remonter son pantalon. Sa chemise est à moitié déboutonnée, son ego à moitié détruit.

— On s'appelle ?

— Non. Mais merci quand même, Kevin. Je te souhaite une belle vie.

Il claque la porte en grognant un truc inintelligible. Elle s'en fout. Royalement.

Pourquoi a-t-elle ramené cet énergumène chez elle ? C'est pas son genre. Habituellement, elle préfère dormir ailleurs. Ça lui permet de s'éclipser discrètement une fois qu'elle a obtenu ce qu'elle cherchait.

Ce qu'elle peut faire comme conneries parfois...

— Je te dis que t'es tout un chien de garde, toi, hein, Zorro ?

Il émet un petit jappement plaintif. Elle s'approche et lui frotte énergiquement le crâne.

— Comment veux-tu rester fâchée contre cette belle petite face-là ?

La queue de Zorro s'agite. Il sait. La routine du matin. La promenade avant le boulot.

Une quinzaine de minutes plus tard, elle rentre avec lui, d'un pas plus alerte.

Son regard se pose sur la table de chevet.

Une grosse montre en argent.

Elle soupire.

— Maudit Kevin à marde...

Abygaelle la prend, la glisse dans la poche de son manteau.

Elle regarde une dernière fois son appartement silencieux, puis attrape ses clés de voiture et referme la porte derrière elle.

4

___

Le chant clair des merles d'Amérique s'élève doucement entre les branches, comme un murmure fragile annonçant l'aube. L'île flotte dans une brume dorée, baignée par les eaux calmes du lac Sauvage.

Gabrielle Jodoin s'est levée avec le soleil, comme à son habitude. Elle est toujours debout avant les autres. Une femme de l'aube, disent ses collègues. Elle serre sa tasse de café chaud entre les mains, encore engourdies par la fraîcheur du matin. L'odeur de la rosée sur l'herbe fraîchement coupée lui monte au nez : un parfum doux, presque sucré, qu'elle ne retrouve nulle part ailleurs.

Le paysage s'éveille lentement autour d'elle. La lumière glisse entre les conifères, caresse la surface du lac, transforme chaque chose en tableau vivant. Ce qu'elle préfère, au début de la journée, c'est cette impression que tout est encore possible.

Photographe amatrice, Gabrielle connaît la valeur des « heures dorées ». Ces instants furtifs où les contrastes explosent et où les couleurs vibrent, presque irréels. Elle sort son iPhone de la poche arrière de son short, ajuste le cadre, clique. Une, deux, trois photos. Puis elle soupire en voyant l'écran : aucun signal. Encore. C'est le seul inconvénient ici. L'île est belle, mais isolée. Heureusement, une ligne fixe a été installée dans le bâtiment principal pour rester un minimum connectée au reste du monde.

Elle s'assied sur une vieille chaise de bois, qui grince sous son poids, mais Gabrielle n'y prête pas attention. Elle partage le dortoir avec deux autres monitrices, qui dorment encore à l'intérieur. Ses pensées vagabondent vers la semaine qui vient de passer. Une vraie tempête, comme chaque fois qu'un nouveau groupe de jeunes débarque. C'est toujours pareil. Au début, les enfants sont surexcités ou terrifiés, parfois les deux. Beaucoup n'ont pas choisi de venir. Ils pleurent la nuit, chuchotent le nom de leurs parents dans le noir. Mais elle sait, par expérience, qu'avec le temps, ils s'adaptent. Ils s'ouvrent. Ils rient. Ils oublient, un peu.

Et puis, il y a Mousson.

Le beau Mousson, avec ses épais cheveux noirs bouclés, ses yeux d'ébène et sa peau hâlée, évoque les rivages méditerranéens. Il lui a souvent parlé de ses origines, mais elle ne s'en souvient jamais, trop obnubilée par son regard de braise.

Mousson, de son vrai prénom Karim, est lui aussi moniteur au camp de vacances. Son charme naturel et sa présence imposante en font une figure centrale du camp. Il est arrivé en même temps qu'elle, trois étés plus tôt. Au départ, sa manière d'occuper tout l'espace l'agaçait. Elle n'aime pas les personnes qui monopolisent l'attention. Mais, au fil du temps, elle a fini par succomber à son charme irrésistible.

Ce qui attise encore davantage son intérêt, c'est qu'il est célibataire depuis peu. Depuis, il la regarde autrement. Il lui parle plus souvent. Il lui sourit un peu trop longtemps pour que ce soit banal. Elle sait que l'intérêt est réciproque, mais elle hésite. Elle a vu trop d'histoires de camp mal tourner. Des relations qui éclatent. Des silences tendus dans les réunions d'équipe. Elle ne veut pas de ça. Mais en même temps... il y a cette chaleur au creux du ventre quand il est là. Une petite tension qui reste, même après son départ.

Pour l'instant, elle se concentre sur son groupe. Douze ans, c'est l'âge qu'elle préfère. Toujours des enfants, mais déjà remplis d'interrogations. Ils écoutent, ils explorent, ils testent les limites. Ce sont les plus âgés du camp, et chaque année transforme profondément leur personnalité.

Parmi eux, un garçon sort du lot : Samuel Marcoux. Avec ses cheveux blonds comme les blés et ses yeux azur. Il dégage un charme naturel capable de faire chavirer le cœur des jeunes filles de son âge. Gabrielle les repère vite, ceux-là. Les enfants qui, sans le vouloir, attirent tous les regards. Samuel n'échappera pas à la règle.

Le garçon lui écrit des poèmes. Ce sont des mots simples, parfois maladroits, mais pleins d'une affection sincère. Il lui dit qu'il la trouve belle, qu'elle illumine ses journées. À chaque lettre, elle le remercie sans jamais l'encourager directement. En même temps, elle ne veut pas briser cette pureté. Même si, à son âge, elle se demande parfois si elle a le droit de laisser filer ces élans-là, sans y répondre franchement.

Elle se dit que oui. Après tout, ce ne sont que des mots.

Elle ne répond pas à ses lettres, ne nourrit ni espoirs ni illusions. Juste un sourire, un regard tendre. Un souvenir à emporter. Il l'oubliera vite, une fois l'été terminé. Mais au moins, elle ne lui aura pas brisé le cœur.

Cette année encore, Gabrielle travaille au camp du lac Sauvage. Ici, tout le monde l'appelle Cannelle — un surnom choisi lors de son tout premier été comme monitrice et qu'elle a gardé depuis. C'est étrange, cette habitude qu'ont les moniteurs de s'appeler par leurs surnoms de camp, même quand les enfants sont couchés. C'est comme si ces identités estivales étaient gravées à jamais dans leur mémoire. Cependant, une fois l'été terminé, elle redevient Gabrielle Jodoin, originaire de Saint-Augustin.

Quant à Cannelle, elle fait partie du lac Sauvage.

Ce lieu est sa deuxième maison. Les odeurs de bois humide et de pins chauffés au soleil l'enivrent. Les clairières, les sentiers, les feuillages entremêlés comme une dentelle verte : elle connaît chaque détour, chaque bruissement. L'île est entourée d'une vaste étendue d'eau, calme comme un miroir. On n'y accède que par bateau — notamment celui de Monsieur Marquis, le retraité énergique qui assure les navettes depuis la rive.

Monsieur Marquis, c'est une légende vivante. Toujours prêt à partir. Toujours une blague à raconter. Il dit souvent qu'il fait ça pour rester jeune. Entouré d'enfants, il a l'impression que le temps glisse sur lui sans l'atteindre. Il ne fait pas ses soixante-quinze ans. Son rire est clair, presque juvénile.

Il déteste l'inaction, c'est connu. Et il a ce don rare de savoir désamorcer les crises. Un enfant qui pleure sur le quai, accroché à ses parents ? Il le fait rire en deux minutes. Une petite histoire, une grimace bien placée, et la magie opère. Cannelle suspecte que, derrière son apparente vitalité, se cache une tristesse plus profonde. Il a perdu sa femme il y a quelques années, et ce va-et-vient quotidien entre les rires et les départs semble l'aider à traverser le vide.

Après avoir bu son café, Cannelle inspire profondément la brise du matin et retourne au dortoir. Le sol en bois craque sous ses pas. Elle ouvre son sac et enfile son uniforme : un short beige ajusté et un t-shirt vert pomme marqué du logo du camp. Dans son dos, le mot « Moniteur » ressort en lettres blanches, un peu défraîchies par les lavages.

Elle dompte ses cheveux avec un bandeau rouge vif, applique un peu de maquillage pour dissimuler un bouton d'acné récalcitrant, bien placé sur son menton, qui gâche l'ovale parfait de son visage. Ce détail l'agace, car même si elle ne l'avoue pas, elle tient à être toujours irréprochable — surtout pour capter l'attention de Mousson.

Elle éveille lentement ses deux colocataires, qui marmonnent et se blottissent sous leurs couvertures. Ignorant leurs complaintes, elle allume la radio. La chanson de l'été s'élance, familière, presque trop. Le refrain accroche aussitôt les oreilles, marquant le début d'une nouvelle journée au camp.

— Ah non, pas encore cette toune-là ! gémit Martine Dubois — Girofle pour tout le monde ici —, le visage enfoncé dans son oreiller. Sérieux, tuez-moi quelqu'un !

— Dis pas ça, voyons ! réplique Cannelle en lui tapotant les fesses d'un revers de main moqueur. Tu vas attirer la malchance !

Girofle entrouvre un œil et affiche un sourire en coin.

— Tu préférerais attirer le beau Mousson, hein ? C'est lui que tu veux voir débarquer dans ton lit !

Et sans prévenir, elle attrape un oreiller, le serre contre elle et mime une scène exagérément coquine.

— Oh, Mousson... prends-moi tout de suite ! Oh ouiiiii ! Fais-moi fondre comme une guimauve sur le feu !

Cannelle devient rouge vif. Elle repousse Girofle d'un geste agacé, mais trop tard : le fou rire est lancé, et tout le monde devine ce qui se passe dans sa tête. Elle n'a jamais su cacher ses émotions. Son embarras est aussi visible que le bouton obstiné sur son menton.

Louise Handman — alias Ciboulette, toujours la plus posée du trio — lève enfin la tête de son oreiller, incapable de fermer l'œil avec tout ce vacarme.

— Sérieusement, c'est quoi l'histoire entre vous deux ? demande-t-elle, les yeux encore embués mais déjà curieux. Y a un truc, c'est évident.

Cannelle hausse légèrement les épaules, comme si elle cherchait une réponse, tout en ajustant soigneusement sa tenue de nuit. C'est une question qu'elle se pose elle-même, sans réponse claire. Depuis que Mousson a rompu, quelque chose a changé. Il y a entre eux un espace nouveau, fragile. Un jeu auquel elle n'est pas sûre de vouloir jouer.

— Merde ! s'écrie Girofle en se redressant brusquement. Déjà sept heures ! On va être en retard, les girls !

Les deux filles se lèvent d'un bond. En quelques minutes, elles sont habillées, coiffées, prêtes à courir vers les dortoirs des campeuses. Cannelle ajuste son bandeau, attrape son sifflet et sort dehors avec elles.

Le soleil perce à travers les cimes. Le chant des oiseaux redouble, comme une promesse. Le camp s'éveille dans une lumière claire, presque irréelle.

Cannelle marche rapidement en jetant un coup d'œil vers les quais.

Elle se surprend à espérer. Peut-être que cette journée lui réserve quelque chose.

Un regard.

Un mot.

Un frisson inattendu.

Un petit quelque chose, rien que pour elle.

5

Dès qu'Abygaelle sort de l'ascenseur des bureaux de la Financière Powerlife, une odeur métallique lui monte au nez. Elle se fige. Du sang. Écœurant. Irréversible.

Ceux qui ont déjà croisé la mort la reconnaissent immédiatement. Pour les autres, c'est un parfum qui colle à la peau, même une fois dehors.

Mais ce n'est pas seulement ça. C'est l'air. Lourd, étouffant. Comme si chaque atome charriait le souvenir de ce qui s'est passé ici. Une scène de crime, ça respire, ça murmure. Et parfois, ça hurle.

Abygaelle ne s'y fait pas. Elle ne s'y fera jamais.

Un brouhaha nerveux vibre au bout du couloir. Là où tout s'est joué. Le théâtre de la tragédie. Une salle inondée de gens en uniforme, de déclenchements d'appareils photo, de chuchotements nerveux.

Abygaelle avance, encore un peu engourdie. Le sommeil n'a été qu'un mirage la nuit dernière. Charles Picard lui parle trop vite, les mots se bousculent. Un tireur. Plusieurs victimes. Une boucherie.

Au Canada, ça sort de l'ordinaire. Pour elle, c'est une

première. Son vrai baptême de feu. Celui qui marque ou qui brise. Elle ne sait pas encore par où commencer, mais une chose est claire : cette enquête-là va laisser des traces.

Elle pousse un soupir de soulagement quand son regard croise un visage familier. Jacques Morris, le vieux routier, est affalé sur une chaise près d'un bureau désert. Le sergent-détective éponge son front avec un mouchoir froissé.

Connu pour son caractère bourru, il préfère qu'on l'appelle « Jack », pour des raisons qui lui sont propres. Abygaelle n'a aucune intention de remettre en question ces vieilles traditions.

— Jack, qu'est-ce qu'on a ? demande-t-elle en s'approchant.

Il sursaute. Il ne l'avait pas vue arriver.

— Ah, bonjour Aby. Coudonc, t'es-tu levée du mauvais côté du lit ?

Elle esquisse un sourire, fatiguée.

— Crois-moi, tu veux pas savoir. Alors ?

Il soupire. Jette un coup d'œil par-dessus son épaule, comme s'il espérait que tout n'avait été qu'un mauvais rêve.

— Un massacre. Rien de moins. Des cadavres partout. Du sang jusqu'au plafond.

Abygaelle se tourne. Deux agents montent la garde devant la grande salle. Le ruban jaune claque doucement sous la bouche d'aération. Une menace silencieuse.

— Des témoins ? Vivants, je veux dire.

Jack secoue la tête.

— Personne qui était dans la salle au moment des coups de feu. Mais y a cette femme, là-bas, en train de jaser avec un jeune constable. C'est elle qui a trouvé les corps. J'ai préféré t'attendre avant de la questionner. T'imagines le choc...

Abygaelle serre les lèvres. Oh, absolument, elle imagine. Les civils ne sont pas habitués à voir des cadavres — et encore moins des scènes de crime aussi sanglantes. C'est une chose de voir cela au cinéma, c'en est une autre dans la vraie vie, sans trucages ni effets spéciaux.

La réalité crue de la mort, celle de personnes que vous avez côtoyées dans un quotidien abrutissant. Cette femme aura besoin de beaucoup de temps pour effacer ces images de sa mémoire, si elle y parvient un jour.

Abygaelle franchit le seuil.

Le coup la frappe en plein ventre.

Les draps blancs qui recouvrent les corps ne cachent rien. Le sang tapisse les murs, les vitres, même le plafond. L'air est irrespirable, saturé de cuivre et de mort. Les impacts de balles zèbrent les cloisons comme des cicatrices de rage pure.

Jack avait raison. C'est pas une fusillade. C'est un massacre.

Le tireur a utilisé des armes lourdes, probablement des fusils d'assaut semi-automatiques.

Abygaelle rejoint Robert Clarkson. Le coordonnateur de la scène de crime garde les bras croisés, posté devant une immense fenêtre qui donne sur le centre-ville de Montréal.

Derrière lui, les techniciens travaillent en silence. Photos, relevés, prélèvements. L'habituelle chorégraphie des morts.

Clarkson a le visage fermé. Pas besoin de mots pour sentir son trouble.

— T'as déjà vu une scène comme ça ? demande-t-il, sans même la regarder.

Elle secoue la tête. La bouche pincée, le regard empreint d'une profonde tristesse.

— Ça pue la haine froide, dit-elle. C'est réfléchi. Peut-être du terrorisme...

Clarkson lève les yeux vers le plafond et soupire. Il passe la main sur son crâne luisant.

— Si c'est ça, on n'a encore rien vu.

Abygaelle s'approche du mur criblé de balles. Du vrai gruyère. Les impacts déchirent le placoplâtre comme une griffe géante. L'odeur de poudre flotte encore, persistante.

Elle inspire, détourne les yeux, ses pensées hantées par la violence de l'acte. Elle doit rester concentrée.

— Aby ?

Jack lui fait signe. À ses côtés, une femme frêle, soignée. Un tailleur beige, des boucles d'oreilles discrètes. Elle doit frôler la soixantaine. Les mains tremblent, le regard fuyant. Fatima Nouri. L'adjointe du président du conseil.

Elle chancelle. Abygaelle lui glisse une chaise, lui tend une bouteille d'eau.

— C'est terrible, ce que vous avez vécu. Vraiment. Pouvez-vous nous dire ce que vous avez vu ?

Fatima hoche doucement la tête, garde les yeux rivés au plancher, la voix basse. Elle a le regard perturbé de ceux qui ont côtoyé l'horreur.

— Le comité de direction était en séance extraordinaire ce matin. Monsieur Wilson m'avait demandé d'y assister. Comme d'habitude. Il était toujours le premier arrivé... et le dernier parti. Il exigeait la même chose de ses directeurs. Et de moi.

Sa voix tremble. Mais elle tient bon. Juste assez pour continuer.

— J'avais préparé la salle. Trois carafes de café, au fond. La réunion commençait dans cinq minutes. J'ai salué Marc Servino, le VP finances. Il avait l'air de bonne humeur. Patrick Tremblay aussi... le nouveau directeur des ressources humaines.

Abygaelle remarque qu'elle parle des victimes comme si elles étaient encore en vie. Comme si son esprit refusait d'admettre l'horreur.

Elle pose doucement la main sur celle de Fatima pour l'encourager à poursuivre.

— Je suis allée aux toilettes. À mon retour, la porte de la salle était fermée. Rien d'anormal. Je suis retournée à mon bureau, j'ai ouvert mes courriels... la routine. Je préparais l'agenda de la journée quand j'ai entendu... des cris. Aigus. Et des bruits secs. Pas des coups de feu comme dans les films.

Plutôt... des crépitements. Des claquements. Comme des feux d'artifice à bout portant.

Elle s'interrompt, avale sa salive. Abygaelle garde le silence. Le regard fixé sur elle.

— J'ai voulu me lever. Aller voir. Mais... je suis restée figée. Paralysée. Je savais pas quoi faire. Est-ce que j'appelais la sécurité ? La police ? Est-ce que je me faisais des idées ? C'était peut-être juste une mauvaise blague... Il y en avait parfois, ici. Et puis... la porte s'est ouverte brusquement. Un homme grand, tout vêtu de noir, est apparu. Il me tournait le dos. Il reculait lentement, son arme posée sur l'épaule. Comme s'il contemplait son œuvre macabre.

La voix de Fatima se brise.

— J'ai paniqué. Je me suis cachée sous mon bureau, les yeux fermés. Je priais pour qu'il ne me voie pas.

Elle est submergée par ses émotions. Sa respiration est saccadée.

Abygaelle croise le regard de Jack. C'est évident : il n'y avait qu'un seul tireur.

L'idée d'un attentat reste plausible. Mais un terroriste solitaire ? C'est rare.

Une minute passe. Puis une autre. Fatima se redresse un peu. Sa voix est plus basse, presque un murmure.

— J'ai entendu ses pas... Lents. Lourds. Comme au ralenti. Comme si le temps s'était étiré. Je retenais mon souffle. J'essayais de ne pas trembler. Mais mon cœur cognait tellement fort... j'avais l'impression de suffoquer. Puis... les pas se sont arrêtés.

Elle ferme les yeux.

— J'ai vu ses bottes. Noires. Tout près. Je pouvais sentir l'odeur du cuir. Et là, il a parlé.

Abygaelle se penche vers elle, attentive.

— Qu'est-ce qu'il a dit ?

Fatima cache son visage dans ses mains, secoue la tête. Abygaelle lui caresse le dos avec douceur.

Une question la taraude : pourquoi le tueur l'a-t-il épargnée ? Pourquoi est-elle encore en vie ?

— Je ne sais pas pourquoi, murmure Fatima d'une voix tremblante, mais j'ai trouvé la force de sortir de ma cachette. Il m'a regardée. Son regard... il était vide. Sans émotion. Sans âme. Il a dit, tout bas : « Je suis désolé, Fatima. » Et il est parti.

Le cœur d'Abygaelle s'accélère. Il connaissait son nom. Il la connaissait, elle.

Et les autres ? Il les connaissait aussi ?

Jack, debout à côté d'un bureau, lui fait signe. Il pointe une petite plaque de bois : Fatima Nouri, gravé en lettres blanches.

C'est peut-être rien. Mais peut-être pas.

Abygaelle soupire, mais elle croit qu'il la connaissait vraiment. Sinon, pourquoi lui aurait-il dit qu'il était désolé ?

— Vous savez de qui il s'agit ?

Fatima relève la tête. Les yeux rouges, les joues creusées, le teint pâle — presque translucide — trahissent le traumatisme qu'elle a subi.

Abygaelle ne peut s'empêcher de ressentir de la compassion.

Fatima ferme les yeux, prend une grande inspiration.

— Oui. Je sais qui c'est.

Abygaelle lutte pour réprimer un sourire de satisfaction. Silencieuse, son regard en dit long sur son désir d'avoir plus de détails. Qui est-il ?

— C'est un ancien employé. André Spacek.

Jack prend le relais d'une voix grave.

— Il faisait quoi ici, au juste ?

— Gestion des processus... je pense. Quelque chose du genre. Il n'est plus là depuis plusieurs mois. Son départ n'était pas très clair.

— On peut consulter son dossier ? demande Abygaelle.

— Oui, tout ce que vous avez à faire, c'est de demander à...

Sa voix se brise. Elle pense à quelqu'un. Quelqu'un qui a été brutalement assassiné.

Abygaelle pose une main sur son épaule.

— Inquiétez-vous pas, madame Nouri. On va fouiller tout ça. Vous savez ce qu'il a fait après vous avoir parlé ?

— Il est sorti. Comme si de rien n'était. Il avait l'air... indifférent. Il a pris la porte d'entrée, là-bas.

Abygaelle échange un regard avec Jack. Il comprend ce qu'il doit faire. Il se lève et quitte la pièce sans un mot.

Elle remercie doucement Fatima et lui demande si quelqu'un peut venir la chercher. Puis elle lui tend sa carte.

— Si jamais quelque chose vous revient... même un détail. Appelez-moi.

Elle retourne dans la salle de conférence. Un photographe s'affaire autour des corps. Chaque cliché est une pièce du casse-tête.

Abygaelle s'apprête à sortir quand quelque chose attire son regard.

Près de la porte en bois, une gravure. Grossière. Récente. Comme si elle avait été faite à la va-vite. Elle s'approche. Une forme. Des lettres, peut-être. Ou un mot. Elle passe lentement un doigt dessus. Le bois râpeux cède. De minuscules éclats tombent sur la moquette.

Elle sort son téléphone, prend une photo. Fait signe au photographe d'en faire autant.

Une hésitation. Puis elle revient vers Fatima, toujours seule. Immobile. Le regard dans le vide.

Abygaelle s'accroupit doucement devant elle. Lui montre l'image sur son écran.

— Madame Nouri... ça vous dit quelque chose ?

6

———————

Depuis plus d'une heure, Samuel Marcoux est étendu sur le dos, les yeux plantés sur une fissure en forme d'éclair, juste au centre d'une dalle du plafond. Le dortoir est plongé dans une semi-obscurité étouffante. Le grincement métallique des lits, les respirations lourdes, les ronflements irréguliers... tout lui rappelle qu'il est loin de chez lui. Et que dormir ici relève presque du miracle.

Il se demande comment il va tenir dans ces conditions.

Il ne reste qu'une semaine avant que sa sœur et lui ne rentrent à la maison, prêts à reprendre leur quotidien avec leur mère et son nouvel amoureux. Pourtant, une vague de tristesse l'envahit à l'idée de quitter le camp. Il ne sera plus au centre de l'attention, plus le sujet de tous les regards. Ici, il a rencontré tant de nouvelles personnes, tissé des amitiés... et surtout, rencontré celle qui le fait vibrer.

Sa sœur Charlotte et lui avaient tant pleuré lorsque leur mère leur avait annoncé qu'ils passeraient une partie de l'été ici, loin de leurs amis, loin de leur quartier. Le compte à rebours jusqu'au départ avait été marqué par une foule d'appréhensions. Et le trajet en voiture, silencieux, n'avait été interrompu que par leurs sanglots étouffés.

Arrivés dans le stationnement, entourés d'enfants tout aussi décontenancés, ils ne comprenaient pas comment leur mère pouvait les laisser là pour séjourner dans l'Ouest canadien avec son compagnon.

C'était un cauchemar.

Malgré leurs supplications, elle était remontée dans sa voiture sans trop regarder en arrière, soulagée de savoir que des animateurs prendraient le relais. Mais pour Samuel et Charlotte, c'était le début de l'enfer. Et ça n'avait pas tardé : ils avaient appris qu'on les séparerait pendant les deux semaines. Charlotte, plus jeune de deux ans, avait été intégrée à un groupe d'enfants de son âge, encadrée par un animateur aux cheveux noirs et bouclés.

Samuel, lui, s'était retrouvé dans un groupe mixte de dix enfants, sous la supervision de Cannelle.

C'est elle, Cannelle, qui fait battre son cœur, une grande brune aux yeux rieurs. Officiellement, il prétend craquer pour une Allemande blonde au sourire doux et à l'accent chantant. Et oui, elle est jolie. Mais en réalité, c'est Cannelle qui l'obsède. Elle hante ses nuits, elle nourrit ses vers. Il lui écrit des poèmes d'amour, il chante sa beauté, il rêve d'avoir sept ans de plus pour effacer ce détail qui les sépare.

Chaque fois qu'il lui offre un poème, elle lui sourit avec bienveillance. Elle lui dit qu'il a du talent. Ses encouragements nourrissent son inspiration, le poussent à écrire encore plus, à inventer d'autres images, d'autres façons de lui dire qu'elle est belle. Depuis le début du camp, il lui a offert presque un poème par jour.

Mais tout n'est pas rose. Samuel s'inquiète pour Charlotte. Il la trouve éteinte, repliée sur elle-même. Chaque fois qu'il la croise, il lui sourit, la serre dans ses bras et dépose un léger baiser sur son front. Il s'assure que tout va bien.

Heureusement, ils se retrouvent à chaque repas dans la cafétéria. Samuel lui garde toujours une place à ses côtés, et ils échangent des anecdotes sur leur matinée, partageant leurs petites aventures comme s'ils tentaient de recoller les morceaux d'un quotidien qui s'effrite. Samuel est un protecteur acharné. Il l'avait défendue plus d'une fois, surtout contre des garçons qui franchissaient les limites.

Il se rappelle encore très bien le jour où il avait sauté sur le dos d'un garçon qui faisait mine de vouloir noyer Charlotte dans la piscine d'un camping. Un sauveteur avait dû s'interposer, tirer le garçon hors de l'eau pendant que ce dernier haletait, vidé, à moitié paniqué. Samuel avait agrippé sa sœur en larmes et l'avait ramenée sur le bord. Le regard noir, il avait défié quiconque aurait osé critiquer son geste.

Il pense aussi à ce moment où il avait frappé un autre garçon, après qu'une pierre eut presque touché l'œil de Charlotte. Dans les deux cas, il n'avait pas réfléchi. Son corps avait agi avant sa tête. Un instinct brut, animal, qui le prenait dès qu'il sentait sa sœur en danger.

Beaucoup se vantent de pouvoir prendre une balle pour quelqu'un. Mais la plupart ne réalisent pas vraiment ce que ça veut dire. C'est beau à dire, ça sonne bien. Mais pour Samuel, ce n'est pas une image. C'est une vérité brute. Viscérale.

Il sait, au fond de lui, qu'il ne pourrait pas survivre si quelque chose arrivait à Charlotte.

Il ne conçoit pas sa vie sans elle. Pas une seconde.

C'est pour ça qu'il lui demande souvent comment se déroule sa journée. Il s'en inquiète avec une régularité maniaque, toujours en train de guetter une faille, un mot de trop, un silence qui veut tout dire. Et Charlotte lui répond invariablement que tout va bien, même quand ce n'est pas le cas. Elle le connaît. Elle sait qu'il peut être doux comme un agneau, mais qu'il devient un lion enragé dès qu'il s'agit de la protéger.

Samuel, lui, ne comprend pas toujours d'où lui vient cette

intensité. Il se découvre des accès de rage, de violence froide, dès qu'il est question de Charlotte. Il ressent un besoin irrépressible de la protéger, même contre des ombres imaginaires. Et parfois, ça l'effraie. Il ne se reconnaît pas. Il devient quelqu'un d'autre : impulsif, brutal, dangereux. Chaque fois qu'elle disparaît de son champ de vision, une angoisse sourde s'empare de lui. Une peur viscérale que quelque chose lui arrive. Quelque chose d'irréversible.

Heureusement, l'animateur du groupe de Charlotte, surnommé Mousson, avec son humour et sa bienveillance, réussit à apaiser quelque peu ses inquiétudes. Ce grand gaillard au sourire franc a toujours un œil sur elle, comme un grand frère qui joue bien son rôle.

Samuel détourne son regard de la fissure au plafond. Frank Richard se lève sans bruit et se dirige vers le lit de Pierre-Alexandre Gervais. Samuel sait exactement ce qui va se passer. Il connaît le scénario par cœur. P-A — comme tout le monde l'appelle — va encore passer un sale quart d'heure. Le rituel nocturne. Frank s'approche doucement et lui assène un coup de lampe de poche sur la tête. P-A pousse un cri étouffé, se tord, grogne, gémit comme si un démon l'avait possédé. Les autres garçons rient à gorge déployée.

Frank retourne à son lit, l'air satisfait. Comme s'il avait gagné quelque chose.

Au début, Samuel s'était contenté de remercier le ciel de ne pas être la cible de Frank. Le gars a des épaules larges, une carrure qui en impose, une aura de brute. Tous les enfants le craignent. Mais à présent, Samuel n'arrive plus à rire. Il n'arrive même plus à rester neutre. Voir P-A servir de souffre-douleur lui tord les tripes.

Il cherche un moyen d'intervenir, de mettre fin à ces conneries.

Avec son charisme tranquille, il sait qu'il peut faire basculer l'équilibre. Les autres garçons l'écoutent. Il est respecté. Pas pour ses muscles, mais pour son intelligence, son calme, sa manière de parler juste, sans forcer. Même Frank essaie de se rapprocher de lui. De lui ressembler. Comme si Samuel détenait quelque chose que lui n'aurait jamais. Samuel compte bien l'utiliser à son avantage.

Il s'est aussi lié d'amitié avec P-A. Ensemble, ils partagent des discussions étonnamment riches, parlant de tout et de rien — mais surtout de leur passion commune pour les super-héros et les échecs. P-A gagne toutes leurs parties — sans exception — mais Samuel ne lui en tient pas rigueur. Il est convaincu que jouer contre un adversaire aussi brillant ne peut que le rendre meilleur.

Il se tourne vers le mur, agacé, et pousse un soupir. Le lit grince encore : un son aigu et pénible, comme le cri d'une poule qu'on égorge. Chaque nuit, la même plainte métallique résonne. Il se demande pourquoi les responsables du camp n'ont jamais réglé ça. Il suffirait de quelques gouttes d'huile, voire de remplacer complètement le sommier, pour résoudre ce problème.

Alors que le sommeil finit par le gagner, ses pensées dérivent vers Charlotte. Elle dort probablement en ce moment, et qui sait, elle fait peut-être un beau rêve.

Il réfléchit à ce qu'il pourrait dire à Frank pour défendre P-A, à la manière de l'aborder pour qu'il comprenne. Mais surtout, il laisse son esprit murmurer les dernières strophes du poème qu'il peaufine pour la mystérieuse et envoûtante Cannelle.

Un sourire flotte sur son visage ; il ferme les yeux, impatient de la retrouver dans ses rêves.

7

La salle des homicides grouille d'activité, bien plus que d'habitude, comme c'est toujours le cas lorsqu'un meurtre majeur secoue la ville. Jack revient du resto d'en face avec trois cafés ; pas question de boire l'infâme jus de chaussette du poste.

Il dépose les gobelets devant Abygaelle et Murielle, un sourire en coin.

— Voici, mesdames, lance-t-il. Et pour toi, Aby, deux crèmes, deux sucres, comme tu l'aimes, hein ?

— Ben voyons! Tu sais bien que...

Elle s'interrompt. Jack arbore ce petit sourire narquois qu'elle connaît trop bien. Il se paie sa tête. Il sait très bien qu'elle boit son café noir. Abygaelle est une puriste. Pour elle, le lait, la crème, le sucre... ça gâche le goût du café.

Les deux femmes ont déjà entamé la revue des informations tirées de la salle de conférence. Le témoignage de Fatima Nouri, l'assistante de G. W. Wilson, tourne en boucle dans leur tête. Abygaelle y décèle une sincérité désarmante. Pourtant, ça reste du vent. Sa parole contre celle de Spacek. Il faut du solide.

— Tout pointe vers lui, grommelle Jack, après s'être brûlé les lèvres. Récemment licencié, comportement imprévisible, isolement social... le genre de personne qui peut se radicaliser en silence. Même un profileur du FBI ne ferait pas mieux. De plus, on le voit entrer et sortir du bureau sur les bandes vidéo, comme Fatima Nouri nous l'a décrit.

Abygaelle acquiesce, mais elle met en garde contre les conclusions hâtives. Elle craint que ses propos ne froissent Jack, qui a parfois tendance à accuser trop rapidement.

— On devrait dresser une liste de suspects secondaires, lance Murielle, les yeux rivés sur l'écran. Juste pour élargir nos options. Tu crois que le témoin de ce matin pourrait nous en donner plus ?

— Je vais l'appeler, dit Abygaelle en se levant. On va tirer ça au clair.

Murielle jette un coup d'œil à Jack, perdu dans ses réflexions. Même avec toutes ses années d'expérience, on ne s'habitue jamais vraiment à ces scènes d'horreur. Elle lui demande comment il se sent. Jack soupire et, pour la première fois, semble véritablement réfléchir à la question, les yeux perdus au plafond.

— Bien, répond-il. Enfin, « bien », compte tenu des circonstances. Ça remue toujours un peu, tu sais ? Avec le temps, ça devient pas plus facile.

— Est-ce pire que... ce que tu as vu à...

Murielle hésite, cherchant les mots justes.

— À Poly, tu veux dire ?

— Oui, le massacre de Polytechnique. Les quatorze jeunes femmes assassinées à la fin des années quatre-vingt. Tu faisais partie des premiers enquêteurs sur place, n'est-ce pas ?

Jack soupire à nouveau, prenant quelques secondes pour rassembler ses pensées.

— Poly restera toujours Poly. Mais je pense pas qu'on puisse classer les tragédies. L'affaire de la dame en bois m'a marqué autant. C'était juste après l'arrivée d'Aby avec nous. Une gamine laissée comme un vieux sac de poubelle sur le bord d'une route. C'est pire que de tuer quatorze étudiantes ? Je sais pas. Et est-ce plus grave d'exécuter quinze financiers dans une tour de bureaux ? Ou de tuer des fidèles dans une synagogue ? C'est tout pareil. Toujours la même noirceur.

Il s'interrompt, son regard se durcit.

— Ce qui ne change jamais, Murielle, c'est la rage et la haine que j'éprouve envers ces tueurs. Ces pourris qui débarquent, armés jusqu'aux dents, pour massacrer des innocents sans défense. C'est cette lâcheté dans le geste qui me rend fou. Si j'avais eu Marc Lépine, le tueur de la Polytechnique, face à moi ce jour-là, je l'aurais abattu de mes propres mains. Et crois-moi, je ne plaisante pas. Il n'aurait pas eu le temps de se suicider. Mais cette fois-ci, j'avoue, j'ai peur.

Elle fronce les sourcils, surprise.

— Peur ? De quoi, au juste ?

— Parce qu'on ne sait pas qui est l'auteur du carnage. Si c'est vraiment Spacek, on ignore tout ce qu'il a en tête. Est-ce qu'il a fini ? Et ça, ça me fait très peur. L'inconnu, Murielle. C'est ça, le vrai danger. Un tueur impitoyable se promène librement dans nos rues, peut-être armé jusqu'aux dents... et on n'a aucune idée ni d'où ni quand il va frapper.

Murielle baisse les yeux. Elle comprend. C'est plus facile quand le monstre se suicide. Quand on le coince vite. Spacek — ou celui qui a fait ça — s'est volatilisé. Et sur les enregistrements de surveillance, on le voit quitter les lieux comme s'il sortait d'une réunion. Tranquille. Trop tranquille.

Jack a passé une heure à décortiquer ces vidéos. Il les a comparées aux photos de Spacek. Même si la qualité est merdique, c'est lui. Pas de doute. Cela démontre seulement qu'il était là. Ce n'est pas illégal. Pas encore.

De retour à son bureau, Murielle appelle Robert Clarkson, encore sur les lieux avec son équipe. Ils ont presque terminé.

Pendant ce temps, Jack fait défiler les sites d'actualités, alterne entre Radio-Canada et TVA, puis passe à X, Facebook, YouTube. Soudain, il se fige. Il se redresse. Cherche ses écouteurs. Les branche avec nervosité.

Murielle l'observe. Il est absorbé par ce qu'il voit sur l'écran de son ordinateur.

— Qu'est-ce que t'as, le gros ? demande-t-elle.

Pas un mot. Même Abygaelle n'arrive pas à attirer son attention. Il lève la main, agacé, les yeux rivés à l'écran. Elle insiste, lui tapote l'épaule.

Il met la vidéo sur pause. Retire ses écouteurs. La fixe droit dans les yeux.

— Eh bien, on dirait qu'on a notre coupable, annonce-t-il.

— C'est Spacek sur la vidéo ?

— En chair, en os et en délire, répond Jack avec un sourire sans joie. Écoute ça.

Abygaelle tire une chaise et s'assoit à côté de son collègue, puis enfile les gros écouteurs noirs. Elle relance la vidéo depuis le début.

André Spacek parle d'une voix grave :

— Je m'appelle André Spacek. Je suis le responsable de la tuerie survenue chez mon ancien employeur, la Financière Powerlife...

Son visage impassible remplit l'écran, ses yeux transpercent la caméra comme s'il s'adressait directement à eux. Abygaelle sent un frisson lui parcourir l'échine. Ce n'est pas seulement ce qu'il dit. C'est la manière.

Pendant qu'elle écoute, Jack résume pour Murielle.

— Il l'a publiée sur YouTube à 3 h 17 du matin. Déjà plus de cent mille vues. On ne peut pas empêcher sa propagation. Il raconte qu'il les a tués parce qu'ils s'enrichissaient malhonnê-tement. Ensuite, il divague dans un discours pourri sur les dangers du capitalisme sauvage et tout le tralala. Il soutient qu'ils l'ont congédié sans raison valable. Mais ce n'est pas ça qui m'inquiète le plus. Tu te souviens ? Je t'avais dit que j'étais nerveux parce qu'il était encore en liberté.

— Ouais.

— J'avais raison.

8

———————

Le gravier s'écrase sous les semelles de Denise Bédard alors qu'elle traverse le stationnement du centre de jardinage, collé à la vieille quincaillerie près de chez elle. Denise Bédard s'arrête pour acheter des fleurs.

Comme chaque année, ces plantes viendront embellir la balustrade de son condo. À soixante-six ans, Denise respire la vitalité et jouit d'une indépendance enviable.

Veuve depuis des lustres, elle n'a jamais voulu refaire sa vie. Son mari, pour elle, était unique, et son absence a laissé un vide immense. Les hommes de son âge ne l'intéressent pas. Ils sont moroses et cherchent une femme pour prendre soin d'eux. Ça ne correspond pas du tout à son tempérament. D'ailleurs, son mari l'avait très vite compris et avait pris l'habitude de partager les tâches ménagères, une pratique avant-gardiste à l'époque.

Elle se penche au-dessus d'un pot de pivoines rouges, et le parfum sucré lui monte au nez. Elle résiste à l'envie d'en acheter cette année, car elle en a déjà planté plusieurs fois par le passé. Elle se tourne pour trouver sa prochaine sélection, quand elle remarque un petit garçon, debout à quelques pas, les yeux fixés sur les fleurs. Il porte un t-shirt blanc trop grand et un pantalon brun tout froissé. Elle lui sourit.

— Elles sont belles, hein ?

Il acquiesce silencieusement, captivé par les pétales rouges. C'est incroyable à quel point il lui rappelle son petit-fils au même âge. Max est maintenant à l'aube de l'âge adulte. Denise soupire en réalisant à quel point le temps file. Elle avait la quarantaine quand son mari est décédé. Il lui semble que c'était hier.

Elle revoit Max, plus jeune, qui courait entre les rangées de fleurs, rieur, insistant pour qu'elle prenne des pensées mauves. Aujourd'hui, il préfère ses amis, ses amours d'ado, ses écrans. Rien d'anormal. Mais ça laisse un vide.

— Ce sont des pivoines, dit-elle en s'accroupissant à la hauteur du garçon. Tu savais qu'un empereur chinois en avait offert à l'impératrice Joséphine ? Pour la séduire. C'est ce qu'on raconte. Les Chinois s'en servaient aussi pour guérir, mais aujourd'hui, on les plante pour ce qu'elles symbolisent : l'amour et la féminité.

Le petit ouvre la bouche, fasciné, comme s'il avalait chaque mot. Denise le trouve attendrissant. Une femme surgit d'un des sentiers du centre. Elle traîne un panier trop plein et a l'air à bout. Denise devine tout de suite que c'est la mère.

— C'est un beau petit garçon que vous avez là, dit-elle en se relevant.

— Euh... merci, répond la femme, surprise, un peu essoufflée.

— Je crois qu'il a un faible pour les pivoines rouges.

Une heure plus tard, Denise monte dans un taxi. Elle a rangé les fleurs dans le coffre avec le soin qu'on réserve aux objets fragiles. Elle a finalement opté pour des monardes, des marguerites et des zinnias rouges. Elles seront parfaites pour embellir son balcon. Elle pourra les admirer chaque matin, en se berçant tranquillement dans sa chaise berçante. Comme le veut son rituel du matin, elle regardera les passants défiler devant son appartement en imaginant les histoires qui rythment leur vie.

Comme d'habitude, elle s'attend à être accueillie par son chat en franchissant le seuil de la porte, mais celui-ci doit être en train de faire la sieste. Pressée de rejoindre la salle de bain, elle s'asperge le visage d'eau froide pour se rafraîchir.

Elle s'apprête à retourner chercher les fleurs, restées près de la porte. Mais un bruit, à peine un froissement d'air la fait figer. Elle hésite un instant, croyant avoir rêvé, mais elle pourrait jurer avoir entendu la porte d'entrée se refermer.

Elle tourne la tête. Et son cœur se serre.

Un homme se tient dans l'entrée. Calme. Incongru. Familièrement étranger. Son souffle se bloque dans sa gorge.

— Que... que faites-vous ici ?

La voix de Denise tremble. Sa main s'appuie contre le mur pour ne pas flancher.

— Bonjour, Denise. Assoyez-vous. J'aimerais vous parler un moment.

Elle s'installe dans un fauteuil blanc fleuri, à côté de son vieux Wurlitzer hérité de sa tante. Qu'est-ce que cet homme, qui l'a raccompagnée la veille, fait dans son appartement ? Et surtout, que lui veut-il ?

André Spacek croise les jambes et inspire profondément.

— Il fonctionne toujours ?

— Pardon ?

Il fait un geste du menton.

— Votre piano, il fonctionne encore ?

— Je... je suppose, oui.

— Vous supposez ? Vous ne le savez pas ?

— Autrement dit, ça fait un moment que... Écoutez, j'aimerais savoir ce que vous attendez de moi. Qu'est-ce que vous faites chez moi ?

— Bien sûr, je comprends que ma présence puisse vous surprendre. Je m'en excuse.

Il prend un cadre photo sur la table, l'observe un instant.

— Votre mari ?

— Mon défunt mari, oui.

— Bel homme.

— Il l'était.

Spacek la fixe de son regard intense.

— Il faisait quoi dans la vie ?

— Il avait une entreprise.

— Quel genre ?

Elle le regarde, méfiante.

— Pourquoi cette question ?

Il affiche une moue légèrement contrariée.

— Allons, Denise. Jouez le jeu. Quel genre d'entreprise ?

Le jeu ? Mais de quel jeu parle-t-il ? Elle ne sait pas ce qu'il veut, mais une chose est certaine : elle n'a aucune intention de jouer à quoi que ce soit avec cet étrange individu.

— Il travaillait dans le textile.

— Ah oui. Sur Notre-Dame. Coin de Davidson, non ?

Elle blêmit. Comment sait-il ça ?

Devant son air stupéfait, André Spacek esquisse un sourire énigmatique.

— Je vais être honnête avec vous, Denise. Notre rencontre d'hier n'était pas un hasard. Je vous observe depuis un moment.

Le sang quitte ses joues. Elle a l'impression que le plancher se dérobe sous elle.

Elle voudrait revenir à ce matin. Quand la seule chose qui comptait, c'était le parfum des fleurs.

— Mon nom est André Spacek, ça vous dit quelque chose ?

Elle secoue la tête. Ça ne lui dit rien.

— Apparemment, vous n'avez pas suivi les actualités. Disons que je suis devenu assez célèbre au cours des dernières heures. Mais ce n'est pas ce qui importe.

Il se penche légèrement vers elle.

— Ce qui compte, c'est ma présence ici. Et ce que j'attends de vous.

— Et qu'est-ce que vous attendez, exactement ?

— Que vous soldiez une dette.

— Une dette ? Mais je n'ai pas d'argent, mon cher monsieur. Vous êtes un voleur, c'est ça ?

Spacek éclate de rire.

— Mais non, espèce de sotte. Votre argent ne m'intéresse pas. Je parle d'une dette morale. Une dette laissée par votre mari.

Denise reste figée. Sa bouche s'entrouvre sans qu'aucun mot ne sorte.

Une dette ? Non. Ça n'a aucun sens. Aucun.

— Est-ce que le nom de Rose Desrosiers vous dit quelque chose ?

Denise secoue la tête. Non. Jamais entendu.

— C'est normal. Vous n'avez aucune raison de la connaître. Mais elle a travaillé pour Dominion Textile. L'entreprise de votre mari, pas vrai ?

Elle reste silencieuse, les doigts crispés sur les accoudoirs.

— D'ailleurs, vous n'avez pas hérité de sa fortune, hein ? Un homme comme lui devait rouler sur l'or. Alors pourquoi vous vivez pas dans un château ?

Elle baisse les yeux. Sa gorge se serre.

— Disons qu'avant sa mort, il a fait de mauvais investissements. Il aimait trop le jeu. L'ouverture du Casino de Montréal a été le début de la fin.

Un silence. Puis la voix de Spacek, tranchante :

— Ah oui, attendez… ça me revient. C'est là qu'il s'est tiré une balle, pas vrai ? Dans le parking du Casino.

Le coup est brutal. Denise tressaille. Cette image, elle avait tout fait pour l'enterrer. Elle ne garde en tête que le souvenir de l'homme d'affaires compétent et de l'époux aimant qu'il avait été.

Spacek sourit. Il se penche, les coudes sur les genoux.

— Un jour, Rose Desrosiers est tombée malade d'un cancer du sein. Elle s'en est sortie, mais au prix de souffrances inimaginables. Non seulement elle a dû affronter la maladie, tout en élevant son enfant seule, mais elle a aussi perdu son emploi, sous prétexte d'une « restructuration ». À cette époque, les lois du travail n'étaient pas ce qu'elles sont aujourd'hui. Sinon, elle aurait pu contester ce licenciement ignoble. Mais à l'époque, les employeurs détenaient tous les pouvoirs.

Il marque une pause.

— Maintenant, j'ai une question, Denise. Vous êtes prête ?

Elle ne répond pas. Elle comprend trop bien ce qui s'en vient. Mais elle refuse de se laisser entraîner dans ce jeu sordide.

Sans attendre sa réponse, Spacek continue :

— Selon vous, qui a pris la décision de la licencier ? Pardon, de procéder à cette « restructuration » ?

Denise Bédard baisse les yeux. La voix de Spacek se durcit.

— Exactement.

Il la fixe intensément. Un inconfortable silence flotte dans l'air.

— Que me voulez-vous ? murmure-t-elle d'une voix brisée.

— Que vous me rendiez un service. Je suis conscient que ce que je vais vous demander vous semblera incroyablement singulier, mais je vous implore de bien réfléchir avant de me répondre.

Denise lui demande d'aller droit au but. Quand il lui explique son plan, elle reste bouche bée. Puis éclate d'un rire nerveux.

— C'est hors de question. Je ne ferai pas ça. Je ne crains pas la mort, monsieur Spacek. Je ne commettrai jamais une telle atrocité pour apaiser votre rage.

Il hoche la tête, l'air presque triste.

— Je ne vais pas vous mentir, Denise. Je savais que vous refuseriez. Vous êtes une femme intègre et droite. Mais comme je ne peux plus obtenir réparation de la part de votre mari, j'ai pris ce que l'on pourrait appeler une « police d'assurance » pour m'assurer de votre coopération.

Denise reste inébranlable ; sa décision est sans appel.

— Je le répète. Je refuse catégoriquement de faire ça.

Il sourit. Lentement.

— Oh, mais bien sûr que vous allez le faire.

Denise Bédard écarquille les yeux, stupéfaite.

— Vraiment ? Et par quelle intervention du Saint-Esprit, je vous prie ?

La réponse d'André Spacek est si bouleversante que Denise Bédard a à peine le temps de se rendre à la salle de bain pour vomir.

9

La voiture banalisée d'Abygaelle et Jack glisse sur l'asphalte détrempé, escortée par deux véhicules du groupe tactique. Les gyrophares restent éteints. Ils filent vers la maison d'André Spacek, suspect numéro un dans l'affaire du carnage à la Powerlife.

Abygaelle passe en revue les informations recueillies jusqu'à maintenant. Spacek a consacré plus de dix ans de sa vie à la Powerlife, gravissant les échelons un à un jusqu'à prendre la tête de l'équipe d'ingénierie des processus.

Titulaire d'un baccalauréat en administration, il a su évoluer au sein de plusieurs départements, malgré son caractère particulier. Il était d'une efficacité et d'une rigueur irréprochables.

Fatima Nouri l'a décrite comme un homme peu bavard, d'un naturel renfermé. Toutefois, pour ceux qui réussissaient à percer sa carapace, il pouvait se montrer étonnamment affable. Peu de ses collègues y sont parvenus, mais Fatima, elle, a pu créer un lien cordial. Quand Abygaelle l'a appelée pour envisager un autre suspect, elle a paru surprise.

— Je ne sais pas ce que ça vous prend, je l'ai vu sortir de la salle où tout le monde était mort. Il s'est même excusé. Personne d'autre n'a eu accès à la salle avant ou après. Il ne portait pas de cagoule, c'était lui. Il est très probable que des caméras de surveillance l'aient repéré aux alentours de l'heure du crime.

Depuis, Spacek a publié sa vidéo. Il y revendique la tuerie, sans détour. Alors, plus besoin de chercher un autre coupable. À moins qu'il s'accuse pour protéger quelqu'un ? Ce serait tordu. Mais avec un type comme lui, rien n'est à écarter.

En attendant, une chose reste claire : il faut le retrouver. Et le stopper. Avant qu'il frappe encore.

Un contingent des forces de l'ordre fonce en ce moment vers son domicile.

Enfant unique, il est très proche de sa mère. Une rupture récente avec sa conjointe de longue date l'a vraiment secoué, selon Fatima. C'est à peu près tout ce qu'elle avait à dire sur lui. Elle l'a mise en contact avec une employée des ressources humaines, mais celle-ci n'avait rien de nouveau à raconter sur le suspect. Rien de pertinent pour l'enquête.

Murielle Bouchard a fouillé le dossier de Spacek dans la base de données de la police, sans amener plus d'eau au moulin. Quelques contraventions, rien de bien méchant.

Abygaelle a examiné la photo du permis de conduire de Spacek, comme pour percer les mystères de son âme. Tout ce qu'elle y a vu, c'est un homme émacié, au regard dur et absent. Comme celui de quelqu'un qui a tout perdu… ou qui n'a jamais rien eu.

En personne, elle sait que ce sera pire. Ce regard-là ne ment pas. Et le reste non plus : six pieds six, deux cent vingt livres. Aucune formation militaire. Aucun permis de port d'armes. Aucune arme enregistrée à son nom. Il s'est donc probablement procuré des armes de contrebande. Qui sait quel attirail il a sous la main ?

— C'est ce que nous devons découvrir, a déclaré Charles Picard avant son départ.

Il avait observé Abygaelle en silence, comme pour tenter de donner un sens à tout cela.

— En tout cas, c'était une sacrée boucherie.

Abygaelle frissonne en se remémorant la scène : des corps déchiquetés gisant sur le sol, du sang sur les murs, comme si on y avait lancé des pots de peinture rouge. Un contraste étrange entre les corps en lambeaux et les souliers parfaitement cirés des victimes. Le sang qui scintillait sur le cuir, comme des gouttes de pluie sur la carrosserie luisante d'une voiture neuve.

Abygaelle tente d'anticiper ce qui les attend là-bas. Spacek est-il planqué quelque part, barricadé derrière une ligne de défense improvisée, armé jusqu'aux dents ? A-t-il piégé la maison ? Des questions auxquelles ils auront bientôt des réponses, mais l'inconnu la fait frémir.

Ils approchent. La maison à briques blanches paraît banale, presque paisible, avec sa large fenêtre panoramique. Abygaelle examine les maisons alentour. Elle sait, par expérience, que chaque quartier compte sur ses témoins silencieux, toujours prêts à rapporter les moindres faits et gestes de leurs voisins.

Les quartiers résidentiels ont des yeux.

Au loin, elle capte les voix des agents du SWAT.

— Clear ! Clear !

Ils pénètrent deux par deux, vêtus de noir, un bouclier balistique droit devant. Abygaelle emboîte le pas à Jack. Elle traverse le seuil. Le hall d'entrée est étroit. À droite, un salon modeste, morne comme une salle d'attente. En face, une arche sans porte mène à une cuisine figée dans le temps. À gauche, un couloir sombre s'enfonce vers ce qui semble être les chambres et la salle de bain.

Ce genre de maison, elle en a vu des dizaines, des centaines, lors de son passage à l'escouade des mœurs. De multiples descentes avec des patrouilleurs et des intervenants sociaux. Sa mission était d'arracher des enfants à des familles toxiques. Des enfants fragiles, marqués par la violence et les abus.

Elle se rappelle les cris, les regards vides, les petites mains sales agrippées à ses manches. Elle sait combien le chemin de la guérison peut être long et difficile. Elle comprend leur souffrance, l'ayant elle-même ressentie jusqu'à plus soif.

Le parquet grince sous ses pas quand elle s'avance vers la cuisine. Le bois, usé, jauni, date d'un autre siècle. Elle scrute les lieux comme une archéologue de l'âme humaine. Chaque recoin de cette maison fait remonter des souvenirs douloureux dans son esprit.

Abygaelle trouve étrange que, malgré son salaire dans les six chiffres, Spacek ait choisi une bicoque aussi délabrée.

Le frigo est presque vide. Un carton de lait entamé, deux œufs, un pot de mayo périmé. En dessous, une boîte de pizza éventrée, moisie sur un coin. Elle reconnaît l'odeur de l'abandon.

La fenêtre de la cuisine donne sur la cour arrière. Ou plutôt sur une décharge. Un foutoir d'objets rouillés, de carcasses de métal, de bouts de meubles brisés. Le sol est nu, sec, argileux. Pas un brin de gazon. Pas un signe de vie.

Abygaelle doute que cette maison soit la résidence principale de Spacek. Elle sent l'écran de fumée. Elle sort son téléphone, envoie un message à Murielle pour qu'elle vérifie les avoirs de Spacek. Il a sûrement une autre maison.

Elle s'engage dans le couloir. Deux chambres, minuscules. Une salle de bain des années soixante : baignoire lilas, carrelage jauni, miroir piqué de noir. Tout dans cette maison semble figé dans le temps. Comme un musée dans un village québécois d'antan.

La dernière chambre du fond porte l'odeur de l'âge. Une vieille dame a dormi là. Il y a un couvre-lit fleuri et des bibelots poussiéreux. Sur la table de chevet, des flacons de pilules vides. Beaucoup trop pour une seule personne.

Plus loin, sur une commode, sont posés deux cadres. Le premier contient la photo d'un homme prise dans les années cinquante. L'autre, celle d'un portrait de jeunesse d'André Spacek. Abygaelle reconnaîtrait ce regard entre mille.

Dans la chambre voisine, le lit défait trône au centre, draps froissés, coussins tassés comme après une nuit agitée. Sur le mur du fond, un bureau bancal surchargé de papiers, de câbles emmêlés et d'un écran d'ordinateur. Un portable, ouvert, repose au centre comme une pièce à conviction.

Abygaelle s'approche et appuie sur la barre d'espacement du clavier. Elle sursaute en voyant le visage de Spacek, figé. Le regard planté droit vers l'objectif.

Elle regarde autour d'elle, personne. Elle s'assoit. L'image est tirée d'une vidéo. Elle tape sur Échap et la fenêtre YouTube sort du mode plein écran.

— C'est quoi, ça ?

Abygaelle bondit en étouffant un cri.

— Calvaire, Jack, tu m'as fait peur ! Préviens avant d'entrer.

Jack s'approche, les bras croisés, un sourire en coin. Mais dès qu'il reconnaît le visage sur l'écran, son expression se durcit.

— Tu l'as regardée ? demande-t-il.

— J'aurais jamais osé le faire sans toi, répond-elle en souriant.

Elle lance la vidéo.

La voix calme mais déterminée d'André Spacek résonne dans les haut-parleurs de l'ordinateur. Posée. Glaciale. Un discours violent, plein de menaces et de rage. Il dénonce le capitalisme sauvage, sa voix vibrant d'une colère froide. Son regard brûle d'une conviction presque religieuse. Une colère contenue, polie, mais tranchante comme une lame.

Abygaelle secoue la tête, dépitée.

— Un ostie d'idéaliste, marmonne-t-elle, dédaigneuse.

— En voyant sa maison pourrie, je me suis dit qu'il était

complètement siphonné. Mais là... c'est encore pire, réplique Jack. Son discours était plutôt insipide, non ?

Abygaelle mordille sa lèvre inférieure, un réflexe chaque fois qu'elle se perd dans ses pensées.

— On dirait qu'il a repris mot pour mot les balivernes des conspirationnistes.

— Des gens aussi pourris que lui, répond Jack en riant.

Abygaelle note l'adresse YouTube de la vidéo, déjà certaine qu'elle y reviendra. Intuitivement, elle sent qu'il y a plus derrière tout ça.

Alors que Jack se retourne pour sortir, Abygaelle l'arrête d'un geste.

— Tu te souviens... dans la salle de conférence de la Powerlife ?

— Tu parles des corps ?

— Non. Autre chose. J'ai demandé à Fatima Nouri, mais elle ne comprenait pas non plus.

— Attends, Aby. Tu parles de quoi, là ?

Elle sort son téléphone de la poche de son imperméable beige. Elle parcourt les images, trouve la bonne photo, la tend à Jack.

— Je parle de ça.

Jack plisse les yeux. Une gravure, brute, à côté d'une porte. Un symbole ? Difficile à dire. Presque tribal.

— C'était là, sur le mur. Juste à côté de la porte de la salle de conférence. Fatima a juré qu'elle ne l'avait jamais vu avant. Et je la crois. C'était frais. Tout frais.

— Comment tu peux en être certaine ? demande Jack, intrigué.

— Des copeaux de bois restaient coincés dans les rainures. D'autres étaient sur le sol. Personne ne les avait balayés. C'était récent.

— OK... mais ça veut dire quoi ?

— J'en ai aucune idée. Mais s'il a pris le temps de graver

ça... c'est qu'il voulait qu'on le voie. Il nous lance un message. Si c'est le cas, c'est donc...

— Que ce pourri s'amuse à nos dépens, complète Jack, la mâchoire serrée.

Le silence retombe. Le visage figé de Spacek les fixe toujours depuis l'écran. Il sourit presque.

Abygaelle serre les lèvres, pensive.

— On dirait bien.

Jack fixe encore l'écran du téléphone. Le symbole le hante.

— Une barre verticale. C4. H2. Une autre barre verticale. C'est quoi, ce truc ? Une équation ? Une formule chimique ?

— C'est ce qu'on doit découvrir, mon cher Jack. J'espère que t'es bon dans les énigmes.

— Tu veux dire... du genre : "Un homme arrive à l'urgence, le docteur dit : 'Je peux pas opérer ce patient, c'est mon fils.'"

— Exactement.

— Non, je suis pourri.

Un large sourire éclaire le visage d'Abygaelle.

— Moi, je suis assez bonne. Mais on aura besoin d'aide.

Jack hoche lentement la tête. Il réfléchit. Son regard s'éloigne.

— À quoi tu penses ? demande-t-elle.

— Il me semble que certains collègues ont suivi une formation avec le FBI.

— Quel rapport avec notre affaire ?

— C'était une formation en cryptanalyse, tu sais, pour déchiffrer les messages codés. Comme ceux du tueur du Zodiaque.

— Tu es sûr que des collègues y ont assisté ?

— Absolument.

Alors qu'ils s'apprêtent à sortir pour retourner à la station, Abygaelle et Jack sont interpellés par un des agents qui inspectent la première chambre.

— Je crois que c'est la chambre de Spacek, dit-il. Les flacons sur la table de nuit sont à son nom.

— Il y en a un méchant paquet, dit-elle. Ils sont tous à son nom ?

L'agent acquiesce.

— Ouais. Tous. Et c'est le même médicament sur chaque étiquette. Clozapine.

— Clozapine... répète Jack, pensif. C'est pas pour la dépression, ça ?

L'agent hausse les épaule, mais Jack poursuit :

— J'ai un ami qui en prenait. Il souffrait de schizophrénie. Il disait que ça lui avait littéralement sauvé la vie, que sans ce médicament, il n'était plus lui-même. Mais c'est un médicament très dangereux, qui doit faire l'objet d'un suivi médical constant, si je me souviens bien.

L'agent ouvre un flacon vide, renifle l'intérieur machinalement, comme si une odeur pouvait trahir quelque chose.

— Et pourtant, ils sont tous vides. Même ceux qui datent de deux ou trois semaines.

Abygaelle se fige.

— Donc Spacek serait schizophrène ? murmure-t-elle.

— Peut-être, dit Jack. Ou alors il en abusait. Ou il les jetait. Peu importe la raison... sans médication, ça peut dérailler vite.

— Il se passe quoi, s'il arrête d'en prendre ? demande Abygaelle. Il devient dangereux ? Délirant ? Psychotique ?

— Ça dépend du type de symptôme, du profil... du passé, répond Jack en haussant les épaules. Il faudrait qu'on parle à son médecin.

— Tu sais bien qu'il n'acceptera jamais de nous dévoiler l'état de santé de son patient. Voyons ce que le médecin légiste peut nous dire à ce sujet.

10

———

L'eau du lac est paisible aujourd'hui, à peine ridée par quelques souffles de vent. Samuel Marcoux, la mine sombre, contemple l'étendue scintillante, déçu de devoir renoncer à sa séance de voile prévue ce matin. Il a découvert ce sport au début du camp et s'est surpris à l'aimer. Il y a pris goût, même s'il n'y connaissait pas grand-chose. Il s'est promis de continuer à son retour à la maison.

Installé sur un gros rocher plat, il attend que les autres enfants terminent leur repas. Charlotte étant partie en randonnée avec les plus jeunes, il profite d'un rare moment de solitude. L'air est doux, enveloppant. Ça sent les feuilles chaudes et les aiguilles de pin. Quelques brises légères le rafraîchissent juste ce qu'il faut.

Il pense à Cannelle. Encore. Toujours.

La sérénité du paysage contraste avec le tumulte qui l'agite. Il cherche désespérément les mots justes, hanté par une question sans réponse : comment lui faire comprendre que sept ans d'écart, c'est énorme aujourd'hui, mais que ça ne le sera plus dans quelques années ? Quand il en aura vingt, elle en aura vingt-sept. À ce moment-là, ça n'aura plus d'importance.

Il ferme les yeux. Respire profondément. Peut-on vraiment renoncer à quelque chose d'aussi fort... juste à cause d'un chiffre ? Il veut y croire, même si ça le rend fou.

Il a peur de rater sa chance. De passer à côté de l'amour de sa vie. Et puis, il y a ces rumeurs qui disent que Cannelle est attirée par Mousson. Rien que d'y penser lui donne la nausée. Si c'était vrai... ça anéantirait tous ses espoirs.

Du coin de l'œil, il aperçoit Amélia Hofman. Une petite blonde d'origine allemande, douce et jolie, qui ne le laisse pas complètement indifférent. Il sait qu'elle est amoureuse de lui — elle le lui a dit. Mais il l'avait deviné bien avant, dans les regards soutenus qu'elle lui jetait. Elle a le même âge que lui. Tout serait plus simple. Mais son cœur, à lui, il est ailleurs. Et ça, il n'y peut rien.

Elle lui fait un petit salut de la main. Il répond par un sourire fugace, presque mécanique, puis détourne les yeux et ouvre son carnet de notes. Il faut qu'il écrive. Sinon, il va exploser. Il doit trouver les mots justes.

> Dans l'abîme de tes yeux bruns,
> Je me perds, ô ma belle, ma jolie.
> Ce n'est point un simple emprunt,
> Mais mon cœur, à toi offert, que voici.

Il relit. Grimace. Puis déchire la page d'un coup sec. C'est nul. « Ce n'est point un simple emprunt » ? Mais qu'est-ce que c'est que cette merde ?

— Sam ! Tu viens ?

La voix de Frank Richard, lointaine, se fait entendre. Il agite les bras pour capter son attention. Samuel lui fait un signe rapide, mais ne bouge pas. Il garde les yeux sur les maisons minuscules, de l'autre côté du lac.

Il se demande s'il pourrait nager jusque-là. Juste partir. Disparaître. Mais non. Il sait qu'il n'en serait pas capable. La distance est trop grande. D'ici, les maisons paraissent minuscules, et la traversée lui prendrait des heures. Sans oublier qu'il n'est pas un nageur particulièrement doué.

Son esprit revient à son poème. Il tente d'y glisser l'espoir que Cannelle l'attende, qu'elle oublie Mousson. Puis il soupire profondément. Huit ans, c'est une éternité.

Il en veut à son âge. Depuis le divorce de ses parents, il veut juste grandir. Plus vite. Être libre. Être un homme. Ne dépendre de personne. Mais surtout : ne pas perdre Cannelle.

Il a toujours été fasciné par les conversations d'adultes. Elles lui semblent bien plus intéressantes que les babillages futiles des enfants de son âge. Sa maturité ne devrait-elle pas suffire à lui prouver qu'il mérite qu'elle l'attende ?

— SAM !

Frank gueule encore, plus fort cette fois.

— Ouais, ouais, j'arrive... Seigneur...

Samuel se relève à contrecœur. Il glisse son carnet dans la poche arrière de son short. Il aurait bien aimé rester là tout l'après-midi, à rêver dans le silence, à propos de tout, mais surtout de Cannelle.

Il la voit chaque jour, oui, mais ce n'est jamais pareil quand ils sont en groupe : elle le traite comme les autres. Elle ne lui accorde qu'un regard distrait de temps en temps. Mais quand ils sont seuls, c'est autre chose. Elle sourit à ses blagues. Son rire résonne comme une mélodie angélique. Elle lit ses textes sans se moquer. Son regard devient plus doux. Il le sent, ce n'est pas dans sa tête.

— Qu'est-ce que tu faisais ? lance Frank, arrivé à sa hauteur.

Frank le domine physiquement. Il est plus grand, plus costaud. Une carrure qui donne l'air d'un adulte de douze ans.

Samuel lève à peine les yeux.

— Je réfléchissais. On ne pourra sûrement pas faire de la voile aujourd'hui.

— Ark. La voile, c'est tellement dull.

Samuel serre les mâchoires. Comment peut-on dire un truc pareil ? Être sur un voilier, le vent dans les voiles, le calme tout autour… c'est pas dull, c'est parfait. Mais il ne dit rien. Pas maintenant. Il respire un coup. Puis il lance, presque trop vite :

— Frank… je dois te dire quelque chose.

L'autre arque un sourcil, un peu méfiant.

— Qu'est-ce qu'il y a ?

— C'est à propos de P-A. J'aimerais que t'arrêtes ton petit jeu, la nuit. Avec la lampe de poche.

Frank fronce les sourcils.

— Mon petit jeu ?

— Oui, le frapper avec ta lampe de poche pendant qu'il dort. C'est pas drôle, Frank. En plus, P-A est un bon gars. Si tu prenais le temps de lui parler, je suis sûr que tu le verrais.

— Le petit nerd ? Jamais de la vie, rétorque Frank, un sourire narquois aux lèvres.

— Essaie, insiste Samuel. Tu sais, parfois, ceux qui sont différents… ce sont eux qui restent quand on en a vraiment besoin.

Frank éclate d'un rire méprisant.

— Ça, c'est n'importe quoi. Ta théorie n'a jamais été vraie de toute ma vie.

— T'as déjà essayé ?

Silence. Une fraction de seconde, mais Samuel l'attrape. Une hésitation. Il a visé juste. Frank détourne les yeux, comme s'il cherchait une sortie. Samuel s'avance un peu, baisse la voix.

— Check ben ce qu'on va faire. La prochaine fois qu'on doit former des équipes, je vous choisirai, toi et lui. Tu verras, si ça ne clique pas, c'est pas grave. Mais au moins, tu auras essayé.

Frank hésite. Il n'est pas totalement convaincu, mais il n'a pas envie de contrarier Samuel. À contrecœur, il hoche la tête.

— En attendant, promets-moi d'arrêter ton rituel nocturne. Au moins jusqu'à ce qu'on voie ce que ça donne d'être dans la même équipe. Ensuite, on en reparlera. Deal ?

Samuel tend la main. Frank la fixe. Il hésite. Puis serre. Poignée rapide, sèche.

— Deal.

Samuel hoche la tête, satisfait d'avoir trouvé les mots justes. Ce n'était pas gagné d'avance. Frank n'est pas exactement le gars le plus futé du groupe. En réalité, Samuel s'est parfois demandé ce que Frank faisait ici, au camp.

Le Lac Sauvage, ce n'est pas un camp pour tout le monde. C'est le genre d'endroit où les parents paient cher pour se donner bonne conscience.

La mère de Samuel et Charlotte travaille pour le gouvernement fédéral. Un poste important. Suffisant pour vivre confortablement, sans extravagances. Ni luxe ni privation. Juste un équilibre feutré entre les deux.

Samuel sait cependant que Frank vient d'un autre monde. Un monde plus rugueux. Ce n'est pas qu'il le juge. Mais il le sent dans les vêtements usés, dans les silences tendus quand on parle d'argent. Malgré ses remarques plates, son air de dur et ses coups en douce, Frank n'est pas foncièrement méchant. Samuel devine que, derrière son attitude, se cache une envie maladroite de s'intégrer.

Quant à Pierre-Alexandre — P-A pour tout le monde —, il est l'incarnation du privilège. Son père est chirurgien, sa mère est psychiatre. Avant que les moniteurs ne leur confisquent les cellulaires, il avait montré des photos de leur nouveau chalet. Un vrai manoir de bois rond, perdu dans les Laurentides. Plus grand que la maison de Samuel, sans aucun doute. Il avait tenté de cacher sa surprise, mais ça paraissait dans ses yeux. Si c'est ça, leur chalet... il se demande bien à quoi ressemble la résidence principale.

Mais ce qui impressionne le plus Samuel, c'est que P-A ne s'en vante jamais. Au contraire, il semble même mal à l'aise avec tout ça. Surtout quand il parle de son père. On sent une tension latente. Quelque chose qui se brise dès qu'on parle de son école.

Samuel admire aussi ses résultats. Une moyenne impressionnante de 93 %. Lui-même serait aux anges s'il pouvait atteindre de tels scores. Mais il imagine aussi la pression immense que P-A doit ressentir. Que dirait son père si ses résultats tombaient à 76 %, comme ceux de Samuel ?

Un jour, P-A lui a raconté combien d'heures il passait à étudier. Samuel a compris que ce n'est pas que du talent, mais le fruit d'un travail soutenu. Il investit au moins trois fois plus de temps dans ses études que Samuel. Ce dernier se console en se disant que, proportionnellement aux efforts fournis, ses propres notes le situent dans la même catégorie que P-A. Du moins, ça le réconforte de le croire.

Alors qu'ils marchent côte à côte, Frank grogne encore à propos de la bouffe du camp. Un monologue râleur qui tourne en rond. Samuel n'écoute qu'à moitié. Son regard est attiré par Cannelle, qui rit au loin avec quelqu'un, dont la silhouette est partiellement dissimulée derrière l'une des cabanes. Son cœur se serre. Il espère que ce ne soit pas lui.

Mais ça l'est.

Et là, à quelques mètres, Mousson sort de l'ombre.

L'animateur est là, rayonnant, visiblement ravi de faire rire Cannelle. Et elle est là, devant lui, éclatante.

Le visage de Samuel se fige. Une colère sourde monte en lui, une émotion qu'il peine à identifier, comme une bile noire.

C'est donc ça, la jalousie ? Ce n'est pas juste une émotion. C'est un feu. Un feu dans le ventre.

Dieu que c'est douloureux.

Puis vient le coup de grâce. Cannelle pose sa main sur la poitrine de Mousson, puis éclate de rire une nouvelle fois. Elle se penche vers lui, et leurs visages se rapprochent.

Samuel sent une douleur vive, comme un poignard en plein cœur. Sa gorge se noue et une chaleur monte à ses joues. Le rire de Cannelle résonne derrière lui, cruel, tranchant. Il détourne les yeux, mais l'image est à jamais gravée dans son esprit.

Bien sûr qu'il est blessé. Cette vision le consume de l'intérieur.

Mais ce qui le détruit pour de vrai... c'est qu'elle ne l'a jamais regardé avec ces yeux-là.

11

———————

De l'extérieur, l'entrepôt de la rue Gifford a l'air abandonné. Un bloc de béton sans âme, tagué de graffitis, avec ses fenêtres crasseuses et ses volets défoncés. Rien ne trahit la lueur jaune qui perce à peine, là-dedans, à travers la saleté.

À l'intérieur, Ti-Boy Malveaux est assis, les pieds posés sur un vieux bureau en métal rouillé. Il est perdu dans ses pensées, comme toujours quand il gribouille dans son gros cahier, celui qu'il traîne partout.

L'endroit pue l'abandon. L'air est épais, saturé d'odeurs de rouille, de poussière et de moisissure. Les poutres suintent, couvertes de toiles d'araignées épaisses comme des filets. Chaque craquement du métal résonne comme une complainte.

Ti-Boy est concentré sur le dessin qu'il griffonne dans son épais cahier. Naturellement doué pour les arts, il n'a pourtant jamais tenté d'entrer aux Beaux-Arts, convaincu que le processus d'admission est pipé d'avance. Un garçon des quartiers pauvres n'a pas sa place là-dedans, pense-t-il. Ces écoles-là, c'est pour les enfants d'ambassadeurs, les rejetons de juges, les neveux bien placés. Et comme il n'a pas gagné à la loterie familiale...

Ti-Boy se fout des règlements et des attentes. Il vit en marge. Il se considère comme un électron libre, un original. Il a réussi à se convaincre qu'il n'est qu'une victime, qu'il n'a jamais eu sa chance, même s'il est encore jeune. Ce qui est pratique, quand on est fataliste, c'est qu'on rejette toute responsabilité dans son propre bonheur. C'est idéal pour quelqu'un comme lui, qui n'aime pas faire d'efforts.

Il ne voit pas ce qui pourrait changer ça. Alors, il a choisi de vivre à sa manière, reclus dans une cabane en bois offerte par André Spacek, nichée dans un coin de forêt que personne ne revendique.

Là-bas, il vit comme il veut. Éloigné de la civilisation, loin de ces hypocrites et de ces vertueux de pacotille. C'est pour ça qu'il aide Spacek à accomplir sa destinée. Il ne juge pas ses actions, même s'il a parfois du mal à adhérer à ses arguments. Ils ont eu leurs conflits et se sont éloignés pendant un certain temps. Mais depuis que la mère de Ti-Boy est malade, Spacek est tout ce qu'il lui reste.

Sa mère a sombré après une overdose qui l'a laissée figée entre deux mondes. Semi-végétative. Ti-Boy se demande s'il n'aurait pas mieux valu qu'elle meure. Après sa rupture avec André, elle a replongé dans la drogue, détruisant tout ce que le couple avait bâti ces cinq dernières années.

C'est là que la rancœur envers son ex-beau-père a pris racine. Il a voulu lui faire payer. Le faire souffrir. Puis il s'est calmé. Et il a fini par le suivre dans sa quête.

C'est comme ça que Ti-Boy se retrouve ici, dans cet entrepôt abandonné, loué à rabais sous une fausse identité par Spacek.

Le jeune Léonard a vu sa mère se battre contre vents et marées pour lui offrir une vie décente. Mais à ses yeux, elle a échoué. Lamentablement. C'est un jugement sévère, il le sait, mais il n'arrive pas à penser autrement. Cet engagement intrinsèque que chaque parent prend en décidant d'avoir un enfant : la promesse de disposer des moyens économiques et intellectuels nécessaires pour assurer la survie et le développement d'un petit être humain.

Et elle n'est pas la seule. Le monde est rempli d'incapables comme elle. Elle a décidé d'avoir un enfant, bien qu'elle n'ait jamais su vaincre ses propres démons ni prendre soin d'elle. Mais c'est l'arrivée de Spacek qui a tout changé.

Leur vie a pris un tournant presque normal — autant que c'est possible dans cette société dysfonctionnelle. Une maison à Notre-Dame-de-Grâce, une piscine hors terre, une cour correcte. Mais surtout : l'espoir d'une lumière au bout d'un interminable tunnel.

Spacek était la réponse à leurs prières. Le seul moment où Ti-Boy a vu sa mère pleinement heureuse, sans cette lueur mélancolique dans le regard. Celle qu'elle portait en elle depuis toujours.

Avec lui, tout s'est stabilisé. Elle avait même arrêté l'alcool et la drogue. Spacek l'a traînée, de gré ou de force, aux réunions des Alcooliques et Narcotiques Anonymes. Elle s'est engagée dans ces rassemblements au point de devenir l'une des bénévoles les plus actives. Elle était toujours présente pour accueillir les nouveaux arrivants, ces fantômes silencieux assis au fond de la salle, qui n'osaient pas lever la main pour demander leur premier jeton.

Mais malgré cela, malgré la maison, malgré la paix relative, Ti-Boy ne parvenait pas à être heureux. Quelque chose restait coincé au fond de lui. Une colère sourde, tenace. Un feu qui datait de loin — de l'abandon de son père.

Et puis il y a ce prénom : Léonard. Un cadeau empoisonné légué par ce père disparu. Il a toujours haï ce nom. Il a souvent pensé le changer officiellement, mais comme tout le monde l'appelle Ti-Boy, la transition s'est faite naturellement. Même sa mère s'y est faite, elle qui, au départ, refusait d'utiliser ce surnom qu'elle trouvait trop enfantin.

Mais lui, il n'a jamais été un Léonard. Il est Ti-Boy, le petit caïd du quartier. Celui qui avance la rage au ventre, le couteau entre les dents, détruisant tout ce qui a le malheur de se dresser sur son passage.

Sous l'œil de Spacek, il a appris à canaliser cette rage. À se concentrer sur des objectifs. À s'organiser. À planifier. Il a découvert comment devenir une machine de guerre méthodique.

Spacek, lui, a gravi les échelons à la Financière Powerlife avant d'être brutalement licencié. Mais ce renvoi, bien que douloureux, s'est avéré bénéfique. Spacek y a vu une opportunité de réaliser sa mission, sa raison d'exister.

Lui aussi est né dans le fond du baril. Une enfance chaotique, une mère monoparentale qui tirait le diable par la queue pour boucler les fins de mois. Lui non plus n'a jamais vraiment connu son père.

Quand Spacek est arrivé dans la vie de Ti-Boy, le lendemain de ses douze ans, il l'a tout de suite pris sous son aile. Comme s'il était investi d'une mission. Il est devenu la figure paternelle qu'il n'avait jamais eue.

Et le garçon ne demandait que ça. Un guide, une personne pour l'accompagner et l'aider à définir son chemin. Spacek s'est investi à fond. Prêt à tout pour lui. Prêt à l'aimer comme son propre fils. Même s'il avait un côté autoritaire, il refusait rarement quelque chose à Ti-Boy.

Spacek a été séduit par son aura et son charisme. Son magnétisme caméléon, sa marque de commerce. Une habileté à se faire donner le Bon Dieu sans confession.

Ti-Boy, lui, jouait le rôle. Il l'appelait « papa », juste pour faire plaisir. Pas parce qu'il y croyait. Pour lui, le concept de père, ça ne voulait plus rien dire. Son géniteur avait tout détruit le jour où il avait pris la fuite, laissant sa mère seule avec un bébé sur les bras.

Mais quand sa mère a annoncé que c'était terminé avec André, c'est comme si le plancher s'était effondré sous lui.

Aucune explication valable, juste cette idée absurde que Spacek croyait que Ti-Boy ne l'aimait pas.

Complètement ridicule.

Comment osaient-ils le priver de ce qu'on lui avait enfin donné ? Une vie stable, un semblant de normalité. Il a fait des efforts. Il a fait sa part, il a joué la comédie du bon petit fils propret, l'élève modèle. Il a joué le rôle du garçon d'un couple dans une grande pièce de théâtre servant à maintenir l'illusion. Et voilà que tout s'est écroulé.

Il l'a vécu comme une trahison. De la part de la seule personne qu'il aime, malgré tout, inconditionnellement.

Il ne l'a pas frappée. Il n'a pas levé la main. Mais il s'est vengé à sa façon. Comme un ado blessé sait si bien le faire. Il lui a pourri la vie. Avec une cruauté mesurée, douloureuse, insidieuse. Et même si ses propres larmes le brûlaient parfois, même si ça lui fendait le cœur, il n'arrivait pas à lui pardonner cet échec.

André, lui, tentait de calmer le jeu. Il lui disait d'arrêter, de la lâcher un peu. Mais Ti-Boy rétorquait qu'il avait fait cent fois pire en les abandonnant. Qu'il les avait littéralement condamnés à mort.

Au fond, André comprenait la rage qui brûlait dans le ventre de Ti-Boy. Pourtant, il restait stoïque, même face aux insultes les plus acerbes. Cette indifférence apparente n'apaisait pas le jeune homme, bien au contraire. C'était pire que n'importe quel châtiment physique. Pourtant, André, fidèle à sa promesse d'être un père pour lui, restait engagé malgré tout.

Quand Ti-Boy a appris que sa mère avait replongé, il s'attendait à une réaction de Spacek. De la colère. De la compassion. N'importe quoi. Mais non. Rien. Comme si ça ne le concernait plus.

Cette indifférence a duré jusqu'au jour où Ti-Boy a trouvé sa mère étendue sur le plancher.

Cette image, il ne l'oubliera jamais : sa peau froide et

moite, ses lèvres bleuies, et son regard vide. Elle avait fait une overdose presque fatale. En réalité, elle ne s'en était jamais remise.

La rage de Ti-Boy, déjà immense, s'est intensifiée. Il en voulait à tout le monde, à sa mère pour sa faiblesse, à Spacek pour son inaction. Mais André a fini par se racheter, en couvrant les frais exorbitants du centre privé où elle végète maintenant. Et elle y restera sans doute jusqu'à la fin de ses jours.

Les dessins de Ti-Boy, sombres et tourmentés, reflètent son univers intérieur. Peuplés de démons et de monstres, ils n'ont rien de joyeux ou d'apaisant. Son talent est indéniable, mais aussi noir que son âme. Ses proches trouvent ses œuvres troublantes, presque effrayantes, mais lui les voit comme poétiques. Il se fiche bien de leur opinion. Pour lui, l'art est au-dessus de toute critique.

Alors qu'il griffonne une nouvelle scène macabre dans son cahier, la voix du présentateur de nouvelles retentit dans la pièce. Ti-Boy lève la tête, par réflexe.

Une attaque spectaculaire. Un tireur s'est introduit dans les bureaux de la Financière Powerlife et a abattu quinze membres de la haute direction. Le suspect est toujours en fuite. Une photo d'André Spacek s'affiche à l'écran.

Ti-Boy fixe l'image. C'est lui, oui... mais plus jeune, amaigri. L'image surexposée lui donne un air spectral, presque irréel. Ti-Boy sourit. La photo ne leur servira à rien.

Spacek ne l'a pas encore contacté via son téléphone prépayé. Ti-Boy comprend que son mentor doit se cacher pour un temps et préparer la prochaine étape. Car, même si l'attaque de la Powerlife marque un coup d'éclat qui entrera dans les annales des crimes les plus spectaculaires du Québec, ce n'est que le début.

André Spacek a une mission, une destinée qu'il entend accomplir. Ti-Boy en est convaincu. Spacek est intelligent et rusé. Pas autant que lui, bien sûr, mais suffisamment pour mener à bien ce qui est prévu.

Le présentateur mentionne une gravure laissée sur le mur de la salle de conférence. Ti-Boy serre les lèvres.

« C'est parti. Aucun retour en arrière possible. »

Il s'apprête à replonger dans son dessin, quand un gémissement étouffé se fait entendre quelque part dans l'entrepôt. Il soupire, excédé.

— Vous allez fermer vos gueules, oui ?

Silence. Rien.

Ti-Boy retourne à son cahier et ajoute les dernières lignes. Un démon en train d'avaler un autre, plus gros que lui. Une métaphore parfaite de la lutte qui le ronge de l'intérieur.

12

Abygaelle fait irruption dans le bureau de son patron sans même prendre le temps de frapper.

— Charles, plus j'y pense, plus je suis convaincue que le tueur nous laisse des indices sur ses prochaines frappes. La gravure dans la salle de conférence... et maintenant cette vidéo.

Picard lève les sourcils et la fixe d'un regard réprobateur.

— Non, Abygaelle, je ne suis pas occupé du tout. Entre, assieds-toi, dit-il en pointant du menton la personne assise devant lui.

Abygaelle s'excuse, sans détourner le regard. L'heure est grave, pas le temps pour les politesses. Quelle que soit la discussion en cours, elle ne peut pas être plus urgente que ce qui concerne André Spacek.

Picard pousse un profond soupir, mettant ainsi fin à la discussion en cours. Il propose de la reprendre plus tard. Puis il se tourne vers elle.

— D'accord. Qu'est-ce que tu proposes ?

— Jack m'a dit que certains auraient suivi une formation en décryptage offerte par le FBI. Ça te dit quelque chose ?

— Vaguement. Ça remonte à quelques années. Un instructeur du FBI avait animé un atelier pendant une conférence. Plusieurs corps de police y avaient assisté, y compris nous. C'était avant que t'arrives.

— Il faut retrouver tous ceux qui y ont participé. Qu'ils laissent tout tomber et se concentrent sur la gravure de la Powerlife. On doit comprendre ce qu'elle veut dire.

— Une sorte de cellule de crise ? Tu crois vraiment que c'est un message codé ?

— J'en suis certaine. Et je pense qu'il y en aura d'autres. Murielle pourrait diriger l'équipe. Jack et moi, on continue sur le terrain. On doit arrêter ce malade avant qu'il ne frappe encore.

Picard réfléchit. Mobiliser autant de ressources pour une gravure ? Et s'ils perdaient leur temps ? Le personnel est déjà à bout depuis les récentes coupures.

Abygaelle croise les bras, impatiente.

— Charlie, on est dans une course contre la montre. Fais-moi confiance.

Picard se lève lentement, puis il se dirige vers la fenêtre, les mains dans le dos. Il garde le silence un moment.

— Très bien, dit-il enfin. On suit ta piste. Murielle dirigera l'équipe. Je vais voir qui on peut mobiliser parmi ceux qui ont suivi la formation.

Soulagée, Abygaelle tourne les talons et quitte le bureau à grandes enjambées.

— Mais, Aby, tu dois absolument…

Picard se retourne, mais elle a déjà disparu.

— Génial, marmonne-t-il en secouant la tête.

À peine sortie, Abygaelle croise Murielle, qui lui fait un signe pour capter son attention.

— C'est quoi l'affaire, au juste ? demande-t-elle en pointant le bureau du lieutenant.

Abygaelle lui expose son idée. Murielle fronce les sourcils, visiblement contrariée.

— T'aurais pu m'en parler avant de proposer mon nom, dit-elle d'un ton calme, mais sec.

— Je sais. Désolée. Mais on n'a pas le luxe d'attendre. L'idée m'est venue en jasant avec Jack. Je ne voulais pas te mettre devant le fait accompli, mais comme tu as dit que tu voulais te concentrer sur la recherche, j'ai pensé...

— C'est correct, l'interrompt Murielle en redressant les épaules. Je m'en charge.

— Ça, c'est la Murielle que je connais, lance Abygaelle avec un clin d'œil moqueur.

Sans perdre de temps, Abygaelle fait préparer des copies de la gravure. Une fois l'équipe réunie dans une salle sécurisée — écrans, tableau blanc, matériel pour visioconférences — elle leur présente le plan.

Elle espère qu'avec assez de cerveaux sur le casse-tête, ils réussiront à décoder ce qu'elle est convaincue d'avoir perçu : un message crucial. L'emplacement de la prochaine attaque de Spacek.

Il l'a annoncé dans sa vidéo : il frappera chaque jour jusqu'au crescendo final — son chef-d'œuvre ultime, celui qui, selon lui, le fera entrer dans la légende.

Abygaelle a un mauvais pressentiment. Si le massacre de la Powerlife n'était que le début, quelles horreurs prépare-t-il encore ? Elle doit percer ce mystère — et vite. Le fait qu'une équipe travaille déjà sur la gravure la rassure un peu.

Pour l'instant, rien n'indique qu'il ait des complices. Mais peut-on en être sûrs ? Il pourrait être financé, manipulé, utilisé par d'autres. Un groupe, une idéologie, un mentor. Peu importe ses motivations, Abygaelle doit comprendre ce qui alimente sa haine pour prévoir ses prochaines attaques.

Elle tente de garder la tête froide. De ne pas laisser la frustration troubler son jugement. Mais Spacek les a entraînés dans un jeu macabre, ce qui ne lui plaît pas du tout. Elle aurait voulu l'arrêter autrement, sans se prêter à sa mise en scène. Sans entrer dans son cercle de folie. Mais les options sont limitées. Pour le moment, elle doit jouer selon ses règles. C'est un jeu malsain, prisé seulement par les esprits les plus tordus.

Certains criminels recherchent la célébrité, alimentant un narcissisme délétère. Mais Spacek est un tout autre genre d'animal. Tout indique qu'il veut provoquer les forces de l'ordre, les défier ouvertement. Qu'il se voit en successeur du tueur du Zodiaque.

C'est comme s'il leur lançait un ultimatum : « Jouez avec moi, ou d'autres mourront. »

Abygaelle n'a jamais été confrontée à un tel degré de machiavélisme.

Elle ne peut s'empêcher de penser aux séquelles de la désinstitutionnalisation des patients psychiatriques. Trop de gens sont laissés à la dérive, sans soins ni repères. Spacek n'est pas qu'un criminel : c'est un esprit fracturé. Un homme consumé par une rage insondable. Un malade, peut-être en rupture de traitement, aux conséquences potentiellement catastrophiques.

Et pourtant, elle sait qu'elle n'a pas le choix. Elle doit entrer dans sa tête. Comprendre sa logique, aussi déformée soit-elle. C'est le seul moyen d'anticiper ses gestes.

C'est dans ces moments qu'elle plonge dans sa propre noirceur. Qu'elle se reconnecte à son passé trouble. Elle sait ce que c'est que de frôler l'abîme. Elle aussi a côtoyé les sombres recoins de la folie.

Pour vaincre Spacek, elle doit anticiper l'imprévisible. Trouver la foutue aiguille dans une botte de foin. Elle se réjouit que Picard ait accepté ses demandes. Elle se sent moins laissée à elle-même face à ce défi. L'union fait la force — même dans une guerre psychologique aussi tordue.

Mais une chose reste enfouie. Un détail qu'elle garde pour elle, qu'elle n'ose avouer à personne.

Elle est complètement terrifiée.

Parce qu'elle sait que, pour gagner à ce jeu-là, elle devra y laisser une partie d'elle-même.

13

———————

Tous les regards sont braqués sur Frank Richard, figé, muet.

Dans le petit bureau de Ciboulette, où Mousson et Cannelle assistent à l'interrogatoire, le silence s'épaissit. Le tic-tac de l'horloge murale résonne comme un rappel implacable du temps qui passe. Chaque seconde alourdit un peu plus l'atmosphère.

Ciboulette pousse enfin un long soupir, brisant la tension.

— Frank, je vais te la reposer, la question. Qu'est-ce que tu fais avec un couteau dans le dortoir ? Tu sais que c'est interdit. Tu sais aussi que ça peut te valoir une expulsion sur-le-champ.

Frank garde les yeux rivés au plancher. Les bras croisés, il cherche désespérément quoi dire. Mais rien ne vient. Son cerveau tourne à vide. Pour lui, ce couteau n'a jamais été un problème. Ce n'est pas une arme, c'est un souvenir. Un objet précieux, hérité de son grand-père. Il l'a toujours sur lui. Il aurait préféré que ce soit un bijou. Quelque chose de moins... compromettant. Mais ce couteau, c'est tout ce qui lui reste de lui.

Comment leur faire comprendre ? Leur expliquer que ce n'est pas une menace, mais une relique, un lien fragile avec l'homme qui l'a élevé comme un père ? Il n'a jamais voulu faire peur à qui que ce soit.

Mais les trois animateurs restent de marbre. Ses explications n'atteignent pas leur cible. Il va être renvoyé du camp sans autre forme de procès, c'est garanti.

Derrière son regard provocateur et son ton hargneux, Frank est au bord du gouffre. En dedans, tout s'effondre. Encore une fois, on le rejette. On le juge. Pas pour ce qu'il a fait, mais pour ce qu'il est. Pour ce qu'il représente.

Et pourtant, Ciboulette, Mousson, Cannelle... n'étaient-ils pas à sa place il n'y a pas si longtemps ?

Ils ont sûrement connu, eux aussi, un ado comme lui : les épaules trop larges pour son âge, le visage durci trop vite, une carrure d'adulte plantée au milieu d'enfants à la peau douce et aux joues rebondies. Peut-être qu'ils ont eu maille à partir avec un gars qui lui ressemblait. Peut-être que c'est ce biais cognitif qui joue en sa défaveur.

Frank n'a rien demandé. Il est juste né comme ça. Trop grand. Trop fort. Et ce qui aurait pu être un avantage a toujours été un fardeau. Il ne compense pas avec son cerveau non plus. Frank est loin d'être un génie. Les notions scolaires lui glissent entre les doigts. Alors que la plupart des autres étudiants assimilent rapidement les concepts, lui, il met des heures à les maîtriser

À l'école, on le craint. On ne le respecte pas. Il n'a pas d'amis. Il n'a rien d'un Samuel Marcoux.

Mon Dieu, ce qu'il donnerait pour être comme lui.

Samuel est un des rares à ne pas le craindre. Récemment, il lui avait même dit : « Déclare ton couteau au camp, c'est plus safe. »

Mais Frank, entêté, avait refusé. Il avait peur qu'on le lui enlève. Et maintenant, c'est trop tard.

Il va se faire mettre dehors. D'un camp qu'il n'aurait même pas pu se payer tout seul.

Ce séjour, il le doit à un donateur anonyme, comme deux autres jeunes du camp. Et maintenant, à cause de lui, est-ce que ce bienfaiteur va regretter son geste ? Est-ce que le camp va durcir ses critères, fermer la porte aux gamins comme lui ? Ceux qui n'ont pas eu la chance de naître du bon bord ?

Soudain, tout le poids du monde s'écrase sur ses épaules. Ce poids-là, il le connaît trop bien. C'est toujours le même : celui d'avoir tout foutu en l'air. Encore.

Son père a raison. Il est un raté. Un bon à rien. Une nouvelle excuse à ajouter à la collection, pour mieux le rabaisser.

Frank connaît le scénario par cœur : le silence dans la voiture, lourd comme du plomb. Puis les menaces, à peine déguisées. Des phrases comme :

— Tu perds rien pour attendre, mon p'tit crisse. Tu vas voir à la maison.

Mais une fois arrivés, il ne se passera rien. Enfin… rien de visible.

Il sera envoyé dans sa chambre, pendant que son père videra méthodiquement sa caisse de bière.

L'alcool, c'est le détonateur.

Sobre, il reste aux mots. Froids. Tranchants. Suffisants pour gruger l'âme.

Mais saoul, c'est autre chose. Les coups pleuvent : des poings, des pieds, une ceinture, et parfois même un bâton.

Frank sait ce qui l'attend. Il sera seul. Face au monstre.

Et après ? On lui demandera de faire semblant. Comme toujours.

Son bourreau se réfugiera dans un silence pénitent. Il évitera son regard pendant des jours. Puis, tout redeviendra « normal ». Jusqu'à la prochaine fois.

Ce cycle infernal ne peut mener qu'à un seul dénouement tragique : l'un des deux finira par tuer l'autre.

La seule question, c'est : qui ? Le monstre ? Ou la victime ?

Peut-être les deux... parfois, il se surprend à l'espérer.

Il se sacrifierait, si ça pouvait détruire son père. Mais non.

Son père s'en sortirait, il le sait. Il retournerait la tragédie à son avantage. Il trouverait même le moyen de passer pour une victime. Encore une preuve que Frank était faible.

Incapable de prendre une raclée sans chialer.

Ciboulette se lève lentement et fait le tour de son bureau. Elle s'approche, observe Frank longuement. On dirait qu'elle cherche les bons mots, ou peut-être la moins mauvaise façon de s'y prendre. Elle soupire de nouveau.

Elle aurait voulu éviter ça.

— Bon... alors, puisque c'est comme ça, Frank, dit-elle doucement, on n'aura pas le choix. On va devoir te...

— Ah, t'es là !

Tous sursautent, se retournent vers la porte. Pierre-Alexandre Gervais vient d'entrer en trombe, haletant.

Mousson se précipite vers lui.

— P-A, ce n'est pas le moment. Reviens dans quelques minutes.

Mais P-A le contourne d'un pas ferme.

— Non. Attendez. Frank... est-ce que tu leur as donné ?

Frank relève les yeux, déconcerté. De quoi parle-t-il ?

Pierre-Alexandre pousse un long soupir théâtral, puis affiche un sourire désarmant.

— Mon couteau de chasse... tu l'as remis ? Je ne me rendais pas compte dans quoi je m'embarquais. J'avais un peu peur, alors je l'ai apporté. Juste au cas. C'est un cadeau de mon père, vous comprenez ? Frank et Sam m'ont dit de vous le remettre, mais... j'ai paniqué. J'ai eu peur d'avoir des ennuis, alors je l'ai caché. Frank l'a récupéré hier pis il m'a dit qu'il allait vous l'apporter. Il m'a même promis que vous me le rendriez à la fin du séjour. C'est bien pour ça que vous êtes ici, hein, Frank ?

Le colosse reste figé un instant, pris de court. Puis un mince sourire se dessine sur ses lèvres. Il hoche lentement la tête.

— Je savais pas trop comment l'expliquer sans te mettre dans le trouble… Ils l'ont trouvé dans mes affaires avant que je puisse le ramener. J'ai complètement oublié ce matin.

P-A prend aussitôt un air catastrophé, les yeux ronds.

— Oh non… dis-moi pas que t'es dans la marde à cause de moi ?

Mousson le regarde, les bras croisés, avec un sourire amusé. Il finit par lever une main.

— OK, P-A. Tu peux arrêter ton cinéma.

Frank ne peut s'empêcher de sourire. P-A persiste. Il feint l'indignation, la main sur le cœur, comme s'il jouait dans une pièce sur Broadway.

Même Ciboulette, malgré son air sérieux, semble amusée. Un léger silence s'installe, puis elle tranche :

— Bon. On va conserver le couteau jusqu'à la fin de la semaine. Vous le récupérerez à ce moment-là.

Frank hoche la tête, faussement solennel.

— Parfait. Mais comme je disais, c'est pas le mien. Il appartient à P-A.

Cannelle, qui était restée à l'écart jusqu'à présent, croise les bras et sourit.

— Bel effort. Mais sincèrement ? Ça mérite même pas une nomination aux Oscars.

Un petit éclat de rire fuse dans la pièce. L'ambiance se détend enfin.

Ciboulette, redevenue sérieuse, ajoute :

— Frank, je vais être claire : plus aucun écart de conduite ne sera toléré. Le moindre incident, et tu repars avec monsieur Marquis. C'est bien compris ?

— Oui, madame.

Elle fait un signe vers la porte.

— Vous pouvez y aller.

Les deux garçons ne se le font pas dire deux fois. Ils se faufilent vers la sortie, soulagés, presque euphoriques.

Mais au moment où ils atteignent la porte, la voix de Ciboulette les rattrape.

— Ah, et une dernière chose, messieurs. Vous êtes exclus de la pièce de théâtre de fin de semaine.

P-A s'arrête net, se retourne avec une expression outrée.

— Quoi ? J'étais si mauvais que ça ?

14

Abygaelle et Jack observent le docteur Jean Harrison, médecin légiste, penché sur un dossier. Il finit par se retourner et retire ses petites lunettes rondes.

— La clozapine, c'est pas un bonbon. C'est un médicament puissant. Si un patient arrête son traitement, les conséquences peuvent être graves.

Jack pince les lèvres.

— Et... ça pourrait expliquer un changement de comportement, mettons ?

— Ça dépend du type de schizophrénie, mais oui. Très possible. La clozapine, c'est un antipsychotique atypique. On n'arrête pas ça comme on oublie de prendre une aspirine.

Abygaelle se tortille sur sa chaise, l'air tendue.

— Mais concrètement, docteur... qu'est-ce qui se passe si quelqu'un arrête du jour au lendemain ?

— Si la personne est stabilisée, l'arrêt brutal peut provoquer un effet rebond : hallucinations, paranoïa, agressivité, comportements délirants... C'est comme retirer une planche sous les pieds de quelqu'un qui marche au-dessus du vide.

— Ça pourrait expliquer pourquoi quelqu'un disjoncte et devient violent ? demande Jack.

Harrison comprend très bien à qui ils font allusion.

— Disons que si Spacek avait des antécédents de délires paranoïdes, des idées fixes... et qu'il avait arrêté son traitement, par choix ou par méfiance... ça suffirait à le faire déraper.

— Mais pourquoi quelqu'un voudrait se mettre dans cet état-là volontairement ? demande Abygaelle.

Harrison hausse les épaules.

— Certains se sentent mieux et croient qu'ils n'ont plus besoin de médication. D'autres développent une méfiance extrême, même envers leur médecin. Ils ont l'impression d'être surveillés, manipulés. La clozapine devient un poison dans leur tête. Alors, ils arrêtent.

Il prend une pause, comme s'il cherchait les bons mots.

— Et ensuite... les voix peuvent revenir.

Abygaelle se mordille la lèvre inférieure.

— Ou bien il pourrait devenir plus vulnérable à une personne qui essaierait de le manipuler ?

— Exactement.

En quittant le bureau, Abygaelle lance un regard inquiet à Jack.

— J'espère que c'est pas ça... Parce que si on peut même plus raisonner avec Spacek, on n'est pas sortis du bois.

Devant la maison du suspect, Abygaelle sent son estomac se nouer. Le malaise est là, sourd, tenace. Les images de la scène de crime la hantent, en boucle. Elle ne saurait dire si c'est l'austérité figée de la maison ou le poids de l'enquête. Dans tous les cas, quelque chose d'oppressant imprègne les lieux.

À l'intérieur, un agent de police les attend dans le bureau qu'André Spacek a méticuleusement aménagé. Tout autour, des policiers et des techniciens s'affairent, ratissant la maison centimètre par centimètre.

Jack rejoint Abygaelle près de la porte.

— Qu'est-ce qu'on a ? murmure-t-il.

L'agent leur montre un écran figé sur une image vidéo. On y voit Spacek, visage creusé, yeux mi-clos, comme absorbé par une pensée obscure. Cette vidéo-là, Abygaelle ne l'a jamais vue.

— Regardez ça, dit le policier en relançant la lecture.

Spacek apparaît, le regard dur, presque hypnotique. Il tient une feuille. Sa voix, plate mais saturée d'amertume, résonne comme une litanie glaciale.

— « Si vous regardez cette vidéo, c'est que vous savez ce que j'ai fait. Vous vous demandez sûrement pourquoi j'ai tué tous ces gens. C'est simple. C'étaient des parasites. Des voleurs. Des profiteurs qui maintiennent le peuple dans la misère pendant qu'ils se pavanent en costards hors de prix et allument leurs cigares avec des billets de cent dollars.

J'ai donné ma vie à une entreprise qui m'a jeté comme un vieux mouchoir. Tous mes sacrifices, mon énergie... anéantis.

Et pour quoi ? Pour que leur richesse continue de croître. Pour que ces actionnaires de merde s'engraissent encore.

Ils m'ont remercié à cause d'accusations ridicules, propagées par des jaloux et des ignorants. J'ai été crucifié par cette société pourrie, gangrenée par la culture de l'annulation, les wokes, les moralisateurs, les vertueux de façade. Tous des hypocrites, avec leurs placards débordant de squelettes.

Je sais pas d'où viennent ces histoires. Mais si je le savais, les responsables seraient déjà morts. Pour une poignée de clics, ils ont inventé des histoires dégueulasses... j'ai perdu ma femme et mon fils, et j'ai été congédié, sans autre forme de procès. »

Abygaelle note rapidement les mots « fils » et « femme » dans son carnet. Pourtant, rien dans le dossier de Spacek n'indique qu'il ait été marié ni qu'il ait eu un enfant. Une contradiction intrigante. Dans cette enquête, tout doit être revérifié. Aucun détail n'est insignifiant quand il s'agit d'arrêter un psychopathe avant qu'il ne fasse d'autres victimes.

La voix de Spacek, d'abord calme et presque détachée, s'enflamme peu à peu. La colère monte, crue, incontrôlée. Il lit ensuite un manifeste anti-capitaliste — un texte qu'il prétend avoir récité à ses victimes avant de les abattre « comme des chiens », selon ses propres mots. Le discours dégouline de haine, vomissant sur les riches, se posant en justicier des opprimés.

Un Robin des Bois cheap, pense Abygaelle en jetant un coup d'œil à Jack.

L'ironie lui saute à la figure : Spacek était lui-même un cadre supérieur, bien au chaud dans l'élite qu'il dénonce aujourd'hui avec tant de rage. Elle scrute Jack du coin de l'œil, guettant une réaction.

« Maintenant que la société m'a abandonné, je vais lui faire payer, déclare Spacek. La Powerlife n'était qu'un prélude. J'ai l'intention de frapper chaque jour, jusqu'à ce qu'on m'arrête... ou que j'atteigne mon objectif. Ma finale sera spectaculaire. Elle me garantira une renommée internationale. Attendez de voir.

Je suis prêt à mourir. Je n'ai peur de rien. Je n'ai plus d'âme. Je suis votre pire cauchemar. »

Jack lève les yeux au ciel, exaspéré par la grandiloquence du monologue. Mais il sait, comme Abygaelle, que ce ne sont pas de simples paroles. Ce n'est pas un désaxé perdu qu'ils poursuivent, mais un tueur méthodique, porté par un délire meurtrier.

Pour l'instant, c'est lui qui mène ce jeu macabre : ils sont les souris, et Spacek, le chat. Il faut absolument inverser les rôles.

« Vous n'avez jamais vu un tel massacre, que ce soit au Québec ou dans tout autre endroit sur la planète. Vous avez cherché à détruire ma réputation ? Vous vouliez ma peau ? J'aurai la vôtre. »

La vidéo s'interrompt sur son visage, tordu par la rage. Les yeux exorbités, la mâchoire crispée, les muscles du cou saillants. L'image d'un homme en chute libre, avalé par sa propre démence.

Abygaelle mordille sa lèvre inférieure — un vieux réflexe qu'elle n'arrive jamais à retenir. Elle sent l'urgence grimper, comme un étau qui se referme. Elle pense à la gravure retrouvée à la Powerlife, sort son téléphone, affiche la photo et la montre autour d'elle.

— Si quelqu'un comprend ce que ça veut dire... parlez-moi.

Puis elle se tourne vers le policier à sa droite.

— Quoi d'autre ?

— Rien de plus, dit-il en haussant les épaules. Quelques factures, des documents, des photos.

— Ramassez tout. Absolument tout. On finira peut-être par tomber sur un truc. Une adresse. Un achat récent. Un lien.

Elle observe les policiers qui examinent la gravure. L'un d'eux hausse les épaules, l'air perdu. Abygaelle soupire.

Ça aurait été trop facile.

Elle s'approche de Michel Cloutier, expert en balistique, qui fixe la photo de la gravure avec un sourire en coin.

— Des idées ? demande-t-elle.

— Pas vraiment. Le C4, c'est un explosif, non ?

Abygaelle confirme d'un signe de tête.

— Alors il prévoit de faire sauter quelque chose... Mais quoi ? Et H2, c'est censé représenter quoi ? Et ces deux lignes verticales ?

— On essaie encore de déchiffrer, dit-elle.

Cloutier l'observe un instant, puis remarque :

— T'as l'air préoccupée.

— Perspicace, réplique-t-elle avec un demi-sourire. Et toi, as-tu des pistes ?

Il détourne les yeux vers la table, plisse le front, puis pointe un document.

— Tu parles de ça ?

— Oui. C'est quoi ?

— Aucune idée. On dirait un poème.

— Écrit par Spacek ?

Il hausse les épaules.

Abygaelle saisit la feuille, tapée à l'ordinateur, et lit à haute voix :

    « Amis de la cause,

    Brandissez vos armes, agitez vos drapeaux.

    Argumentez avec éloquence.

    Soutirez le meilleur de votre troupeau.

    Libérez votre furie.

    Établissez le nouvel empire.

    Sentez-vous la victoire s'approcher ?

    Brandissez vos armes, je vous le dis.

    Annihilez les profiteurs.

    Narguez le pouvoir.

    Détruisez les icônes, pulvérisez les idoles.

    Imprégnez-vous de rage, démantelez les institutions.

    Tuez, sans égard.

    Saluez un autre soldat quand vous le croisez.

    Déboulonnez les statues, vengez les oubliés.

    Usurpez les rôles, reprenez ce qui vous est dû.

    Créez le chaos : aucune révolution n'est douce.

    Attaquez. Et quand vous croyez en avoir fait assez, attaquez encore.

    Refusez le statu quo.

    Transférez la richesse vers ceux qui la méritent, ceux à qui elle revient.

    Elle appartient au peuple. À bas le 1 %, vive le 99 % !

Libérez le peuple. Ensemble, nous entrerons dans l'histoire. »

Abygaelle relit certains vers, le regard dur. Son visage trahit un mélange de frustration et d'agacement.

— Prétentieux et creux, lâche-t-elle. Ça ne révèle rien. Juste un ramassis de slogans révolutionnaires éculés.

Elle repose la feuille sur la table avec un soupir, balaie la pièce du regard.

— C'est donc ici que Spacek se terrait...

Elle quitte le bureau et s'immobilise dans le couloir, les yeux balayant l'espace, les souvenirs refaisant surface.

Lorsqu'elle travaillait aux mœurs, elle avait développé un talent unique : déchiffrer les indices qu'une maison refusait de révéler. Chaque visite était une enquête silencieuse, où tout prenait son sens. Les familles soupçonnées de maltraitance s'efforçaient de tout masquer, mais c'étaient les petits riens, les faux-semblants dans les détails, qui trahissaient la vérité.

Elle se souvenait de ces tiroirs trop bien rangés, des bibliothèques où un livre déplacé ouvrait une brèche. L'ordre ou le chaos d'un lieu disait tout

Mais ici... chez Spacek... tout est figé. Parfait. D'une propreté chirurgicale. Chaque objet à sa place, comme si le moindre désordre était une offense.

Puis elle descend au sous-sol. Et là, le contraste la frappe.

Une longue table pliante trône au centre de la pièce. Sur les murs, des chandails des Canadiens de Montréal, tous encadrés, signés. Un sanctuaire.

Le *man cave* de Spacek.

Elle remonte à l'étage et se dirige vers la cuisine. En jetant un coup d'œil par la fenêtre, elle s'arrête net. La cour arrière est un chaos brut — un choc visuel, après la rigueur maniaque de l'intérieur. Au centre, une butte de terre s'élève, hérissée de métal rouillé et de débris épars. On dirait que l'âme de Spacek s'est répandue là, dans ce terrain vague, comme un trop-plein de désordre intérieur.

Pendant ce temps, Jack est retourné au poste pour avertir Charles Picard des menaces contenues dans la vidéo et coordonner une équipe d'intervention.

Mais Abygaelle, elle, ne décroche pas.

— Ce malade a tout prévu, dit-elle à mi-voix à l'agent qui l'accompagne. Il nous provoque. Il veut qu'on regarde ses vidéos, qu'on entre dans sa tête.

Fatima Nouri l'a dit : Spacek est brillant. Calculateur. Et le fait qu'il apparaisse à visage découvert n'est pas anodin. Ça démontre une confiance arrogante. Il est convaincu que personne ne le reconnaîtra.

Ou pire : il s'en fout.

Mais autre chose la ronge. Toujours aucune trace de la mère de Spacek. Les recherches piétinent, et ce silence prolongé devient une ombre de plus dans le tableau.

Elle compose le numéro de Murielle.

— Peux-tu revalider s'il a été marié ou s'il a eu des enfants ?

— Déjà fait, Aby.

— Je sais… mais il parle de sa femme et de son fils dans une des vidéos. On ne peut pas écarter ça.

Elle finit son inspection de la maison. Rien de plus à tirer d'ici. Elle décide de rejoindre ses collègues au poste. Deux policiers doivent la raccompagner, Jack étant déjà reparti avec le véhicule.

Un des agents la dévore des yeux, ce qui la met aussitôt mal à l'aise — surtout dans un cadre professionnel.

Elle le remarque tout de suite, comme toujours. Elle a appris à composer avec ce genre de regard. Tant que ça ne dépasse pas certaines limites, elle ne s'en formalise pas. Pas le temps. Pas l'énergie. Elle a déjà vécu des situations bien plus difficiles. Celui-là n'est qu'un bruit de fond.

Avant de quitter les lieux, elle fait un détour par le bureau.

Le même policier est toujours là, hypnotisé par l'image figée de Spacek sur l'écran. Ce regard... même pixelisé, il semble encore imprégner l'air.

Abygaelle sent que quelque chose cloche.

Un détail lui échappe...

— Merci pour ton aide, dit-elle en inclinant la tête.

L'agent acquiesce distraitement, les yeux toujours vissés à l'écran.

Elle tourne les talons, prête à partir... puis elle s'arrête. Une feuille, à moitié glissée sous un autre document, attire son regard.

— Tu viens, Aby ? lance l'un des policiers depuis le couloir.

— Attends une minute.

Elle s'approche lentement, incline légèrement la tête comme pour s'assurer qu'elle ne rêve pas. Le papier a l'air banal... mais il ne l'est pas. Elle le sent. Elle interrompt le policier qui allait le glisser dans une enveloppe plastique.

— Qu'est-ce qu'il y a ? demande-t-il, surpris.

Elle ne répond pas tout de suite. Sort son téléphone. Prend une photo.

— Il y a que Spacek continue de nous narguer.

15

Cannelle ferme les yeux pour absorber l'énergie de cette magnifique journée. Elle inspire profondément, puis expire bruyamment à plusieurs reprises, comme pour s'ancrer dans le moment. Devant elle, des dizaines de petits voiliers à coque blanche s'alignent, bercés par les vagues ténues qui viennent mourir doucement sur le sable doré. Les enfants sont à la cafétéria. Elle a une quinzaine de minutes pour tout préparer.

Elle commence par inspecter les coques, les gouvernails et les autres éléments essentiels. Elle s'assure qu'il n'y a ni fissures ni dommages. Au moindre doute, elle note le numéro de l'embarcation fautive et la met à l'écart avant d'en aviser l'équipe de maintenance.

Ensuite, elle installe les mâts et hisse les voiles. Une petite brise caresse sa peau pendant qu'elle s'affaire sur le premier voilier. Le vent est tout juste correct pour permettre aux enfants et à leur moniteur de naviguer sur l'eau qui ceinture l'île.

Elle transpire abondamment, au point de donner l'impression d'avoir fait un plongeon dans le lac. Heureusement, son bandeau absorbe le pire, l'empêchant d'en avoir plein les yeux. Elle tire sur les drisses du second voilier, les dents serrées. Pas besoin de gym quand on travaille aussi fort chaque jour. Une fois sa journée terminée, elle tombe dans un sommeil profond, bercée par les chants des animaux nocturnes et les stridulations des criquets.

Elle jette un coup d'œil par-dessus son épaule, vers le bâtiment principal. Les rires et les cris des enfants résonnent encore dans la cafétéria.

Elle sourit. Contrairement à bien des gens, le vacarme des voix enfantines la réconforte. Fille unique, elle a toujours aimé être entourée. Elle se sent bien dans le mouvement, au cœur d'un groupe.

Heureusement, elle peut compter sur plusieurs amis proches pour combler l'absence d'une fratrie. Certains la suivent depuis l'école primaire, d'autres se sont greffés à son cercle au fil des trois dernières années, surtout parmi ses collègues rencontrés au camp du Lac Sauvage.

Un serrement lui pince le cœur : c'est son dernier été ici. Il ne lui reste que quelques cours avant de décrocher son diplôme en comptabilité. Elle s'attend à ce qu'une grande entreprise la recrute pour son stage. Et elle le sait : il lui faudra faire ses preuves, enchaîner les heures, si elle espère un jour devenir associée dans un cabinet d'envergure.

C'est aussi pour ça qu'elle hésite à s'engager dans une relation amoureuse. Sa carrière sera sa priorité dans les prochaines années. Elle ne veut pas d'un homme à entretenir, surtout avec tous ces gars de sa génération, instables et abrutis, qui cherchent une conjointe qui les materne. Elle n'a ni le temps ni l'énergie pour ça. Elle aime les hommes matures, autonomes, avec une carrière bien en main, mais qui veulent aussi fonder une famille.

Et voilà que l'image de Mousson surgit dans son esprit. Un sourire se dessine sur ses lèvres. Peut-être ferait-elle une exception pour lui. Mais elle le connaît encore si peu. Rien ne prouve qu'il ne soit pas, lui aussi, du genre à vouloir être pris en charge par sa compagne. Elle ne sait même pas ce qu'il veut faire de sa vie.

Et surtout, accepterait-il d'avoir une petite amie qui a constamment la tête plongée dans des états financiers ? Son ex lui reprochait déjà de ne pas lui consacrer assez de temps. Ce n'était rien comparé à ce qu'un éventuel amoureux devrait endurer dans les prochaines années.

Et puis, Mousson vient d'une culture différente de la sienne. Peut-être qu'il a des attentes bien précises sur le rôle d'une femme, des attentes qui ne collent pas avec ce qu'elle est. Est-ce qu'il imagine une épouse qui prépare les repas, élève les enfants pendant que monsieur bâtit sa carrière et lui alloue une petite pension hebdomadaire ? Ce n'est pas son style. Cannelle a toujours refusé de dépendre d'un homme, ou même de quiconque. Et ce n'est pas maintenant, alors qu'elle s'apprête à lancer sa carrière, que ça va commencer.

Oui, elle rêve de fonder une famille. Mais pas au prix de ses ambitions. Elle n'a pas trimé aussi dur pour finir en bobonne à cuisiner des tartes aux pommes en attendant le retour de son mari.

— Besoin d'un coup de main ? lance une voix au loin, une voix qui lui fait battre le cœur.

Mais elle ne laisse rien paraître. Elle reste de marbre, se contente d'un sourire poli. Lorsqu'elle se retourne, elle voit Mousson qui s'approche en joggant, ses boucles épaisses rebondissant à chaque pas. Il arbore ce sourire radieux qui lui traverse le visage.

Elle aimerait garder le contrôle, mais sent ses jambes vouloir flancher. Il est trop charmant, trop magnétique.

— Comment tu fais pour rester frais comme une rose avec cette chaleur ? dit-elle en feignant l'agacement. Je suis en train de suer comme une truie.

— Que veux-tu que je te dise ? J'ai hérité d'une bonne génétique.

— Ouais, ouais, c'est ça, grommelle-t-elle avec un sourire.

Mousson s'attaque aux voiliers avec une aisance déconcertante. Il réussit à en préparer deux pendant qu'elle peine à finir le sien. Son habileté l'impressionne, mais elle se garde bien de le lui dire.

— Qu'est-ce que ça veut dire ?

Cannelle fronce les sourcils, l'air perplexe.

— Ton tatouage au poignet. Il représente quoi ?

Elle baisse les yeux, effleure doucement le dessin du pouce.

— C'est une colombe. En mémoire de ma grand-mère. Elle est décédée il y a deux ans. On était très proches. Quand elle me manque, je regarde ça... et j'ai l'impression qu'elle est là, tout près.

Mousson sourit. Il est ravi que la belle brune partage ses valeurs familiales.

Dix minutes plus tard, toutes les embarcations sont prêtes. Au moment où Cannelle s'apprête à rejoindre le bâtiment principal, Mousson l'interpelle.

Son regard intense transperce son âme.

Il avoue qu'il l'a aidée surtout pour pouvoir lui parler, avant que la marmaille ne se mette à courir partout.

— Parler ? De quoi ? demande-t-elle, un peu décontenancée. Elle sent ses joues rougir.

Mousson sourit en coin. Il réalise l'effet qu'il a sur elle. Ça lui plaît. Il l'a toujours trouvée belle, sexy même, mais depuis sa rupture récente, c'est devenu plus qu'une attirance. Elle s'est immiscée dans ses pensées. Une obsession douce, tenace.

Mais il hésite. Il a peur d'en faire trop, de la brusquer. Et le temps presse. La semaine tire à sa fin. Elle retournera chez elle, dans les Laurentides, et lui, en Estrie. Ce sera compliqué de construire une relation avec cette distance qui les sépare.

Il aimerait tout lui dire. Lui dire à quel point il la trouve brillante, différente, merveilleuse. Mais il craint qu'elle le prenne pour un gars qui cherche à panser une blessure avec la première fille gentille qui passe. Ou pire, qui ne cherche qu'une aventure passagère.

Ses pensées se bousculent, s'entrechoquent, s'enlisent. Et il réalise qu'il est en train de saboter ses propres chances. À force de trop réfléchir, il se tire dans le pied. Il doit cesser de douter, laisser parler son cœur. Peut-être est-ce le moment d'être honnête. Juste... voir où ça les mène. Rien que l'idée de la perdre lui serre la gorge.

Il prend une inspiration lente. Il faut qu'il lui parle, vraiment. Tant pis s'il se plante.

Mais avant qu'il n'ait pu ouvrir la bouche, Cannelle lui donne un coup d'épaule complice, un petit geste taquin, puis elle s'éloigne vers le pavillon d'où montent déjà les rires éclatants des enfants.

Mousson reste figé, les yeux perdus dans le lac. Pourquoi se sent-il si vulnérable avec elle ? Lui qui, d'habitude, est si confiant avec les femmes. Il soupire, se retourne... et la voit déjà entourée par son groupe. Elle enlace quelques enfants par le cou. Tous rient, s'accrochent à elle comme à un phare. C'est évident qu'ils l'adorent.

Comment ne pas l'aimer ?

Un enfant de son propre groupe lui fait de grands signes, l'appelant de l'autre bout du quai. Mousson lève le pouce et lui sourit, mais son esprit est encore ailleurs. Il doit trouver une meilleure façon de dire ce qu'il ressent à Cannelle. Il espère de tout cœur qu'elle ressent la même chose que lui et qu'elle ne le voit pas seulement comme un opportuniste.

Ou pire.

Comme un ami.

16

André Spacek pousse un long soupir en fixant son reflet dans le miroir fissuré de la salle de bain d'un autre motel miteux. Il a loué une chambre pour la nuit. Demain, il reprendra la route.

Il doit bouger sans cesse. Rester au même endroit plus de vingt-quatre heures, c'est se tirer une balle dans le pied. Les motels qui acceptent l'argent comptant sans poser de questions — sans même demander une pièce d'identité — sont devenus pour lui une planche de salut. Ils sont rares, mais essentiels à son plan : disparaître. Se fondre dans la masse. Être invisible.

L'éclairage jaunâtre du plafond vacille sans adoucir les traits creusés par l'épuisement. Mais peu importe. Ce qu'il voit lui plaît. Ses cheveux, désormais blonds, presque blancs de peroxyde, témoignent d'une métamorphose qu'il juge réussie.

Il relit attentivement les instructions sur la boîte de teinture achetée à la pharmacie du coin. Parfait. Rien n'a été laissé au hasard. Un sourire en coin, il enfile une casquette noire qui accentue l'effet. Avec cette nouvelle apparence, personne ne le reconnaîtra — surtout pas avec la photo ridicule qui circule en boucle dans les médias.

Malgré tout, une pointe d'angoisse lui tord le ventre. Et si quelqu'un le reconnaissait quand même ? Il ne survivrait pas à l'échec de son plan. Il veut aller jusqu'au bout. Furtif, précis. Comme une couleuvre dans l'herbe longue. Son apparence est une arme. Un masque d'anonymat pour finir ce qu'il a commencé.

Il jette un œil à son téléphone prépayé, acheté en liquide il y a quelques jours.

Rien.

Aucun appel. Aucun message.

Le silence est lourd. Le temps presse. Soixante-douze heures, tout au plus, avant que tout ne bascule. Dans le meilleur des scénarios, il décidera lui-même de sa sortie. Il quittera ce monde pourri avec le sentiment du devoir accompli. Il partira avec les honneurs. Il fera taire, une bonne fois pour toutes, les tourments qui le hantent depuis toujours. Ces voix imaginaires qu'il ignore.

Tout. Sauf mourir sous les balles de la police.

Ou, pire, aux mains d'un de ces crétins qui se prend pour *Rambo*.

Quiconque tentera de se mettre en travers de sa route le paiera de sa vie. Ses anciens collègues de la Powerlife l'ont appris à leurs dépens. Ils l'ont sous-estimé. Ils ont payé le prix ultime.

Son congédiement injuste a déclenché une série d'événements qu'ils n'auraient jamais pu prévoir. Ils pensaient qu'il retournerait chez lui, la queue entre les jambes, en attendant son chèque de chômage ? Vraiment ? C'était mal le connaître. Ils auraient dû savoir que rien n'est plus dangereux qu'un homme qui n'a plus rien à perdre.

Qu'un animal pris au piège.

Pour lui, vivre ou mourir, c'est du pareil au même. Les deux se valent. Alors un cadavre de plus ou de moins... ça ne suffira pas à faire dérailler l'électrochoc qu'il veut administrer à cette société de parvenus.

Il ne craint pas la mort. Au contraire, ce sera une délivrance. Il n'attend plus rien de la vie. Il est convaincu que quelque chose de mieux l'attend de l'autre côté. Tout ce qui compte, c'est d'en finir. Finir ce qu'il a commencé. Il sera enfin libéré du mal qui lui gruge le cerveau.

Après sa mort, plus rien ne sera comme avant dans la province. Certains le verront comme un monstre, tels des petits moutons englués dans leur confortable indifférence. Mais d'autres comprendront. Ils verront clair. Et ils le vénéreront.

On ne fait pas d'omelette sans casser des œufs.

Seul le message compte.

Depuis près de deux ans, sa vie a basculé dans un couloir sombre qu'il appelle, avec une étrange fierté, son « grand réveil ». Il a compris que la vie est largement surévaluée, et que la société — gangrenée par la corruption et l'hypocrisie — est la véritable origine de ses malheurs.

Sa maladie, cette saloperie, l'obligeait à gober des pilules pleines d'effets secondaires. Il sait maintenant que Big Pharma, comme ils disent, ne cherche qu'à contrôler les gens. Les garder dociles. Soumis. C'est pour ça qu'il fait ce qu'il fait. Qu'il suit sa propre voie. Il s'est libéré des griffes de ces bandits en troquant leur poison chimique contre des remèdes naturels. Rien qu'un bon joint de cannabis et un peu de vitamine C ne puissent compenser. Il ne s'est jamais senti aussi bien. Aussi fort. Même si, parfois, il voit des choses qui n'existent pas. Il est encore capable de faire la part des choses.

Le vrai point de rupture, ça a été la séparation. Avec elle. La femme qu'il aimait plus que tout. Elle est retombée dans ses anciens démons, happée de nouveau par la drogue. Prête à tout pour sa prochaine dose : même à se souiller

À faire des pipes à des salopards dans des ruelles lugubres.

À s'humilier, encore. Juste pour nourrir son mal de vivre.

Elle aussi a été broyée par cette société dégénérée. Mais elle refusait de le voir. Elle le traitait de fou. De parano. Elle niait l'évidence : le complot, les manipulations, le contrôle. Elle l'accusait d'être un tyran, de vouloir tout contrôler : leur vie, la sienne, celle de son fils.

Si seulement elle savait.

André avait fini par lâcher prise, malgré tout l'amour qu'il avait pour elle. Elle avait le droit de s'enliser dans l'ignorance, de boire le Kool-Aid des tout-puissants. Mais lui, il ne pouvait plus la regarder sombrer. Il ne voulait plus recoller les morceaux.

Il se demande encore comment leur lien a pu se dégrader à ce point. Pendant cinq ans, elle lui avait montré de la gratitude. Elle savait qu'il l'avait sortie de l'enfer. Il l'avait aidée à se réinsérer. Il avait tout donné pour elle... et pour Léonard.

C'est lui qui l'avait convaincue de se joindre aux Narcotiques Anonymes. Grâce à ça, elle avait repris pied. Elle avait emménagé chez lui avec son fils, un gamin en perdition que Spacek avait pris sous son aile.

L'enfant était brillant, mais en échec scolaire. Démoli par l'abandon de son père biologique, étouffé par le chaos de sa vie auprès de sa mère toxicomane. Spacek ne s'était pas contenté de lui offrir un toit. Il lui avait donné des repères, de l'affection, une confiance en lui. Il lui avait appris à transformer sa colère en moteur. À l'utiliser comme carburant pour s'élever au lieu de s'éteindre.

Mais cette colère avait fini par se retourner contre lui.

Léonard avait changé. Il s'était éloigné. Peu à peu. Malgré tous les efforts d'André pour garder leur lien vivant, la séparation avait tout fait exploser. Même aujourd'hui, Spacek continue de l'admirer. Ce gamin voit le monde tel qu'il est. Bien au-delà de ce que la plupart des adultes peuvent comprendre.

C'était grâce à lui que Spacek avait fini par ouvrir les yeux.

Ti-Boy.

Leurs longues soirées à discuter, à refaire le monde, avaient allumé quelque chose en lui. Même aujourd'hui, André reste sidéré par la lucidité du gamin. Le jour où il gagnera un peu de maturité, il deviendra une véritable machine de guerre. Inarrêtable.

C'est pour lui qu'il fait tout ça. Pour Léonard, et pour tous les autres Ti-Boy de ce monde. Tous ces jeunes qui méritent mieux que la société de merde qu'on s'apprête à leur laisser.

À partir de ce moment, tout avait pris son sens. Sa mission s'était imposée d'elle-même. Les épreuves de la rupture avaient nourri sa détermination.

Elles avaient été le feu sous la marmite.

Peu à peu, les pièces du puzzle s'étaient mises en place.

Et il avait vu la lumière.

C'était clair qu'il était sur la bonne voie. Une évidence absolue. Il a une foi inébranlable dans le karma.

Mais le lien avec Léonard avait commencé à se fissurer.

Spacek tentait de le protéger. De l'empêcher de se perdre dans une haine féroce contre sa propre mère. Une haine parfois terrifiante.

Il craint encore aujourd'hui que Léonard finisse par passer à l'acte.

Et puis, il y avait eu l'appel.

Ti-Boy, paniqué, au bout du fil. Josée était inconsciente. Dans la salle de bain.

André avait tout laissé tomber. Il avait roulé à toute vitesse jusque chez eux.

Ce qu'il avait trouvé là-bas, c'était l'enfer : Josée, gisant au sol, une seringue à côté d'elle, les yeux à moitié clos, du vomi sur le tapis de douche.

L'espace d'un instant, il s'était demandé si ce n'était pas Léonard qui avait disjoncté. Si un désaccord avait dégénéré.

Mais le garçon tremblait. Il était sous le choc.

Ce n'était pas lui. Il croyait sa mère morte. Il avait appelé les secours avant même de le contacter. Spacek avait encaissé. Les cris. Les reproches. Chaque mot de Léonard lui déchirait le cœur. Le garçon le tenait pour responsable de la rechute.

Mais André n'avait pas riposté. Il ne pouvait pas.

Pas ce jour-là.

Pas dans cet état.

Alors, il s'était tu. Il avait tout encaissé. En silence.

Josée avait survécu. Sortie du coma.

Mais ce qu'il restait d'elle...

Les séquelles étaient irréversibles. Catastrophiques.

Les médecins alignaient leurs diagnostics, mais rien ne changeait le fait qu'elle ne parlait plus. Elle ne marchait plus, sauf lentement sur de courtes distances. Son esprit semblait coincé ailleurs, comme suspendu dans un néant sans fond. Elle fixait des points imaginaires. Incapable de se concentrer. Inapte à interagir avec ce qui l'entourait.

André était dévasté.

Voir cette femme, qu'il avait tant aimée réduite au silence...

Presque végétative.

Il avait fini par croire Ti-Boy.

Que tout ça était de sa faute!

La culpabilité était insoutenable. Il s'était juré qu'elle ne manquerait de rien. Qu'elle aurait les soins qu'elle méritait. Jamais il ne pourrait pardonner à la société de l'avoir menée jusque-là.

Ni au système de santé québécois, incapable de lui offrir une vraie chance de guérison.

La seule solution, c'était de la placer. Un établissement privé de soins prolongés.

Elle vit désormais parmi des vieillards résignés, qui attendent béatement la mort.

C'est à mourir de honte.

À s'en faire éclater la cervelle.

Spacek avait longtemps rêvé de lui offrir une alternative. Il voulait qu'elle puisse vivre chez lui, dans un cadre plus humain, et recevoir les soins dont elle avait besoin.

Mais son congédiement de la Powerlife avait rendu cette avenue impossible. Et même s'il avait pu retrouver un travail, l'idée seule de replonger dans le même engrenage lui donnait la nausée.

La Powerlife l'avait pressé comme un citron, puis jeté comme un déchet.

Pourquoi recommencer ailleurs ? À quoi bon ?

Alors il avait tout mis dans la préparation de son dernier acte.

Méthodique. Froid. Déterminé.

Ce monde malade ne mérite ni son pardon ni sa clémence.

Avant la tuerie, il rendait visite à Josée chaque semaine. Il lui parlait, même sans réponse.

Ses yeux disaient ce que ses lèvres ne pouvaient plus.

Ils brillaient d'une joie douce quand elle voyait son visage.

Elle était enfermée dans ce mouroir déprimant, condamnée à une peine injuste pour un crime qu'elle n'avait jamais commis. C'était le mieux qu'on pouvait lui offrir. Pas par choix, mais par manque d'alternatives.

Spacek avait fini par partager ses intentions.

Le garçon avait d'abord hésité, méfiant. Mais il avait fini par comprendre. Il voyait, lui aussi, les failles du système. Il réalisait que sa génération allait devoir réparer les dégâts laissés par les précédentes. Même aujourd'hui, il voit clair. Il le sait, le monde fonce droit vers un précipice.

Et ce sont eux, les jeunes, qui en subiront les conséquences.

Spacek et Josée ne seront plus là quand tout s'écroulera.

Mais Léonard, lui, devra survivre au chaos.

Alors, pour ce garçon qu'il considérait comme un fils, Spacek préparait son ultime coup d'éclat.

Une tentative désespérée de briser les chaînes.

De lui offrir une chance d'échapper à cette folie.

André non plus n'avait pas eu une enfance normale.

Son père, un homme violent et corrompu, avait hérité de la fortune familiale avant de les abandonner, sa mère et lui, alors qu'il n'avait que deux ans.

Dans les années 90, on avait retrouvé le corps de cet homme dans un terrain vague de l'est de la ville.

Deux balles dans la tête. Une exécution nette.

Comme Spacek n'était lié à lui par aucun document officiel, il n'avait jamais été interrogé, jamais soupçonné.

L'affaire est toujours classée comme non résolue.

Et c'est très bien ainsi.

Cette pourriture ne mérite rien. Ni justice. Ni compassion.

Aujourd'hui, André Spacek se sent à la fois vidé... et plus vivant que jamais.

C'est un paradoxe étrange.

Mais une chose est certaine : il doit aller jusqu'au bout.

Des gens l'encourageront. D'autres le verront comme un monstre.

Ça lui est égal. L'infamie ne lui fait pas peur.

Au contraire. Il l'accueille. Il la revendique.

C'est une promesse d'immortalité.

Il savoure déjà la place que l'Histoire lui réserve.

Mais avant de poursuivre sa mission, il lui reste une dernière étape.

Il n'a pas le droit de mourir sans avoir accompli ce qu'il considère comme son devoir le plus sacré.

Un dernier adieu à la femme de sa vie.

17

———————

Le feuillage des arbres commence doucement à changer de teinte. André Spacek est stationné aux abords d'un grand parc tranquille. Il a incliné son siège pour observer les feuilles à travers le toit ouvrant de sa voiture.

C'est sa façon de décrocher. Sa manière de méditer. Depuis quelques années, c'est devenu un rituel. Tout au long de sa carrière, il a connu des moments d'anxiété, parfois même de dépression, notamment à la Financière Powerlife, en raison de son rôle stressant et de ses relations tendues avec ses collègues.

Les attentes étaient si élevées qu'il avait souvent l'impression que le presto allait sauter. Alors il venait ici. Il regardait les feuilles onduler sous le vent, respirait profondément, laissait son esprit se déposer. Aucun des médicaments qu'il avait pris ne l'avait apaisé aussi vite. Et surtout, sans effets secondaires.

Il sort son téléphone prépayé, le même modèle qu'il avait acheté pour Ti-Boy, et compose un numéro. Une voix familière répond. Il sourit, machinalement.

— Tout est correct ?

— Oui, toi ? demande Ti-Boy.

— Tout va comme prévu.

— Pis chez vous ?

Spacek prend une courte pause. Il ne veut pas que sa voix se brise.

— C'est fait.

Un grésillement remplit le silence laissé par son aveu. C'est ce qu'elle aurait voulu, même s'il ne comprend toujours pas comment ça a pu déraper aussi vite ni ce qui s'est réellement passé.

— Comment tu te sens ? demande Ti-Boy.

— Correct, dans les circonstances.

— J'imagine. Je t'ai vu... t'es passé aux nouvelles.

Spacek redresse son siège. Ça l'ébranle plus qu'il ne l'aurait cru, même si c'était inévitable. Avec les vidéos qu'il a publiées sur YouTube, Fatima Nouri l'a sûrement reconnu. C'est normal. C'était le plan. Il n'a jamais eu l'intention d'agir dans l'anonymat.

— Je sais. J'ai aussi lu les articles.

— T'as été voir la vieille ? demande Ti-Boy, comme s'il énumérait une liste de tâches.

— Ouais.

— Pis ? Elle va embarquer ?

— A-t-elle le choix ?

— Pas vraiment.

— T'as ta réponse. T'as appelé ta mère ?

— Pourquoi je ferais ça ? Pour lui dire quoi ? réplique Ti-Boy, amer.

— C'est ta mère, que tu le veuilles ou non.

— Tu veux vraiment rouvrir ça ? Après ce que tu lui as fait ?

André encaisse mal la réplique.

— Toi, c'est pas pareil. C'est ta mère. On en a juste une.

Il sent l'émotion lui monter à la gorge. Tout est encore trop frais, trop brutal. Il ressent un vide immense. Un gouffre. Rien ne nous prépare à nous retrouver seuls au monde.

— Vas-y donc, toi. C'est tout ce qu'elle a toujours voulu anyway, finit par dire Ti-Boy d'une voix étrangement calme.

— Mais non, voyons. Elle t'adore.

— Changeons de sujet. C'est quoi, la prochaine étape ?

Spacek pousse un long soupir et laisse tomber sa tête contre son siège.

— Demain. La panique va pogner en ville. Faudra faire attention.

— Je présume que tu sais ce que tu fais, rétorque Ti-Boy. Te connaissant, t'as dû repasser ton plan des milliers de fois.

Spacek est surpris par le ton détaché de Ti-Boy. Est-ce encore un rôle qu'il joue, comme il l'a fait si souvent dans le passé ? Ou bien une façon de se protéger ? Il se demande souvent si le jeune homme ne bouillonne pas de plus de colère que lui. Une rage profonde, dirigée contre la société, ou peut-être contre la vie en général. Depuis sa naissance, Ti-Boy n'a pas eu beaucoup d'occasions de se réjouir. Son existence est une suite de crochets de gauche au cœur.

Bien qu'il prétende le contraire, il cultive une profonde rancune envers les dérives de sa mère, les pourris du système et tout ce qu'ils représentent. André croyait qu'en le prenant sous son aile, cette rage finirait par s'apaiser. Il s'était trompé.

— N'oublie pas de faire ta part. Dès que tu entendras la nouvelle demain, tu passeras à l'action. Je t'appellerai pas. Je me fie sur toi.

— Je suis branché sur les bulletins en continu. Impossible de manquer ça.

Spacek raccroche.

Il baisse à nouveau son siège. L'appel l'a secoué plus qu'il ne veut l'admettre. Il se sent responsable de la haine qui habite son jeune protégé. Mais il comprend d'où elle vient. Ils sont nourris par la même souche. C'est justement pour ça que l'électrochoc est nécessaire.

Il y aura un avant et un après-Spacek, comme il y a eu un

avant et un après le II septembre. Il sourit en repensant à la gravure laissée dans la salle de conférence. Il se demande si les policiers l'ont remarquée. S'ils essaient d'en déchiffrer le sens. Ou s'ils sont passés devant, distraits, comme des amateurs. Au départ, il doutait de la suggestion qu'on lui avait faite de laisser un message codé. Mais plus il y pense, plus il en apprécie la portée.

Cette gravure est une insulte à leur intelligence. Assez claire pour être résolue. Assez retorse pour lui laisser une avance. Ils ne verront rien venir. La grande finale sera inoubliable. Elle hantera les mémoires pendant des générations.

On parlera de lui encore dans cent ans. Ses cendres auront disparu. Mais les blessures, elles, resteront béantes.

André espère pouvoir savourer son œuvre de l'au-delà. Voir le peuple pointer du doigt les autorités, leur incompétence. Réaliser à quel point la société se réveille et se lève contre le I %. Contre les dirigeants qui prennent toutes les décisions et ont manqué à leur responsabilité de protéger la population.

Il ne verra pas les poursuites en dommages et intérêts intentées par les familles. Il secoue la tête, son esprit s'embue. Ces psychiatres véreux l'avaient convaincu qu'il devait se gaver de pilules pour survivre. Il a compris trop tard que c'était un leurre. Les médicaments l'avaient rongé. Il allume un joint. Juste assez pour dissiper le brouillard.

Il en veut particulièrement à son pharmacien, Hugo Stafford. Ce salopard lui avait déconseillé fortement de délaisser sa médication. Il se foutait bien de lui. Tout ce qu'il voulait, c'était qu'il continue à payer pour la cochonnerie qui lui empoisonnait le cerveau. Il a payé de sa vie, même si cet incapable n'a même pas été foutu de faire son travail comme il faut dans le garage des tours à appartements.

C'est la principale raison pour laquelle il s'est résolu à laisser un message fort avant de quitter ce monde pourri. Parce qu'il est condamné, quoi qu'il fasse. Le mal, en lui, ne partira jamais. Il n'a aucune confiance dans les traitements ni dans les compagnies pharmaceutiques qui ne veulent que maintenir les gens en vie assez longtemps pour leur vendre plus de cochonneries. Il se sent mieux depuis qu'il s'est tourné vers des moyens alternatifs.

Mais chaque chose en son temps.

Pour l'instant, il doit aller voir Josée. La regarder dans les yeux une dernière fois. Lui dire qu'il l'aime. Il n'est pas naïf. Il sait que la police pourrait surveiller l'établissement. S'ils ont fait le lien entre Josée et lui, il doit être prudent. Attendre le bon moment pour s'approcher.

Il redémarre le moteur et prend la direction du centre de soins privé où Josée passe ses journées à s'éteindre à petit feu.

Après... il déchaînera la fureur des enfers.

18

Abygaelle Jensen fait irruption dans les locaux de la Police provinciale et fonce droit vers la salle de crise. L'équipe, concentrée, est plongée dans l'enquête sur le massacre de la Financière Powerlife.

— Avez-vous trouvé quelque chose ? lance-t-elle sans même saluer le groupe.

Murielle Bouchard relève les yeux, prend une inspiration lente avant de répondre :

— On a établi que C4, c'est un explosif. Pour H2, on pense à une référence HTML, peut-être un sous-titre. Mais on ne voit pas encore de lien clair entre les deux. On suppose aussi que les deux barres verticales encadrant l'inscription forment une sorte de crochet, comme dans une équation. Pour l'instant, c'est une impasse.

Sans dire un mot, Abygaelle sort son téléphone de la poche de son manteau et le fait glisser au centre de la table.

— Il y a une autre énigme à résoudre.

Murielle saisit l'appareil. Il s'agit de la photo d'un tract signé par André Spacek. Elle commence à lire, mais Abygaelle l'interrompt d'un geste sec.

— Perds pas ton temps. Le texte est une façade. Il cache un acrostiche.

L'un des enquêteurs fronce les sourcils, perplexe. Murielle, elle, penche l'écran et lit les premières lettres, les yeux plissés.

— « À bas les bandits du cartel » ?

Abygaelle hoche la tête, bras croisés. Murielle relit lentement, à la recherche d'un lien entre cette phrase et le contenu du tract.

— Un cartel de drogue ? propose un inspecteur, assis au fond.

— C'est précisément ce qu'on doit déterminer, répond Abygaelle.

Elle s'assied, le regard rivé au tableau blanc où est dessinée la gravure retrouvée sur le mur :

$|C_4 H_2|$

Dans un coin, une télé crache en boucle la première vidéo d'André Spacek. Le son est coupé, mais c'est son visage qui accroche l'attention d'Abygaelle. Malgré les traits durs, elle a du mal à le voir comme un homme capable de tuer une quinzaine de personnes de sang-froid.

En parallèle, elle a envoyé les photos de la gravure et du tract à Roland Michaud, son ancien patron et mentor. Un homme au pragmatisme tranchant, doté d'une intelligence supérieure. Il a toujours su faire les rapprochements que les autres ne voyaient pas. Abygaelle a confiance en lui.

On ne sait jamais, pense-t-elle. Un esprit de plus, surtout un comme le sien, ça peut pas faire de tort.

Elle se tourne vers Murielle.

— Et sur Spacek, quoi de neuf ?

Murielle pousse un soupir d'irritation.

— Rien. Jamais marié, pas d'enfants. Même pas adoptés.

— Et sa mère ?

— Rose Desrosiers, une couturière à la retraite. Père inconnu sur le baptistaire de Spacek. Elle est vivante, apparemment : aucun certificat de décès n'a été trouvé. Elle a soixante-dix-neuf ans.

Abygaelle mordille sa lèvre inférieure, pensive.

— Je pense qu'ils vivaient ensemble dans la maison qu'on a inspectée ce matin. Sinon, il lui aurait acheté une autre place... et installé un bureau, pas un lit.

Elle plisse les yeux, en quête d'un fil invisible.

— Mais pourquoi il parle d'une femme et d'un fils dans sa vidéo, et pas de sa mère ? Pourquoi inventer ça ? C'est pour nous embrouiller ?

— Ce serait cohérent avec le reste, réplique Murielle. Des énigmes, des messages codés... Ce gars-là se prend pour une version cheap du tueur du Zodiaque.

— Pas très rassurant, commente Abygaelle.

— Comment ça ?

— On n'a jamais retrouvé le tueur du Zodiaque.

Murielle serre les lèvres, visiblement troublée. Un frisson parcourt la salle. Personne ne parle.

Le téléphone d'Abygaelle vibre.

Elle se lève sans un mot, sort dans le couloir et décroche.

— Qu'est-ce que tu m'as envoyé ? lance une voix grave à l'autre bout du fil.

Un sourire lui échappe. Elle reconnaît aussitôt la voix de Roland Michaud, son ancien patron.

— La gravure a été trouvée sur le mur de la salle de conférence où le massacre a eu lieu.

— La Financière Powerlife ?

— Exact.

— Et le tract ?

— Il vient de la maison du suspect.

Comme à son habitude, Roland Michaud entre directement dans le vif du sujet :

— Devant un message crypté, il faut penser comme son auteur. C'est ça, la base. Quelles sont ses références ? Ses obsessions ? Les gens codent avec ce qu'ils connaissent. Ce qu'ils maîtrisent. Il faut examiner en profondeur ses habitudes et son passé. Souvent, la clé est là.

Il marque une pause, puis enchaîne :

— Pour comprendre la logique de codage, t'as besoin de mieux connaître le bonhomme. Ce "cartel" qu'il mentionne... il parle vraiment de drogue ? Il a vécu au Mexique ? Des antécédents ? Ou c'est autre chose ? Et "C4"... T'es certaine que c'est l'explosif ? Peut-être qu'il faut interchanger les lettres et les chiffres. Regarder autrement.

Il promet de continuer à creuser de son côté, mais insiste : Abygaelle devra entrer dans la tête de Spacek si elle veut avoir une chance de le coincer.

Elle raccroche d'un geste sec, le cœur battant. L'air lui semble plus lourd. Elle fait volte-face et retourne dans la salle, le pas nerveux. Elle ne connaît presque rien d'André Spacek. Et ceux qui l'ont connu n'ont pas apporté beaucoup d'eau au moulin — à part peut-être Fatima Nouri, mais leur lien était superficiel, sans profondeur.

Dans la salle, les agents s'activent. Certains tentent de localiser la mère de Spacek. D'autres fouillent son dossier ligne par ligne, cherchant un fil, un détail. Mais le temps presse. Spacek a été clair : le massacre de Powerlife n'était que le début. Il a promis de frapper régulièrement.

Ils n'ont que quelques heures pour comprendre ce qu'il prépare.

Abygaelle commence à douter de l'efficacité de la fameuse formation du FBI.

— Le problème, c'est qu'on n'a pas la clé, commente un agent quand elle revient dans la pièce.

Elle en profite pour recentrer l'équipe.

— Justement. Dès qu'on met la main dessus, le reste va suivre. C'est comme un cadenas : sans la bonne combinaison, t'as beau forcer, ça ne s'ouvrira pas.

Elle s'écrase dans son siège, lasse. La vidéo de Spacek tourne toujours en boucle sur l'écran du fond. Le visage figé. L'air impassible. Jack n'est toujours pas revenu. L'angoisse monte.

Concentre-toi, Aby, se répète-t-elle. Qu'est-ce qu'il essaie de nous dire ? Où est la maudite clé ?

Le silence de la vidéo la ronge. Spacek lui semble à la fois terriblement proche... et inatteignable. Et la géolocalisation de son téléphone ? Zéro. Rien. Il a effacé ses traces comme un pro.

Chaque seconde qui passe ajoute à son désespoir.

... Se mettre à sa place... comprendre sa logique...

Elle se penche vers l'écran, analyse. Mur blanc. Papiers éparpillés. Une mappemonde en arrière-plan. Aucun élément ne sort du lot. Tout semble calculé. Clinique.

Elle ferme les yeux. Essaie de revoir les lieux. La maison de Spacek. Les moindres recoins.

Quelque chose lui échappe. Mais quoi ?

Son bureau était impeccablement ordonné. Chaque chose à sa place. Pareil dans la chambre de sa mère. Les cadres sur les tables de nuit ? Rien d'inhabituel. Trop rien, peut-être.

— ... Est-ce dans le bon ordre ? murmure-t-elle, les yeux rivés sur la reproduction de la gravure.

Elle a une idée. Peut-être que ça ne donnera rien, mais rendu à ce point...

Abygaelle repense à une astuce de sa vieille tante pendant leurs parties de Scrabble. Quand elle bloquait, elle mélangeait les lettres en bois sur son petit lutrin. Elle les permutait, tentait toutes les combinaisons possibles.

$HC42$, $C4H2$, $C2H4$, $H42C||$, $||HC24$...

Elle griffonne chaque variation dans un carnet, le regard tendu, l'esprit en ébullition. Il suffit d'un détail, d'un éclair.

Puis elle se redresse d'un coup sec.

— Fuck ! Murielle, passe-moi ton laptop, vite !

Murielle s'exécute, confuse mais intriguée. Abygaelle s'empare de l'appareil, ouvre un navigateur, tape une requête. Son regard s'éclaire. Elle sort son téléphone et compose.

Jack répond après deux sonneries.

— J'arrive dans cinq minutes, dit-il, sans attendre qu'elle parle.

— Fais ça vite. Je t'attends dans le parking. Je vais demander à Picard de nous fournir une escorte. Je crois savoir où Spacek va frapper.

— Où ça ?

— Le Centre Bell. Il faut partir maintenant.

Un silence. Puis Jack, incrédule :

— Le Centre Bell... l'aréna des Canadiens ?

— T'en connais un autre ?

Elle raccroche. Dans sa tête, les mots de Roland Michaud résonnent encore :

Pour décrypter ses messages, entre dans sa tête.

Et voilà. Les pièces s'imbriquent.

Le sous-sol transformé en man cave. Le hockey omniprésent. Les affiches, les chandails encadrés. La passion de Spacek n'était pas anodine — c'était un indice.

Murielle l'interroge, encore dans le flou.

— Pourquoi le Centre Bell ?

— Combien de Coupes Stanley les Canadiens ont-ils remportées ?

Elle hausse les épaules. Pas une grande fan.

Un jeune agent, au fond, lève la main comme à l'école.

— Vingt-quatre ! lance-t-il, fier comme un collégien.

— Exact, dit Abygaelle, le ton sec, presque pédagogique. Et les initiales de l'équipe ?

— CH.

— Donc : CH, vingt-quatre coupes... CH24.

Murielle fronce les sourcils.

— Et les deux barres verticales ?

— La pièce manquante du puzzle.

Une voix féminine s'élève du fond de la salle. Nadine Brabant, une jeune analyste blonde et pétillante qui semble tout droit sortie d'un cégep. Elle regarde Abygaelle d'un air assuré.

— Je crois savoir ce que c'est.

19

———————

Jack Morris roule à vive allure pendant qu'Abygaelle tente de remettre de l'ordre dans ses pensées. Le hurlement strident de la sirène déchire le ciel, forçant les autres voitures à s'écarter brusquement. Ils foncent vers l'avenue des Canadiens-de-Montréal, malgré l'absence de renforts.

— Est-ce qu'on a évacué tout le monde ? demande Abygaelle, le téléphone plaqué à l'oreille, en ligne avec Charles Picard.

Les agents de sécurité ont déclenché l'alarme incendie, et les résidents convergent vers un terrain vague. Picard confirme que l'équipe d'intervention est en route. Il lui ordonne d'attendre.

Elle raccroche sans un mot.

— Qu'est-ce qu'il a dit ? lance Jack, les yeux vissés sur la route.

— D'attendre le SWAT.

— On n'a pas le temps pour ça.

— Justement. On y va.

Elle est convaincue que Nadine Brabant a raison. Les deux barres verticales gravées par Spacek représentent les deux tours de condos des Canadiens de Montréal. Le Centre Bell, presque désert à cette heure-ci, serait une cible symbolique, mais qui ne causerait pas assez de dommages pour un tueur méthodique comme Spacek. Dans ces tours de verre et d'acier, des milliers de vies sont en jeu.

Il y a environ 560 unités par immeuble, avec une moyenne de deux occupants par appartement. Ça représente plus de 2 200 personnes. Serait-ce le grand coup qu'il a promis ? Sa finale spectaculaire ? Peut-il vraiment pousser l'horreur encore plus loin ?

— Je comprends pas le lien entre les tours des Canadiens et la Powerlife, murmure Abygaelle.

Jack reste silencieux, les mâchoires serrées, concentré. La Powerlife n'est pas propriétaire de ces immeubles. Lui non plus ne comprend pas.

Les deux gratte-ciels se dressent devant eux, massifs, oppressants. L'estomac d'Abygaelle se noue. Elle se tourne vers Jack.

— Je vais fouiller le parking de la première tour. Toi, grimpe sur le toit. Je te jure qu'il est dans un de ces deux endroits.

Jack hoche la tête, sans hésiter. Pas de temps à perdre. Picard a peut-être raison, mais attendre le SWAT n'est pas une option. Il a juré de protéger la communauté. Pas question de rester les bras croisés. Il prend un virage sec, les pneus hurlant sur l'asphalte. Il freine brusquement.

— Let's go !

Abygaelle bondit hors du véhicule, arme déjà en main. Elle court vers l'entrée de la première tour, croisant des résidents hagards qui fuient sans comprendre.

— Éloignez-vous !

Une voiture descend vers le garage. Elle s'élance et frappe à la vitre du côté passager avec force.

— Reculez !

L'homme au volant, paniqué, lui demande ce qui se passe. Abygaelle sort son insigne, la plaque contre la vitre.

— Police. Quittez les lieux. Tout de suite !

L'homme obtempère enfin, recule lentement. Dès que la voie est libre, Abygaelle s'engouffre dans le garage.

L'endroit est vaste, plongé dans une semi-obscurité. Seuls quelques néons vacillants projettent une lumière blafarde sur le béton. Elle avance prudemment entre les rangées de véhicules bien alignés. Son arme tenue à deux mains, elle hésite à une intersection. Elle prend d'abord à gauche, puis se ravise et vire à droite.

Ses pas sont feutrés. Elle bénit ses semelles souples. L'alarme incendie hurle toujours, couvrant tout bruit qui pourrait trahir sa présence. Au sol, les indications peintes confirment qu'elle est au niveau F-1.

À l'extrémité est, les cases s'étendent de E à A. Elle avance lentement, se servant des voitures comme abri. Si Spacek la voit, c'est fini. Elle serre les dents. L'adrénaline pulse dans ses veines, mais elle garde la tête froide.

Soudain, l'alarme cesse.

Le silence est brutal.

Abygaelle s'immobilise, chaque muscle tendu, tous ses sens en alerte. Puis, un bruit. Une toux, faible, étouffée. Quelque part de l'autre côté du stationnement.

Elle attend. Rien. Aucun autre son.

Elle glisse entre deux voitures, pivote légèrement pour chercher un angle plus dégagé. Son regard capte un conteneur d'acier près du mur à gauche. Elle s'y faufile, se plaque contre sa surface froide, tend le cou pour observer discrètement.

Là-bas. Près d'une camionnette blanche, portes arrière ouvertes. Un homme, penché sur quelque chose. D'ici, elle n'arrive pas à voir ce que c'est. Il est grand et maigre, il porte une combinaison de camouflage et une cagoule sur la tête.

C'est lui. Pas de doute.

Le cœur d'Abygaelle cogne, mais elle reste calme. Inutile d'appeler des renforts : Spacek pourrait entendre. Elle doit agir. Maintenant. Seule. Elle resserre sa prise sur l'arme. Elle prend une grande inspiration et avance dans l'allée.

— Éloigne-toi du camion ! lance-t-elle, la voix claire, ferme, l'arme levée.

L'homme sursaute, relève la tête d'un coup. Comme s'il sortait d'une transe. Il secoue la tête, paniqué.

— Non... non, ne fais pas ça!

— Je t'ai dit de t'éloigner. Tout de suite.

Il lève lentement les mains. Dans la droite, quelque chose brille.

— Approche pas, sinon je fais tout sauter ! J'ai un détonateur. Si tu tires, je lâche prise, et boum. Tout explose.

Abygaelle ne cille pas. Son arme reste braquée sur lui. Ses yeux balayent les lieux. Elle aperçoit les fils qui courent au sol, de la camionnette vers plusieurs autres véhicules. Des explosifs. Suffisamment pour faire s'effondrer la tour.

Son sang se glace. Jack est sur le toit.

Elle bouge lentement la main vers sa radio.

— Bouge pas ! Si tu parles à qui que ce soit, c'est fini. Je fais tout sauter. Tout.

Il tremble.

Elle le voit, maintenant. Il tremble.

Ce tueur, celui qui a abattu quinze personnes la veille, n'a plus rien du prédateur qu'elle imaginait. Il a peur. Probablement de sa mort imminente. Il est plus petit qu'elle ne le pensait.

Elle repose la radio, les yeux rivés sur lui.

— C'est terminé. La tour est vide. Les gens ont été évacués. Si tu voulais un bain de sang, tu as raté ton coup. Tu ne vas détruire que du béton.

L'homme baisse les yeux. Hésite. Il écoute. Le silence de l'évacuation est éloquent.

Puis, il relève la tête. Un éclat étrange dans le regard.

— Alors il ne reste que nous deux.

Il la fixe de son regard triste.

— On va mourir ici.

Abygaelle serre les dents. Elle ne pense qu'à Jack. Sur le toit, il n'a aucune idée de ce qui se passe en bas. Si Spacek appuie sur le détonateur, ils seront trois à mourir.

— Pourquoi ? demande-t-elle. Pourquoi as-tu tué tous ces gens à la Powerlife ? Pourquoi vouloir détruire cette tour ?

— Les tours, la corrige-t-il sans la regarder. Si je lâche ce détonateur, les deux s'effondrent.

— Mais pourquoi ?

Il reste un instant figé, le regard ailleurs. Puis il répond, presque à voix basse :

— Parce que j'ai pas le choix.

— On a toujours le choix, dit-elle doucement, essayant de garder le contact.

— Pas moi. Y a rien d'autre pour moi.

— Alors explique-moi. Aide-moi à comprendre.

L'homme ferme les yeux. Son corps paraît plus lourd tout à coup, comme écrasé par ses propres mots.

— Va-t'en. Tu peux rien changer. Je dois finir ce que j'ai commencé. C'est ici que ça se termine.

— Non. Je reste. Regarde-moi… je range mon arme. Tu peux faire pareil. Désarme les bombes. On peut encore arrêter ça.

— C'est impossible, murmure-t-il. Tout est déjà en marche.

Abygaelle pense à Jack. Peut-être qu'il est redescendu. Peut-être qu'il a compris que Spacek n'était pas sur le toit. Elle espère. Elle prie. Si quelqu'un doit mourir ici, elle veut que ce soit elle. Pas lui.

— Écoute… pense à ta femme. À ton fils. Veux-tu vraiment leur laisser ça comme héritage ? La Powerlife, c'est déjà une tragédie. N'ajoute pas une autre couche d'horreur. Je t'en supplie.

Elle croit percevoir un sanglot dans sa voix.

— Oh ma chérie... pardonne-moi. J'ai pas le choix. Tout ça... c'est pour toi.

Au même moment, il enlève sa cagoule.

Son visage apparaît, ravagé par les cernes, creusé par la douleur. Abygaelle reste figée. Hypnotisée.

What the fuck ?

Il ferme les yeux. Une larme roule sur sa joue.

— Tu aurais dû partir.

Puis, dans un mouvement lent, presque paisible... il relâche le détonateur.

Tout bascule.

Une lumière blanche, aveuglante, déchire l'ombre du parking. L'onde de choc fait vibrer les murs. Abygaelle plonge sur sa gauche, instinctivement.

L'explosion est foudroyante.

Les vitres des immeubles voisins éclatent comme du cristal. Des fragments volent dans tous les sens.

Et quelques secondes plus tard se produit le spectacle le plus désolant qui soit, celui que personne ne voulait voir.

La première tour s'effondre sur elle-même dans un vacarme assourdissant.

20

———————

Ti-Boy Malveaux danse avec enthousiasme au son de *Just Dance* de Lady Gaga pendant qu'il prépare des pâtes — pour lui et pour les otages. Il se déhanche avec vigueur, jetant des regards admiratifs à sa silhouette dans le grand miroir du couloir. Il se trouve magnifique, malgré sa silhouette élancée qu'il aimerait plus musclée.

Il chante aussi fort que Lady Gaga, profitant de l'acoustique généreuse de l'entrepôt vide. Il sait que les otages, même planqués dans une salle reculée, entendent tout. Cette pièce, à l'usage mystérieux et ancien, joue un rôle dans tout ça.

Ti-Boy a appris par un ami que l'entrepôt était inoccupé. Il a tout de suite pris rendez-vous avec l'agent immobilier et a visité la place avec Spacek. L'endroit leur a plu. Ils ont mis dehors les squatteurs sans cérémonie et s'y sont installés. Un parfait quartier général.

Depuis des mois, André Spacek mijote son grand coup. Son magnum opus. Celui qui marquera à jamais l'histoire du Québec.

— Cette petite province de trouillards va en avoir pour son

argent, répète-t-il comme un mantra. Le monde dort au gaz. Il faut qu'ils se réveillent. Qu'ils arrêtent de gober tout ce que le gouvernement leur enfonce dans la gorge.

Excédé, André juge qu'il est temps d'agir. Qu'on l'écoute, de gré ou de force.

Le carnage à la Financière Powerlife a déjà semé le chaos. Les médias s'en sont empiffrés. Mais pour André, ce n'est que le début. Ceux-là ont ruiné sa vie. Des corrompus, des parasites. Ils méritaient toutes les balles qu'il a tirées sur eux.

La Powerlife fait partie d'un complot mondial, selon lui. Une machine capitaliste qui écrase les pauvres pour engraisser les riches. Une utopie empoisonnée. Pendant que les PDG se remplissent les poches, la classe moyenne se fait lessiver. Deux jobs pour survivre, ce n'est pas une vie.

Le temps presse. Faut que ça change. Vite.

Alors André a pris les armes.

Et son message a fait son chemin.

L'odeur de la sauce spaghetti emplit la pièce. Une sauce du commerce, mais pas piquée des vers. Pas aussi bonne que celle de sa mère, mais pas loin. Faut lui donner ça : elle n'a peut-être pas beaucoup de talents, Josée, mais sa sauce spaghetti ? Hors de ce monde.

Dommage qu'elle ne soit plus capable de parler comme avant. À peine quarante-quatre ans, c'est à vous briser le cœur.

Mais ce n'est rien de nouveau sous le soleil pour Ti-Boy. Sa mère n'a jamais été là, de toute façon. Il s'est débrouillé seul dès l'enfance. Il ne s'est jamais bercé d'illusions. Josée n'a jamais été du genre maternel qui te serre contre elle, qui te pousse à progresser, qui veille sur toi jusqu'à ce que tu apprennes à voler de tes propres ailes.

Même quand Spacek est entré dans leur vie et qu'elle a semblé se replacer, Ti-Boy savait. Il savait que c'était temporaire, qu'elle vivait sur du temps emprunté. Dès que Spacek en aurait assez de ses dépendances et de ses faiblesses, il sacrerait son camp.

Et elle retomberait dans les ténèbres. Pour de bon, cette fois.

Heureusement, Ti-Boy est prévoyant. Il a préparé ses arrières. Même s'il en veut encore à Spacek de les avoir laissés tomber, il comprend ses raisons. Il aurait aimé qu'André soit plus fort, plus tenace... mais la vie est ainsi faite.

You don't always get what you want, comme le chantent les Rolling Stones.

Non. On n'a pas toujours ce qu'on désire.

Il prépare quatre assiettes avec soin, posant la sienne sur la table basse près du canapé où il passe la majeure partie de son temps à gribouiller, un œil sur les nouvelles en continu. Les trois autres sont pour les otages.

À chaque fois qu'il les voit, ils ont l'air de paniquer, comme s'ils redoutaient le pire.

Pourtant, il leur a expliqué, encore et encore : il ne veut pas leur faire de mal. Il n'a aucune influence sur leur sort. Il n'est qu'un pion dans cette histoire. Un exécutant. Un figurant. En espérant qu'ils le croient.

Il a continué à fréquenter André uniquement parce qu'il paie les frais du centre où vit sa mère. En échange, Spacek exige une loyauté sans faille. Heureusement, cette loyauté fonctionne dans les deux sens. C'est lui qui a payé ses études, qui lui a offert une petite cabane au cœur de la forêt. Un havre de paix pour un type comme Ti-Boy, qui préfère les plantes aux humains.

La nature le comprend mieux que n'importe quel être humain. De toute façon, la société part à la dérive — avec ou sans Spacek pour y foutre le feu.

Ti-Boy enfile sa cagoule et entre dans la pièce où sont les otages, un cabaret entre les mains. Les trois assiettes sont encore fumantes.

— C'est l'heure de manger. Vous allez voir, la sauce est exquise.

La salle fait une vingtaine de mètres carrés. Trois otages, chacun enchaîné à un poteau par une lourde chaîne. Ils peuvent s'asseoir à un bureau ou s'allonger sur un lit de fortune. Ils sont espacés, histoire de tuer dans l'œuf toute velléité de rébellion. C'est une exigence d'André. Il ne veut pas qu'ils profitent de la gentillesse de Ti-Boy. Une idée qui l'a blessé.

Il comprend que Spacek veut le protéger. Mais il n'a pas besoin qu'on le materne. Il sait se défendre. Surtout avec ce qu'il cache au creux de ses reins.

Les otages se jettent sur leur assiette comme s'ils n'avaient rien avalé depuis des jours. Ce réflexe de survie le hérisse. Il se donne du mal pour les traiter avec un minimum d'humanité, et voilà comment ils le remercient ?

Il est sur le point de leur lancer un commentaire cinglant, mais il ravale sa rancune. À quoi bon ? Eux aussi vivent l'enfer. À leurs yeux, il est le diable.

À leur place, il réagirait sans doute de la même façon.

Le .357 Magnum argenté qu'il garde dans son jean n'aide pas à détendre l'ambiance. Il porte toujours une cagoule devant eux — une autre consigne de Spacek. C'est plus sûr, dit-il. Moins de risques s'ils ne peuvent pas l'identifier si les choses tournent mal.

Ti-Boy n'est pas convaincu. De toute façon, ils verront son visage tôt ou tard. Il devra les exécuter quand le moment viendra.

Mais il se plie aux ordres. Il n'a pas envie d'un conflit de plus.

Une heure plus tard, Ti-Boy s'assoupit sur le canapé, le visage à moitié enseveli sous un coussin. Il rêve sans vraiment rêver. C'est un son strident, craché par la télé, qui le fait sursauter. Le genre d'alerte que les chaînes d'info utilisent pour un bulletin spécial.

Il se lève d'un bond et fixe l'écran.

Des gyrophares clignotent. Des véhicules de secours affluent. C'est le chaos total. Le direct montre les abords des tours d'appartements du Canadien de Montréal.

Il reconnaît l'endroit. Grand fan de hockey, Spacek avait envisagé d'y acheter une unité pour « la famille ». Mais il n'a jamais pu rassembler les fonds. Trop cher, trop snob. Il s'en était souvent plaint — selon lui, ces appartements ne valaient rien, mis à part leur proximité avec la tour Powerlife. Et puis, il y avait eu ce vendeur suffisant. Un type condescendant qui, en voyant qu'André hésitait sur les prix, lui avait lancé :

— C'est certain que ces appartements sont réservés à une certaine élite...

Le ton, le sourire. Ti-Boy s'en souvient comme si c'était hier. Il se souvient aussi de la rage de Spacek. Ça l'avait atteint dans le plus profond de son âme.

Sur l'écran, le présentateur annonce l'effondrement de la première tour. Pour l'instant, on ignore le nombre de victimes. Il semblerait que la majorité des résidents ait été évacuée à temps. La police, prudente, refuse pour l'instant de faire un lien direct avec la fusillade à la Powerlife.

Puis, comme un écho familier, des photos d'André Spacek apparaissent à l'écran. Toujours recherché. Toujours insaisissable.

Ti-Boy hausse les épaules. Il allume une cigarette. Il repense au plan. Surtout la finale. Au départ, il était contre. Trop radical. Trop brutal. Mais il s'était laissé convaincre. Après tout, on ne fait pas d'omelette sans casser des œufs.

Sauf que maintenant... quelque chose grince en lui. Il recommence à douter. Tout ça le met affreusement mal à l'aise. Mais l'effondrement de la tour est le signal. C'est le moment d'agir. Il prend une petite clé, enfile sa cagoule et se dirige vers la geôle.

La porte s'ouvre sur les otages. Sans un mot, il fonce droit vers Otage numéro un — la seule femme du groupe. Il lui lance la clé.

— Détache-toi.

Elle s'exécute avec difficulté. Ses mains tremblent trop. Elle pleure en silence.

— Qu'est-ce que vous allez me faire ? demande-t-elle d'une voix à peine audible.

Ti-Boy ne répond pas. Il la fixe, impassible.

Otage numéro deux et Otage numéro trois essaient de comprendre, eux aussi.

— Je suis les ordres, lâche Ti-Boy. J'en sais pas plus que vous.

Il attrape la femme par le bras et la conduit hors de la pièce. Un cliquetis métallique. Il referme derrière eux.

Ils entrent dans une autre salle, plus petite, presque identique. La même odeur de béton froid, la même lumière blafarde.

Dans la geôle, les deux autres échangent un regard. Incompréhension. Angoisse.

Qu'est-ce qu'il va lui faire ?

Et est-ce qu'on est les prochains ?

Peut-être qu'il s'agit d'une libération. Un geste pour faire pression, pour montrer aux flics qu'ils sont ouverts aux négociations.

Otage numéro trois tend l'oreille.

Rien.

Juste la satanée télé, encore allumée, dans une pièce voisine.

Pourquoi maintenant ? Pourquoi elle, et pas eux ?

Quel est ce jeu tordu auquel se livre le ravisseur masqué ? Y a-t-il des règles, ou est-ce que ces types agissent au gré de leurs humeurs, comme des fous impulsifs ?

Otage numéro trois se creuse les méninges. Il cherche un moyen de sortir tout le monde de ce cauchemar.

Homme d'affaires à la fin de la cinquantaine, soigné, costaud malgré son âge, il se sent investi d'un devoir moral. Il doit protéger les autres, surtout le plus jeune. Mais comment, quand on est attaché à un poteau et qu'on ne comprend rien à la logique des ravisseurs ?

Il a écouté. Il a observé. Les deux types ne lâchent rien. Pas une piste. Pas un indice.

Le jeune en cagoule est difficile à cerner. Parfois, il est presque doux. D'autres fois, il pète un plomb pour rien. Il suffit d'un mot de travers, d'un regard. Il passe du feu à la glace sans prévenir.

Les otages ne se connaissent pas. Ils viennent de mondes différents et n'ont rien en commun, sinon la peur.

Lui, Otage numéro trois, est un amateur d'art. Passionné. Sa fierté, c'est sa collection de tableaux accrochée dans son condo du Vieux-Montréal. Il est homosexuel, cultivé, solide... en apparence.

Otage numéro un, elle, approche la quarantaine. Mère au foyer, deux enfants. Elle a abandonné une brillante carrière en finances pour se consacrer à sa famille. Son mari est pharmacien.

Le dernier, Otage numéro deux, est un gamin. Il avait peut-être 17, 18 ou 19 ans. Muet comme une tombe. Il pleure tout le temps. Otage numéro 3 tente de le rassurer, mais il sent bien que le garçon n'est pas plus solide que lui.

Et maintenant, il craint pour elle. Il ne sait pas ce que l'homme à la cagoule a en tête. Mais ça ne sent pas bon.

Ce serait une tragédie. Quelque chose d'irréversible.

Puis le son arrive.

Sourd. Brutal.

Un coup de feu, étouffé par les murs épais.

Otage numéro trois se fige. Son souffle se coupe. Son cœur bondit dans sa poitrine.

Ses yeux s'emplissent de larmes.

À côté, le jeune garçon ferme les yeux. Il incline la tête. Et pousse un long soupir. Un souffle vide d'espoir.

Un souffle de fin du monde.

21

L'équipe tactique arrive enfin et constate avec effroi que la tour numéro un s'est effondrée. Le responsable du groupe, le sergent Marc Lafrenière, attrape son walkie-talkie et contacte le répartiteur.

— Bloquez les rues Peel et Lucien-L'Allier à l'intersection de Saint-Antoine et René-Lévesque, ça presse. Non, je sais pas encore s'il y a des victimes. On vient juste d'arriver.

Il raccroche sans attendre de confirmation, puis se tourne vers le conducteur.

— Arrête ici.

L'équipe se scinde en trois groupes. Deux foncent vers la tour écroulée, le troisième vers l'autre immeuble, encore debout mais potentiellement instable.

Au même moment, le lieutenant Charles Picard arrive sur place. Il se dirige vers le poste de commandement installé par les pompiers. Le chef, Patrick Perras, l'y attend avec un résumé sommaire de la situation. Il doit hausser le ton pour couvrir le vacarme des sirènes et le grondement des véhicules d'urgence qui affluent sans arrêt.

— Les résidents des deux tours ont été évacués, selon la

liste fournie par le gestionnaire, lance Perras. Certains animaux n'ont peut-être pas eu cette chance.

Le point de rassemblement est à quelques rues de là, dans un grand parc. Des ambulanciers prennent en charge les gens en état de choc ou ceux qui ont besoin de soins.

Même si la deuxième tour semble intacte, la crainte d'un autre effondrement reste bien réelle.

Charles Picard évalue la scène, conscient de l'ampleur du désastre. Il regarde Perras.

— Donne-moi le topo complet.

Perras hésite, baisse les yeux, cherche ses mots.

— Qu'est-ce qu'il y a ? Crache le morceau. On n'a pas le temps de niaiser, gronde Picard.

Le visage de Perras se crispe.

— On n'a pas de nouvelles des sergents-détectives Jensen et Morris.

Le cœur de Picard fait un bond.

— Comment ça, pas de nouvelles ? Ils sont où ?

— On le sait pas. Soit ils sont entrés dans le bâtiment avant l'arrivée du SWAT, soit ils étaient dehors... mais trop proches de la tour numéro un quand elle s'est effondrée.

Picard frappe la table avec le poing. Son visage devient cramoisi, il penche la tête et enlace sa nuque de ses mains.

— Câlisse, Jack... T'as assez d'expérience pour...

Sa voix se brise. Il ravale l'émotion, secoue la tête. Il doit rester lucide. Sans confirmation, inutile de tirer des conclusions hâtives. Et l'opération est toujours en cours.

Il pose ses effets personnels sur la table du poste de commandement, puis échange avec Perras sur les prochaines étapes.

Quelques minutes plus tard, Picard observe les décombres au loin. La tour s'est effondrée de façon étrange — comme si elle s'était fendue en deux. Les dégâts sont colossaux. Toute personne se trouvant au-dessus du troisième étage a sans doute péri. Mais il reste un espoir pour les étages inférieurs. Après tout, on a bien retrouvé des survivants dans les décombres du World Trade Center en 2001. Tout est encore possible.

— D'où venait l'explosion ? demande Picard.

— On n'en est pas sûrs, mais mes gars pensent que ça a pété dans le garage.

Comme dans un mauvais rêve, les images des cadavres d'Abygaelle et de Jack ensevelis sous les gravats hantent l'esprit du lieutenant. Il prie pour qu'ils soient séparés dans des tours distinctes.

Picard aperçoit un homme en chemise aux couleurs d'une entreprise de sécurité bien connue. Il est isolé près du poste de commandement, le nez dans son téléphone. Picard l'interpelle. C'est bien l'agent d'accueil de la tour numéro un.

— As-tu vu passer une détective, grande, cheveux foncés ?

L'agent secoue la tête.

— Et un grand costaud, cheveux poivre et sel ?

— Non plus. Désolé.

Picard marmonne un juron tout en scrutant de nouveau les décombres, espérant qu'ils vont révéler leur mystère. Il tente en vain de joindre ses deux sergents-détectives à la radio. Silence. Même chose au cellulaire. Rien.

Il balance l'appareil sur la table, frustré.

— Fuck.

Quinze minutes plus tard, à sa quatrième tentative, une voix grésille enfin dans l'écouteur. Picard ferme les yeux, soulagé.

— Je vais bien, chef.

Son cœur s'emballe. Jack Morris est en vie. Il inspire profondément, reprend le contact.

— Rejoins-moi au poste de commandement.

Quelques minutes plus tard, Jack débarque, intact, presque serein. Picard laisse échapper un demi-sourire.

— Crisse que tu m'as fait peur.

Mais le regard de Jack se fige, inquiet. Il balaie la scène du regard, ne voit pas ce qu'il cherche.

— Où est Aby ?

Le regard de Picard s'assombrit.

— On sait pas. J'espérais que tu pourrais nous éclairer. Tu sais où elle est allée ?

Jack lève les bras, agacé.

— Bien sûr que je le sais, j'étais avec elle.

Il pointe vers le garage. Mais en voyant l'état des lieux, il s'arrête net. Il serre la mâchoire et couvre sa bouche de la main.

— Fuck. J'avais ce pressentiment vu d'en haut... mais j'espérais me tromper.

— Jack ?

Le vétéran détective fixe Picard, les yeux chargés d'angoisse.

— Elle a couru tout droit vers le garage.

Picard attrape sa radio.

— Ici Picard. Fouillez le garage. Une détective pourrait s'y trouver. Grande, brune. Prévenez-moi si vous la trouvez.

Marc Lafrenière tape sur l'épaule de trois de ses hommes et les mène vers les décombres.

— Quel est son nom, Charles ?

— Jensen. Abygaelle Jensen.

Les quatre hommes se faufilent entre les gravats, appelant la détective par son prénom. Le bruit ambiant — sirènes, hélicoptères, voix — rend l'écoute presque impossible. Chaque son semble se perdre dans l'écho de la ville.

— Abygaelle ! crient-ils encore et encore.

Rien.

— Continuez de chercher, ordonne Lafrenière. Je vais faire le tour de l'autre côté. Restez vigilants. Si le malade qui a fait sauter l'immeuble est encore ici, il pourrait nous attendre au tournant.

Jack Morris hésite. Devrait-il appeler Murielle Bouchard

pour qu'elle les rejoigne ? Abygaelle, après tout, c'est un peu sa protégée. Mais Picard tranche :

— Pas maintenant. Inutile de l'alarmer tant qu'on n'en sait pas plus.

Les heures passent. L'espoir s'effrite. Jack et Charles savent qu'à mesure que le temps file, les chances de retrouver Abygaelle vivante diminuent. Si elle n'est pas morte sur le coup, elle risque de s'asphyxier, coincée sous les décombres.

Les membres du SWAT, des policiers et quelques pompiers continuent les recherches. En vain. Rien de concret. Les détecteurs sismiques viennent d'arriver, ainsi que les radars à pénétration de sol. Grâce à leurs bandes ultra-larges, ils captent les mouvements, même infimes — comme une simple respiration.

Ces instruments, capables de capter le moindre frémissement de vie, sont vitaux dans ce genre de mission. Picard les fixe pendant qu'ils sont mis en place, les sourcils froncés. Le soleil s'écrase lentement derrière les immeubles. Deux jours merdiques de suite, et maintenant ça.

Mais perdre une collègue, c'est un tout autre niveau. Ils savent, en choisissant ce métier, que ça peut finir comme ça. Mais quand ça arrive... c'est toujours un drame.

C'est lui qui a affecté Abygaelle à cette enquête. Parce qu'elle ne lâche jamais. Mais c'est peut-être ce même entêtement qui l'a menée là où elle est. Il lui avait dit d'attendre le SWAT, mais elle ne l'a pas écouté.

Abygaelle, c'est Abygaelle. Elle fonce, elle agit. Elle a le défaut de ses qualités.

Le téléphone de Jack vibre. Il regarde l'écran, puis Charles.

— Murielle.

Picard secoue la tête. Pas maintenant. Il gérera l'équipe plus tard, si le pire se confirme.

Au troisième appel, Jack décroche.

— Murielle, je peux te rappeler ? On est en plein chaos ici.

Oui, on est sur les lieux, c'est le branle-bas de combat. Je suis avec Charles, tout le monde est là.

Aby ? Je sais pas... T'as essayé de lui laisser un message ?

Non, elle est pas avec nous. Écoute, il se passe trop de choses, je dois te laisser. Je te rappelle plus tard.

Il raccroche. Murielle tente de joindre Abygaelle depuis plus d'une heure. Elle s'inquiète. Et avec raison. Ce n'est pas dans ses habitudes de ne pas répondre, ou au moins rappeler rapidement.

— Le coucher du soleil va compliquer les choses, lâche Jack, à mi-voix.

Charles tente de le rassurer. Des réflecteurs arrivent. Les mêmes qu'on utilise sur les chantiers. Assez lumineux pour éclairer comme en plein jour.

— On n'arrête pas. Tant qu'on n'aura pas retrouvé le responsable. Et surtout, tant qu'on n'aura pas retrouvé Abygaelle.

Les résidents de la tour ont été déplacés du parc vers le gymnase d'une école voisine. La Croix-Rouge prend le relais. Tout est en place.

Jack entend une portière claquer au loin. Instinctivement, il tourne la tête. Il fronce les sourcils et donne un coup de coude à Picard, puis désigne Murielle Bouchard du menton, qui s'avance vers eux d'un pas décidé.

— Eh bien, on n'aura pas le choix de lui dire la vérité, hein ? souffle Jack.

Murielle le foudroie du regard.

— Penses-tu que je sais pas quand tu me bullshittes, le gros ? Où est la petite ?

Elle reste calme en apparence pendant que Picard lui raconte les événements, mais son visage est tendu. L'inquiétude se lit dans chacun de ses traits.

Soudain, une voix s'élève, irrégulière mais excitée. Jack se retourne et se précipite vers les décombres. Trois pompiers convergent au même endroit, appelant Abygaelle avec insistance.

— Abygaelle, est-ce que tu nous entends ? crie l'un d'eux.

Un opérateur, casque sur les oreilles, lève le pouce.

— J'ai des signaux.

— Si tu nous entends, frappe trois coups sur n'importe quoi, ajoute le premier pompier.

Un silence suspend le temps.

Puis le pouce se lève à nouveau. Grand sourire sur le visage. Patrick Perras, en arrière, hoche la tête. C'est confirmé : quelqu'un est vivant là-dessous.

Un ordre est lancé par radio : faire avancer la pelle mécanique. Jack entend tout ça d'une oreille. Il s'assoit sur un morceau de béton, le souffle coupé. Il lève le pouce à son tour vers Picard et Murielle, le regard un peu embué.

Plus d'une heure passe. Les équipes dégagent des blocs de béton, centimètre par centimètre. Enfin, un pompier descend en rappel vers un conteneur à déchets coincé sous une structure tordue. Il aperçoit un bras, noirci de suie, qui dépasse d'un couvercle partiellement obstrué. Avec ses pieds, il pousse un bloc de béton qui glisse juste assez pour permettre à Abygaelle, sale mais consciente, de sortir du conteneur.

Des applaudissements nourris éclatent depuis les toits voisins. Les spectateurs, bouche bée depuis des heures, applaudissent la silhouette élancée de la détective, qui s'est hissée, accrochée au pompier, jusqu'à la surface.

Le regard d'Abygaelle croise celui de Jack. Elle sourit faiblement, les yeux humides.

— Jack... je pensais que t'étais mort.

Il la serre contre lui avec une force qui lui arrache une grimace.

— Ouf, vas-y mollo, grogne-t-elle.

— Viens, dit-il en l'entraînant vers Picard et Murielle. Comment ça, tu pensais que j'étais mort ?

— T'étais sur le toit, non ? Comment t'as survécu ?

Jack éclate de rire.

— Ouais, sur le toit... de la tour numéro un.

Abygaelle fronce les sourcils.

— De quoi tu parles ? C'est elle, la tour numéro un, dit-elle en montrant les débris.

— Ben non ! C'est la tour numéro deux, ça, réplique Jack en désignant la tour encore debout. J'étais sur la une.

Un pompier qui passe met fin au débat :

— Non, c'est la deux, ça. La une, c'est celle qui s'est effondrée.

Abygaelle esquisse un sourire moqueur.

Jack la serre à nouveau contre lui.

— Crisse qu'il m'aurait manqué, ce sourire baveux là.

Après une étreinte rapide avec Murielle Bouchard et Charles Picard, Abygaelle grimace légèrement.

— J'ai mal au bras... et aux côtes. Mais je suis correcte, rassure-t-elle.

— Tu vas quand même aller à l'hôpital, réplique Picard, ton sec. C'est pas négociable.

Avant de partir, elle leur raconte ce qu'elle a vu.

— Je pense qu'il y a encore des explosifs dans le garage de la tour numéro deux. Ils ont pas tous sauté.

Picard pâlit, saisit sa radio et demande immédiatement l'unité de déminage.

— J'ai essayé de l'arrêter, poursuit Abygaelle. Mais il ne voulait rien entendre. Irrationnel. Il arrêtait pas de répéter que c'était son destin. Qu'il avait pas le choix.

Quand elle a compris qu'il allait tout faire sauter, elle s'est ruée dans un conteneur à déchets en acier qu'elle avait repéré plus tôt.

Son plan B, au cas où.

Par miracle, le conteneur a tenu le coup. Le pompier lui a

dit qu'un gros morceau de béton s'était logé juste au-dessus, comme une voûte. Comme si quelque chose l'avait protégée.

Mais c'est ce même bloc qui bloquait le couvercle. Elle s'est crue condamnée. Coincée, à respirer son propre CO_2, sans oxygène frais. Elle a essayé de créer une ouverture. À force d'efforts, elle a réussi à soulever un coin du couvercle et à tendre un bras pour que l'air circule.

C'est plus tard qu'elle a entendu des voix. Faiblement. Comme à travers l'eau.

Des ambulanciers s'approchent, portant une civière. Elle les arrête net d'un regard :

— Non merci. Je peux marcher.

Puis, elle se tourne vers ses collègues. Le ton change. Plus grave :

— En passant, il est mort. Aucune chance qu'il ait survécu à ça.

Jack hoche lentement la tête, pensif.

— C'est donc la fin de la route pour André Spacek. Il va amener ses secrets dans sa tombe.

Abygaelle le regarde droit dans les yeux.

— Ce n'était pas André Spacek.

22

Un rayon de soleil frappe la peau de Murielle Bouchard, lui arrachant une grimace. Depuis que sa tante est morte d'un cancer de la peau, Murielle évite le soleil comme la peste. Elle porte rarement des manches courtes et fuit les terrasses en été. Même dans les Caraïbes, elle vit à l'ombre rassurante des palapas.

Accompagnée de Jack Morris, elle attend que le feu soit au vert pour traverser l'intersection en direction du poste de police. Ils reviennent de leur marche quotidienne, une tradition de vingt minutes qu'ils perpétuent depuis plus d'une décennie. Il fait si chaud que Murielle est trempée de sueur, comme si elle venait de sortir de la douche. Elle préfère de loin le printemps et l'automne — même si, avec le climat qui déraille, ces saisons passent désormais en coup de vent.

Contrairement à son habitude, Jack est resté silencieux pendant la majeure partie du trajet. En général, c'est un bavard infatigable. Il a toujours une histoire captivante à raconter. Murielle, plus réservée, choisit ses mots avec soin, mais elle aime bien taquiner son vieux complice à l'occasion.

— Tu sembles songeur, lance-t-elle pour briser le silence.

— Je pense à l'explosion. Si Aby dit vrai et que ce n'est pas Spacek le responsable, alors c'est qui ? Le Canada a été épargné par les attaques terroristes jusqu'ici, mais est-ce que ça vient de changer ? J'essaie de me convaincre que ça n'a rien à voir avec la Powerlife... mais c'est la gravure sur le mur de la salle de conférence qui nous a menés aux tours du centre-ville. Je peux pas croire que ce soit une simple coïncidence.

— Moi non plus, répond Murielle. J'ai hâte d'y voir plus clair. Mais sans savoir qui est derrière l'explosion, on avance dans le noir. À moins que...

Jack comprend où elle veut en venir. À moins que Spacek — ou un complice — ne frappe à nouveau. Les deux sergents-détectives redoutent d'autres attaques. Le temps joue contre eux, et ce sera le cas tant qu'ils n'auront pas mis la main sur André Spacek. Sa photo circule dans les médias depuis deux jours, mais aucun indice ne permet de le localiser. S'est-il volatilisé ?

Dès qu'elle franchit le seuil du poste, Murielle est enveloppée par la fraîcheur apaisante de l'air climatisé. La chaleur extérieure est insupportable. L'été québécois, avec son humidité accablante, est une vraie torture pour une femme qui, comme elle, déteste avoir chaud. Chaque nuit, elle dort avec un ventilateur à fond dans sa chambre, en plus de la climatisation. Sinon, c'est l'insomnie assurée.

Un clignotement rouge sur le téléphone de son bureau signale un nouveau message vocal. Elle pense justement à Abygaelle, qui devait sortir de l'hôpital ce matin. Le message provient d'un homme à l'accent marqué. Il demande à être rappelé d'urgence.

Murielle entre dans un bureau adjacent et fait signe à Jack de la suivre. Elle compose le numéro, active le haut-parleur. Après les civilités d'usage, l'homme entre rapidement dans le vif du sujet.

— Je suis complètement atterré. J'ai aucune nouvelle de mon copain.

— Est-ce que ça fait plus de vingt-quatre heures que vous n'en avez pas eues ? demande Murielle.

Giovanni Tucci confirme. Son conjoint, Richard Lelièvre, ne répond plus ni au téléphone ni aux textos. À chaque appel, il tombe directement sur la messagerie vocale. Non seulement il a un nom exotique, mais il a aussi l'accent qui va avec.

Murielle note le numéro de téléphone. Elle pourra demander la géolocalisation du signal de l'appareil de Lelièvre et tenter de le joindre elle-même. Mais une chose la turlupine : pourquoi Tucci a-t-il appelé directement son poste téléphonique, au lieu de passer par le standard de la police ? Les disparitions ne manquent pas dans une ville comme Montréal. Si chaque proche paniqué appelait un sergent-détective, ils ne feraient que répondre au téléphone du matin au soir.

— Avec tout ce qui se passe en ville, j'ai peur qu'il lui soit arrivé malheur, dit Tucci, la voix tremblante.

— Vous parlez de la fusillade à la Powerlife ? demande Murielle. Pourquoi croyez-vous qu'il y ait un lien ?

— Je sais pas... C'est juste étrange. Tout se produit en même temps, puis tout s'arrête. Il répond plus à mes messages ni à mes appels. Je suis en train de virer fou. C'est jamais arrivé avant. On est toujours en contact... plusieurs fois par jour.

— Je comprends, monsieur Tucci, répond Murielle, la voix calme mais empathique. Mais il ne faut pas tirer de conclusions hâtives.

Elle s'apprête à le diriger vers l'unité des personnes disparues, mais Jack lui jette un regard et lève discrètement la main. Il secoue légèrement la tête. Elle hésite, puis décide de poursuivre. Au pire, ils pourront transférer le dossier plus tard.

Elle pose d'autres questions sur Lelièvre — par exemple, s'il a des tatouages ou des signes distinctifs. Tout ce qui pourrait aider à l'identifier. Jack prend les réponses en note. Murielle lui demande d'envoyer une photo récente de Lelièvre par courriel. Elle l'informe qu'un dossier officiel de disparition sera ouvert. Des publications seront diffusées sur les réseaux sociaux de la police, et un avis de recherche sera transmis aux médias.

Jack, de son côté, essaie d'attirer son attention. Il pousse un soupir discret et gribouille quelque chose sur un coin de feuille. Elle lit à la dérobée, acquiesce d'un hochement de tête discret, puis revient à la conversation.

— Monsieur Tucci, est-ce que Richard avait des connaissances... en matière d'explosifs ?

— Qu'est-ce que vous voulez dire ?

— A-t-il déjà travaillé avec de la dynamite ou tout autre explosif ? Peut-être dans le cadre de son emploi ?

— Il est marchand d'art. Je vois pas le rapport. Certainement pas.

— D'accord. C'était une simple question. Je n'insinue rien.

Un silence s'installe. Puis, la voix de Tucci, plus brisée, résonne à nouveau dans le haut-parleur.

— Vous pensez quand même pas que c'est lui qui a fait exploser la tour de condos ?

— Je ne présume de rien, monsieur Tucci. Mais on ne sait toujours pas qui est responsable. Et vu la disparition soudaine de votre conjoint, on se doit d'envisager toutes les possibilités. Vous comprenez ?

— Vous perdez votre temps si vous croyez qu'il a quelque chose à voir là-dedans. Richard est... c'est un homme bon. Généreux. Il ferait pas de mal à une mouche.

Murielle se tait. Les gens croient toujours que leurs proches sont incapables de commettre des atrocités — même face à des preuves accablantes. Elle a déjà vu des parents refuser d'admettre que leur enfant était un meurtrier, même après une confession.

Inutile donc de tenter d'expliquer à Giovanni Tucci qu'on ne connaît jamais vraiment quelqu'un, aussi intime soit le lien.

Chacun cache une part d'ombre, tapie quelque part, qui peut surgir à tout moment. C'est précisément pour ça qu'elle lui a demandé s'il avait récemment vécu du stress, perdu un être cher ou reçu une mauvaise nouvelle sur sa santé. Des déclencheurs, tout simplement. Mais Tucci a balayé toutes ces pistes du revers de la main. Leur vie était calme, sans histoire, dit-il. Rien à signaler.

Après avoir raccroché, Murielle et Jack échangent un regard chargé d'incertitude. Que faire de cet appel ? Ils ont promis à Tucci de le tenir informé, et lui ont arraché la promesse de les appeler au moindre signe. Mais ça n'a probablement aucun lien avec l'enquête, et ils n'ont pas de temps à perdre avec des futilités.

— Son chum a peut-être sacré son camp avec un jeune étalon, dit Jack avec un sourire tordu.

Murielle pince les lèvres. C'est une hypothèse, oui. Mais elle sent qu'ils ne peuvent écarter aucune possibilité. Ils n'ont tellement rien pour avancer qu'ils doivent scruter le moindre détail, aussi bancal soit-il.

— Des nouvelles de la petite ? demande Jack, en s'étirant.

— Toujours pas, répond Murielle, sèche.

Jack la regarde, fronçant les sourcils.

— Bon, qu'est-ce que j'ai fait encore ?

— Je t'ai pas encore pardonné de m'avoir caché ce qui se passait avec elle, t'sais.

Jack se tortille sur sa chaise, comme un gamin pris à voler des bonbons.

— C'est Charlie qui voulait pas que je te le dise. Si tu veux être en crisse après quelqu'un, sois-le après lui.

Murielle esquisse un sourire, attendrie malgré elle. Puis, son visage se referme, tordu par une mélancolie brutale.

Jack pose une main sur la sienne. Après toutes ces années, ils n'ont plus besoin de mots pour se comprendre.

— Elle va bien. Tout ira pour le mieux.

— Tu peux pas savoir à quel point j'ai eu peur pour elle, murmure Murielle, la voix éteinte.

— Tu veux que je te dise un secret ? Mais ça reste entre nous.

— Promis.

Jack prend un instant. Cherche ses mots.

— J'étais tout juste arrivé sur le toit de l'autre tour quand le bâtiment s'est effondré. J'ai jamais ressenti une telle impuissance... Voir la structure s'écrouler comme au ralenti, sans pouvoir faire quoi que ce soit. J'avais qu'une pensée : si Abygaelle était déjà dedans, elle avait aucune chance.

Il s'arrête, baisse les yeux. Puis ajoute, presque dans un souffle :

— La première chose qui m'est passée par la tête, c'est que c'est moi qui aurais dû être là. À sa place.

23

Perdue dans ses pensées, Abygaelle caresse machinalement la tête velue de Zorro qui repose sur sa cuisse. Comme elle s'y attendait, les examens à l'hôpital n'ont rien révélé de grave : une contusion aux côtes, un hématome massif sur le bras. Rien d'irréversible.

Mais le souvenir de ces instants dans l'obscurité oppressante la hante. Elle se souvient de cette sensation d'être avalée par les ténèbres, comme si la lumière n'avait jamais existé. L'air était lourd, presque étouffant. Chaque respiration était un combat. Pourtant, elle n'a jamais lâché prise, notamment après être parvenue à entrouvrir le couvercle de la caisse métallique. Ce petit geste lui a permis d'éviter de suffoquer dans l'air vicié, saturé de dioxyde de carbone.

Elle se félicite d'avoir eu la présence d'esprit de plonger dans ce conteneur entrevu juste avant de faire face à l'homme aux explosifs. En se glissant à l'intérieur, elle n'espérait qu'une chose : que le couvercle se referme à temps pour la protéger. Elle priait pour que le poids de la structure ne vienne pas écraser le métal.

Parfois, Abygaelle se demande si elle a plusieurs vies, tant de fois, elle a échappé à la mort. Mais cette fois, elle a vraiment cru qu'elle avait tenté le diable une fois de trop. Elle aurait pu mourir en héroïne, sacrifiant sa vie sur le champ de bataille pour le bien commun. Elle revoit le visage de l'homme, juste avant qu'il lâche le détonateur. Son expression figée. Puis l'enfer.

Elle a eu à peine une fraction de seconde pour plonger. Juste assez pour entrevoir, du coin de l'œil, l'éclair aveuglant de l'explosion. Une lumière blanche et brutale, qui a tout balayé sur son passage. L'homme et ses espoirs de survie ont été réduits en cendres.

Les secouristes continuent de fouiller les décombres à la recherche de survivants, ou, du moins, de restes humains. Mais Abygaelle en est convaincue : il ne reste de l'homme que des fragments, éparpillés sous les ruines de son propre chaos.

Une question la ronge : pourquoi a-t-il retiré sa cagoule juste avant l'explosion ? Voulait-il lui dire quelque chose ? Lui faire comprendre un dernier message ? Ou simplement la déstabiliser, l'attirer dans la tombe avec lui ? Difficile à dire. Mais ce visage — déformé par la douleur, couvert de sueur, traversé d'une tristesse abyssale — restera gravé dans sa mémoire.

Comme si le temps s'était figé. Comme s'il avait voulu que la dernière image qu'elle conserve de lui soit celle d'un homme brisé. Un adieu muet. Une manière de s'excuser de l'avoir entraînée dans ce destin tragique.

Abygaelle se demande pourquoi Spacek a laissé un indice aussi évident menant aux tours des Canadiens. Si ce n'était pas pour s'y rendre, pourquoi risquer de compromettre tout le plan ? L'homme du garage était-il un complice, ou un pion sacrifiable dans un dessein plus vaste ? Et s'ils faisaient tous deux partie de la même organisation ? Pourtant, rien dans les dossiers de Spacek n'indique la moindre affiliation à un groupe criminel ou terroriste.

Ces pensées la tourmentent. Elle repasse chaque détail de leur confrontation : cet homme, tellement désespéré, qu'il a préféré mourir — et entraîner d'autres vies dans sa chute — plutôt que de se rendre. Les seules victimes humaines, pour l'instant, sont celles de la Financière Powerlife. Les secouristes n'ont retrouvé que les restes d'animaux de compagnie dans les décombres.

Abygaelle jette un regard tendre à Zorro, toujours blotti contre elle. Et elle se demande ce qu'elle ferait s'il venait à disparaître. On s'attache vite à ces petites bêtes. Les chiens ont cette capacité d'aimer sans condition — un amour vrai, rare, que peu d'humains peuvent offrir. Certainement pas ceux qu'elle a croisés au fil de sa vie. Ni les hommes. Ni les femmes. Même pas sa mère. Encore moins sa sœur.

Elle a appris à composer avec le regard des hommes, souvent chargé d'un mélange d'excitation, de convoitise et de condescendance. Elle est habituée à devenir l'objet de leurs fanfaronnades, leur trophée à raconter entre deux bières. Mais ce qui la blesse le plus, c'est la jalousie de certaines femmes. Celles qui murmurent qu'elle a obtenu son grade de sergente-détective grâce à son apparence. Ou pire : pour remplir un quota.

Elles ne savent rien des efforts qu'elle a faits. Ni des éloges reçus, ni de son sérieux, ni de son engagement. Elle aimerait pouvoir s'en détacher. Laisser couler. Mais elle peine à comprendre cette cruauté féminine. Comme si, au lieu de se soutenir dans un monde qui ne leur laisse aucune marge, elles choisissaient de se nuire. Et c'est bien ça qui la désespère le plus.

Elle secoue la tête. Il faut revenir à l'enquête. Se concentrer.

Elle passe en revue ce qu'elle sait. André Spacek, ancien employé de la Financière Powerlife, est un meurtrier. Il a abattu quinze cadres lors d'une réunion improvisée. Mais comment savait-il qu'elle aurait lieu ? Qui l'a informé ? Avait-il une taupe à l'interne ? Peut-être Fatima Nouri ? Elle affirme que la réunion n'était pas prévue et qu'il l'a épargnée. Par compassion ? Par stratégie ?

Et cette image gravée sur le mur de la salle de conférence — pourquoi ? Un leurre ? Un sabotage de son propre plan ? Ou de celui d'un complice infiltré aux tours des Canadiens ? Jouait-il double jeu ? Quel était son but réel ? Attirer l'attention ? Obtenir une forme de reconnaissance posthume ? Ou était-il simplement aussi dérangé que les pires tueurs en série du pays : William Fyfe, Robert Pickton, Léopold Dion ou William Primeau ?

Et puis il y a ce tract retrouvé chez lui. Un texte dont les premières lettres forment un acrostiche : « À bas les bandits du cartel ». Mais quel cartel ? Celui de la drogue ? Un cartel mexicain ? Une branche locale ? Pour l'instant, rien ne prouve qu'il ait un lien direct avec eux.

Peut-être que quelqu'un qu'il aimait a été détruit par la drogue. Une overdose ? Une descente aux enfers ? Une vengeance, alors — personnelle, féroce, irrationnelle. Peut-être croit-il agir pour une cause. Peut-être s'est-il inventé un combat pour donner un sens à sa propre douleur.

Aucune certitude. Rien que des hypothèses. Et pendant ce temps, Spacek court toujours.

Abygaelle sait qu'elle ne peut pas attendre. Il faut agir. Fouiller plus loin. Débusquer les vérités qu'on cherche à lui cacher.

Mais une part d'elle redoute ce qu'elle pourrait encore découvrir.

Les horreurs qui l'attendent au prochain tournant.

24

—————

Le ciel est embrasé d'une teinte orangée captivante, tellement vive que Ti-Boy Malveaux a du mal à détacher son regard. Derrière lui, sur la cuisinière industrielle, l'eau bout à gros bouillons, mais il n'a pas encore incorporé les pâtes. Les otages doivent en avoir assez de toujours manger la même chose, mais c'est tout ce qu'il sait cuisiner. De toute façon, cette histoire ne s'éternisera pas. D'ici quelques jours, si tout se passe comme prévu, les actions d'André auront atteint leur conclusion.

La musique de Nirvana résonne dans l'entrepôt, les riffs de guitare de Kurt Cobain se faufilent dans l'air, et Ti-Boy se laisse porter par la musique, sa tête oscillant doucement.

— Ce gars-là, c'était un génie, pense-t-il. Les meilleurs partent toujours en premier.

C'est sa mère qui lui a fait découvrir le groupe de Seattle. Elle lui racontait comment elle les avait vus jouer aux Foufounes Électriques, à Montréal, au début des années 90 — bien avant qu'ils ne deviennent un phénomène mondial.

De là où il se tient, il a une vue claire sur l'immense porte qui mène à la salle des otages. C'est André qui a eu l'idée de leur attribuer des numéros au lieu de les appeler par leur nom. Une façon de les déshumaniser, de réduire les risques d'attachement. Et Ti-Boy a compris : garder une certaine distance, c'est essentiel pour faire le travail proprement.

Alors Spacek les a baptisés Otage numéro 1, Otage numéro 2 et Otage numéro 3. Pas très original, mais diablement efficace. Même sans connaître leurs noms, Ti-Boy a déjà cerné leurs failles, leurs forces.

C'est fascinant.

Il se dirige d'un pas pressé vers la porte, puis il fige. Il a oublié son Magnum... et sa cagoule. Les assiettes dans les mains, il hésite. Une petite voix lui chuchote : « Pourquoi pas juste cette fois ? Est-ce si grave s'ils voient ton visage ? » Après tout, ils ne sortiront pas vivants d'ici. Spacek ne les laissera pas reprendre leur petite vie comme si de rien n'était.

Mais André a insisté : si ça tourne mal, s'il y a un miracle... ils pourraient l'identifier. Trop risqué.

Il est encore jeune. Il a toute la vie devant lui. Il faut rester discipliné — une vertu qu'André n'a cessé de lui rappeler. Il dépose les assiettes au sol, devant la porte, et retourne chercher ce qu'il a oublié.

Quelques minutes plus tard, la lourde porte métallique s'ouvre en grinçant. À l'intérieur, Otage numéro 2 est allongé sur son lit, les yeux rivés au plafond. Otage numéro 3 l'observe en silence, avec un mélange de haine et d'effroi dans le regard.

— Je sais, encore des pâtes, dit Ti-Boy, faussement désolé.

Il dépose les assiettes sur la petite table, puis recule d'un pas. Il n'est pas à l'aise avec les interactions, mais il essaie de rester poli. Être pris en otage, c'est déjà assez merdique — pas besoin d'en rajouter. Faut quand même un peu d'humanité, même dans les pires situations.

L'objectif d'André est noble. Mais Ti-Boy, lui, n'oublie pas que les otages sont des humains. Ils ne lui ont rien fait. Ils ne sont ni pires ni meilleurs que les autres. Même s'il se pense plus intelligent que la moyenne, il fait attention à ne pas laisser son ego prendre le dessus. La complaisance, c'est le début de la fin.

Alors qu'il s'apprête à quitter la pièce, Ti-Boy entend Otage numéro 3 marmonner quelque chose d'inintelligible.

Il se retourne.

— Pardon ?

— Qu'est-ce que t'as fait avec la femme ?

L'otage le fixe droit dans les yeux. Ses traits sont si tendus qu'ils semblent prêts à éclater. Ti-Boy jette un coup d'œil vers Otage numéro 2, toujours allongé, le regard perdu au plafond, comme absorbé dans une sorte de transe. Une résignation pure et dure.

— Je peux rien vous dire, murmure Ti-Boy en observant l'homme plus âgé.

— Elle est morte, hein ?

La voix tremblante d'Otage numéro 3 fait monter d'un cran la pression dans la pièce. Ti-Boy vacille intérieurement. C'est un test. Il se contente de hausser les épaules.

— Espèce de monstre, crache l'otage, le visage tordu par la rage.

Ses mâchoires sont si serrées qu'on dirait qu'il va se briser les dents. Il se jetterait sur Ti-Boy pour lui arracher les yeux s'il n'était pas enchaîné au sol.

— Je suis pas un monstre.

— T'es un monstre. Un crisse de malade. Comme l'autre débile qui te manipule.

— Je vous l'ai dit... je suis autant une victime que vous autres. Si je fais pas ce qu'il dit, c'est moi qu'il va tuer. Tu crois que j'aimerais pas mieux être ailleurs ? Avec mes chums ? Ou en train de baiser quelque part, au lieu de vous faire cuire des osties de pâtes ? Il m'a dit que si je l'écoutais pas, il ferait du mal à ceux que j'aime. Et qu'il me tuerait ensuite.

Il marque une pause. Sa voix s'est enrouée.

— Je ne suis pas enchaîné comme vous, mais je ne suis pas libre non plus. Mes chaînes sont juste... invisibles.

Un silence lourd s'installe. Ti-Boy lève le doigt vers un coin du plafond.

— Tu vois ça ? C'est une caméra. Il y en a partout dans ce trou à rats. C'est ça, ma chaîne. J'ai nulle part où aller. Je peux pas me cacher.

Otage numéro 3 tourne la tête vers le jeune homme étendu à ses côtés. Il ne bouge toujours pas. Il regarde à nouveau Ti-Boy, cette fois avec un sourire étrange, presque narquois.

— Je te crois pas. Pas une seconde. Je t'entends danser, chanter. Tu ne dégages pas de la peur, tu dégages de la joie. Alors garde tes excuses pour quelqu'un d'autre.

Il penche légèrement la tête, puis crache les mots :

— T'es le diable. Tout comme ton maître.

Le mot maître vrille l'intérieur de Ti-Boy comme un coup de couteau.

Il a failli exploser.

Mais il se retient.

— Que tu me croies ou non ne change rien à la réalité. Je me fends le cul à vous faire à manger, pis c'est comme ça que vous me remerciez ? La prochaine fois, vous vous arrangerez avec vos troubles.

Le regard de l'otage est toujours aussi noir. Son sourire narquois s'est mué en une grimace déformée par la haine.

— Alors pourquoi tu te caches ? Pourquoi t'as une arme ? Pourquoi tu le tues pas, ton maître ?

— Je porte une cagoule parce qu'il m'y oblige. J'ai une arme parce que je me méfie de vous deux. Je sais que vous cherchez une ouverture, toi et le gamin. Et je peux pas le tuer. Il a des complices dehors. Si quelque chose lui arrive... ce sont mes proches qui vont payer.

Otage numéro 3 soupire, perplexe. Il y a quelque chose qui

cloche chez ce gars-là. Quelque chose qui n'est pas clair. S'il disait la vérité ? S'il était vraiment pris au piège lui aussi ? Il a toujours été poli, même attentif. Pas un geste violent, pas une insulte. Mais il ne se comporte pas comme un prisonnier. Personne ne chante ni ne danse dans un enfer comme celui-là... pas sans avoir atteint un niveau critique de démence.

Et la femme... l'a-t-il tuée ? Pourquoi évite-t-il la question ? Il doit l'avoir tuée. Depuis ce coup de feu, plus rien. Silence radio.

Alors, Otage numéro 3 change de ton. Il décide de jouer le jeu. De faire semblant d'y croire.

— Qu'est-ce que tu comptes faire de nous, alors ?

Ti-Boy hausse les épaules.

— J'attends les ordres.

— Appelle la police. Sors-toi de là. Dis-leur que la priorité, c'est ta famille. Protège-les. Ensuite, tu leur dis où tu te trouves. Tu peux nous libérer. T'as encore une chance de faire la bonne chose. On va témoigner en ta faveur. Tu ne risques rien.

Ti-Boy baisse la tête. Il a l'air brisé.

— J'aimerais que ce soit aussi simple... mais ça ne l'est pas. Il écoute tous les appels. Les caméras sont partout, je te l'ai dit. Même si j'appelais, la police n'aurait pas le temps d'agir. Il est trop rapide. Trop rusé. Il pense à tout. Ils le coinceront jamais. Il va disparaître comme une ombre. Et si je le trahis... il s'en prendra à mes proches. Et j'aurai même pas le temps de cligner des yeux.

Otage numéro 3 secoue la tête, un rire amer au bord des lèvres.

— C'est n'importe quoi...

— Assez parlé. Il va devenir suspicieux s'il se rend compte que je t'ai adressé la parole aussi longtemps. Il m'a interdit d'établir un quelconque lien personnel avec vous.

La porte se referme dans un fracas métallique.

Otage numéro 2 n'a toujours pas touché à son assiette.

Otage numéro 3, lui, se précipite sur les pâtes tièdes.

Il doit trouver un moyen de faire changer ce jeune homme de camp.

C'est leur seule chance de s'en sortir.

S'il ne les tue pas avant.

25

———————

Murielle Bouchard fixe son écran d'ordinateur pendant de longues minutes, sans bouger. Son regard est rivé sur la photo qu'elle vient d'ouvrir.

Richard Lelièvre affiche un visage neutre, comme on en voit souvent sur les permis de conduire. Pourtant, ses yeux francs, presque perçants, trahissent une intelligence vive. Ses traits fins et sa peau lisse lui donnent un air plus jeune que ses cinquante-deux ans.

Est-ce qu'un homme à l'allure aussi juvénile pourrait vraiment avoir orchestré l'explosion d'un immeuble résidentiel ?

Est-ce qu'il a agi seul ? Ou est-il le complice d'André Spacek ? Sa disparition, est-ce un hasard ? Ou une échappatoire ?

Peut-être qu'il s'est tout simplement éclipsé, sur un coup de tête, avec un jeune amant — sans un mot à son partenaire. Ce genre de départ à la sauvette n'épargne aucune classe sociale, pas même les plus raffinées.

À moins qu'il ne soit mort. Qu'on ait laissé son corps dans un coin reculé, après une rencontre qui aurait mal viré. Le suicide reste une option. Pour l'instant, tout reste sur la table.

Depuis qu'elle est sortie de l'hôpital, Abygaelle n'a pas

remis les pieds au poste. Charles Picard lui a imposé quelques jours de congé — bien mérités, faut le dire — pendant que Murielle et Jack poursuivent l'enquête en son absence.

Mais Murielle trépigne. Elle a une envie pressante de lui montrer la photo de Lelièvre. Elle espère qu'Abygaelle pourra confirmer s'il s'agit bien de l'homme aperçu dans le garage de la tour numéro un.

Même si Picard leur a interdit formellement de la déranger, Murielle n'en a rien à foutre. Elle suit ses propres règles. Un des privilèges de frôler la retraite — avec la pleine pension qui vient avec.

Et puis merde. Elle envoie un courriel à Abygaelle. Elle la connaît trop bien : elle va lire le message dès sa réception.

Le but est clair : éliminer Lelièvre de la liste des suspects, si c'est possible. Épargner à Giovanni Tucci les mauvaises nouvelles qu'il sent déjà venir.

Murielle étudie les photos envoyées par Tucci. Contrairement à l'image figée de son permis, Lelièvre y porte des lunettes. Ce petit détail lui donne un air plus humain, plus vulnérable.

Ces images circulent déjà dans les médias. Rien d'inhabituel pour le moment... mais si Lelièvre est bel et bien l'homme du garage, elles pourraient bientôt prendre un tout autre sens.

La majorité des disparitions se résolvent en quelques heures, parfois quelques jours, souvent grâce à un proche qui s'inquiète.

Sauf que ça fait quatre jours que Lelièvre n'a donné aucun signe de vie.

La plupart du temps, les gens portés disparus sont des ados fugueurs, des aînés désorientés ou des personnes souffrant de troubles mentaux. Lelièvre, lui, ne rentre dans aucune de ces catégories.

Tucci a insisté sur le fait que son conjoint ne souffrait d'aucune maladie mentale. Pas de médication, à part quelques

Advils. Tout ça ne fait que rendre le mystère encore plus opaque.

C'est justement cette absence de « profil type » qui rend Murielle méfiante. Peut-elle vraiment l'écarter en tant que suspect potentiel ?

La réponse d'Abygaelle sera cruciale.

En attendant, Murielle poursuit ses recherches. Richard Lelièvre, comptable diplômé des HEC Montréal il y a trente ans, est aujourd'hui un marchand d'art respecté. Il possède une galerie discrète dans le Vieux-Montréal, bien connue des collectionneurs mais presque invisible pour le grand public.

Elle a fouillé ses archives, cherchant un lien, même ténu, avec la Financière Powerlife ou le constructeur des condos visés par l'explosion. Rien. Pas la moindre connexion entre son passé de comptable et ces entreprises. Un trou noir.

Lorsque le nom d'Abygaelle s'affiche sur l'écran de son téléphone, Murielle décroche aussitôt. Elle sourit en entendant la voix vive et assurée de sa jeune collègue, qui commence immédiatement à la taquiner sur sa désobéissance.

Après quelques banalités, Murielle entre dans le vif du sujet. Elle synthétise les informations recueillies sur Richard Lelièvre en abordant à la fois sa carrière et certains aspects plus personnels.

— A-t-il des connaissances particulières en explosifs ? demande Abygaelle.

— Rien là-dessus, répond Murielle. Ni dans son dossier ni selon son conjoint.

Abygaelle ouvre le fichier avec les quatre photos que Murielle lui a envoyées. Il y a un bref silence. Puis, une hésitation dans sa voix.

— Il me semble qu'il était plus jeune... mais je l'ai vu de loin, et pas longtemps. Ça pourrait être lui, oui, mais... j'en suis pas certaine.

— Est-ce qu'il portait des lunettes ? demande Murielle.

— Je sais pas. Il avait une cagoule. Peut-être qu'il en avait dessous. Mais si c'était le cas, elles étaient très discrètes. Je m'en souviens pas.

— Son conjoint est formel. Il avait besoin de ses lunettes pour tout. Lire, travailler, même pour marcher. Impossible qu'il ait manipulé une bombe sans elles.

— Peut-être des verres de contact ? avance Abygaelle.

— Impossible, selon Tucci. Il détestait mettre ses doigts dans ses yeux. Il ne voulait rien savoir de ça.

— Alors il devait les avoir sur lui... conclut Abygaelle. Cela dit, je peux pas l'assurer. C'est allé trop vite. Mais si je devais parier un vieux deux dollars, je dirais que c'était pas lui.

Elle marque une pause. Quand elle reprend, sa voix a changé de ton — plus lente, plus soucieuse.

— Et puis... l'homme dans le garage parlait d'une femme. Il a dit qu'il faisait ça pour elle.

— Ce qui exclurait un amoureux, si c'était vraiment Lelièvre.

— Sa mère, peut-être ?

— Elle est décédée d'un cancer du sein il y a dix ans.

— Une sœur ? Une tante ?

— Il a deux frères, pas de sœur. Pas de tante proche non plus. S'il faisait ça pour une femme, c'était probablement quelqu'un d'autre. Une inconnue.

Le silence s'installe, lourd, suspendu comme un nuage bas avant l'orage. Murielle fixe toujours la photo de Lelièvre à l'écran, comme si elle espérait qu'un détail lui saute enfin aux yeux.

Puis la voix d'Abygaelle revient, tranchante comme un coup de fouet.

— Écoute... je reprends du service. Là. Maintenant.

— Picard nous a dit que tu ne reviendrais pas avant le début de la semaine prochaine.

— Eh bien, Picard s'est trompé, répond Abygaelle, d'un ton

frondeur. Je m'habille et j'arrive. Et s'il veut m'arrêter, il a juste à m'envoyer en dedans.

Murielle éclate de rire, s'imaginant déjà la scène.

— Fais attention, Aby. Je te jure, il en serait capable.

Elles raccrochent. Et soudain, le silence revient, presque pesant. Murielle reste seule, le regard fixé sur la photo de Richard Lelièvre. Un visage calme. Intact. Presque trop parfait.

Si ce n'est pas lui…

Alors qui est l'homme dans le garage ?

26

———————

Un ciel bleu, clairsemé de nuages comme des flocons de ouate, emportés par une brise légère dérivant lentement vers l'est. Le vent caresse le visage ridé de Gilles Marquis, qui ferme les paupières pour en savourer la fraîcheur.

Fidèle à ses habitudes, le vieil homme s'est levé aux aurores pour savourer un déjeuner chez Berval, un petit resto chaleureux situé à deux coins de rue de chez lui.

Assis à sa table habituelle, il a feuilleté rapidement le Journal de Montréal, commençant, comme toujours, par la section des sports. Pas grand-chose à se mettre sous la dent quand les Canadiens ne jouent pas.

Le baseball, par contre, ç'a toujours été son affaire. À l'époque des Expos, il suivait chaque partie, chaque échange, chaque coup de circuit. L'été, les exploits de l'équipe remplissaient les pages du journal. Mais l'équipe est partie depuis belle lurette — avalée par les requins du baseball majeur, déménagée à Washington par des bonzes insensibles.

Avec les années, la peine s'est atténuée. Aujourd'hui, il n'éprouve plus rien en entendant parler des Nationals, le nom de l'équipe depuis sa vente au milieu des années 2000.

Il y a bien le CF Montréal, une équipe de soccer en MLS, mais Gilles n'a jamais accroché. Trop lent, trop de passes, pas assez de buts. Il ne comprend pas l'engouement, même s'il respecte ceux qui s'y passionnent.

Après avoir terminé ses mots croisés et ses mots mystères — son exercice cérébral quotidien, auquel il ne renonce jamais — il a salué chaleureusement Raoul Berval, le chef propriétaire de la binerie. Il a ensuite pris le volant en direction de la marina pour préparer son ponton. Une autre belle journée reposante à flâner sur l'eau.

Une fois sur place, il s'arrête un moment, fasciné par les reflets dansants sur la surface de l'eau. Le soleil du matin fait briller la rivière comme une lame. Au loin, quelques mouettes piaillent. Il salue un homme qui prépare son voilier avant d'embarquer sur son propre bateau.

Depuis huit ans, Gilles passe ses étés à donner un coup de main à une colonie de vacances locale. Il fait la navette entre l'île et la rive, transportant enfants, moniteurs, bouffe et matériel. Ça l'occupe, ça lui donne un but. Et puis, le camp manque de moyens. Il aime bien sentir qu'il est encore utile, malgré le passage des années.

Ce matin, un camion du supermarché local doit arriver vers dix heures, près du quai. Gilles assurera la livraison des victuailles jusqu'à l'île, où quelques employés du camp l'attendront pour tout décharger.

Il consulte sa montre : il est en avance d'une vingtaine de minutes. Pour passer le temps, il allume la radio du bateau. Une voix nasillarde s'emporte sur une histoire de scandale — une autre théorie loufoque, comme il s'en raconte chaque semaine.

Au Québec, les drames sont rares, mais il faut croire que les animateurs trouvent toujours de quoi nourrir les amateurs de conspiration.

La radio le distrait plus qu'elle ne le captive. Un simple

bruit de fond, emporté par le vent comme les dernières pensées d'un rêve oublié.

Le vrombissement de son téléphone le sort de sa torpeur. Il reconnaît aussitôt le numéro du camp de vacances et la voix de la responsable, surnommée « Ciboulette », résonne dans l'écouteur.

Comme toujours, Gilles entre dans son jeu et l'appelle par son nom de camp. Question de ne pas gâcher la magie devant les enfants.

— Monsieur Marquis, j'ai oublié de commander du papier toilette à l'épicier. Vous pourriez nous en amener ? Disons... douze paquets de vingt-quatre rouleaux à double épaisseur.

— Je vais voir si le livreur est encore là. Si oui, je lui demanderai d'ajouter ça à la commande.

— Merci. Sinon, achetez-les et je vous rembourserai avec la petite caisse.

Par chance, le livreur chargeait encore son camion lorsque Gilles a appelé. Il n'aura pas à laisser son ponton seul au quai ni à faire un détour en voiture.

Il a souvent suggéré à Ciboulette d'acheter en gros dans un entrepôt à l'extérieur du village, mais elle préfère encourager les commerçants locaux. Gilles respecte ça. Il n'aurait pas eu la patience d'attendre qu'un petit épicier refasse ses stocks.

Il pense lui envoyer un texto pour la prévenir, puis se ravise. Elle utilise toujours une ligne fixe pour téléphoner — la couverture cellulaire sur l'île est quasi inexistante.

C'est pourquoi elle privilégie les appels faits depuis le bureau administratif ou les courriels. Pas de réseau ni de Wi-Fi là-bas. C'est une règle du camp. Sur l'île, les téléphones ne captent pas le signal, et l'absence de Wi-Fi fait partie des consignes.

Selon Ciboulette, c'est un mal pour un bien : les enfants décrochent de leurs écrans et apprennent à vivre dans le moment présent.

La règle vaut aussi pour les animateurs, du moins jusqu'au coucher des enfants. Ensuite, certains se permettent d'utiliser le faible signal du Wi-Fi, quand il fonctionne, mais la majorité joue le jeu. Une fois par an, loin des notifications et des réseaux sociaux, ils goûtent à une forme de liberté. Une vie plus simple, comme celle de leurs parents, à une époque où ces appareils ne faisaient pas encore partie du quotidien.

Enfin, une camionnette blanche s'approche. Le logo familier de l'épicerie y est peint à la main. Gilles avance lentement, accueillant le jeune conducteur d'un hochement de tête. Le livreur, comme toujours, affiche un large sourire. Un gars énergique, qu'il connaît bien.

Il est épris de Cannelle, une des animatrices du camp. Son empressement à livrer les provisions n'est pas tout à fait désintéressé. À chaque passage, ses yeux fouillent le ponton, espérant l'y trouver.

Parfois, Cannelle accompagne Gilles pour l'aider à charger les grosses commandes. Pas aujourd'hui. Le sourire du jeune homme s'efface un peu en s'apercevant que Gilles est seul.

Marquis se dirige vers l'arrière du camion alors que le conducteur ouvre la porte. Il profite de la brise, douce et tiède, qui passe lentement sur la marina.

Sa Pauline aurait aimé ce vent-là. Un vent assez doux pour soulever une mèche de cheveux, qu'elle aurait replacée d'un geste lent, avec ce petit sourire qu'il aimait tant.

Gilles soupire.

Elle lui manque. À s'en fendre l'âme.

27

Une ambiance de carnaval règne autour de la maison d'André Spacek, attisée par les curieux et les journalistes en quête de sensationnalisme.

L'équipe de communication de la police provinciale tient des briefings réguliers avec les médias, les tenant au courant de l'évolution des recherches dans la maison et de la traque du fugitif. Pendant ce temps, les techniciens en identité judiciaire fouillent chaque recoin de la demeure. Leur objectif est clair : trouver des indices qui pourraient mener au meurtrier ou en révéler davantage sur la personnalité du suspect.

Murielle Bouchard s'éclipse de la salle de commandement pour rejoindre l'équipe sur le terrain. Elle ressent le besoin de s'immerger dans l'univers d'André Spacek, de marcher dans ses pas, de comprendre ce qui a pu se jouer ici. Le fait d'arpenter les couloirs de cette maison, entourée de ses collègues concentrés sur leur tâche, lui semble surréaliste.

Ça faisait longtemps qu'elle n'avait pas mis les pieds sur une scène de crime.

Avec le retour imminent d'Abygaelle et le départ de Jack, qui a été appelé ailleurs pour un développement lié à l'affaire, elle a enfilé ses bottes de travail et s'est aventurée dans cette demeure sinistre. À mesure qu'elle explore les pièces, une sensation d'étau se referme sur elle. Elle tente de rationaliser : cette lourdeur vient sûrement des drames récents. Pourtant, la maison, en soi, est d'une banalité désarmante. Rien d'extraordinaire.

Et pourtant... elle sent quelque chose. Une présence, une empreinte. Comme si le tueur avait laissé une onde maléfique derrière lui. Elle en est persuadée : elle a ce sixième sens, ce flair que les autres n'ont pas.

Un vieux patrouilleur, qu'elle connaît depuis des années, l'aborde, visiblement surpris de la voir sur le terrain. Ce n'est plus dans ses habitudes.

En s'approchant de la retraite, Murielle s'est recentrée sur l'analyse et la coordination. Une transition qui l'apaise. Elle sait qu'Abygaelle, plus jeune, plus fougueuse, excelle dans l'action. Elle lui laisse volontiers ce terrain-là.

Bien sûr, son patron, Charles Picard, a maugréé quand elle lui a parlé de ses aspirations plus « bureaucratiques ». Il a du mal à se faire à l'idée de payer une sergente-détective pour faire surtout de la recherche. Mais il a fini par comprendre qu'il serait idiot de se priver de son expertise — et surtout, de son flair.

C'est ce flair qui l'a menée au poste de direction en salle tactique. Murielle sait où chercher, quoi observer, et surtout, ce que les autres ne voient pas.

Aujourd'hui, en fouinant dans cette maison, elle ne cherche pas une preuve, pas un objet : elle cherche une sensation. Une faille. Un détail. Quelque chose du passé d'André Spacek pourrait aider à résoudre l'affaire.

De toute façon, ce n'est pas comme si on pouvait lui imposer quoi que ce soit. Murielle est parfaitement en droit de prendre sa retraite demain matin si l'envie lui prend. Elle pourrait déposer son arme, remettre son insigne et aller s'occuper de ses concombres et de ses tomates.

Mais elle ne s'y sent pas encore prête. Elle veut rester dans l'action, encore un peu. Goûter encore quelques enquêtes. Pas nécessairement en première ligne, mais assez proche pour sentir le frisson.

Et si un jour on essaie de la pousser dehors, elle ne résistera pas. Elle partira sans faire d'histoires.

— C'est quoi, ça ? demande-t-elle à un technicien en pointant l'écran de l'ordinateur du doigt.

— C'est André Spacek.

— Voilà pourquoi je n'ai pas demandé « qui », mais plutôt « quoi ». J'ai jamais vu cette vidéo-là.

L'extrait semble récent. Murielle attrape une paire d'écouteurs posée sur le bureau et lance la lecture. Elle espère y capter quelque chose d'utile. Mais après quelques minutes à écouter Spacek radoter les mêmes insanités que dans ses vidéos précédentes, elle en conclut qu'il n'y a rien de neuf à tirer.

Puis, quelque chose attire son attention.

Elle attrape la souris, recule la séquence, plisse les yeux. Pendant une fraction de seconde, le cadre bouge et, dans le miroir derrière Spacek, un reflet surgit. C'est flou, c'est rapide comme un éclair, mais elle en est sûre : Spacek n'était pas seul au moment de l'enregistrement.

Elle tape sur l'épaule d'un analyste assis près d'elle.

— T'as vu ça ? demande-t-elle en désignant l'écran.

L'analyste rembobine, ajuste l'image, puis fige le moment. Le reflet est trouble, presque spectral, mais la silhouette est bien là. Une présence.

— Difficile à dire si c'est un homme ou une femme, marmonne Murielle. Et ce motif, là, sur le devant du chandail… c'est quoi, ça ?

— Aucune idée.

Elle jure à mi-voix contre la qualité de l'image. On distingue à peine les traits, mais la personne porte un chandail blanc, manches longues, avec un motif jaune au centre.

— Nirvana, lance une voix derrière eux.

Murielle se retourne, intriguée. Un patrouilleur qui se tenait près de la porte s'avance.

— C'est un chandail de Nirvana, précise-t-il.

— Le groupe de musique ? dit-elle, le ton dubitatif.

Il acquiesce.

— C'est leur logo : un smiley avec des X pour les yeux, et la langue sortie.

L'analyste ouvre une fenêtre de recherche, tape « chandail Nirvana » et les images s'affichent. Murielle reconnaît tout de suite le motif.

— Calvaire, t'as l'œil, lance-t-elle en se penchant vers l'écran.

Le policier esquisse un sourire, hoche la tête, puis retourne à son poste.

Murielle sort son téléphone et prend une photo de l'image figée, mais le reflet paraît encore plus pixelisé sur l'écran de son appareil.

— Peut-on améliorer la qualité de cette copie ? demande-t-elle.

L'analyste propose une capture d'écran, sauvegardée en JPEG, puis envoyée par courriel.

— Tu pourrais me parler en mandarin que je comprendrais pas plus, rétorque Bouchard en levant les yeux au ciel.

Il sourit. Tout le monde connaît sa réplique fétiche : « Un bon vieux stylo et un bloc de papier, ça tombe jamais en panne. »

— Ce que je veux dire, c'est qu'on peut vous l'envoyer, confirme-t-il.

— Parfait. Faites-le. Et envoyez-la aussi à Jack Morris et Abygaelle Jensen.

C'est pour ces moments d'adrénaline qu'elle repousse la date de sa retraite. Ces secondes où un détail change tout, où un indice ouvre une brèche dans le chaos. Savoir que Spacek n'était pas seul, au moins pendant l'enregistrement, change la donne. Ce n'est pas un électron libre. Pas un loup solitaire.

Ils le soupçonnaient déjà, bien sûr. Mais là, ils en ont la preuve. Et cette preuve soulève plus de questions qu'elle n'en résout. Une organisation ? Mais laquelle ? Rien de connu : pas de fichier, pas de revendication, pas de trace.

Une milice ? Un groupuscule extrémiste cherchant à renverser l'ordre établi ?

Et dans ce cas, quel lien avec l'édifice qui a explosé ? Quel est le message ?

Murielle se remet en marche, bien décidée à retourner au bureau. Mais impossible de mettre la main sur son manteau. Elle soupire. Elle est toujours à la recherche de quelque chose — clés, portefeuille, lunettes.

Elle fouille la maison, pièce par pièce, jusqu'à la cuisine. Son coupe-vent gris pâle l'attend, posé sur le dossier d'une chaise. Elle le récupère avec soulagement. Sa filleule lui a offert ce manteau : elle s'en voudrait de le perdre.

En passant devant la fenêtre, elle remarque un attroupement dans la cour. Des policiers, rassemblés autour d'un point précis. Elle sort aussitôt et s'approche.

— Qu'est-ce qui se passe ? demande-t-elle au responsable de l'unité de recherche.

Sur le terrain, ils ont creusé sous ce qui ressemblait à une simple colline de débris et de terre. Tout a été déplacé, poussé plus loin, près de la clôture.

Murielle s'avance, jette un œil dans le trou... puis recule de trois pas.

— Câlisse... c'est quoi, ça ?

Elle se penche à nouveau, lentement, le cœur cognant. Pas de doute. Il s'agit bel et bien d'un cadavre.

Un analyste ouvre un portefeuille trouvé à proximité. Lorsqu'il en découvre le contenu, son visage se fige. Il le tend à Murielle.

Elle s'éloigne précipitamment, compose un numéro sans même y penser.

Celui qu'elle connaît par cœur.

28

Un puissant rayon de soleil pénètre par la fenêtre du salon, illuminant la pièce où Jack Morris attend, assis dans un fauteuil démodé, qu'une dame lui prépare une tisane à la menthe. Il observe le calme presque solennel de la mère d'André Spacek, ainsi que sa voix douce, bien articulée, presque radio-canadienne.

L'appel de cette femme, plus tôt dans la journée, l'a pris de court. Il ne s'attendait pas à rencontrer la mère du fugitif aussi rapidement. Maintenant qu'il y est, il brûle d'envie de savoir ce qu'elle a à dire. Avec un peu de chance, elle pourra leur indiquer une cachette potentielle. À défaut, elle pourrait leur fournir un petit détail, un indice ou autre chose qui pourrait relancer l'enquête.

Il sait d'expérience que les proches collaborent parfois avec la police par instinct de survie, pour protéger un être cher, éviter un bain de sang inutile ou empêcher que leur fils ou leur neveu finisse abattu comme un chien dans une ruelle. D'autres le font par culpabilité, celle d'avoir mis au monde un monstre, d'avoir vu cet être qu'ils ont bercé un jour devenir un prédateur. Jack se demande dans quelle catégorie se range la vieille dame.

Il doit se contenir, ne pas trop la bousculer, la laisser vider son sac à son rythme. Elle croit sûrement que son appel à la police est une trahison. Parler de son fils à un policier, ce n'est pas rien.

De petite taille, les cheveux blancs tirés en chignon, elle l'a accueilli avec une politesse retenue. Dès son arrivée, elle l'a invité à s'asseoir à plusieurs reprises, et Jack a fini par accepter un breuvage : une tisane à la menthe dont l'arôme herbacé lui chatouille les narines. Elle sent bon et ferait du bien à son estomac fragile... mais il n'a pas l'intention d'y toucher. Pas question d'avaler quoi que ce soit qui ait été préparé par une inconnue, surtout pas par la mère d'un tueur en cavale.

Le visage de la vieille femme, parcheminé par les années, trahit une vie de tempêtes. Elle a dû en voir passer, des drames. Jack aurait presque de la compassion pour elle... si son fils ne transformait pas la ville en terrain de chasse.

Elle revient de la cuisine, tasse à la main. La porcelaine tremble sur la soucoupe, rythmée par sa main fébrile. Jack l'observe, puis brise le silence.

— Comment vous appelez-vous ? demande-t-il, sans détour.

Elle le fixe quelques secondes, un petit sourire étirant ses lèvres.

— Rose. Rose Desrosiers.

— Spacek, c'est le nom du père ?

— Non. C'est... c'est le nom d'une personne qui a compté pour lui. Énormément.

Elle ferme les yeux. On dirait qu'elle se déconnecte du monde, aspirée dans un souvenir qu'elle n'a pas envie de raconter. Pendant un instant, Jack croit qu'elle va s'évanouir. Elle doit être complètement dépassée par la dérive de son fils.

Il tente de détendre un peu l'atmosphère.

— C'est une belle maison que vous avez là. Vous y êtes depuis longtemps ?

— Non. Ces dernières années, j'habitais chez mon fils. J'ai jamais eu le cœur de vendre la maison familiale. C'est pour ça qu'elle a l'air d'un musée abandonné, répond-elle avec un sourire qui sonne faux.

Jack dépose sa tasse avec soin sur la petite table de bois, puis fixe la vieille femme, intrigué.

— Si vous habitiez chez votre fils, pourquoi vous n'y étiez pas ces derniers jours ?

Elle baisse les yeux et commence à se triturer les mains, ses doigts noueux luttant contre un tremblement.

— J'étais chez une amie. André m'a appelée en fin d'après-midi. Il m'a dit de ne pas rentrer, qu'il m'expliquerait plus tard. Alors j'ai dormi là-bas. Puis, j'ai entendu son nom dans les nouvelles... avec cette histoire de tuerie... tout est devenu clair. Mon premier réflexe, ça a été de venir ici. Me cacher.

— Est-ce que vous pouvez nous donner le nom et l'adresse de cette amie ?

Elle lève les yeux, blessée. Son regard fend l'air comme une gifle.

— Vous insinuez que je mens ?

Jack secoue doucement la tête. Il ne la croit pas, mais il doit éliminer les proches de Spacek de l'équation. Il se penche légèrement vers elle, appuyé sur le bord du canapé.

— Ce n'est pas ça. Mais on doit vérifier. Autant être honnête avec vous, madame Desrosiers : on croit que votre fils est aussi derrière l'explosion de la tour d'appartements, au centre-ville.

La femme porte une main tremblante à sa bouche.

— Seigneur... non... non... pas ça...

Sa voix n'est plus qu'un souffle. Ses épaules s'affaissent, comme si le poids du monde venait de s'abattre d'un coup.

— Est-ce que vous comprenez ce qui pourrait motiver ses actions ? Pourquoi s'en prendre à ces gens, vouloir tout détruire comme ça ?

Elle secoue la tête, lentement, les yeux dans le vide.

— André est en colère, vous savez. Il a tout perdu. Il a été accusé à tort, sali, rejeté par son employeur, ses proches... Il a toujours eu de la colère en lui. Mais c'est pas un monstre. C'est un bon garçon... il est juste... égaré.

Jack la scrute. Il cherche dans ses yeux une fissure, un éclat de vérité, ou bien un mensonge mal dissimulé. Mais il n'y voit que la peur. Une peur nue, brute, mêlée de tristesse.

Il comprend. Il comprend trop bien. Si son propre fils devenait un monstre, lui aussi serait perdu.

Il se lève, marche lentement vers la fenêtre. Le soleil tape toujours, mais la lumière lui semble plus dure, plus impitoyable.

— Madame Desrosiers... pourquoi il n'y a aucune photo de vous dans cette maison ?

Elle se fige.

— Pardon ?

Il se retourne, les mains jointes dans le dos, et plante son regard dans le sien.

— Vous dites avoir vécu ici avec votre fils. Il n'y a aucune photo de vous. Pas une seule. C'est bizarre, non ?

— Non, pas du tout, réplique-t-elle, avec un ton sec. J'ai jamais aimé me voir en photo. Je me trouve pas photogénique, j'aime pas me voir vieillir. Mon reflet dans le miroir me suffit amplement. Les photos, je les garde dans des albums. Dans le fond d'une garde-robe. Je les regarde presque jamais.

Jack laisse passer un silence.

— Où est André, madame Desrosiers ?

Elle ferme les yeux, secoue la tête.

— Je le sais pas. Je vous le jure. Si je savais, je vous le dirais. Mais je peux vous parler de lui. Je peux vous aider à le comprendre.

— Est-ce qu'il agit seul ?

Une hésitation passe dans son regard.

Jack pense à ce qu'Abygaelle a découvert. Le responsable de

l'explosion de la tour de condos… ce n'était pas Spacek. On n'a toujours pas retrouvé son corps. Une voix dans sa tête murmure que sa collègue pourrait s'être trompée.

Et si Spacek était vraiment là-dessous ?

Mais il sait que c'est trop simple.

Et dans cette enquête, rien ne l'est.

La dame fixe le sol, les sourcils froncés, l'air embrouillé. Elle semble chercher ses mots, ou peut-être une vérité plus facile à dire.

Après un long silence, elle hausse les épaules.

— Honnêtement… j'espère. Si c'est un complot…

Sa voix s'éteint avant la fin de la phrase, comme avalée par la pièce. Jack enchaîne doucement.

— Est-ce que vous avez remarqué des changements récents dans sa vie ?

— Quel genre de changement ?

— Je sais pas… une conversion religieuse, des fréquentations nouvelles, des propos incohérents, une longue barbe…

Elle réfléchit, le regard vague, puis secoue la tête.

— Non. Rien de particulier. Rien qui m'ait frappée, en tout cas.

Le téléphone de Jack vibre dans la poche de son manteau. C'est Murielle Bouchard. Il hésite, puis la redirige vers sa boîte vocale. Il revient s'asseoir à côté de la vieille dame.

— Prenez le temps d'y penser. Même un détail anodin peut nous être utile.

Elle pousse un soupir, puis lève les yeux vers lui.

— En fait… il est fâché contre tout le monde. Les banques, le gouvernement, les compagnies pétrolières, les compagnies pharmaceutiques, les bourgeois — c'est comme ça qu'il les appelle. Il hait le capitalisme, l'élite, tout ce qui sent le pouvoir.

— Ouais. On a vu sa vidéo…

Le téléphone vibre de nouveau. Jack lâche un soupir irrité.

— Voyons, calvaire…

Il s'excuse à voix basse, puis marche vers la porte d'entrée pour répondre.

— Qu'est-ce qu'il y a, Murielle ? Je suis en train de parler avec un témoin clé. Je te rappelle.

— Tu es avec qui, exactement ? répond-elle.

— Hein ? Pourquoi tu demandes ça ? Qu'est-ce que ça change ?

— Avec qui, Jack, sacrament ?

— Je te l'ai dit tantôt : je suis avec la mère de Spacek. J'essaie de récolter des infos pendant qu'elle est encore disposée à parler.

Un silence s'installe. Un silence lourd. Jack fronce les sourcils.

— Murielle ? Qu'est-ce que tu veux ?

Elle respire fort, comme si elle peinait à trouver ses mots.

— T'es avec la mère d'André Spacek, c'est bien ça ?

— Oui. Pourquoi ? Qu'est-ce qui se passe, calvaire ?

— Attends. Faut que tu restes calme, OK ?

— Murielle, accouche !

Elle inspire profondément. Il n'y a pas de bonne façon d'annoncer la nouvelle.

— Le corps de la mère de Spacek vient d'être retrouvé. Enterré dans la cour, derrière chez lui.

Jack se fige.

Ses jambes menacent de lâcher. Son souffle se bloque. Tout vacille.

La pièce tourne autour de lui.

Si cette femme n'est pas la mère de Spacek… alors à quoi rime cette mascarade ?

— Jack ? T'es encore là ?

— Oui, répond-il d'une voix éteinte. Je raccroche.

Il baisse lentement la tête, les pensées embrouillées, l'estomac noué. Il se retourne vers la dame, la gorge sèche.

— Écoutez, madame, je...

Il s'arrête net.

Elle se tient debout devant lui.

Un revolver pointé sur sa poitrine.

Il lève les mains, doucement. Son cœur bat à tout rompre.

— Madame, ne faites pas ça. On peut en parler.

Denise Bédard renifle, des larmes glissant sur ses joues.

— Je suis désolée. Mais j'ai pas le choix.

— Écoutez-moi. Baissez votre arme. On va trouver une solution...

Le coup part.

Sec, brutal, définitif.

Jack Morris s'effondre lourdement contre la porte d'entrée.

29

Abygaelle Jensen déboule dans la salle de crise et s'immobilise en constatant qu'elle est vide.

— Fuck.

Elle fait volte-face et prend la direction de la salle commune, bien décidée à comprendre où tout le monde est passé.

En chemin, elle sort son téléphone, ouvre un courriel reçu la veille à l'adresse commune de la Police provinciale. Il a été envoyé par André Spacek. En pièce jointe, l'image d'un message crypté.

Abygaelle l'a partiellement déchiffré hier soir. Elle ignore encore s'il s'agit d'un canular ou d'un véritable message de Spacek, mais elle ne peut se permettre d'écarter cette piste. Ce cryptogramme lui rappelle celui du tueur du Zodiaque, envoyé à la police de San Francisco dans les années soixante-dix. Il est peut-être moins complexe, mais tout aussi inquiétant.

— Aby ? Veux-tu bien me dire ce que tu fais ici ? T'étais pas censée être en congé ?

Une voix derrière elle. Charles Picard la regarde d'un air perplexe.

— Jamais en cent ans, grogne-t-elle en croisant les bras. J'ai passé ma soirée à travailler là-dessus. Un malade mental rôde en ville, fait exploser des immeubles, tue des gens, et a failli avoir ma peau. Et toi, tu voudrais que je reste à la maison à regarder The Price is Right en mangeant des ramens ?

Picard éclate de rire malgré lui, les mains levées en signe de reddition.

— Jamais j'oserais te demander ça.

Abygaelle esquisse un sourire.

— Où est tout le monde ?

— Lunch, probablement, dit-il en haussant les épaules.

Elle jette un œil à l'horloge murale. Midi quarante. Elle n'avait pas remarqué l'heure.

— Et Murielle ?

— Repérage chez Spacek.

— Et la petite blonde ? Celle qui a fait le lien entre la gravure et les condos ?

— Je pense l'avoir vue dans la petite salle à manger.

Sans perdre une seconde, Abygaelle fonce, pousse la porte.

— Nadine, c'est bien ça ?

La jeune femme lève les yeux, la bouche pleine de son sandwich au thon, et hoche la tête.

— As-tu fini de manger ? J'ai besoin de toi.

Nadine regarde son demi-sandwich, puis Abygaelle. Elle hésite, comme si elle souhaitait lui demander : « C'est une vraie question ? », mais le regard de la sergente-détective ne laisse planer aucun doute.

— D'accord, j'arrive.

Elle n'a pas fini sa phrase qu'Abygaelle est déjà repartie.

Nadine avale à la hâte les dernières bouchées de son sandwich en la suivant. Une question lui trotte dans la tête : est-ce qu'Abygaelle dort parfois ? Ou bien est-ce un robot déguisé en flic, programmé pour fonctionner vingt-quatre heures sur vingt-quatre ?

En entrant dans la salle, Nadine aperçoit l'image projetée au mur : une série de symboles cryptés. Abygaelle est debout, les bras croisés, l'air absorbé.

— C'est un courriel reçu hier soir. Envoyé par Spacek, supposément. Pas de texte, juste ce message codé:

Elle désigne l'écran.

— J'ai commencé à le décoder hier, j'ai des bouts, mais pas assez pour en tirer quelque chose de concret. En haut, il y a deux phrases : sûrement la clé. En bas, des segments chiffrés. Il me manque encore des éléments.

Elle se tourne vers Nadine.

— Tu vois où je veux en venir ?

Nadine fixe l'écran, les sourcils froncés. Elle n'est pas tout à fait certaine de ce qu'Abygaelle attend d'elle, mais elle hoche la tête sans protester.

Les analystes commencent à revenir dans la salle de crise, l'heure du lunch tirant à sa fin. La pièce est baignée par un faisceau de lumière bleutée où dansent des particules de poussière. Abygaelle s'adresse à Nadine Brabant, debout près du tableau blanc, marqueur en main, ainsi qu'à ceux qui se regroupent autour d'elles. Elle transmet sa théorie, prête à passer le relais.

— Regardez ici, dit-elle en désignant la première ligne projetée. Ce symbole-là, je pense qu'il représente un espace.

Prenez les trois premiers symboles : si le troisième marque une séparation, les deux premiers forment probablement un mot de deux lettres. Et ce mot, selon moi, c'est « Je ».

Elle fait une pause, laisse les autres suivre.

— Je suis assez confiante parce que le deuxième symbole revient souvent dans les deux phrases. C'est sûrement une voyelle.

— Ça peut être « Il », objecte Nadine.

— J'y ai pensé, mais si c'était le cas, le premier symbole serait un « i ». Or, il apparaît très rarement ailleurs, ce qui ne colle pas. Donc, peu probable.

Nadine acquiesce, les lèvres pincées. Elle regrette un peu sa remarque, qu'elle juge hâtive. Polytechnique ne l'a pas formée à émettre des hypothèses sans réflexion. Mais Abygaelle, attentive, lui lance un sourire apaisant.

— C'est correct, Nadine. On brainstorme. Pas de mauvaises réponses ici. Ce genre de boulot, c'est autant une affaire d'intuition que de logique. L'important, c'est d'oser.

Nadine est flattée par la délicatesse d'Abygaelle, mais elle se sent quand même coupable. Oui, il est important de proposer des idées, mais elles doivent être appuyées par une certaine rigueur.

— Ensuite, continue Abygaelle, regardez ce groupe-là. Quatre symboles. Je pense que c'est « pour ». C'est une préposition très fréquente, utilisée plusieurs fois dans le message.

Elle marque un temps, tapote la surface du tableau du bout de son marqueur.

— Grâce à ça, j'ai pu identifier plusieurs lettres : J, E, P, O, U, R, V et S. Si on applique ces correspondances à l'ensemble du texte, voici ce qu'on obtient.

Elle appuie sur une touche du clavier. Une séquence partiellement décodée s'affiche à l'écran. Les analystes, désormais tous présents, se penchent instinctivement vers la projection, captivés.

— Pas mal, commente l'un d'eux. Mais il manque encore des bouts.

— Et « V et S », tu les confirmes comment ? demande un homme moustachu au fond de la salle.

Abygaelle répond du tac au tac, sans tourner la tête :

— Il y a une autre séquence de quatre lettres où le deuxième symbole est un « O » et le troisième un « U ». Ce qui aurait du sens, juste après « Je », c'est « vous ». Comme dans « je vous le dis », par exemple.

Elle pointe du doigt les symboles concernés sur la projection.

— Si on suppose que c'est bien ça, alors ce symbole correspond à un « V », celui-là à un « S ». Et vu la fréquence du « S » dans le reste du message, ça tient debout. Le « S » est une des lettres les plus courantes en français.

Abygaelle jette un regard circulaire aux visages tournés vers elle, tous suspendus à ses mots. Elle esquisse un sourire.

— Je suis pressée ce matin. Je vous laisse terminer le décryptage.

Elle marque une courte pause, plantant ses yeux dans ceux de Nadine.

— Vous voyez que le code n'est pas si compliqué. Spacek voulait jouer, oui, mais il voulait surtout que l'on comprenne. Il voulait qu'on le suive. Alors il a rendu ça accessible. C'est à vous de jouer, maintenant.

Elle attrape son manteau, jette une dernière œillade à l'écran, puis quitte la salle sans un mot de plus.

Derrière elle, les analystes se mettent aussitôt au travail, griffonnant des notes, échangeant des hypothèses à voix basse.

Nadine, elle, reste figée devant l'écran. Le code la fascine. Ce message est un casse-tête — et elle a bien l'intention de le résoudre.

Près de la porte de sortie, Abygaelle s'arrête net lorsque la voix tendue de Charles Picard résonne du fond du corridor.

— Aby… c’est Jack. On vient de lui tirer dessus.

30

Assis sur une chaise pliante devant la scène de fortune montée par les moniteurs, Pierre-Alexandre attend patiemment l'arrivée des autres enfants. Il aurait aimé jouer dans la pièce, mais il est beaucoup trop timide pour ça. Il admire ceux qui ont le cran de se mettre à nu devant les autres, de monter sur scène, les projecteurs braqués sur eux. P-A sait très bien que ce ne sera jamais son cas. Il préfère se fondre dans le décor. Lui, c'est le genre à rester derrière la caméra.

Ce n'est pas un artiste non plus. Il préfère de loin les mathématiques aux arts plastiques, les échecs à la peinture.

Parfois, il aimerait être quelqu'un d'autre. Pas Pierre-Alexandre, le petit gars que tout le monde trouve intelligent, mais qui n'a pas vraiment d'amis. Celui que la nature n'a pas gâté non plus. Il se demande si tout le monde ressent ça. Est-ce que les autres, les enfants de son âge, aimeraient eux aussi être différents ? Est-ce qu'un jeune qui est bon en sport rêve d'être plus cérébral, plus intellectuel ?

Ce qu'il déteste le plus, c'est la peur. Celle qui serre le ventre, qui monte quand les attaques gratuites reviennent. Celles contre lesquelles il ne peut rien. Comme maintenant, alors que deux garçons du groupe le fixent d'un air mauvais. Comme s'ils attendaient juste un signal. Maxime Tremblay et Noah Gagnon. Inséparables depuis le début du camp. Tremblay mène, c'est clair, et pour une raison que P-A ignore, ils l'ont pris en grippe. Il ne se souvient même pas de leur avoir parlé. Il ne leur a rien fait. Et pourtant, ils s'acharnent à lui pourrir la vie, comme si c'était juste un jeu de plus.

— As-tu compris ce que je t'ai dit ? demande Maxime, sec et agressif.

— Quoi ? fait P-A.

Maxime se tourne vers Noah, un sourire moqueur aux lèvres.

— En plus d'être laid, y'est sourd.

Puis, revenant vers lui :

— Je t'ai dit de décrisser. T'es assis à NOTRE place.

P-A regarde autour. Il y a plein de chaises libres. Personne n'a de place attitrée. Ces deux-là veulent juste l'intimider. Encore. Et la voilà, la boule dans l'estomac : un mélange de rage devant l'injustice, d'incompréhension... Pourquoi lui ? Il ne fait de mal à personne. Mais surtout, c'est la peur. Celle qui paralyse. Il n'est pas courageux. Il a peur de se faire frapper, de se faire humilier. Même si c'est déjà arrivé. Trop souvent. Il est déjà rentré chez lui avec le goût du sang dans la bouche... mais la douleur, elle, reste coincée dans l'âme.

Son père lui a proposé des cours d'autodéfense. Mais P-A a toujours dit non. Il préfère ses livres. Et de toute façon, il déteste la violence. La sienne comme celle des autres. Il veut juste qu'on lui foute la paix. Vivre tranquille.

— Hey, le loser, t'as compris ce que je t'ai dit ? Scram !

P-A aimerait répondre. Leur dire qu'il y a plein d'autres places, qu'ils peuvent aller s'asseoir ailleurs. Leur demander pourquoi ils font ça. Mais il connaît déjà la réponse. Les enfants sont souvent cruels. Et généralement, ça commence chez eux.

Leurs parents ne doivent pas leur donner assez d'amour. C'est clair.

Maxime avance d'un pas. P-A sait ce qui s'en vient. Il va se lever. Se tasser. Leur laisser le champ libre. Il baisse la tête. Comme il aimerait être plus fort. Être capable de dire non. Il se prépare à bouger quand une voix claque derrière lui. Une voix qui tonne.

— Hey ! C'est quoi votre problème, là ?

P-A sursaute. Il se retourne. Frank Richard fonce droit sur eux. Il fixe les deux intimidateurs dans les yeux.

— Le nerd est à notre place, répond Noah, sourire en coin, comme si Frank était complice de leur petit jeu.

— Vos places ? Réveillez-vous ! Y en a plein, des libres. Fermez vos gueules et allez vous asseoir ailleurs. Laissez-le tranquille.

Maxime et Noah se regardent, abasourdis. Qu'est-ce qui se passe au juste ?

Mais Frank n'a pas l'air de déconner. Il est sérieux, et ça paraît. Les deux autres sentent que l'ambiance vient de changer. Ils comprennent qu'ils ne gagneront pas, pas cette fois.

Maxime, pourtant, ne peut pas s'empêcher de glisser un dernier commentaire :

— Bizarre. Tu l'as frappé en premier, pendant la nuit, juste pour faire rire les autres... mais nous, c'est pas correct.

— Ouin... ben j'étais un cave. Mais P-A, c'est un bon gars. J'ai compris que c'était pas correct, ce que je faisais. Et ce que vous faites, c'est pas mieux. Ça fait que sacrez-lui patience à partir de maintenant. C'est-tu clair ?

Maxime et Noah détournent les yeux, puis s'éloignent, dépités.

Frank balaie du regard tous les enfants qui ont vu la scène. Il ne dit rien. Il n'a pas besoin. Son regard suffit. L'avertissement est limpide : plus personne n'emmerdera le souffre-douleur du camp.

Frank vient s'asseoir à côté de P-A et pousse un long soupir.

— Ça commence quand, la pièce ?

P-A hausse les épaules.

— Quand tout le monde va être arrivé, je pense.

Frank ne répond pas. Il cherche ses mots. Il voudrait lui dire quelque chose, mais il ne sait pas trop comment s'y prendre. Et P-A, lui, fixe droit devant, l'esprit embrouillé. Il ne comprend pas trop ce qui vient de se passer, mais il ne va pas s'en plaindre. Le tough du camp qui prend sa défense... ce n'est pas arrivé souvent.

Après un long silence, Frank murmure :

— P-A, tu devrais arrêter de laisser ces cons-là te marcher dessus. T'as une grosse cible dans le dos à cause de ça.

Aussitôt, il regrette. Il aurait dû s'inclure dans « ces cons-là ». Parce qu'il avait été, lui aussi, parmi les premiers à s'en prendre à P-A. Il se sent hypocrite. Mais il essaie de changer. Il n'est jamais trop tard pour virer de bord. Et après ce que P-A avait fait pour lui, avec l'histoire du couteau de son grand-père, il ne pouvait pas juste rester là, à rien faire. Il fallait qu'il le protège à son tour.

S'il n'avait pas été là ce jour-là, Frank aurait probablement déjà été expulsé, renvoyé chez lui. Son père l'aurait accueilli avec des cris et des reproches :

« T'es vraiment bon à rien. Même pas foutu de rester tranquille dans un camp de vacances. T'as gaspillé l'argent du bonhomme qui t'a payé la place. »

Mais à la place, il est ici. Assis dehors, en cette fin de journée de juillet. L'air sent le sapin et la terre chaude. Le ciel commence à se parsemer d'étoiles, et les insectes entament leur concert du soir.

— Si tu leur tiens tête, ils vont finir par trouver quelqu'un d'autre, dit-il.

— Ouais... mais je veux pas me battre. Je hais ça. Je voudrais juste qu'ils me laissent tranquille.

Frank hausse les épaules.

— Des fois, faut faire des choses qu'on aime pas si on veut que ça s'arrête. Te tasser puis leur obéir, ça fait juste te mettre encore plus dans leur mire.

— Ouais, mais je veux pas qu'ils me frappent. Je préfère partir.

— Et tu vas me dire qu'ils te frappent pas quand même ? Même si tu pars ?

P-A reste silencieux. Frank a raison. Se taire ne l'a jamais aidé.

— Je sais pas comment t'as fait, hier, dans le bureau des moniteurs. Tu parlais avec tellement d'aisance... t'avais toujours la bonne réponse, au bon moment. J'aimerais ça être capable de faire ça, moi. Tu devrais t'en servir, de ton intelligence. Frapper là où ça fait mal, mais avec des mots. Je te jure que ça fait plus mal que des coups de poing.

Frank sent remonter en lui l'écho des mots de son père. Ceux-là, ils faisaient bien plus mal que les coups. Les poings, il avait appris à les encaisser. Ça ne durait pas. Ça se gérait. Mais les mots... eux, ils s'accrochaient. Ils grattaient. Ils rongeaient. Ils s'incrustaient dans sa tête comme du poison.

Il aurait cent fois préféré un coup dans l'estomac plutôt que d'entendre son père lui dire, encore une fois, qu'il regrettait sa naissance.

Frank soupire de nouveau, cette fois plus lourdement, plus mélancolique. Il chasse l'image de son père. Il l'affrontera bientôt. Mais pas aujourd'hui. Pas encore. Ce soir, il veut respirer. Juste profiter de ces derniers jours de calme. Se faire croire, ne serait-ce qu'un peu, que la vie est douce. Qu'il n'est pas obligé de surveiller ses arrières.

— Si tu veux pas te battre, continue-t-il, alors deviens ami avec des gars comme moi. Les toughs de ton école. Pas les intimidateurs, mais ceux que tout le monde respecte. Juste en te voyant avec eux, y en a pas un qui va oser t'approcher. En tout cas, moi, c'est ce que je ferais… si j'étais toi.

Pierre-Alexandre souffle un « OK » du bout des lèvres, sans détourner le regard. Il apprécie les conseils de Frank, mais c'est facile à dire quand on est bâti comme une armoire à glace. Lui, il n'a pas ce luxe-là.

Sauf que… c'est exactement ce que son père lui avait déjà dit. De ne pas s'isoler. De penser stratégiquement. De s'associer aux bonnes personnes à l'école, celles qui te protègent sans même lever le petit doigt. Un peu comme Frank vient de le faire. Et peut-être un peu comme Samuel le fait depuis le début.

P-A n'est pas naïf. Il sait que Frank n'a pas changé du tout au tout à cause de l'histoire du couteau. Il se souvient très bien de ce que Samuel lui avait dit, ce jour-là : que Frank était dans le pétrin. Qu'il risquait de se faire expulser. Et qu'il faudrait peut-être faire quelque chose pour l'aider.

— Qu'est-ce que tu veux faire ? avait demandé P-A.

— Je sais pas. Les moniteurs t'aiment bien.

Il n'avait pas eu besoin d'un dessin. Mais l'idée le terrifiait. Il avait peur de Frank. Depuis qu'il avait appris que c'était lui qui le frappait pendant la nuit. Même si ses souvenirs restaient flous. Il se rappelait s'être réveillé, confus, dans le dortoir. Les rires des autres. L'inconfort. Mais il n'avait pas relié les points. Pas tout de suite.

Ça avait brisé quelque chose en lui, de comprendre que même ici, il n'était pas à l'abri. Que même dans un camp censé être sécuritaire, il restait une cible. Il se demandait s'il existait quelque part un endroit où il pourrait juste… exister. Sans se cacher. Sans avoir peur.

Samuel l'avait regardé en silence après avoir suggéré d'agir. Et dans ce regard, P-A avait vu une porte entrouverte.

— Ouais, mais les moniteurs t'aiment toi aussi, Sam, avait-il dit.

— Peut-être. Mais ils savent que je suis ami avec Frank. J'aurais zéro crédibilité pour le défendre.

C'est là que les paroles de son père lui étaient revenues : « Agis stratégiquement. »

P-A ne sait pas ce qui l'a poussé à le faire. Peut-être un instinct. Peut-être l'intuition que c'était le moment. Il s'était vu marcher vers le bâtiment principal, comme si quelque chose en lui avait pris le contrôle. Et une fois sur place, tout était venu naturellement. Comme l'a dit Frank : les bons mots, au bon moment. Il avait eu l'impression, pour la première fois, d'être dans son élément.

Il avait fait quelque chose pour un gars qui, jusque-là, n'avait été qu'une source de peur. Il savait que les moniteurs avaient probablement vu clair dans son jeu. Mais le résultat comptait plus que tout : Frank n'avait pas été expulsé.

Et maintenant, ce même gars est assis à côté de lui. Il lui parle comme à un égal. Il l'a défendu.

Et Pierre-Alexandre réalise que ses épaules sont relâchées, moins crispées.

Il n'a plus la peur au ventre.

Il sait que ça ne durera pas. Peut-être quelques minutes. Peut-être jusqu'à la fin du camp. Mais c'est un sentiment qu'il n'a pas envie de laisser filer trop vite.

Il décide, là, maintenant, qu'il va chercher à nouveau à être dans cet état d'esprit. Et s'il doit agir stratégiquement pour y parvenir, alors ainsi soit-il.

La prochaine fois que la peur voudra s'incruster, il va lui claquer la porte au nez.

La vieille dame dans la salle d'interrogatoire semble complètement abattue. Ses cheveux gris en bataille et ses traits tirés trahissent son état d'esprit. Denise Bédard garde la tête basse, les doigts entrelacés nerveusement sur la table métallique.

Depuis une autre salle, Abygaelle Jensen l'observe en silence, les bras croisés. Son regard glisse sur la vitre sans tain. Elle essaie de calmer la fureur qui gronde en elle. Malgré le soulagement de savoir Jack hors de danger, une rage froide la consume. Qu'est-ce qui peut justifier qu'on tire sur un policier ?

Étonnamment calme, Jack avait tenté de minimiser son geste.

— Il y a un contexte derrière tout ça, avait-il dit, la voix rauque mais ferme.

Abygaelle s'était contentée d'un hochement de tête, incapable de calmer sa fureur. Elle ferme les yeux et se remémore le récit de son collègue.

— Elle aurait pu me tuer, lui avait-il raconté. Et j'aurais pu la tuer. Mais elle a laissé tomber son arme presque aussitôt après avoir tiré. Paniquée, elle répétait sans cesse : « Oh mon Dieu, oh mon Dieu. »

Jack avait expliqué comment il s'était retrouvé par terre, la douleur irradiant à partir de son épaule gauche. De sa main droite, il avait saisi son arme, prêt à riposter. Mais la scène avait pris une tournure inattendue : Denise, en larmes, avait poussé son arme vers lui avant de s'effondrer sur une chaise, les mains sur le visage, envahie de sanglots incontrôlables. C'est alors qu'elle avait déballé son sac.

Abygaelle soupire, la mâchoire serrée. Les paroles de Jack résonnent encore dans son esprit.

« Attends qu'elle t'explique. Ne laisse pas ta rage brouiller ton jugement. »

C'est plus facile à dire qu'à faire. Comment rester de glace après ce qu'elle lui a fait subir ? Abygaelle n'arrive pas à calmer sa colère. Quelle que soit l'explication de Denise Bédard, elle ne suffira pas à justifier qu'elle ait tiré sur un policier.

Mais Jack avait été compréhensif comme rarement elle l'avait vu. Elle ne comprenait pas.

— Ils t'ont dopé à la dopamine ou quoi ? lui avait-elle lancé en serrant les dents.

Il avait ri avant de grimacer de douleur.

— Fais-moi pas rire pour l'amour du crisse, avait-il répliqué. Écoute son histoire, tu vas comprendre.

Denise Bédard, quant à elle, ne cesse de penser au drame qui s'était joué dans la vieille maison de Spacek. Et aussi à ce qui avait précédé tout ça.

Elle se souvient du billet de vingt dollars qu'elle avait remis d'une main tremblante au chauffeur de taxi, le regard fixé sur la maison un peu délabrée.

En sortant du véhicule, elle avait vacillé légèrement, puis s'était dirigée vers l'entrée de la maison que Spacek lui avait désignée. Elle s'était sentie dans un état second, profondément secouée par les paroles de ce monstre. Ce n'était pas seulement son ton hargneux et arrogant. C'était surtout la méchanceté brute de son regard qui l'avait marquée. L'expression de son visage, déformée par la haine, était restée gravée dans son esprit. Sa physionomie s'était transformée à mesure qu'il avait évoqué le nom de son mari et le sort de cette Rose Desrosiers.

Elle n'avait jamais vu le diable plus incarné que dans le regard de cet homme. Il avait des yeux noirs comme des billes d'ébène, en parfaite adéquation avec l'image qu'elle se faisait de l'enfer. Il était venu calmement, lui avait donné ses instructions et était reparti tout aussi tranquillement, comme si rien de tout cela n'avait eu d'importance.

Denise s'était signée et avait récité trois fois un « Je vous salue, Marie » dans l'espoir de trouver la force d'accomplir l'impensable.

Spacek l'avait mise devant un choix impossible, dans un sinistre jeu de vérité ou conséquence. Pourquoi cet homme maléfique insistait-il pour qu'elle paie les dettes morales de son mari ? Quel rapport avec elle et sa famille ? Comment pouvait-il la rendre responsable d'un devoir de rédemption alors qu'elle n'avait rien à voir avec tout cela ? Elle ne s'était jamais immiscée dans les affaires de son mari ; pourquoi devait-elle maintenant porter le poids de ses actes passés, alors qu'il était mort depuis plus de vingt ans ? Et surtout, pourquoi maintenant ?

Rien que d'y penser, elle avait failli vomir une fois de plus. Elle avait dû se reprendre. L'enjeu était trop important pour qu'elle flanche.

Elle se tenait devant la porte de la vieille maison qui avait visiblement manqué d'amour. La peinture bleue craquelée des volets aux fenêtres en témoignait, tout comme l'azur écaillé de la porte d'entrée. Des bardeaux manquaient çà et là sur le toit en pente, accentuant l'aspect délabré de cette demeure fantomatique.

La main tremblante, elle avait extrait la clé de la poche de son manteau et l'avait glissée dans la serrure. Son souffle s'était suspendu, comme si le moindre bruit pouvait réveiller les ombres maléfiques cachées dans les murs.

À l'intérieur, tout était tel que décrit par Spacek : des bâches beiges recouvraient les meubles, leurs formes indistinctes projetant des silhouettes spectrales sur les murs. Les lustres, ornés de cristaux ternis, étaient enrobés de toiles d'araignées qui captaient la lumière en une dentelle argentée, créant une beauté étrange et morbide.

Le silence oppressant des lieux amplifiait le bruit de ses pas sur le plancher qui craquait. Dans la cuisine, le carrelage fissuré et les armoires déformées témoignaient des assauts répétés du temps et de l'abandon. L'évier en porcelaine, taché par des années de négligence, retenait encore quelques gouttes d'eau brunâtre. Les plafonds, autrefois peints d'un blanc éclatant, s'écaillaient maintenant comme une vieille écorce, révélant des couches de plâtre grisâtre.

Elle avait déposé ses affaires sur le comptoir et avait fait un rapide tour de la résidence. C'était fou à quel point elle lui rappelait la demeure de ses grands-parents à la campagne, dans les années soixante. Ils habitaient sur une terre dans l'ouest de l'île, bordée de plaines étendues et peuplée d'animaux sauvages. Chargée de la même odeur d'humidité rance et de bois pourri, la maison lui rappelait certains recoins de la vieille bicoque familiale. Ces maisons étaient conçues pour conserver l'humidité à l'intérieur.

Submergée par une vague de mélancolie, Denise s'était effondrée sur un tabouret, le visage enfoui dans les mains. Des sanglots avaient secoué son corps. Comment pouvait-on être aussi cruel ? Comment pouvait-on lui imposer un choix aussi démentiel ? Inconcevable. Impensable. Mais n'ayant eu d'autre option que le sacrifice, elle s'était résolue à le faire. Après tout, elle avait vécu une belle vie et était prête à céder sa place si tel était son destin.

Denise avait remarqué un vieux téléphone jaune fixé au mur, semblable à celui de son enfance. Elle avait décroché le combiné et, à sa grande surprise, avait entendu une tonalité. Elle doutait que le service téléphonique ait été maintenu dans cette demeure manifestement inoccupée. C'était donc dire que Spacek avait réactivé la ligne juste pour cela ? Quel être immonde ! Quel machiavélisme infâme ! Elle avait raccroché et s'était assise, encore indécise. Elle devait mettre de l'ordre dans ses idées.

Elle revoyait Spacek quittant son appartement après lui avoir donné l'adresse de la maison et une clé en argent, fixée à un porte-clés en cuir orné d'une gravure de tête de cheval.

Elle s'était dirigée vers le salon et avait soigneusement retiré les draps beiges poussiéreux qui recouvraient les meubles. Elle les avait pliés et rangés dans une armoire en bois massif à proximité. La poussière lui avait irrité les poumons, l'étouffant presque.

Les meubles de style Louis XVI étaient de qualité supérieure et en excellent état. À chaque extrémité, deux chaises dépareillées se faisaient face. La table du salon, en bois massif, était bien cirée ; elle réfléchissait l'image du plafonnier, comme un miroir.

Elle avait imaginé la scène et vu où elle serait assise. Les instructions de Spacek mentionnaient un objet à récupérer dans une des chambres du rez-de-chaussée. Bien qu'elle se doutait de ce que c'était, elle n'avait pas osé aller voir. Elle avait préféré revoir les notes que ce monstre lui avait données. Elle enregistrait chaque ligne une par une dans sa tête, même si sa mémoire était moins fiable qu'auparavant. Elle s'était demandé si tout ce que Spacek avait écrit était vrai, ou s'il en avait inventé la moitié, juste pour se rendre intéressant.

Lorsqu'elle lui avait demandé ce qu'elle devait faire si on lui posait une question qui n'était pas sur la liste, il l'avait regardée en souriant, puis lui avait fortement conseillé d'improviser et de se souvenir de sa réponse.

Denise Bédard s'était enfin décidée à inspecter la commode de la chambre et avait activé l'interrupteur. En plein milieu de la pièce se trouvaient un lit à baldaquin défraîchi et une énorme commode en cerisier.

Elle se rappelait combien, enfant, elle avait désiré un lit de ce type, harcelant ses parents pour qu'ils réalisent son souhait. Mais l'envie s'était dissipée à l'adolescence, remplacée par sa passion pour Elvis Presley.

Elle avait tremblé en ouvrant le premier tiroir en haut à gauche et avait serré les lèvres, déçue que l'objet soit bien là, posé au milieu du tiroir. Elle l'avait rapidement refermé, sentant la nausée lui monter à la gorge. Dans un ultime effort, elle avait cherché un moyen de se sortir de ce mauvais pas, de contrecarrer les plans de Spacek et d'être plus rusée que lui.

Et si elle racontait tout à la police ? Pour leur dire quoi ? Elle n'avait aucune information sur Spacek que la police ne possédait pas déjà. Sans compter qu'il aurait exécuté le plan qu'elle redoutait tant.

Elle avait frissonné en pensant à ce qu'il avait promis de faire si elle lui désobéissait. Un constat s'imposait : elle devait accomplir la tâche que Spacek lui avait confiée.

Elle avait visualisé la scène plusieurs fois : ce qu'elle allait dire, le déroulement des événements et, finalement, l'irréparable.

Il n'y avait que deux issues possibles. Et dans les deux cas, sa vie était foutue.

Elle était retournée à la cuisine, le cœur lourd, mais le pas décidé. Chaque craquement du plancher avait résonné comme un compte à rebours dans sa tête.

Elle avait décroché le téléphone.

Abygaelle jette un dernier regard vers Denise Bédard, toujours assise dans la salle d'interrogatoire, immobile, le dos légèrement voûté. Elle prend une gorgée de son café devenu tiède. Elle grimace, jette rageusement le gobelet en styromousse dans la poubelle à sa droite.

Elle pousse la porte d'un geste brusque. Le claquement sec fait sursauter Denise, qui agrippe le bord de la table de ses mains frêles. Elle lève vers Abygaelle des yeux rougis, puis les baisse aussitôt.

— Denise Bédard, dit Abygaelle, d'une voix glaciale, en tirant une chaise. Je suis la collègue de l'homme que vous avez tenté de tuer.

Elle a choisi ses mots avec soin, volontairement durs.

— Si ce n'est pas clair, vous êtes en état d'arrestation.

Denise ne réagit presque pas. Elle baisse un peu plus la tête. Ses épaules s'affaissent. Des larmes ruissellent doucement sur ses joues.

— On vous a lu vos droits ?

Elle acquiesce d'un petit geste de la tête.

— Avez-vous contacté un avocat ?

— Non, murmure Denise. Je n'ai pas besoin d'avocat. Ce que j'ai fait... c'est impardonnable. Mais je n'avais pas le choix.

Ces mots-là, précisément, font exploser quelque chose en Abygaelle. *Pas le choix*. Toujours la même foutue excuse. Elle serre les poings sous la table, son sang bat à ses tempes. Puis elle se force à respirer. À se rappeler les paroles de Jack : « Attends qu'elle t'explique. Il y a un contexte. »

— Je vous conseille fortement de contacter un avocat, même si vous vous confessez. Vous avez des droits.

Denise hausse les épaules. Après une dizaine de secondes, Abygaelle soupire et croise les bras.

— Alors, expliquez depuis le début.

Denise hoche la tête, lentement. Sa voix tremble. Elle commence à parler d'un homme rencontré à l'épicerie. Il lui a proposé de la raccompagner. Gentil. Prévenant. Rien d'anormal.

Elle marque une pause et fixe le sol.

— Continuez, dit Abygaelle, la voix plus sèche qu'elle ne l'aurait voulu.

— Le lendemain... après mon traditionnel shopping de printemps, il m'attendait dans mon appartement.

Abygaelle ne réagit pas, mais son regard s'intensifie.

— Vous le connaissiez ?

— Non, pas à ce moment-là. Mais il m'a dit que tout le monde parlerait bientôt de lui.

Elle relève lentement les yeux.

— Il m'a avoué ce qu'il avait fait. Qu'il avait tiré sur ces gens !

— La Financière Powerlife.

— Oui. Exactement. Je comprenais pas pourquoi il me racontait ça à moi. Je voulais juste qu'il parte. Puis, il m'a dit qu'il s'appelait...

— André Spacek, l'interrompt Abygaelle.

La vieille femme perçoit une lueur dans le regard de la policière. Elle se sent, l'espace d'un instant, soulagée qu'elle connaisse son nom. Mais elle se reprend aussitôt : évidemment qu'ils savent. Après ce que Spacek a fait.

— Il m'a raconté toutes sortes de choses... embrouillées... à propos d'une dette. Une dette que mon mari lui aurait laissée. Mon mari, mort depuis vingt ans. Il ne voulait pas d'argent. Il voulait que je fasse quelque chose pour lui.

— C'est-à-dire ? demande Abygaelle, la mâchoire serrée.

Denise inspire profondément. Puis, dans un souffle :

— Il voulait que je tue un policier.

Le silence qui suit est tranchant. Abygaelle reste figée, le regard vissé au visage ravagé de la dame, tordu par la honte et les remords.

— Et vous avez accepté ? murmure-t-elle, glaciale.

Denise secoue vivement la tête, comme pour effacer l'idée.

— Non ! Non, jamais ! Je n'ai jamais accepté !

Abygaelle se penche en avant, le regard dur.

— Pourtant, vous avez tiré sur mon collègue.

— Oui... et je le regrette plus que tout. Mais comme je vous l'ai dit... je n'avais pas le choix.

Encore ça. Pas le choix. Abygaelle sent sa patience fondre comme neige au soleil.

— Écoutez-moi bien, madame Bédard. Va falloir arrêter de me prendre pour une conne. Vous avez tiré. Expliquez-moi pourquoi.

Denise enfouit son visage dans ses mains. Son corps tremble de sanglots étouffés.

— Quand j'ai dit non... Spacek m'a regardée et il a dit qu'il savait que je refuserais.

Elle relève un peu la tête, la respiration tremblante.

— Alors il a pris ce qu'il a appelé... une assurance. Pour m'obliger à collaborer.

Abygaelle fronce les sourcils. Sa mâchoire se crispe. Elle s'appuie contre le dossier de sa chaise, croise les bras.

— Quelle sorte d'assurance ?

Denise éclate à nouveau en larmes. Abygaelle soupire. Elle lutte contre l'envie de hurler. Si elle ne l'a pas encore envoyée se faire foutre à grands coups de bottes, c'est uniquement à cause de Jack.

Elle se lève, saisit un gobelet en plastique sur le comptoir, le remplit d'eau et le tend à Denise.

— Prenez ça. Reprenez-vous.

La vieille femme prend le verre d'une main tremblante. Abygaelle quitte la pièce.

Dans la petite cuisine attenante, elle s'appuie sur le lavabo. L'eau froide du robinet coule sur ses poignets. Elle lève les yeux vers le miroir. Son visage est rouge, crispé. Elle prend trois grandes inspirations, puis attrape une bouteille d'eau au frigo et se sert un autre café. Le rituel la calme un peu.

Quand elle revient, Denise a repris un semblant de contrôle. Ses joues sont mouillées, mais elle tient droite.

— Pardon. Je... j'en suis encore toute bouleversée.

Elle essuie ses yeux du revers de la manche.

— J'ai tout raconté à votre collègue. Après qu'il a appelé des renforts... Il me pointait de son arme. Et, je vous le jure, pendant un instant, j'ai espéré qu'il tire.

Abygaelle serre son café. Le gobelet se déforme sous sa poigne.

— Madame Bédard. Aidez-moi à comprendre. Parce que pour l'instant, ce que vous me racontez est complètement incohérent.

— Je sais. Je sais... Mais c'est la vérité.

— Vous m'avez dit que Spacek savait que vous refuseriez. Et qu'il avait une assurance. Qu'est-ce qu'il voulait dire, exactement ?

Denise serre ses genoux, ses doigts blanchis d'effort. Sa respiration s'accélère.

— Il... Il m'a dit qu'il avait kidnappé mon petit-fils Maxime.

Une pause.

— Et que si je ne faisais pas ce qu'il voulait... il le tuerait.

Abygaelle reste figée. Son cœur se serre dans sa poitrine. Elle cligne des yeux, lentement. Elle s'attendait à beaucoup de choses. De la panique. Du mensonge. Même une forme de délire.

Mais pas à ça.

Spacek n'est pas juste un tueur sans âme. C'est un stratège. Un manipulateur froid, méthodique.

Abygaelle s'appuie contre le dossier de sa chaise, comme si son corps avait soudainement besoin d'un ancrage.

Qui est cet homme dont personne n'a entendu parler avant ?

Pas de casier. Rien dans les bases de données judiciaires. Seulement une fiche administrative : signalement pour comportement inapproprié envers un mineur, classé sans suite. Soupçons levés par un employeur qui ne voulait plus de lui.

Mais aucune preuve. Aucun contenu illicite sur ses disques durs. Aucun écrit, aucune image. Même pas une recherche suspecte.

Rien.

Alors qui est-il ?

Et surtout... que veut-il ?

Abygaelle se penche à nouveau vers Denise, le regard assuré.

— Et vous l'avez cru sur parole ? demande-t-elle.

Denise hoche la tête, lentement. Deux larmes silencieuses tracent un sillon sur ses joues.

— Ma fille m'a confirmé que Maxime n'était pas rentré, dit Denise, la voix éraillée.

Abygaelle quitte la pièce sans un mot, traverse le couloir jusqu'au poste informatique. Elle entre les informations reçues.

Il y a bel et bien un dossier de disparition en cours : Maxime Potvin, 17 ans. Aucune nouvelle depuis trois jours. Étudiant en sciences humaines. Il vit chez sa mère. Photo jointe.

Elle agrandit l'image.

Un visage jeune, doux. Traits fins, regard intelligent, presque effacé. Pas une trace d'arrogance dans les yeux. Juste une présence tranquille. Le genre de garçon qu'on oublie de regarder deux fois, mais qu'on n'imagine pas capable de mentir.

Elle retourne dans la salle, la mâchoire tendue.

— Comment avez-vous rencontré mon collègue ? demande-t-elle, plus calme.

— Spacek a laissé une arme dans un tiroir de la vieille maison. Avec des instructions écrites. Il m'a dit que tout ce que je devais savoir se trouvait là si j'acceptais. Il m'a aussi dit qu'il écouterait les fréquences radio de la police. Si un policier était abattu à l'adresse indiquée, Maxime serait libéré.

Elle marque une pause. Regarde Abygaelle droit dans les yeux.

— C'est pour ça que monsieur Morris a utilisé la radio pour dire qu'il avait été touché. Il a fait croire qu'il allait mourir. Pour sauver Max.

— J'ai tiré, c'est vrai. La balle lui a traversé l'épaule. Il saignait, mais pas beaucoup. Ensuite, je me suis effondrée dans la cuisine. Spacek voulait que j'appelle la Police Provinciale et que je me fasse passer pour sa mère.

— La mère de Spacek ?

— Oui.

— Son corps a été retrouvé. Enterré dans la cour.

— Je sais. C'est ce que votre collègue m'a dit. C'est là qu'il a compris que je mentais. Quand j'ai vu qu'il prenait un appel et qu'il avait l'air troublé... j'ai paniqué. J'ai fermé les yeux et j'ai tiré.

Sa voix se brise.

— Oh mon Dieu... je m'en veux tellement.

Une autre vague de larmes la submerge. Abygaelle ne dit rien. Elle attend. Silencieuse.

Quand Denise reprend enfin le contrôle, elle poursuit, la voix plus faible.

— La maison était figée dans le temps. Tout était recouvert de draps épais beiges. Une odeur de renfermé. Je croyais qu'elle appartenait à Spacek... mais si ce n'est pas le cas...

— Ce n'est pas le cas, l'interrompt Abygaelle. Il n'a aucune propriété enregistrée à son nom, en dehors de sa résidence principale. C'était sa mère, la propriétaire. Je présume qu'il vient d'en hériter.

Elle marque une pause, réfléchit.

— Une fois que mon collègue a diffusé son message sur les ondes... est-ce que Spacek a tenu parole ? A-t-il libéré Maxime ?

— Je ne sais pas. Je n'ai rien vu. On m'a arrêtée peu de temps après.

— Donnez-moi le numéro de votre fille.

Denise le récite sans hésiter. Abygaelle saisit immédiatement le numéro dans son téléphone et envoie un message texte à sa collègue Murielle.

Elle poursuit :

— Il est probable que Spacek sache que mon collègue est encore en vie. Et si c'est le cas... je n'ai aucune idée de ce que ça signifie pour votre petit-fils.

Denise se recroqueville sur elle-même.

— Avez-vous le numéro de Maxime ? Son portable peut être localisé à l'aide des antennes relais, si l'appareil est encore actif.

Un éclat d'espoir traverse les yeux humides de Denise Bédard. Elle tend à Abygaelle le numéro de téléphone de Maxime, griffonné à la hâte.

Abygaelle se garde bien de lui dire ce qu'elle pense : les chances que le téléphone soit encore actif ou que Spacek ait laissé à Maxime le loisir de le garder sont minces. Trop minces.

Plusieurs minutes s'écoulent dans une tension muette. Puis la porte s'entrouvre.

Murielle apparaît, le visage fermé, le regard grave. Elle croise celui d'Abygaelle, et ce simple échange suffit.

Pas besoin de mots.

Denise comprend immédiatement. Elle laisse échapper un gémissement rauque et s'effondre sur sa chaise, comme si toutes les forces quittaient son corps en un instant. Des sanglots étouffés secouent ses épaules.

— Je suis désolée, murmure Murielle en refermant doucement la porte derrière elle.

Maxime n'est toujours pas rentré. Toujours aucun signe. Aucun appel, aucun message. Rien.

Abygaelle, malgré ses réflexes de détachement, pose la main sur celle de Denise.

— Nous le retrouverons, madame Bédard. Je vous le promets.

Denise relève les yeux, esquisse un sourire pâle, presque imperceptible. Puis elle se lève, lentement, chancelante, prête à retourner en cellule.

Abygaelle interpelle les deux policiers venus la raccompagner.

— Prenez soin d'elle. Ce n'est pas une tueuse de flics. Si c'était le cas, Jack serait mort.

Ils hochent la tête.

Abygaelle regarde la porte se refermer sur Denise et murmure pour elle-même :

— Faites-moi confiance, il y avait un contexte...

Elle sourit, réalisant qu'elle vient de répéter, presque mot pour mot, ce que Jack lui a dit un peu plus tôt.

Murielle, la voix éteinte, lui transmet le résultat de la triangulation du signal : aucune connexion détectée. Le téléphone de Maxime n'a pas été repéré par une tour cellulaire depuis plusieurs jours.

Ils ne sont pas plus avancés.

Mais le brouillard, lentement, commence à se dissiper.

32

La maison correspond en tous points à la description de Denise Bédard : des murs qui menacent de s'effondrer, une décoration figée dans une autre époque, et une atmosphère lugubre, tout droit sortie d'un vieux film noir des années cinquante. Quelques analystes du laboratoire de police scientifique s'affairent autour de la trace de sang laissée par la blessure de Jack Morris.

Abygaelle Jensen observe la scène de loin en se mordillant la lèvre. Elle a un frisson en se rappelant que son fidèle collègue a frôlé la mort, deux fois en peu de temps. Chaque décision qu'ils prennent semble les enfoncer un peu plus. Sont-ils trop téméraires ? Pour elle, la question ne se pose même pas. Elle connaît la réponse : c'est évident.

Son instinct l'a souvent sauvée, mais aujourd'hui, il flanche. Elle le sent. Et même si elle sait qu'il n'est pas infaillible, elle continue de s'y accrocher, comme à une vieille promesse. C'est son paradoxe. À la fois sa faiblesse... et sa force.

Abygaelle scrute chaque recoin de cette demeure sinistre. Elle ne trouve aucune réponse à la question qui la tenaille depuis des heures : pourquoi Spacek a-t-il demandé à Denise

Bédard d'abattre un policier ? Juste un coup d'éclat ? Et ces tours d'habitation qu'il voulait détruire... Où est le lien ?

Peut-être qu'il n'y en a pas. Peut-être que Spacek est juste un détraqué qui veut frapper l'imaginaire collectif.

Même si elle n'a jamais été folle de hockey, Abygaelle comprend trop bien l'importance du club montréalais dans la culture québécoise. Est-ce que Spacek cherche à s'en prendre à cette institution ? À l'attaquer là où ça fait mal, dans ce qu'il reste de sacré ?

Et maintenant, il est question d'un cartel. Mais un cartel de quoi, exactement ? La jeune policière serre les dents. Le manque de progrès l'irrite au plus haut point. Les questions se bousculent, les réponses se dérobent. Tout s'entremêle. Elle sent que l'affaire lui glisse entre les doigts. Ils sont toujours un pas derrière Spacek. Et ça ne peut pas continuer comme ça.

Elle refait le tour de la maison pour la quatrième fois.

Rien.

Rien pour les faire avancer. Ils cherchent au mauvais endroit. C'est évident. Spacek n'a pas choisi cette maison au hasard. Il veut qu'ils y trouvent quelque chose. Qu'ils fassent un lien. Mais avec quoi ? Ici, il n'y a que des cadres poussiéreux, des portraits d'un autre siècle. Des visages de jeunes adultes devenus vieux, et probablement morts.

À chaque pas, le plancher craque. Les voix des analystes et des policiers résonnent dans un écho dissonant, presque irréel. Cette maison appartient à Rose Desrosiers, la mère d'André Spacek. Elle a été mise sur le marché il y a quelques mois. Depuis, plus rien. Le dernier courtier n'a plus eu de nouvelles après l'expiration de son mandat.

Il avait eu peu d'informations dès le départ. Il traitait directement avec madame Desrosiers. Puis plus rien. Pas de retour d'appel. Aucune réponse à ses tentatives de renouvellement. Il avait fini par retirer sa pancarte quelques semaines plus tard. Il y a au moins quatre mois qu'il n'a pas entendu parler de la vieille dame. Il a précisé n'avoir jamais eu affaire à André Spacek.

Abygaelle se demande si c'est Spacek qui a tué sa mère. Ou si elle est morte d'une maladie quelconque. Est-ce sa disparition qui l'a rendu fou au point de vouloir tout anéantir autour de lui ? Et pourquoi l'enterrer dans la cour arrière plutôt que de lui offrir une sépulture décente ?

Peu importe les raisons, cet homme est malade.

Ce qu'il a fait subir à Denise Bédard est immonde. Et peut-être qu'il a manipulé d'autres personnes de la même façon. Par exemple, l'homme du garage. Et s'il avait été forcé d'agir, lui aussi ? Menacé par Spacek de perdre quelqu'un qu'il aimait s'il refusait de coopérer ?

Ça expliquerait ses paroles. Tout comme Denise Bédard, il répétait qu'il n'avait pas le choix.

Ce qui voudrait dire que ce lâche utilise des pions. Des victimes. Des gens sans lien direct avec ses obsessions morbides, qu'il pousse à commettre l'irréparable. Des âmes condamnées. À la mort ou à de lourdes peines. Mais surtout, à vivre avec une culpabilité qui les ronge de l'intérieur.

Car c'était bien ça, le plan avec Denise Bédard. Spacek savait que la probabilité qu'un policier riposte était très élevée. Il savait qu'elle allait mourir. Quant à l'homme de la tour numéro un, il n'avait aucune chance de s'en sortir vivant.

Ces gens étaient perdus. Mais courageux. Ils ont tout risqué pour sauver un proche. Coincés dans une impasse. Ils n'avaient aucune chance d'en sortir gagnants.

Quel lien unit Spacek à l'homme du garage ? Dans le cas de Denise Bédard, c'est plus clair. Du moins, si l'on croit à cette histoire bancale de dette à rembourser. Mais pour l'homme de la tour à condos, que lui reprochait Spacek ?

S'agissait-il de Richard Lelièvre, celui porté disparu récemment ? Si oui, la femme qu'il voulait sauver n'était pas sa conjointe. Dans la tour, l'homme parlait d'une femme. Il le faisait pour elle. Il s'est excusé auprès de « sa chérie ».

Si ce n'était pas son amoureuse, peut-être que Spacek visait une autre femme qui était proche de Lelièvre. Une sœur ? Une nièce ? Qui sait ?

Cette affaire lui donne la nausée.

Elle se demande si c'est ici qu'André Spacek a grandi. Pourquoi cette maison a-t-elle été abandonnée ? Pourquoi en aurait-il acheté une autre sans vendre celle-ci ? Qu'est-ce qui s'est passé pour justifier tout ça ?

Une voix l'interpelle au loin. Celle de Robert Clarkson.

— Picard veut te parler. Il dit qu'il n'arrive pas à te joindre.

Abygaelle attrape son cellulaire. Six appels manqués. Elle l'avait mis en mode silencieux… et elle était trop absorbée par ses pensées pour sentir les vibrations dans la poche de son imperméable.

Après lui avoir sèchement reproché d'avoir ignoré ses appels, Picard ne perd pas de temps :

— On a retrouvé le corps du gars dans la tour.

Abygaelle sent ses jambes faiblir. Elle s'en doutait. Elle était certaine qu'il était mort. Entendre la nouvelle officiellement, c'est comme recevoir un coup de poing en plein cœur. La seule chose positive, c'est qu'ils vont enfin savoir qui il est. Fini les suppositions. Elle veut voir son visage. Vérifier si on a signalé sa disparition. Comprendre qui il était.

Picard enchaîne : le corps est en mauvais état, mais ils ont retrouvé ses papiers, éparpillés près de lui.

Elle s'assied sur un tabouret près du comptoir, les doigts crispés sur le bord du siège.

— Il s'appelait Hugo Stafford. Mi-quarantaine. Pharmacien dans la région de Montréal. On essaie de joindre sa femme ou quelqu'un de sa famille. Je te rappelle dès que j'ai du nouveau.

— Attends, Charles. Est-ce qu'on a vérifié s'il y avait un avis de disparition pour lui ?

— Oui. Il n'y en a pas.

— Alors, c'est de sa femme qu'il parlait.

Silence à l'autre bout du fil. Abygaelle continue, comme si elle se parlait à elle-même :

— Quand il m'a parlé, il répétait qu'il n'avait pas le choix. Puis il s'est excusé. Comme s'il s'adressait à elle. Directement.

— Tu nous l'as déjà dit.

— Si Stafford a été forcé pour sauver quelqu'un, alors c'était sa femme. Parce que si elle n'était pas une otage, elle aurait signalé sa disparition. Il a fait exploser la tour il y a deux jours, et personne ne nous a contactés. Donc la femme à qui il parlait, c'était elle. C'est elle qu'il voulait sauver.

— Tu vas vite en affaires, Aby. On ne sait rien de leur dynamique. Peut-être qu'ils étaient séparés, ou qu'ils étaient en froid. Il a prévenu son employeur qu'il serait absent quelques jours. Peut-être qu'il lui a dit la même chose.

— Peut-être. Mais je suis certaine que c'est ça. C'est la seule explication qui se tient.

— Attends de voir. Pour l'instant, on tombe sur sa boîte vocale.

— C'est elle. Si vous avez son numéro de cellulaire, lancez tout de suite une recherche triangulaire. Il faut la localiser. On a fait la demande pour le petit-fils de Denise Bédard, on peut faire pareil ici. Pas une minute à perdre.

— J'envoie la demande.

Elle raccroche. Quelque chose a changé. Elle se sent revigorée. Ses pensées s'éclaircissent. L'intuition revient. Le feu aussi.

Je vais te trouver, sale monstre. Je te jure que je vais te trouver.

Elle balaye la pièce du regard. Il a dû laisser quelque chose. Un indice. Une provocation. Même un détail anodin. Jusqu'ici, rien n'a été laissé au hasard. Spacek savait que cette maison serait envahie par les enquêteurs. Il savait que cette scène serait fouillée, retournée. Alors il a laissé un message. C'est sûr.

Elle ouvre une à une les armoires de la cuisine, puis les tiroirs. Puis les tiroirs sous le comptoir. Les analystes la regardent, un peu interloqués, mais elle s'en fout. Elle n'est plus une simple policière. Elle est en mission.

Il veut qu'ils trouvent quelque chose. Elle doit comprendre ce qu'il cherche à leur faire voir.

Elle ouvre le dernier tiroir à droite.

Elle fait un pas de recul, la bouche sèche.

— Tabarnak, murmure-t-elle.

À l'intérieur, une seule chose.

Une photo.

Une image à vous glacer le sang.

33

Le trajet de retour au poste lui semble interminable. Abygaelle peste contre les conducteurs distraits qui croisent sa route ; certains, complètement déconnectés, conduisent comme s'ils étaient seuls au monde.

Elle finit par se garer en vitesse et fonce vers la porte principale. Le bureau de son lieutenant est vide. Elle pousse un soupir agacé et rebrousse chemin vers la cellule de crise pour voir si l'équipe a progressé. Grosse déception : rien de notable. Ce n'est pas à la hauteur de ses attentes.

Elle garde pour elle ce qu'elle a trouvé dans la maison des Spacek et retourne à son propre bureau. Rien qu'à penser à cette foutue photo, elle a la nausée. Montage ? Provocation ? Ou réalité brutale ?

Un agent surgit, légèrement essoufflé.

— Abygaelle, t'as un appel urgent.

— OK, transfère-moi ça ici.

Son interlocuteur a un accent méditerranéen. Giovanni Tucci dit avoir parlé à Murielle Bouchard un peu plus tôt, pour signaler la disparition de son conjoint, Richard Lelièvre.

Abygaelle s'en souvient : elle avait justement soupçonné cet homme d'être lié à la bombe dans la première tour à condos.

— Vous pouvez annuler l'avis de recherche, dit-il. Il est revenu à la maison.

— Qui est revenu ?

— Mon conjoint, Richard. Il est rentré aujourd'hui. Tout est correct maintenant.

Abygaelle reste figée. Il y a quelque chose d'étrange.

— Est-ce qu'il vous a dit où il était ?

— Oui… c'est ma faute. J'avais oublié qu'il était à Toronto pour une convention. Son téléphone était mort, c'est pour ça que je ne pouvais pas le joindre. Mais là, tout est correct.

Il semble pressé de raccrocher. Mais elle ne lâche pas. Ça ne colle pas.

— Il n'a pas pensé à vous appeler d'un téléphone de l'hôtel, ou à vous envoyer un courriel ? Ça prend pas la journée pour recharger un cellulaire.

— En fait… il était vraiment occupé. Il est allé souper avec des collègues, et quand la soirée a fini, il était trop tard. Il ne voulait pas me réveiller. De toute façon, il est revenu. Désolé de vous avoir fait perdre votre temps.

Abygaelle se mordille la lèvre. Les explications s'enchaînent sans aucune hésitation. Trop fluides, comme si Tucci récitait un texte qu'il avait répété cent fois.

Elle tend la main vers le dossier de Lelièvre, qui était resté sur le coin du bureau de Murielle, et commence à le feuilleter tout en gardant l'homme en ligne.

Quelque chose sonne faux. C'est le genre de ton qu'on prend pour rassurer les autres, alors qu'on essaie surtout de se convaincre soi-même.

— Puis-je lui parler ? demande-t-elle, espérant gagner du temps.

— À qui ? À Richard ?

— Oui, votre conjoint.

— Mais pourquoi voudriez-vous lui parler ?

— J'aimerais lui dire quelques mots, c'est tout.

— Mais je viens de vous dire qu'il est rentré. De toute façon, vous pouvez pas lui parler. Il est à l'épicerie.

Abygaelle manque de laisser tomber son téléphone. Elle parcourt le dernier paragraphe du rapport de Murielle et tout vacille. Étourdie, elle déglutit avec difficulté, secoue la tête. Elle relit la même phrase, une fois, deux fois, pour s'assurer qu'elle ne rêve pas.

— Attendez, monsieur Tucci, dit-elle, la voix tremblante.

Un long soupir se fait entendre à l'autre bout de la ligne. Cette conversation s'éternise plus qu'il ne le souhaite.

— Je lis dans le rapport de ma collègue que votre conjoint a un tatouage sur la poitrine ?

— Euh... oui, mais... c'est quoi le rapport ?

— Que représente ce tatouage ?

La voix d'Abygaelle faiblit à mesure que la vérité s'impose. Ce ne peut pas être une coïncidence. Elle ne croit pas aux coïncidences. Pas dans ce métier.

— Je vois pas ce que ça change.

— Répondez, s'il vous plaît.

Un silence, puis :

— C'est un symbole du Yin et du Yang.

Abygaelle se prend la tête entre les mains. Elle a du mal à se contenir.

— Vous voulez dire... un cercle divisé en deux moitiés, une noire avec un point blanc, l'autre blanche avec un point noir ?

— Exactement.

Elle sort la photo Polaroid trouvée dans la maison abandonnée, la fixe un instant. L'estomac noué.

— Monsieur Tucci... est-ce que votre conjoint avait d'autres signes distinctifs dont vous n'auriez pas parlé à ma collègue hier ?

Un silence, tendu.

— Madame Jensen, je vais devoir raccrocher. Je voulais seulement vous dire que Richard est revenu. Je m'attendais pas à être interrogé de cette façon.

— Répondez, monsieur Tucci, dit Abygaelle, d'un ton plus ferme.

Un grésillement s'étire, comme si la ligne elle-même hésitait. Puis, enfin :

— Une tache de vin sur la cuisse gauche.

Le cœur d'Abygaelle bat à tout rompre. Elle inspire profondément, tente de se recentrer, de garder un ton neutre.

— Monsieur Tucci... je veux parler à Richard. Passez-le-moi tout de suite.

— Je vous ai dit qu'il n'est pas là.

— Donnez-moi son numéro de cellulaire.

— Il a oublié son téléphone à la maison.

— Donnez-moi votre adresse.

— Hors de question. Je raccroche.

— Monsieur Tucci, je sais que Richard n'est pas revenu. Donnez-moi votre adresse. Vous savez très bien que je peux la trouver en moins de cinq minutes.

La ligne se coupe. Abygaelle frappe son bureau d'un coup sec. Un collègue sursaute à côté.

Elle reprend le Polaroid et l'observe de nouveau. Dans une pièce sombre, aux murs de béton brut, trois personnes nues sont agenouillées. Des sacs en jute couvrent leurs têtes. Deux sont affalées contre le mur, couvertes de sang, sans doute mortes. Le troisième, toujours en vie, est à genoux. Sur sa poitrine, un tatouage du Yin et du Yang. Sur sa cuisse gauche, une tache sombre.

Au-dessus de chacun, on a inscrit au stylo argenté : Otage numéro un, otage numéro deux, otage numéro trois.

Abygaelle lance précipitamment son logiciel de recherche. Il faut qu'elle retrouve l'adresse de Tucci. Elle doit y envoyer une patrouille immédiatement.

Giovanni Tucci est secoué. Il vient de raccrocher avec cette policière beaucoup trop insistante. Il pensait avoir été convaincant, même si c'était un véritable enfer de ne rien laisser paraître... avec un revolver pointé droit sur son visage.

L'homme cagoulé ne l'a pas quitté des yeux depuis plus de trente minutes. Un regard à la fois doux... et complètement dérangé. Tucci ne lui a pas dit qu'il l'a reconnu dès qu'il a mis les pieds chez lui. Il n'a pas osé.

L'homme lui a dicté chaque mot à dire, d'une voix grave, calme... presque clinique. Il le fixe encore, l'arme toujours levée.

— Très bien, dit-il enfin, d'un ton posé. Est-ce qu'elle t'a cru ?

— Je pense que oui, répond Tucci, en mentant nerveusement.

— Vaut mieux pour toi. Maintenant, voici ce que tu dois faire si tu veux sauver la vie de Richard.

34

Abygaelle serre les lèvres en repensant au rapport des policiers envoyés à la résidence de Richard Lelièvre et Giovanni Tucci. Personne sur place. Ils avaient laissé leur carte sur la porte d'entrée. Murielle avait tenté de les joindre à plusieurs reprises... mais depuis, silence radio. Ça ne sent pas bon. Lelièvre est-il un otage, une monnaie d'échange pour forcer Tucci à commettre un acte violent ? Et si oui, lequel ?

Des policiers sont postés près de la maison du couple, au cas où ils reviendraient.

Abygaelle pousse un soupir. Les indices sur ce que Spacek prépare sont minces, presque inexistants. Tout ce qu'ils savent, c'est que quelque chose se trame et que ça risque de frapper fort. C'est justement pour ça qu'elle se tient là, devant l'entrée du centre privé de soins de longue durée que Murielle a localisé. Elle hésite. Est-ce qu'elle perd son temps ? Obtenir de l'aide d'une femme malade, presque muette, semble improbable. Mais si elle n'essaie pas, elle risque de le regretter.

Murielle a mis la main sur une information intéressante : pendant plusieurs années, André Spacek était en couple avec Josée Parent. Ils s'étaient séparés il y a quelque temps.

Abygaelle a pris rendez-vous avec l'administratrice de la résidence pour en apprendre davantage sur l'ex du suspect.

La directrice du centre, une femme souriante dans la cinquantaine, l'accueille dans le hall d'entrée. Son chemisier blanc cassé souligne avec élégance les formes généreuses de sa silhouette, et son pantalon noir lui donne une allure à la fois professionnelle et décontractée. En suivant Anne-Julie vers son bureau, Abygaelle remarque sa démarche vive et souple. Ses longs cheveux gris-brun ondulent doucement dans son dos.

Sans attendre, Anne-Julie Provost entame le portrait de Josée Parent.

— Josée est une toxicomane. Elle est arrivée ici après avoir survécu de justesse à une grave overdose. Ses signes vitaux sont normaux, l'activité cérébrale aussi. Elle a été traitée à l'hôpital pour sa dépendance à l'héroïne, puis transférée ici. On l'aide pour ce qu'elle ne peut plus faire seule. Mais il faut savoir que l'overdose l'a laissée sans voix. Littéralement. Elle peut émettre des sons, articuler quelques mots, mais elle n'est pas capable de soutenir une vraie conversation. C'est un cas qui déroute les médecins. Sur papier, tout va bien... mais dans les faits, non. Franchement, je ne pense pas que vous tirerez grand-chose d'elle. Et, pour être honnête, je préférerais que vous ne la dérangiez pas.

Abygaelle ignore la recommandation polie et pose la question qui lui brûle les lèvres depuis le début.

— Vous êtes un centre privé. Qui paie pour Josée ?

— C'est confidentiel. Le bienfaiteur a exigé l'anonymat.

— Est-ce qu'André Spacek, son ex, la visite encore ?

— Il venait au moins une fois par semaine jusqu'à tout récemment. Mais on ne l'a pas revu depuis.

— Et quand il venait, il restait tout le temps avec elle ?

— Exactement.

— Comment il se comportait ? Avec elle... et avec le personnel ?

Anne-Julie se racle la gorge, un peu nerveuse, comme si elle fouillait dans des souvenirs qu'elle préférerait oublier.

— Je ne l'ai pas vu souvent. Mais les rares fois, il était impeccable. Poli, courtois, attentif à madame Parent. À chaque visite, il lui apportait des fleurs. Toujours les mêmes : des lys blancs. Il les arrangeait lui-même dans un vase, près de la fenêtre. Il ne s'est jamais fâché, n'a jamais élevé la voix. Toujours calme. Maîtrisé. Mon Dieu... rien que d'en parler, ça me donne des frissons.

La directrice croise les bras contre sa poitrine et se frotte doucement les coudes, comme si le simple fait d'évoquer Spacek faisait chuter la température de la pièce. Le tueur est toujours en liberté, et l'idée suffit à lui glacer le sang. Abygaelle l'observe en silence. Après quelques secondes, Anne-Julie Provost relève les yeux.

— Les gens sont fous. Les sociopathes ont vraiment une grande capacité à se fondre dans le décor.

— Ce sont les charmeurs les plus accomplis au monde, répond calmement Abygaelle, qui en a connu plus d'un, dans sa vie privée comme en service. Ce sont des experts de la manipulation.

Anne-Julie baisse les yeux, pensive. Abygaelle enchaîne :

— Comment Josée se comporte-t-elle d'habitude, avant, pendant et après les visites de Spacek ?

— Elle semble heureuse quand il est là. Et triste quand il part. Comme s'ils étaient encore en couple.

— Vous savez pourquoi ils se sont séparés ?

Anne-Julie secoue la tête.

— Aucune idée.

Abygaelle creuse plus loin.

— Quelqu'un d'autre lui rend-il visite, à part lui ?

— Son fils. De temps en temps.

— Et elle réagit différemment ?

— Elle est beaucoup plus émotive quand c'est lui. Mais c'est beaucoup plus rare.

— Quel âge a-t-il, environ ?

— Je dirais... entre dix-huit et vingt et un ans.

« Est-ce le fils biologique de Spacek ? » pense Abygaelle. Il avait mentionné un fils dans une de ses vidéos. Parlait-il de lui... ou d'un autre ?

— Quand vous dites qu'elle est plus émotive avec son fils... qu'est-ce que vous voulez dire exactement ?

— Elle devient nerveuse. Elle se balance sur sa chaise. Et elle pleure presque à chaque fois.

— Leur relation vous semble bonne ?

L'administratrice réfléchit un moment.

— J'ai aucune raison de croire le contraire. Les quelques fois où je les ai vus ensemble, lui aussi était calme, gentil avec le personnel. Si tous les visiteurs étaient comme eux, notre vie serait beaucoup plus simple.

Elle réalise la portée de ses mots et rougit.

— Évidemment, c'était avant...

Abygaelle esquisse un sourire.

— Vous connaissez son nom ?

— Juste son surnom. Il se fait appeler Ti-Boy.

— Ti-Boy ? C'est... particulier.

— Je sais. Surtout qu'il n'est ni petit ni enfant. Peut-être que c'était mignon quand il était plus jeune. Mais maintenant, pour un jeune homme, disons que ça jure un peu plus.

Anne-Julie l'entraîne ensuite vers la salle communautaire, où Josée Parent passe la majeure partie de ses journées. Abygaelle est frappée par le calme des lieux, malgré le nombre de résidents. Une télévision grésille faiblement dans un coin. Quelques personnes âgées jouent aux cartes, concentrées, silencieuses. De grandes fenêtres inondent la pièce de lumière, donnant sur un parc où des enfants courent et rient sous le regard distant de résidents en chaises berçantes.

Josée Parent est seule, absorbée dans un jeu de solitaire. Anne-Julie s'approche, lui parle doucement. La femme tourne lentement la tête, puis fixe Abygaelle. Son regard est lourd de tristesse, son sourire forcé laisse transparaître une mélancolie profonde.

Elle a encore de beaux traits, mais son visage porte les cicatrices d'une vie de malheurs. Elle n'a pas été épargnée.

Anne-Julie fait un petit signe à Abygaelle pour l'inviter à s'approcher. Elle glisse ensuite un crayon et un bloc-notes devant Josée — son unique moyen de communication.

— Soyez douce, s'il vous plaît, murmure la directrice en posant une main sur l'épaule d'Abygaelle, avant de s'éclipser.

Josée Parent lève les yeux vers cette grande femme magnifique qui s'installe en face d'elle. Abygaelle garde un sourire doux aux lèvres, le regard attentif, bienveillant. Josée baisse aussitôt la tête, tire un six de trèfle et le glisse sous un sept de cœur.

— Madame Parent, je m'appelle Abygaelle Jensen. Je suis sergente-détective à la Police Provinciale.

Le visage de Josée se fige. Elle relève brusquement la tête, les yeux écarquillés. Son sourire s'efface, remplacé par une angoisse palpable. Elle jette un coup d'œil inquiet aux autres résidents, puis revient vers Abygaelle. Son regard glisse ensuite sur ses cartes.

Anne-Julie avait précisé plus tôt que les chaînes d'information en continu ne sont plus diffusées ici. Le visage de Spacek revient trop souvent à l'écran. Par crainte d'effrayer les résidents... et surtout à cause de Josée Parent. Le défi d'Abygaelle est clair : obtenir des réponses sans plonger la femme dans un chaos émotionnel.

— Comment allez-vous, madame Parent ?

Josée incline la tête, esquisse un sourire en coin. Un geste fragile, comme pour dire qu'elle a connu des jours meilleurs.

— Est-ce qu'on prend bien soin de vous ici ?

Abygaelle ignore pourquoi cette question lui a échappé. Réflexe de terrain, peut-être. Elle inspire doucement, se recentre.

— Josée... avez-vous vu André récemment ?

Josée secoue la tête.

— Vous vous souvenez de sa dernière visite ?

Nouvelle réponse négative.

— Est-ce qu'il est encore... votre amoureux ?

Le visage de Josée se décompose. La question vient d'ouvrir une blessure encore vive. Abygaelle le sent, elle a frôlé la ligne rouge. Silence. Josée secoue doucement la tête.

— Je suis désolée si je suis indiscrète... mais pourquoi vous êtes-vous séparés ?

Josée hausse les épaules.

— Vous pouvez me dire ce qui a causé la rupture ?

Elle hausse à nouveau les épaules. Cette fois, Abygaelle comprend : elle n'ira pas plus loin de ce côté-là.

— Croyez-vous qu'André reviendra ?

Josée hésite. Puis elle prend le crayon, griffonne : « Je l'espère. »

Abygaelle soupire. Anne-Julie avait raison : Josée est trop secouée, trop éteinte pour livrer quoi que ce soit de concret. Elle lui sourit doucement. Josée la regarde un bref instant, puis se replonge dans son jeu, comme si de rien n'était.

Abygaelle se lève. Avant de partir, elle informe Anne-Julie qu'un agent en civil sera assigné pour surveiller la résidence, au cas où Spacek se présenterait. Une pensée la traverse soudain : une question essentielle qu'elle a oubliée.

Elle revient près de Josée, toujours absorbée dans son solitaire.

— Une dernière question, madame Parent. Savez-vous comment je peux contacter votre fils ? Ti-Boy ?

Josée lève lentement les yeux. Elle fixe un point invisible devant elle. Sa respiration s'accélère.

— Madame Parent ? Est-ce que ça va ?

Elle hoche la tête... mais son souffle devient saccadé. Puis soudain, elle frappe la table à plusieurs reprises, violemment. Les cartes volent dans tous les sens. Elle pousse des sons rauques, gutturaux, des hurlements brisés, inarticulés, presque inhumains. Elle cogne encore, encore, comme possédée.

Les autres résidents fuient la salle. Deux préposés accourent, bousculant légèrement Abygaelle pour atteindre Josée. Ils tentent de la contenir, mais elle se débat, hurle, sanglote, incapable de se calmer.

Le cœur d'Abygaelle cogne fort. Elle ne s'attendait pas à ça. La simple mention du fils a déclenché une onde de choc. Une douleur enfouie. Peut-être une vérité qu'elle ne veut — ou ne peut — affronter.

Courroucée, Anne-Julie revient en trombe, saisit Abygaelle par le bras et l'entraîne vers la sortie. Il faudra du temps pour apaiser tout le monde.

En sortant par une porte de service, Abygaelle tente de garder sa contenance.

— Est-ce que ça lui arrive souvent, ce genre de réaction ?

Anne-Julie secoue lentement la tête.

— C'est la première fois, dit-elle, avant de refermer sèchement la porte.

35

La journée s'achève dans un ciel embrasé. Ti-Boy Malveaux observe le coucher du soleil en silence, presque en recueillement. Hier encore, il croyait avoir toute la vie devant lui. Puis André est arrivé... et tout a dérapé.

Il comprend les gestes de son beau-père. Mais lui, il n'aurait jamais eu ce cran-là. C'est un cérébral, pas un guerrier. Rien à voir avec André, qui incarne pour lui le vrai soldat : froid, méthodique, en guerre contre le monde.

Quand la radio a annoncé qu'un policier avait été abattu, tout a basculé. Il a tout de suite compris que c'était l'œuvre de la vieille recrutée par Spacek. Jamais il n'aurait cru que ça marcherait. Il ne sait pas si le flic a survécu, si la femme a réussi à fuir. Peut-être qu'elle s'est tiré une balle dans la tête. Ou que le policier l'a descendue avant de tomber.

Ces questions le rongent. Parce que le sort d'Otage numéro 2 repose là-dessus. Enfin... plus ou moins. C'était la condition d'André : tant que la mort du policier n'avait pas été confirmée, personne ne bougeait. Mais une chose est claire — les otages doivent être éliminés. Les relâcher conduirait inévitablement la police jusqu'à leur planque, ce qui serait stupide.

Alors, sans nouvelles, Ti-Boy s'est résolu : il doit s'occuper d'Otage numéro 2.

Quand il entre dans la pièce, le jeune panique. Ti-Boy lui lance la clé des menottes. Otage numéro 3, se met à genoux et le supplie.

— Laisse-le partir, t'as eu ce que tu voulais ! hurle-t-il, pendant que l'autre s'acharne sur ses liens.

Ti-Boy ne répond pas. Il fixe Otage numéro 2 en silence.

— Prends-moi à sa place.

— Ton tour viendra assez vite, répond-il, le regard toujours rivé sur le jeune homme.

— Mais t'as eu ce que tu voulais, non ?

— Qu'est-ce que t'en sais ?

— J'ai compris ton manège. Faut que quelqu'un fasse quelque chose pour que tu nous laisses partir. T'as tué la femme parce que le plan a foiré, c'est bien ça ?

Ti-Boy hausse les épaules.

— T'as vu trop de films, mon gars.

Son ton est calme, presque détaché. Mais Otage numéro 3 ne lâche pas.

— Regarde-le, il est terrorisé. Laisse-le.

Ti-Boy soupire, puis plante son regard dans celui de l'otage.

— Je fais juste suivre les ordres. J'ai pas plus le choix que vous autres. Je vous ai déjà tout expliqué ça.

— Mais vous vous connaissez, hein ?

— Ouais. Justement. C'est pour ça que j'ai aussi peur. Ce que tu comprends pas, c'est que je cherche une porte de sortie. Pour nous tous. Avant que ça vire au massacre.

— En nous tuant ?

Le ton claque. Ti-Boy serre les lèvres. Il ne répond pas. Il se tourne vers Otage numéro 2, qui renifle, paniqué.

— Faut que tu te ressaisisses. Pleurer ne changera rien. Enlève ta chaîne. Suis-moi.

Ti-Boy et Otage numéro 2 ont à peu près le même âge. Ça le

trouble. Il le voit moins comme une victime que comme un gars de son ancienne école. Une autre version de lui-même.

L'adolescent inspire à fond. Puis, d'un geste hésitant, il défait ses liens. En se redressant, Ti-Boy remarque la tache humide sur son pantalon.

— Sacrament, bro... sérieux ?

Il secoue la tête, recule d'un pas et lui laisse le champ libre. Otage numéro 2 chancelle et peine à garder son équilibre.

Ti-Boy jette un coup d'œil vers Otage numéro 3, toujours attaché. Celui-ci le fixe, comme s'il tentait de lire en lui. Peine perdue : l'âme de Ti-Boy est pourrie depuis longtemps.

Il sort avec le jeune. Il referme la porte dans un claquement sec, puis il la verrouille, sans rien dire.

Seul, Otage numéro 3 entend les pas s'éloigner. Où vont-ils ?

Il avait passé les derniers jours à essayer de comprendre. Qui sont ces types ? Travaillent-ils seuls ? Quel est leur plan ? À quoi servent les otages dans tout ça ? Pourquoi Otage numéro 1 a-t-elle été tuée ? Comment décident-ils qui vit et qui crève ? Sont-ils condamnés depuis le début ?

Il fouille dans sa mémoire. Les informations volées à la radio, dans la pièce voisine. Il a entendu qu'Otage numéro 1 avait été abattue après une explosion dans une tour. On a parlé d'autres bombes dans une seconde tour, mais les nouvelles étaient floues. Leur jeune geôlier semblait furieux et confus.

Peut-être qu'ils ont tué la fille parce que quelque chose a dérapé.

Ou peut-être qu'il se trompe complètement. Peut-être que l'auteur de l'explosion fait partie du groupe. Peut-être qu'il invente tout ça. Peut-être que c'est son imagination qui part en vrille.

Ou alors... ils les éliminent un par un. À intervalles réguliers.

Si Otage numéro 2 y passe, il sera le prochain. Et après ? Vont-ils en kidnapper d'autres pour continuer ?

Une chose est sûre : si le jeune ne revient pas, il ne lui restera pas vingt-quatre heures à vivre.

Comme pour confirmer ses pires craintes, un coup de feu retentit. Loin. Étouffé. Comme une porte qu'on claque sur une vie.

Puis… plus rien.

Le silence.

Un vide, froid.

Son cœur se serre. Il ferme les yeux, grince des dents.

— Câlisse de chien sale…, murmure-t-il.

Mais il refuse de crever comme ça. Pas sans se battre. Pas sans rien tenter. Même si c'est trop tard. Même s'il est déjà mort.

Il espère juste qu'aucune des personnes qu'il aime ne soit mêlée à ça.

Personne ne devrait risquer sa peau pour lui.

C'est trop tard, de toute façon.

Il est déjà condamné.

36

Dans l'obscurité, deux silhouettes vêtues de noir progressent avec précaution, sans bruit, malgré le poids de leur équipement. Le premier homme fait un signe de tête à son collègue pour qu'il s'approche de la porte. Tous deux longent discrètement le flanc sud d'un bâtiment imposant et lugubre.

D'autres agents en noir les rejoignent, tandis qu'un homme en retrait peine à manipuler un énorme bélier en acier trempé. L'un des agents désigne une caméra braquée vers le trottoir d'où ils sont venus, mais il est trop tard pour reculer. La nuit est anormalement chaude et lourde. Ils doivent faire vite.

Quatre agents s'écartent pour laisser passer celui qui porte le bélier. Il inspire profondément, puis signale qu'il est prêt. Deux hommes s'accroupissent de chaque côté de la porte, armes dégainées, prêts à réagir au moindre mouvement.

L'homme au bélier s'élance. Trois coups sourds résonnent. À la troisième frappe, la porte cède. Tous s'engouffrent dans le bâtiment en hurlant :

— Police ! Police !

Leurs voix ricochent contre les murs sombres.

Les caméras corporelles des agents tactiques s'allument. Aucune place pour l'erreur — chaque geste sera scruté, chaque décision analysée en boucle.

Le groupe se divise aussitôt : une équipe part vers la droite, l'autre vers la gauche. Les couloirs, plongés dans le noir, permettent aux agents de garder leurs lunettes de vision nocturne.

Un silence oppressant règne dans l'immense entrepôt apparemment désert, brisé seulement par l'écho des voix des policiers... et celle, lointaine, d'un présentateur télé.

L'équipe Alpha, qui a bifurqué à droite, progresse, armes au poing, annonçant sa présence d'une voix ferme. Deux agents s'arrêtent devant une porte métallique close, pendant que les autres poursuivent leur progression.

Au loin, un jeune homme à la peau métissée, grand et mince, aux cheveux foncés et frisés, vêtu d'un jean noir et d'un T-shirt des Alouettes de Montréal, est debout, les bras levés, manifestement terrorisé.

— À plat ventre, là. Tout de suite. Pas de gestes brusques, montre-moi tes mains.

Le jeune homme s'agenouille lentement, se couche sur le ventre, les mains bien en vue. Deux policiers s'élancent pour le maîtriser.

— Y a-t-il d'autres personnes ici ?

Il acquiesce, en désignant les deux agents qui s'apprêtent à entrer dans une salle.

Ils enfoncent la porte verrouillée. À l'intérieur, se trouve un homme d'une cinquantaine d'années, hagard, complètement affolé.

— Mains en l'air ! Lâche ton couteau !

L'homme obéit. Le couteau à beurre tombe au sol. Il recule et s'allonge sur le lit, suivant les ordres, mais la panique perce dans sa voix.

— Je suis une victime, dit-il en tentant de se contenir. Je suis un otage.

Le plus grand des policiers s'approche.

— Où sont les autres ? Ceux qui occupaient les autres lits ?

— Ils sont morts. Ils sont tous morts ! crie l'homme, les yeux emplis de terreur.

Un agent se poste à la porte pour surveiller le couloir, pendant que l'autre s'approche calmement du lit.

— Nom, prénom.

— Richard Lelièvre. J'ai été kidnappé. Je sais plus depuis combien de temps je suis ici. On était trois au début... une femme, un jeune homme. Maintenant... y a juste moi.

— Qu'est-ce qui leur est arrivé ?

— Je vous l'ai dit : ils sont morts.

— Morts comment ?

— Le trou de cul qui nous gardait... il les a tués. Je sais pas pourquoi. Je sais pas ce qu'il veut de nous.

— Il vous a dit pourquoi il vous a épargné ?

— Non. Est-ce que vous l'avez arrêté ?

L'agent jette un coup d'œil à son collègue, qui acquiesce d'un léger signe de tête.

— Merci, mon Dieu... souffle Lelièvre.

— Mis à part le jeune homme qu'on a trouvé, avez-vous vu quelqu'un d'autre ?

— Oui. Une ou deux autres fois, j'ai aperçu un gars plus grand, plus costaud. Il portait pas de cagoule, lui. Une voix grave, dans la quarantaine ou la cinquantaine. Des yeux... effrayants. L'autre, celui avec la cagoule, avait l'air plus jeune.

— Seulement ces deux-là ?

— Ouais. Le plus vieux semblait contrôler le plus jeune. C'était comme... comme si le plus jeune était pas là de son plein gré non plus. Il disait juste exécuter les ordres. Mais je sais pas... j'ai jamais vraiment cru à ça.

Un autre agent entre et remet une clé au policier resté à la porte. Celui-ci s'approche lentement, déverrouille la chaîne qui retient Lelièvre au lit, puis l'aide à se lever.

— Allez, on vous sort d'ici.

Dehors, deux ambulances attendent, gyrophares éteints, moteurs encore en marche.

À l'intérieur, pendant ce temps, d'autres agents fouillent les tiroirs des bureaux et les armoires métalliques près du jeune homme toujours à plat ventre. Sur un des bureaux traînent une assiette de pâtes à moitié mangée, une Nintendo Switch et un cahier rempli de croquis.

Le gars au sol s'appelle Léonard Malveaux. Dix-neuf ans. Pas d'emploi, ne va plus à l'école. On le surnomme Ti-Boy.

Allongé là, il fixe nerveusement les caméras aux coins du plafond. Il se demande si Spacek le regarde, s'il va intervenir. Un frisson lui parcourt le dos.

Au fond du couloir, il aperçoit Richard Lelièvre escorté par deux agents. L'otage tente de croiser son regard. Ti-Boy détourne la tête, dissimule son visage. Il sourit, un peu amer. Son vieux réflexe de se cacher est complètement inutile maintenant.

On le relève, on l'escorte dehors. Un périmètre de sécurité entoure la scène. Quelques curieux observent en silence. Ti-Boy est poussé à l'arrière d'une voiture de police. Il baisse la tête, espérant disparaître dans les ténèbres de la nuit.

Sur la route vers le poste de la Police Provinciale, il regarde par la fenêtre. Les lumières de la ville défilent. Il soupire.

C'est fini. Enfin.

À son arrivée au poste, Ti-Boy croise le regard furieux de Richard Lelièvre. C'est la première fois que ce dernier voit son visage. Il s'attendait à une brute, une incarnation du mal… mais il tombe sur un jeune homme frêle, presque angélique, même pas vingt ans.

Stupéfait, Lelièvre se demande comment un visage aussi

doux a pu séquestrer trois personnes et en tuer deux. Le contraste est trop violent. Incompréhensible.

— Avez-vous retrouvé son complice ? demande-t-il à un agent.

Celui-ci lui répond d'un simple signe de tête. Non.

Une femme s'approche, les cheveux argentés, attachés sous un foulard de soie. Elle porte de petites lunettes rondes, d'allure artistique, et un regard aussi perçant qu'un scalpel. Murielle Bouchard.

— Quelque chose à boire ? propose-t-elle.

— Volontiers.

Un agent lui tend une bouteille d'eau qu'il vide presque d'un trait.

— Où l'emmenez-vous ? demande-t-il.

— Qui ça ?

— Le jeune homme.

— Mes collègues l'ont conduit en salle d'interrogatoire, répond-elle. La sergente-détective responsable de l'affaire prendra le relais.

Murielle lui pose quelques questions. Il tente d'y répondre, mais son esprit dérive. Il pense à son conjoint. Il essaie de le joindre depuis qu'il est sorti, sans succès. L'angoisse monte. Il veut l'entendre, le rassurer, lui dire qu'il est vivant.

Et puis, tout bascule.

Une apparition irréelle l'arrache à ses pensées. Il cligne des yeux, incertain. Tout ralentit autour de lui. Puis, un immense sourire se dessine sur ses lèvres. Ses yeux s'emplissent de larmes. Son cœur s'emballe.

Murielle s'interrompt, déconcertée, alors que Richard se lève d'un bond. Son visage rayonne. Il court vers un groupe de policiers qui escortent deux personnes : une femme d'âge mûr et un jeune homme. Ils marchent péniblement, mais leurs visages s'illuminent en l'apercevant.

Les trois s'enlacent dans une étreinte tremblante,

submergés par une vague de sanglots. Leurs épaules tremblent, leurs mains se serrent, des larmes coulent sur leurs joues.

Murielle ne comprend pas tout, mais elle le laisse vivre son moment, bouleversée par la scène.

Richard Lelièvre, lui, vacille entre rêve et réalité. Il n'y croit pas... mais il doit se rendre à l'évidence :

Otage numéro 1 et Otage numéro 2 sont vivants.

<h2 style="text-align:center">37</h2>

Un lieu peut s'avérer bien différent de ce qu'on avait imaginé. Le poste de la Police Provinciale ressemble davantage à un bureau de comptable beige et sans âme qu'à l'une de ces stations nerveuses qu'on voit dans les films américains. La salle où se trouve Ti-Boy Malveaux est tout aussi décevante : une pièce grisâtre et terne, avec une table fixée au mur, deux chaises inconfortables et une caméra plantée dans un coin.

Il est assis là depuis une quinzaine de minutes, en attendant en vain le verre d'eau qu'il a demandé. Aucun policier ne lui a adressé un regard. Il entend des pas derrière la porte en bois et espère qu'on viendra enfin le chercher. Il regrette de ne pas avoir son cahier de dessin pour tuer le temps. C'est rare qu'il se retrouve sans son carnet ou son téléphone intelligent — tous deux confisqués par les flics. Comme pas mal de jeunes de son âge, il a besoin de quelque chose entre les mains, pour ne pas simplement fixer le vide et regarder le temps passer. Bien sûr, il est capable de réflexion, d'introspection même. Mais il préfère choisir ses moments.

Dans une pièce voisine, Abygaelle Jensen écoute le compte rendu de l'intervention de l'équipe tactique. Ils ont enfoncé la porte d'un entrepôt désaffecté et découvert trois autres personnes à l'intérieur. Ce qui a surpris l'équipe, c'est d'en retrouver deux isolées dans une pièce en retrait, alors que la troisième était à part, dans un local un peu mieux aménagé, avec trois lits.

Ils ont raconté à Abygaelle à quel point les otages avaient été soulagés de voir l'équipe débarquer dans l'entrepôt. La femme s'était effondrée en larmes, s'était jetée aux pieds des agents, comme si elle venait de revoir la lumière après une longue nuit. Abygaelle brûle de parler à Léonard Malveaux. Elle veut comprendre son rôle dans cette histoire. Elle sait qu'il est le fils de Josée Parent, cette femme qu'elle a rencontrée au centre de soins de longue durée, et qu'il entretient une sorte de relation père-fils avec André Spacek. Elle espère qu'il acceptera de collaborer. Peut-être détient-il une pièce essentielle du puzzle — ou, au moins, de quoi éviter que la situation ne dégénère encore.

Dans une salle adjacente, Murielle Bouchard interroge les trois otages. Leurs témoignages pourraient s'avérer cruciaux pour faire avancer l'enquête, voire offrir une piste concrète. Normalement, Abygaelle aurait demandé à Jack de rester en retrait pour cette rencontre délicate avec le suspect. Mais il est encore à l'hôpital, alors ça ne sera pas nécessaire.

Elle s'apprête à entrer dans la salle où se trouve Ti-Boy Malveaux quand Murielle, l'air préoccupée, l'interpelle.

— Comment ça se passe avec les otages ?

— Ils sont évidemment ébranlés, ce qui se comprend, répond Murielle. Mais dans l'ensemble, ils vont bien. Le plus jeune est vraiment secoué, tandis que l'homme plus âgé est furieux... mais soulagé que les deux autres soient encore vivants.

Murielle explique que Malveaux avait d'abord mis la femme à l'écart, laissant croire aux deux autres qu'il l'avait abattue. Manon Foucault a raconté qu'il l'avait enfermée dans une pièce plus rudimentaire. Puis, quelques secondes plus tard, elle avait entendu un coup de feu. Elle avait cru qu'il était retourné pour tuer un des otages. Ce n'est que plus tard, quand Maxime Potvin l'avait rejointe, qu'elle avait compris qu'il s'agissait d'une mise en scène.

Manon et Maxime ne comprenaient pas la logique derrière tout ça. Pourquoi les déplacer d'une pièce à l'autre ? Pourquoi tirer à chaque fois ? Et pourquoi avoir laissé le troisième dans le premier local ?

— Beaucoup de questions pour mon ami Ti-Boy, rétorque Abygaelle. Autre chose ?

Le visage de Murielle se ferme.

— Oui. Manon veut parler à son mari. Mais elle tombe toujours sur sa boîte vocale.

— D'accord. Mais qu'est-ce qui t'inquiète ?

Murielle confirme ce qu'Abygaelle redoutait : le mari de Manon est Hugo Stafford, le gars du garage de la tour du Canadien. Dans sa tête, les mots de Denise Bédard résonnent encore, comme un écho sourd : Je n'ai pas le choix.

Spacek semble avoir répété le même schéma : enlever la femme pour forcer l'homme à agir. Il avait menacé de tuer Manon si Stafford refusait de faire exploser les deux tours à condos.

Mais pourquoi lui ? Et pourquoi ces tours-là ? Il faudra que Ti-Boy Malveaux réponde à ces questions.

Abygaelle attrape une bouteille d'eau dans le mini-frigo, se verse un café bien serré, et pousse la porte de la salle d'interrogatoire. Le jeune homme lève les yeux, soulagé de voir enfin un visage humain. Elle lui tend la bouteille.

— Monsieur Malveaux, je suis Abygaelle Jensen, sergente-détective à la brigade des homicides de la Police Provinciale.

Elle dépose un dossier à sa droite, puis regarde brièvement la caméra dans un coin de la pièce.

— Je vous rappelle que cette salle est surveillée. Deux

caméras enregistrent. Ce que vous direz pourra être utilisé contre vous. Je vous conseille à nouveau de contacter un avocat.

Il fait un geste vague de la main, comme pour chasser l'idée. Il ouvre la bouteille, prend une longue gorgée. Trop calme, pense Abygaelle. À sa place, elle serait pétrifiée. Mais lui... il s'installe comme s'il allait raconter une histoire autour d'un feu de camp. Le dos droit, les traits fins, une étrange sérénité dans le regard.

Il inspire lentement.

— J'ai jamais connu mon père biologique. Ma mère, c'était... une femme qui avait eu une vie rough. Elle s'était prostituée pour sa dope. Elle avait eu plein d'histoires, des passades, rien de stable. D'après elle, vu la couleur de ma peau, elle savait à peu près qui c'était, mon père. Un seul gars afro-américain dans le portrait, à l'époque. Elle avait pensé se faire avorter. Mais elle l'avait pas fait. Pourquoi ? Aucune idée.

Il parle comme s'il racontait la vie de quelqu'un d'autre. Il parle de sa mère, de ses échecs, de l'absence d'aide, du rejet de sa propre famille. Des religieux pratiquants qui ne voulaient rien savoir d'un « bâtard », comme ils l'appelaient.

Abygaelle prend des notes, même si ce passé ne l'intéresse qu'à moitié. Elle veut Spacek. Elle attend qu'il arrive là. Elle ne l'interrompt pas — parfois, il faut laisser la discussion suivre son cours.

— J'ai fini par changer mon nom, continue Ti-Boy. Je voulais plus porter celui de ma mère. C'est comme si... j'étais rien tant que j'étais encore rattaché à elle. Malveaux, c'est le nom d'un ami du secondaire. Son père m'a hébergé un bout de temps. Il s'occupait de moi, comme si j'étais un des siens... jusqu'à ce qu'ils déménagent dans le Bas-Saint-Laurent.

Il s'interrompt, boit une autre gorgée. Regarde la caméra. Puis ses yeux reviennent sur Abygaelle.

Elle ne dit rien. Son regard, par contre, l'invite à continuer.

Des années plus tard, sa mère lui avait présenté un grand

type mince. Ti-Boy avait cru à une autre de ses passades. Il détestait la voir ramener des hommes dans leur logement miteux, les entendre grogner comme des bêtes en la souillant comme une vulgaire poupée gonflable, avant de disparaître.

Un éclair de rage traverse son regard. Puis, en parlant de Spacek, son ton change. Plus doux. Mais aussi plus trouble.

— Vous savez... on peut voir la folie dans les yeux de quelqu'un. Pas tout le monde, mais André, oui. Je savais qu'il finirait par péter les plombs.

— C'est pour ça que tu nous as appelés ? demande Abygaelle.

Ti-Boy prend une autre gorgée, repose lentement la bouteille.

— Oui. Je pouvais plus vivre avec ça. Il m'écœurait. Ma conscience me criait de faire quelque chose. J'ai peur d'André, je vais pas vous mentir. Il va vouloir me tuer, c'est certain. Surtout en apprenant que non seulement je vous ai appelés, mais aussi que j'ai pas exécuté ses ordres. Que j'ai pas tué les otages.

Abygaelle a un frisson. La confession est brute. L'idée que Spacek ait pu manipuler un jeune comme Ti-Boy pour l'inciter à tuer lui glace le sang.

— C'était pour ça, les coups de feu ?

Il fronce les sourcils, surpris.

— Les coups de feu ?

— Les otages disent qu'après les avoir changés de pièce, t'as tiré. Richard Lelièvre croyait que tu les avais exécutés.

— C'est le monsieur le plus âgé, ça ? demande Ti-Boy, les yeux plissés.

— Oui. Tu connaissais pas leurs noms ?

— Non. Ils avaient des numéros. Otage #1, Otage #2, et Otage #3. Si on parle du plus vieux, c'était Otage #3.

Abygaelle se rappelle le Polaroid. Elle comprend. Dépersonnalisation. C'est aussi ce qu'elle a vu sur la photo — des visages floutés, des identités effacées. Une façon de rendre l'acte plus digeste.

— J'ai pas tiré pour leur faire croire quoi que ce soit. C'était pour qu'André pense que je les avais descendus. Il avait installé des caméras dans l'entrepôt. Je savais qu'il m'observait en tout temps. C'est aussi pour ça que j'ai demandé à vos collègues d'évacuer Otage #1 et Otage #2 par la porte de derrière, hors du champ de vision des caméras. Je voulais qu'André me voie menotté, qu'il pense que les flics avaient secouru Otage #3.

Son plan était précis. S'il dit vrai, il a joué un jeu dangereux en s'exposant à la colère de Spacek.

Il prétend ne pas savoir pour la photo Polaroid. Il semble surpris d'apprendre qu'elle l'avait trouvée dans un tiroir de la maison de Rose Desrosiers.

Ti-Boy poursuit, plus calme maintenant. Il raconte comment Spacek l'a manipulé, comment il a su appuyer là où ça faisait mal. Il parle d'admiration tordue, de peur viscérale, d'être pris au piège.

Abygaelle a déjà entendu ce genre de récit. Des jeunes victimes d'abus. Des enfants qui défendent leur bourreau jusqu'à ce que la vérité les rattrape.

— Est-ce qu'il t'a agressé ? demande-t-elle doucement. Physiquement ? Sexuellement ?

— Non, répond-il, sec. Jamais. C'était pas ça. C'était... du chantage émotionnel. Et de la violence psychologique. Vous savez, ce genre de menace à peine voilée... « Si tu fais pas ce que je dis, je vais m'occuper de ta mère. »

Abygaelle hoche la tête, lentement. Elle est fascinée par la lucidité du garçon. Il a compris ce que bien des gens mettent des années de thérapie à comprendre : la toile invisible dans laquelle on se débat, sans même savoir qu'on y est pris.

Ti-Boy baisse les yeux, visiblement honteux. Il regrette de ne pas avoir su protéger sa mère de l'emprise de Spacek.

— Pourquoi il agit ainsi, selon toi ? demande-t-elle, toujours sur le même ton mesuré.

Il se redresse et plonge son regard dans le sien. Son visage se referme.

— Je sais exactement pourquoi. Il est furieux contre le monde. Il déteste ce que la société est devenue. Il voit de la corruption partout : des élites qui décident à la place des autres, des virus propagés pour mieux contrôler le monde. Il croit qu'il faut réveiller les consciences à coups d'électrochoc. Moi... je comprends son dégoût. Mais pas ses méthodes. J'aurais voulu faire les choses autrement. André a ses travers, mais il m'a ouvert les yeux sur certaines réalités. C'est juste que je peux plus le suivre. C'est pour ça que je vous ai appelés. Que j'ai mis ma vie — et celle de ma mère — en danger.

Une émotion traverse son visage. Pour la première fois depuis le début.

— Ma pauvre mère... Il l'a détruite. Année après année, il l'a rendue dépendante de lui. Elle a fait une overdose de trop. Aujourd'hui, elle végète dans un centre de soins de longue durée, entourée de mourants.

— Nous sommes au courant, répond Abygaelle. En creusant le passé de Spacek, on est tombés sur vos noms. Josée et toi.

— Vous devez la protéger.

— Je vais voir ce que je peux faire, dit-elle, sans révéler qu'un policier est déjà en poste à la résidence.

Elle enchaîne :

— Et ton téléphone. C'est comme ça que Spacek te contacte ?

— Oui. Un prépayé. C'est lui qui m'appelle. Jamais l'inverse. L'afficheur est toujours masqué. Il dit que c'est pour des raisons de sécurité. Si jamais quelqu'un fouille dans mon cell, rien ne pourra remonter jusqu'à lui. Mais je suis sûr qu'il va me rappeler dès qu'il verra que je suis plus à l'entrepôt.

Abygaelle hoche la tête. C'est logique. Mais elle garde pour elle une information cruciale : les caméras sont déjà hors service. Les techniciens de la police provinciale les ont débranchées dès leur arrivée.

— Alors si vous me redonnez mon téléphone... je pourrais peut-être le convaincre de revenir à l'entrepôt.

Abygaelle l'observe longuement, en silence. Comme si elle tentait de lire en lui.

— Tu l'auras si un appel entre, provenant d'un numéro inconnu uniquement.

Ti-Boy ne cache pas sa déception, mais il ne proteste pas. Moins violemment qu'elle s'y attendait.

— Est-ce que je peux récupérer mon cahier de dessin ? Il est resté à l'entrepôt.

— Pas tout de suite. Mais je peux te trouver du papier et des crayons.

Un sourire timide éclaire brièvement son visage. Abygaelle est surprise. Dans sa tête, ce garçon devrait trembler d'angoisse. Pas avoir envie de dessiner.

Elle sort de la salle. Elle a besoin de réfléchir. D'affiner sa stratégie.

Une question l'obsède : un seul policier suffira-t-il pour protéger Josée Parent, si Spacek décide de se pointer ?

Elle n'a pas le temps d'aller au bout de sa réflexion.

Un cri perce l'air — déchirant, presque inhumain. Il fait vibrer les murs du poste. Abygaelle se fige. Elle connaît ce cri. Elle l'a entendu dans d'autres salles, d'autres enquêtes. Elle comprend, avant même qu'on lui dise :

Manon Foucault vient d'apprendre que son mari est mort.

38

———

Sous le soleil éclatant de ce vendredi matin, André Spacek savoure la chaleur des rayons qui traversent son pare-brise, casquette vissée sur la tête. Assis dans une voiture de location, il garde les yeux rivés sur la résidence privée où vit son ex-conjointe.

L'oreille collée au scanner, il suit l'évolution de l'enquête de police à son sujet.

Il se demande s'ils ont trouvé la gravure de la Powerlife. À travers les transmissions, il devine qu'ils sont arrivés juste avant l'explosion déclenchée par Stafford. Le plan n'a fonctionné qu'à moitié, mais l'effet reste spectaculaire. Grandiose, même.

Il voudrait que les gens comprennent que ce n'était qu'un amuse-gueule. Ce qui vient sera plus violent, plus retentissant — de quoi faire trembler les fondations. L'histoire retiendra son nom.

Pour l'instant, rien sur les ondes n'indique une percée. Il n'entend que des querelles de voisinage, des voitures mal garées, des disputes entre ivrognes.

Il a connu ce quotidien-là, surtout au début de sa relation avec Josée Parent, quand elle carburait à la dope et à la bouteille. Les assiettes volaient dans la cuisine, les insultes fusaient. Ils se disputaient plus qu'ils ne s'aimaient.

Normalement, il l'aurait quittée sans demander son reste. Mais il n'avait pas pu abandonner le petit Ti-Boy.

Il n'avait jamais voulu d'enfant — il n'en veut toujours pas — mais il y avait, chez ce gamin, quelque chose d'insaisissable. Une étincelle. Un sentiment, diffus mais puissant, qu'il devait protéger, lui offrir autre chose qu'un avenir foutu d'avance.

Il avait convaincu Josée de l'accompagner aux réunions des Alcooliques anonymes, puis à celles des Narcotiques anonymes. Il espérait qu'elle ait eu un déclic. Qu'elle admette qu'elle était malade.

Et ça avait fonctionné. Au début, elle avait ralenti. Puis elle avait tout arrêté. En quelques mois, elle était passée d'une loque en proie à la psychose à une femme lumineuse, aux pommettes saillantes et à la peau douce comme une pêche.

Spacek avait pris Ti-Boy sous son aile. Il lui avait parlé du monde, des règles, de comment survivre là-dedans. Mais le gamin était déjà ailleurs. Tordu de l'intérieur, saturé de pensées sombres. Trop sombres. Rien à faire pour le ramener.

Ils partageaient au moins une chose : un dégoût viscéral pour l'injustice, les magouilleurs, les riches et les politiciens. Un rejet profond de cette société pourrie.

Tous deux avaient grandi en marge, n'avaient pas tiré le bon numéro dans la loterie familiale.

Spacek le sait : il flirte dangereusement avec le nihilisme. Mais il n'arrive pas à faire autrement. Pour les autres, il reste un inadapté. Un loser. Un prolétaire.

Pendant ce temps, les imbéciles heureux le méprisent, tout en se faisant tondre la laine sur le dos. Des moutons. Dociles. En file pour l'abattoir.

Bande de cons.

Josée, elle, venait d'un tout autre monde. Pas celui des

enfants élevés à la cuillère d'argent, non. Celui des enfants élevés avec des cuillères calcinées par la dope.

Elle fuyait les grandes discussions « philosophiques », comme elle disait. Des lamentations de petits-bourgeois. Ça dérangeait plus Ti-Boy qu'André, au fond.

Puis, un jour, tout avait basculé. Son patron l'avait convoqué, visiblement mal à l'aise, avant de lui annoncer qu'il était renvoyé. Pas pour son rendement. Non. Pour des allégations d'abus sexuel sur un mineur.

Aucune enquête. Juste une rumeur sale, plantée comme un couteau dans le dos.

Spacek n'avait jamais su qui avait lancé ça, ni pourquoi. Mais il avait compris une chose : peu importe ses efforts, peu importe la qualité de son travail, on lui trouverait toujours un prétexte pour le jeter dehors. Pour l'humilier.

Ce jour-là, il avait vu clair. C'était un signal. Le feu vert qu'il avait attendu.

Féru d'histoire, il savait que les grandes révolutions ne se faisaient jamais dans l'ordre et la paix. Elles s'étaient forgées dans le sang, la douleur, la terreur.

Il pensait au FLQ, aux bombes artisanales, à l'idée d'une libération par la violence. Aux attentats du 11 septembre, à l'onde de choc planétaire. Même Gandhi et Mandela, figures de paix, avaient eux aussi flirté avec la violence avant d'être sanctifiés.

Josée ne partageait pas ses idées. Elle ne les contestait pas non plus. Elle écoutait, silencieuse, le regard dans le vide, comme si tout ça ne la concernait pas.

Quand la Powerlife l'avait mis dehors, Spacek n'avait même pas envisagé de se chercher un autre emploi. C'était fini. Il avait choisi la voie des armes.

Il aurait préféré un autre chemin. Mais selon lui, le monde a besoin d'un électrochoc brutal.

Si ça doit lui coûter la vie, qu'il en soit ainsi. Il veut laisser sa trace. Même si c'est une trace de feu et de cendres.

Ce qu'il veut, c'est un soulèvement. Que les esclaves brisent enfin leurs chaînes. Que le peuple réclame ce qu'on lui vole depuis trop longtemps.

Son plan est clair. Les étapes sont précises.

Même si ça lui avait déchiré le cœur, il avait demandé l'aide de Ti-Boy. Il savait que, vue de l'extérieur, leur relation paraissait bizarre.

Mais Spacek avait entendu les mots durs, quasi cruels, que le garçon lançait à sa mère. Il la méprisait, c'était évident. Et malgré tous les efforts d'André pour en comprendre les raisons, ça ne tenait pas la route.

Alors il avait tiré ses propres conclusions : Ti-Boy en voulait à sa mère de l'avoir mis au monde dans un enfer qu'elle n'avait jamais réussi à adoucir.

L'arrivée de Spacek avait tout changé. Grâce à son argent, Ti-Boy avait enfin connu une vie stable, confortable, dans une famille aisée. Même Josée s'était reprise en main. Le confort leur allait bien, à tous les deux.

Mais quand André a décidé de passer à l'action, il savait qu'il devait couper les ponts. Il ne pouvait pas impliquer Josée là-dedans. Quant à Ti-Boy... il aurait aimé lui éviter ça, lui aussi. Mais il n'avait foi qu'en lui.

Après leur séparation, Josée Parent avait replongé. Dope, alcool. Dévastée. Elle avait frôlé la mort. Elle avait survécu, mais pas intacte. Elle porte encore de lourdes séquelles. André en est peiné, bien sûr. Mais pour lui, c'est une victime collatérale. Il n'y a pas de révolution sans heurt.

Avec du recul, il se dit qu'elle aurait mieux fait de crever. Plutôt que de végéter dans ce corps brisé, dépendante, éteinte. Et surtout, elle n'aurait pas eu à voir ce qui s'en vient.

Cela dit, il paie pour qu'elle vive dignement, dans l'une des meilleures résidences de soins privées de la ville. Il la visite quand il le peut. La serre dans ses bras. Lui embrasse le front.

Elle réagit à peine, mais il sait qu'elle le reconnaît. Ses yeux s'éclairent, juste assez.

Il sait qu'il ne sortira pas vivant de cette guerre. On l'abattra d'ici la fin du plan. Ou c'est lui qui s'en chargera. En tout cas, il ne finira pas en prison.

Dans la poche intérieure de son manteau, il garde un petit boîtier en plastique étanche. À l'intérieur, deux capsules de cyanure. Une pour lui. Une pour Ti-Boy.

Mourir avec panache. Pas une balle dans le crâne comme un foutu perdant.

Il lutte contre l'envie de la voir une dernière fois. Il sait que c'est dangereux. Qu'il devrait foutre le camp. Mais ce besoin le ronge. Un appel viscéral.

La serrer dans ses bras. Lui murmurer que tout ça, il le fait pour elle. Pour le monde. Pour la justice.

Mais il ne lui dira pas que Ti-Boy est impliqué. Ni qu'il l'entraînera peut-être avec lui dans la mort. Si on l'abat avant qu'il ne le retrouve, le jeune tombera. La prison l'attend.

Spacek a foi en lui. Ce gamin-là est solide. Intelligent. Lucide. Pas un zombie lobotomisé qui suit le troupeau. Il voit clair.

Il comprend les schémas tordus des manipulateurs. Les marionnettistes mondialistes qui tirent les ficelles pendant que le monde crève à genoux.

Il n'y a aucun doute : sa photo a dû circuler. Les employés de la résidence l'ont probablement reconnu. Impossible d'entrer sans provoquer une panique.

Mais il sait que chaque matin, Josée s'assied sur une grande balançoire en bois, dans la cour arrière. Elle regarde le fleuve. Toujours à la même heure. Huit heures. Soleil, pluie, vent. Prisonnière de son corps, elle est perdue dans ses pensées.

Il traverse la rue. Remonte le col de son coupe-vent. Ajuste sa casquette pour cacher la moitié de son visage. Il avance sur la pointe des pieds, dans une rue encore déserte.

Spacek longe les grandes haies de cèdres à sa gauche, la tête baissée. Le mur de brique de la résidence lui cache encore la cour arrière, mais dans quelques mètres, il aura une vue dégagée.

Sans surprise, Josée est bien là. Seule. Assise sur sa balançoire, fidèle à sa routine. Deux femmes âgées jouent aux cartes un peu plus loin, le dos tourné. Parfait. Personne ne la surveille.

Il scrute les environs. Personne d'autre. Son cœur cogne. Il sait qu'il ne devrait pas s'approcher. Mais c'est plus fort que lui. Il avance, fébrile, comme un ado. Malgré les mois, malgré les ravages, elle reste, à ses yeux, d'une beauté foudroyante.

Josée tourne la tête, alertée par un bruit de pas.

Ses yeux s'écarquillent.

— Allô, Josée.

Elle tressaille, le corps raide. Il lève les mains doucement, tentant de la rassurer.

— T'as rien à craindre, voyons. Je ne te veux pas de mal. Je voulais juste te voir... te dire que...

Un cri déchire l'air, sur sa droite.

— Arrêtez ! Police !

Spacek se redresse d'un coup. Il regarde Josée. Elle tremble, et son visage se crispe. Il hésite une fraction de seconde, puis se retourne et détale vers les haies.

Le flic est encore loin. Spacek évalue qu'il a une chance de s'en sortir. Ses jambes, longues et bien entraînées, s'élancent. Il court vite. Il connaît son corps. Il sait ce qu'il vaut.

Derrière lui, les cris du policier se rapprochent, mais Spacek a déjà disparu entre les cèdres. Il bifurque vers une cour adjacente, priant pour que personne ne le voie.

Personne.

Il file à gauche, dévale un sentier de gravier coincé entre deux maisons de briques rouges. Du coin de l'œil, il perçoit l'ombre de son poursuivant surgir à son tour. Il le talonne. Trop près.

Spacek garde le cap jusqu'à ce qu'il atteigne la rue suivante.

Un coup d'œil furtif : personne à sa gauche ; la voie est libre. Sa voiture de location est là, stationnée un peu plus loin. Il évalue qu'il a le temps.

Il traverse à toute vitesse.

Une femme d'une soixantaine d'années promène un petit chien blanc qui se met à aboyer furieusement en le voyant foncer vers eux. Elle s'écarte d'un bond, terrifiée, tandis que le chien jappe comme une alarme stridente.

Derrière, le policier hurle encore, sa voix noyée par les aboiements.

Spacek atteint la voiture. Il ouvre la portière d'un geste sec, s'installe derrière le volant.

Dans le rétroviseur, l'agent approche, revolver au poing, le visage tendu.

Sans réfléchir, Spacek appuie sur l'accélérateur.

Il jette un dernier regard derrière. Le policier ne tire pas. La femme et son chien sont dans la ligne de tir. Un bouclier humain involontaire.

Les pneus crissent. Il tourne brutalement à droite, sans savoir où ça mène. Peu importe. Il doit disparaître.

Après plusieurs minutes à rouler au hasard, Spacek gare la voiture dans un vaste stationnement anonyme. Des dizaines de véhicules l'entourent. Parfait.

Il attrape son sac, glisse les clés sous le siège du conducteur, puis s'éloigne sans se retourner.

Il sort son téléphone prépayé, appelle un taxi, puis s'assied sur un bloc de béton à l'ombre d'un arbre.

L'air est lourd, mais le calme du lieu tranche avec la tempête qui gronde en lui.

Il allume sa tablette, se connecte à un hotspot Wi-Fi via son cellulaire et ouvre l'application liée aux caméras de surveillance de l'entrepôt. Écran noir. Signal hors service.

— Tabarnak…

Ces caméras sont fiables. Sauf si la connexion a été coupée. Ou pire.

Il compose le numéro de Ti-Boy. Messagerie. Pas étonnant — il ne répond presque jamais du premier coup.

Par précaution, il ne laisse pas de message. De toute façon, Ti-Boy ne peut pas rappeler ce téléphone. C'était prévu au cas où il serait capturé.

Spacek attend, puis rappelle. Cette fois, Ti-Boy répond. En entendant la voix de son protégé, Spacek ne peut s'empêcher de sourire.

— Allô ?

— Ti-Boy, c'est moi.

— Ouais, je sais.

Le taxi approche lentement, au bout de la rue. Spacek se lève, son sac à la main, et fixe le véhicule.

— Tout est correct ? Les caméras sont éteintes ?

— Ouais. Tout est sous contrôle. Tu pensais passer à l'entrepôt bientôt ? On commence à manquer de bouffe. Les otages veulent encore de la pizza.

Spacek s'arrête net.

— Répète ça ?

— J'ai dit qu'on n'a plus grand-chose à manger.

— Et après ?

— Les otages veulent encore de la pizza. Ils sont tannés de toujours manger la même affaire.

— Ils demandent… de la pizza ?

— Exactement.

Silence.

Spacek sent son sang bouillir. Il force sa voix à rester calme.

— Okay, Ti-Boy. Je passe ce soir. T'as besoin d'autre chose ?

— Ouais. Je peux t'envoyer la liste par texto.

— Non. Dis-moi-le tout de suite.

Ti-Boy énumère quelques trucs. Spacek n'écoute plus. Il ne retient qu'une phrase.

Les otages veulent encore de la pizza.

Il raccroche et hurle un sacre féroce qui fait sursauter un passant tout près. Il fonce vers le taxi, bras levés pour se faire voir. La rage le consume. Il serre les poings et les dents. Son cœur est prêt à exploser. Il pourrait tout casser autour de lui. Tout démolir.

Ti-Boy a été arrêté. Il a utilisé le code.

Mais comment ces policiers incompétents ont-ils pu le localiser aussi vite ? Il n'y a même pas quelques heures, ils pataugeaient encore dans le brouillard. Aucune piste. Rien.

Ça n'a aucun sens.

Spacek a beau repasser le scénario en boucle, la conclusion est implacable : Ti-Boy a déclenché le code de compromission.

Le sang monte à la tête de Spacek comme une marée noire. Son visage se crispe. Il devient écarlate. Sa colère pulse jusque dans ses tempes. Il serre les mâchoires à s'en fendre les dents.

Il imagine ces foutus policiers, casques d'écoute vissés sur la tête, en train de siroter leur café tiède.

Des ricanements. Des regards en coin.

Ils pensent avoir gagné.

Ils vont avoir une méchante surprise.

Spacek grimpe dans le taxi et donne sèchement l'adresse au chauffeur. Il se cale contre la vitre, les yeux rivés à l'extérieur. Il inspire profondément à plusieurs reprises, pour calmer le brasier dans sa poitrine. Pas le moment de flancher. Il doit garder le cap.

L'arrestation de Ti-Boy... il l'avait prévue. Il faut encaisser, se relever, frapper plus fort.

Une idée lui traverse l'esprit. Il rouvre l'application des caméras et accède aux sauvegardes dans le cloud. Il fait défiler rapidement les enregistrements. Son estomac se contracte en voyant un groupe d'hommes en noir se rassembler près du salon de l'entrepôt. Il revient légèrement en arrière.

Et là, il voit.

L'unité tactique fait une entrée fracassante, armes à la main. Ti-Boy fige. Lève les bras. Il se couche face contre terre. Pas un mot. Pas un cri. Juste une obéissance résignée.

Mais c'est la meilleure issue possible. Ti-Boy est vivant. Et le fait qu'il ait utilisé le code prouve sa loyauté. Il aurait pu tout balancer. Il ne l'a pas fait.

Spacek pince les lèvres, ému malgré lui.

Ils sont toujours deux. Compagnons d'armes. Solidaires jusqu'au bout.

En visionnant la suite, il voit Otage #3 être escorté par les policiers, évidemment. Les deux autres sont absents. Pas surprenant. Il les avait déjà condamnés. Leurs proches croyaient les sauver en respectant les règles.

Erreur fatale.

Il n'a jamais eu l'intention de libérer qui que ce soit. Otage #3 a simplement eu de la chance. L'intervention policière a devancé son exécution.

Dans le taxi, Spacek tape un message sur son téléphone. Ses doigts frappent l'écran comme des coups de poing. Chaque lettre claque, sèche, tranchante. Le chauffeur ne bronche pas. Il fixe la route, indifférent.

Message envoyé. Spacek souffle bruyamment, la mâchoire crispée. Un sourire glisse sur ses lèvres.

Ils ne savent pas encore. Ils ne se doutent de rien.

La presse n'a pas encore révélé l'arrestation de Ti-Boy. Il reste un angle mort. Une faille exploitable.

Il compose un numéro préenregistré. Le téléphone sonne.

Quelqu'un décroche. Une voix hésitante.

Spacek couvre sa bouche de la main et baisse le ton.

— C'est maintenant. T'as jusqu'à 14 h. Si j'ai rien reçu d'ici là... je passe à l'acte.

Il raccroche sans écouter les supplications. L'autre croyait parler à quelqu'un d'autre. Il a tout préparé : teinture, lunettes fumées, démarche modifiée. Le chauffeur ne voit que du feu. Il a surtout l'air de s'en foutre.

Parfait.

À plusieurs kilomètres de là, Abygaelle entre dans le bureau de Murielle.

— J'ai prévenu les agents sur le terrain, dit Murielle. Dès que Spacek se pointe à l'entrepôt, on l'arrête.

Abygaelle reste debout. Elle se mordille la lèvre, nerveuse.

— Toujours pas de nouvelles du conjoint de Richard Lelièvre ?

Murielle secoue la tête.

— Rien. Les otages sont en sécurité, répartis dans des chambres d'hôtel sous surveillance. Mais Tucci reste injoignable. Et d'après nos gars, Lelièvre est au bord d'une crise de nerfs.

Abygaelle acquiesce, songeuse. Murielle la fixe, intriguée.

— Je te connais, Aby. Quelque chose te tracasse.

— J'ai un mauvais pressentiment.

— À cause de Tucci ?

— Non. C'est la conversation entre Malveaux et Spacek. J'ai l'impression que ce petit comédien a déjoué notre plan. Je doute que Spacek se rende à l'entrepôt.

Murielle fronce les sourcils.

— Qu'est-ce qui te fait dire ça ?

— Une intuition.

— Pourtant, Ti-Boy s'est rendu de lui-même. Il coopère. Pourquoi il l'aiderait maintenant ?

Abygaelle hausse les épaules.

— C'est justement ce que je veux comprendre.

— Peut-être que tu lui prêtes plus d'intelligence qu'il en a. Souvent, les criminels sont moins brillants qu'ils le pensent.

Abygaelle secoue doucement la tête.

— Peut-être. Mais Spacek, lui, est structuré. Stratège. Il ne fait rien sans plan. Il a sûrement prévu un plan B si Ti-Boy venait à se faire prendre.

— Tu penses qu'il lui a dit de se rendre ? Pour gagner du temps ?

— Je l'ignore, murmure-t-elle. Mais il y a quelque chose qui cloche.

À ce moment précis, le téléphone de Ti-Boy vibre deux fois sur le bureau métallique, à sa droite. Abygaelle tourne lentement la tête, puis lance un regard à Murielle, méfiante. Elle saisit l'appareil.

Son visage s'assombrit en lisant l'écran.

— Qu'est-ce qu'il y a ? demande Murielle.

— Mon intuition était bonne, répond Abygaelle en lui tendant le téléphone.

Murielle lit le message. Sa gorge se noue.

Vous avez traqué mon fils.

Vous avez traqué ma femme.

Vous allez le payer cher.

Une colère démentielle est sur le point de s'abattre sur vous.

Et vous en assumerez toutes les conséquences.

Préparez-vous à un carnage sans précédent.

Vous avez choisi de me défier.

Vous allez perdre.

39

Ti-Boy Malveaux a vite compris qu'ici, garder profil bas, c'est une question de survie. Pour sa première nuit en prison, il a joué la carte de la prudence. Pas question de faire des vagues. Heureusement, en attendant la suite des procédures, les autorités l'ont placé dans une aile isolée, à l'écart du reste de la population carcérale.

Les gardiens sont rugueux, méprisants. Ils lui font bien sentir qu'ils n'ont rien oublié de la tentative de meurtre sur Jack Morris. Mais Ti-Boy leur répond avec une politesse désarmante, presque provocatrice.

Il avait eu du mal à retenir un sourire quand Abygaelle Jensen lui avait tendu son téléphone. Un message d'André Spacek, menaçant. Elle lui avait demandé de lire entre les lignes, de décoder ce qui se cachait derrière ces mots. Ti-Boy s'était contenté de hausser les épaules, prétendant ne rien comprendre.

Seul dans la salle d'entrevue, il attend que les deux sergentes-détectives reviennent. Elles se sont éclipsées quelques minutes, histoire de le laisser mariner. Une tactique sans doute apprise à l'école de police.

La salle de la prison est aussi froide et impersonnelle que celle des bureaux de la Police Provinciale. Il n'y a rien qui puisse distraire ou attirer le regard. Juste des murs gris, un néon bourdonnant et cette table entre lui et la vérité.

Quand les deux enquêtrices reviennent enfin, il pousse un long soupir. Abygaelle attaque sans détour :

— C'est quoi, le prochain *move* de Spacek ?

— Je vous l'ai dit cent fois : j'ai été impliqué deux jours avant la tuerie à Powerlife. André m'a jamais mis dans le secret des dieux, répond-il. J'étais juste un exécutant. Il m'a forcé à embarquer. Sinon... il arriverait quelque chose à ma mère. Il l'a pas dit comme ça, mais c'était clair. Je savais rien du plan. Je pouvais pas contribuer à quoi que ce soit.

Abygaelle échange un regard avec sa collègue aux cheveux argentés. Un rictus mauvais lui glisse au coin des lèvres.

— Arrête de nous prendre pour des connes, Léonard. On sait que tu mens.

Elle l'appelle exprès par son prénom, comme à chaque fois. Elle sait que ça le fait grimacer et elle en profite. Un petit jeu de pouvoir qu'elle maîtrise à la perfection.

— Et ça voulait dire quoi, « les otages demandent encore de la pizza » ? C'était un code ? Un signal pour l'avertir de ton arrestation ? Pour lui dire que l'opération est foutue ?

Ti-Boy affiche un sourire vide, presque niais, comme s'il ne comprenait pas où elle veut en venir. En dedans, pourtant, il est furieux. Il pensait avoir été subtil. Le message devait avertir Spacek que l'entrepôt était compromis... Mais à voir le regard des deux enquêtrices, son code avait l'air aussi discret qu'un coup de poing dans la face.

La détective à la queue de cheval le scrute comme si elle pouvait percer sa coquille. Ti-Boy s'efforce de ne rien laisser paraître. Ce n'est pas sa première scène du genre. Il sait donner à voir ce qu'il veut qu'on voie. Et dans ce domaine, il est bon. Très bon.

La policière plus âgée ne l'inquiète pas trop. Elle a l'air épuisée, usée par trop d'affaires qui s'enlisent. Tout dans son visage et son attitude lui dit qu'elle aimerait bien boucler ce cas et passer à autre chose.

Mais Abygaelle Jensen, elle, c'est une autre paire de manches. Tenace. Sauvage. Son regard perce à travers les masques. Il devra être prudent.

Quand on l'interroge sur la phrase « préparez-vous à un carnage sans précédent », Ti-Boy répond d'un ton détaché :

— C'est un code. Pour moi.

Abygaelle se fige.

— Un code ?

— Ouais. C'est sa manière de me dire de vous remettre un indice. Mais je vous avertis : j'en sais pas plus que vous sur ce que ça veut dire, au fond. Il m'avait montré ce qu'il fallait faire au début de l'opération. Si jamais il disait cette phrase-là, fallait que je vous donne un croquis.

— Quel genre de croquis ?

— Faudrait que j'aie mon cahier à dessin.

Abygaelle échange un regard avec Murielle. Le carnet a été saisi par l'équipe chargée de fouiller l'entrepôt. Elle l'avait parcouru rapidement, sans y voir quoi que ce soit de compromettant. Des esquisses, des portraits, des paysages — rien de concret. Elle avait noté le coup de crayon, net, sûr, presque professionnel.

Elle croise les bras, peu encline à lui offrir quoi que ce soit sans retour.

— Je l'ai pas. Tu vas devoir te fier à ta mémoire. Tu t'en souviens, j'espère ?

— C'est André qui l'avait dessiné. Mais ouais, je m'en rappelle assez bien.

— C'est tout ce qu'on peut t'offrir.

Il soupire, observe les deux détectives, sent que le temps lui file entre les doigts. Il acquiesce.

Murielle lui tend une feuille et une boîte de crayons de cire.

Sans un mot, Ti-Boy se met à l'ouvrage. Abygaelle l'observe tracer un cercle orange, presque parfait, d'un seul geste. Il a la main sûre, le trait fluide. Il attrape un crayon vert, dessine des lignes diagonales montantes. Il remplit les formes de couleur, puis tend le dessin, l'air las.

— C'est le mieux que je peux faire, souffle-t-il.

Abygaelle prend la feuille, l'examine avec attention.

— T'as du talent.

— L'art a toujours été important pour moi. J'ai même pensé postuler à l'École des beaux-arts.

Un sourire en coin glisse sur les lèvres d'Abygaelle.

— Tu serais pas le premier à disjoncter après un refus.

Ti-Boy ricane.

— Inquiétez-vous pas, j'ai pas les ambitions d'Hitler. Comme je l'ai dit, je suis juste un exécutant.

C'est là que Murielle prend la parole pour la première fois.

— T'es bien plus que ça.

Ti-Boy lève les yeux vers elle, surpris. Il hausse les épaules, esquisse un demi-sourire.

— Si vous le dites.

Abygaelle fixe encore le dessin, les yeux plissés.

— Alors ? Ça veut dire quoi, ce dessin ?

— Ce sont deux pins, face à un soleil immense.

— Ouais, on a compris. Mais ça veut dire quoi exactement ?

— Je n'en ai aucune idée.

Abygaelle pousse un soupir, s'adosse à sa chaise et croise les bras.

— Voici comment ça fonctionne ici, au Québec, Léonard. C'était une bonne idée de nous contacter. Chaque geste qui nous rapproche de l'arrestation de Spacek va jouer en ta faveur au procès. Tu te souviens de Karla Homolka ? Avec son chum, Paul Bernardo, ils ont tué trois jeunes filles, dont sa propre sœur. Elle a retourné sa veste et a bien joué ses cartes. Résultat

? Douze ans. Pour trois meurtres. Aujourd'hui, elle est libre. Elle a des enfants. C'est pas hallucinant, ça ?

Elle se penche, les avant-bras appuyés sur la table.

— Mais si ça avait été moi, elle serait encore en dedans. Comme son trou de cul de mari. Et si je pouvais décider, toi aussi tu finirais tes jours derrière les barreaux. Juste pour ce que vous avez fait à la Powerlife, tu le mériterais amplement. Mais c'est pas moi qui tranche. Plus tu coopères, plus le juge sera indulgent. Moi, je vais être furieuse, je vais rager, mais au final... je suis juste une exécutante. Comme toi, non ? Je prépare un dossier, le meilleur possible. Alors je te repose la question : ce dessin, ça veut dire quoi ?

Elle pointe le papier du doigt, sans le lâcher des yeux.

Ti-Boy la fixe en souriant.

— C'est un super beau *speech* que vous venez de faire là, détective Jensen. Et croyez-moi, si j'avais encore des doutes sur mon envie de collaborer, ils viennent juste de s'évaporer.

Il laisse planer un silence, puis reprend, plus grave :

— Le problème, c'est que je ne sais pas ce que pense vraiment André. Et encore moins ce que ce symbole veut dire. Tout ce que je sais, c'est que c'est le dernier indice. Y en aura pas d'autres. Mais connaissant André... c'est pas bon signe.

Abygaelle plisse les yeux.

— Comment ça ?

Ti-Boy plante son regard dans le sien.

— Parce qu'il garde toujours le meilleur pour la fin.

40

Abygaelle fonce, les mains crispées sur le volant. À ses côtés, Murielle s'agrippe à tout ce qu'elle peut, le visage blême, les yeux rivés sur la route. Elle regarde Abygaelle griller les feux rouges, zigzaguer entre les voitures avec une maîtrise presque inquiétante. Une sirène hurle au loin. Murielle craint qu'un piéton distrait ne surgisse d'entre les voitures stationnées.

Heureusement, le quartier général n'est plus qu'à cinq minutes. À ce rythme-là, c'est son cœur qui va lâcher. La retraite commence sérieusement à lui faire de l'œil.

Abygaelle est impatiente, tendue comme une corde de violon depuis que l'équipe de crise a décodé le message de Spacek.

Murielle, elle, ne pense qu'à une chose : voir la tête des autres quand ils découvriront qu'une nouvelle énigme vient de tomber.

Dès qu'elles arrivent, Abygaelle bondit hors de la voiture et file vers l'entrée secondaire du QG. Murielle avance à un rythme plus lent, essayant de retrouver son souffle et ses couleurs. Un peu d'air frais ne peut que lui faire du bien.

— Parlez-moi, lance Abygaelle en déboulant dans la salle de crise.

Nadine Brabant lève les yeux et expose calmement les résultats :

— Le message dit : « Je suis le pourfendeur des bandits du cartel, le serviteur de la population exploitée comme des moutons à tondre, pour les Laurendeau, Dubé, Marien et Roland McDuff. Vous avez calciné Mégantic. À votre tour de brûler en enfer. »

— C'est tout ? demande Abygaelle.

— On vient juste de réussir à le décoder.

— Des pistes ?

Les membres de l'équipe échangent des regards, à la fois gênés et déconcertés.

Abygaelle soupire, se laisse tomber sur une chaise et se mordille la lèvre inférieure.

— OK... Quels sont les types de cartels qu'on connaît ? Mis à part les Mexicains, évidemment.

Une voix timide s'élève du fond de la salle :

— Le cartel du lait ?

Abygaelle fronce les sourcils.

— Ça se peut, ça ?

Un homme corpulent au visage cramoisi hausse les épaules.

— Y paraît que les géants de l'industrie laitière fixent les prix entre eux. Comme dans l'industrie du pain.

Abygaelle grimace. C'est peut-être vrai, mais ça ne colle pas. Spacek n'est sûrement pas en croisade contre le cheddar et les baguettes. Il y a autre chose, forcément.

— Les cartels contrôlent un secteur... ils dictent les tarifs, souffle-t-elle.

Une lueur traverse son regard.

— Le pétrole. C'est évident. S'il y a un cartel constamment sous les projecteurs pour pratiques douteuses, c'est bien celui-là.

— C'est vrai, approuve l'homme au teint rouge, visiblement à deux doigts d'éclater sous la pression artérielle.

Au même moment, Murielle entre.

Abygaelle croise le regard de Nadine.

— Mais pourquoi le pétrole ? Spacek a-t-il déjà travaillé dans ce milieu-là ?

— Pas si on se fie à son LinkedIn, répond Nadine. Quinze ans chez Powerlife. Avant ça, une banque, puis un centre d'appels.

Abygaelle répète, comme pour ancrer les mots dans l'air :

— « Je suis le pourfendeur des bandits du cartel, le serviteur de la population exploitée... Vous avez calciné Mégantic... »

Elle se tait un moment.

— C'est forcément lié au pétrole, dit-elle enfin. Le train-citerne qui a causé la catastrophe de Lac-Mégantic, c'était ça. Peut-être qu'il a perdu quelqu'un là-bas. Un membre de sa famille ? Des proches ?

Nadine Brabant s'installe à son poste, tape rapidement sur son clavier. Elle ouvre la liste des victimes de l'incendie ferroviaire de Lac-Mégantic, et une vague de souvenirs la submerge. Les images lui reviennent : les flammes, les ruines fumantes, la stupeur figée sur les visages. Impossible d'oublier.

Le 6 juillet 2013, un train transportant du pétrole brut avait déraillé à l'entrée de la ville. L'explosion avait ravagé le centre-ville en quelques secondes. Quarante-sept morts. L'enquête avait conclu à une erreur de freinage, aggravée par des protocoles de sécurité déficients. Cette tragédie demeure l'une des plus meurtrières de l'histoire canadienne, qualifiée par certains de « crime environnemental ». La compagnie ferroviaire avait été poursuivie pour négligence criminelle. Certaines victimes avaient été indemnisées. D'autres, pas.

Un silence tendu flotte dans la salle. Abygaelle parle à mi-voix, comme si elle pensait tout haut.

— OK... Mégantic, le pétrole, ça se tient. Mais c'est qui, Laurendeau, Dubé, Marien ? Et ce Roland McDuff ?

Nadine se redresse.

— On a fait quelques recherches. Roland McDuff a été maire de Montréal-Est, de 1952 à 1962.

Abygaelle plisse les yeux.

— Ça m'aide pas. Je suis encore plus mêlée. Faudrait peut-être demander à Richard Lelièvre s'il connaît ce nom-là.

— Le point, c'est peut-être pas qui est McDuff, mais ce qu'il représente, répond Nadine, plus assurée.

— Explique.

— Il y a un parc Roland-McDuff. Et une rue du même nom, dans l'est de Montréal.

Abygaelle attrape un ordinateur portable, le branche au projecteur de la salle et tape « Roland McDuff » dans une carte virtuelle. Quelques clics plus tard, elle pointe l'écran :

— Ici. Regardez, près de la rue Marien, juste à côté du parc McDuff. Qu'est-ce que Spacek essaie de nous montrer ?

Elle zoome. Ses yeux brillent soudain.

— Là.

Les autres la fixent, dubitatifs. Elle insiste :

— Regardez les noms des rues. À l'ouest du parc. Laurendeau. Marien. Dubé. Et là... première avenue... troisième avenue...

Un murmure traverse la pièce. L'attention se tend. Abygaelle sent les pièces s'emboîter.

— On touche à quelque chose, souffle-t-elle, les yeux rivés sur l'écran.

Son instinct la pousse à se rendre sur place. Au parc. Il y a quelque chose là-bas. Mais il manque un bout au casse-tête. Le cartel. Le message de Spacek n'est pas qu'une énigme topographique. Il parle d'exploitation, de vengeance. De feu.

— Si c'est bien le cartel du pétrole... quel lien avec ce coin-là ? dit-elle, comme pour elle-même.

La station d'essence la plus proche est à plusieurs rues. Rien ne saute aux yeux. Pas encore.

Elle se tait. Observe la carte. Cherche l'anomalie.

— Réfléchissez à voix haute, dit-elle en faisant glisser le curseur. Peu importe ce qui vous passe par la tête. Allez-y.

À peine a-t-elle parlé que son cœur rate un battement. Une bouffée de terreur l'envahit. Si elle a raison... Spacek est encore plus tordu qu'elle ne le pensait.

Elle se redresse d'un bond, attrape son manteau et fonce vers la sortie.

— Murielle ! lance-t-elle sans se retourner. Appelle l'agent affecté à Richard Lelièvre. Dis-lui de me l'amener.

— OK... mais où ? Je lis pas encore dans tes pensées, Aby.

— Angle Marien et Notre-Dame, réplique-t-elle en claquant presque la porte.

Elle disparaît. Silence. Tous la suivent des yeux, stupéfaits.

Murielle cligne des yeux, puis reprend ses esprits. Elle compose le numéro de l'équipe postée à l'hôtel, presque par réflexe. Tandis qu'elle donne les consignes, son regard se pose sur l'écran toujours allumé.

Et là, elle comprend.

Juste sous le curseur immobile... un nom. Une rue, deux coins plus à l'est. Un détail passé sous le radar. Mais pas sous celui d'Abygaelle.

Murielle raccroche. Son regard tombe sur les copies du croquis de Ti-Boy Malveaux, empilées sur le coin de la table. Elle les prend.

— Allez, pas le temps de souffler, dit-elle avec un petit sourire. On a encore du pain sur la planche.

Elle commence à distribuer les croquis, sans se soucier des soupirs autour d'elle. Pas question de lever le pied maintenant.

41

———————

Un silence oppressant s'est abattu sur les bureaux administratifs de la raffinerie Petroleum Inc. Huit employés, assis côte à côte, gardent les yeux rivés sur un homme grand et nerveux qui les tient en otage depuis maintenant deux heures. Il jette des regards fréquents vers les fenêtres, comme s'il attendait quelqu'un... ou quelque chose.

Dès son entrée, sa voix rauque, marquée d'un accent méditerranéen prononcé, a claqué dans la pièce : un ordre sec de se regrouper au fond de la salle, appuyé par le geste brutal d'une arme semi-automatique qu'il a armée. Sur le bureau à sa droite, il a posé un grand sac de nylon noir, duquel il a tiré quelques objets. Une boîte métallique grise a particulièrement attiré l'attention.

Les employés ont immédiatement pensé au massacre de la Powerlife. Pendant un instant, ils ont cru que l'horreur allait se répéter. Mais l'homme ne ressemble en rien à celui qu'on a vu partout dans les médias. Et puisqu'il ne les a pas encore abattus, une lueur d'espoir persiste.

Le doute, pourtant, ne les quitte pas. L'homme n'a rien révélé de ses intentions. Chaque tentative de dialogue est balayée d'un cri ou d'un geste menaçant. Il garde le silence, et eux sont plongés dans une totale incompréhension.

Michel Duffy, directeur général de la raffinerie, tente de garder la tête froide. Il essaye d'engager la conversation, de soutirer au moins un mot à l'inconnu. Mais l'obstination du preneur d'otages bloque tout. Michel s'accroche à l'idée que, quelque part sur le terrain, un employé a peut-être saisi la gravité de la situation... et a déjà prévenu la police.

L'intrus tourne en rond, fébrile. Il marche entre deux grandes fenêtres aux stores fermés. Du bout des doigts, il écarte parfois une latte, juste assez pour jeter un œil dehors, comme un animal traqué.

À l'extérieur, Abygaelle Jensen débarque juste après l'unité tactique. Elle rejoint Mike Latour, chef du SWAT, et commence aussitôt à briefer tout le monde. Elle parle de l'énigme, dresse le profil du suspect et insiste sur l'importance de ne pas ouvrir le feu en premier — par crainte qu'il y ait des explosifs cachés dans les bureaux ou à des points stratégiques.

— Commençons par un survol des lieux pour détecter toute anomalie, propose Latour en ouvrant une mallette où repose un drone gros comme un four à micro-ondes.

Abygaelle se mordille la lèvre. Elle craint que l'appareil trahisse leur présence. Mais elle a besoin de savoir. Elle cherche une confirmation. Quelqu'un qui, selon elle, se cache dans l'ombre. Le drone décolle lentement dans un vrombissement feutré.

Elle jette un œil vers la route. Toujours aucun signe des policiers que Murielle devait alerter. Une silhouette attire soudain son attention : un homme marche tranquillement vers l'entrée de la raffinerie, un casque blanc à la main. Il s'arrête net en voyant les véhicules et l'agitation.

Abygaelle lui fait signe d'approcher. Il s'exécute, visiblement surpris. Il confirme être un des surintendants en fonction.

— Combien de personnes il y a là-dedans ? demande Abygaelle, en désignant les installations.

— Environ une centaine à l'heure qu'il est. Pourquoi ?

— Pouvez-vous les faire évacuer rapidement ? Je veux dire... d'une manière qu'un employé comprendrait, mais qu'un intrus ne comprendrait pas.

— Je peux déclencher le code d'évacuation, mais j'aimerais savoir...

— Allez-y, l'interrompt-elle. Je n'ai pas le temps d'expliquer. Mais faites-le maintenant.

Sans hésiter, conscient des regards braqués sur lui, l'homme au casque blanc saisit sa radio. Il annonce le code d'évacuation trois fois, d'un ton ferme. Il précise bien qu'il ne s'agit ni d'un exercice ni d'un test.

— Où est le point de rassemblement ? demande Abygaelle.

— D'habitude, on se retrouve dans le parc, juste en face des bureaux.

— Parfait. Allez-y.

Alors qu'il s'apprête à partir, Abygaelle le retient par la manche.

— Vous avez dit en face des bureaux ?

— Oui.

Elle échange un regard rapide avec Mike Latour. Il comprend tout de suite et fait signe à deux membres de son équipe d'accompagner le surintendant.

— Une fois rendu sur place, dit-elle au surintendant, éloignez tout le monde du champ de vision des bureaux. Et laissez un gars du SWAT sur place pour rediriger les retardataires vers un autre point de rassemblement.

Elle prend sa radio :

— On bloque toutes les entrées de la raffinerie. Plus personne ne rentre, c'est clair ?

Puis elle rejoint le policier aux commandes du drone.

— Du nouveau ?

— Rien pour l'instant. Quelques employés commencent à sortir du site, c'est tout.

Un doute la tenaille. Et si Spacek les avait volontairement envoyés sur une fausse piste ? Il ne l'avait pas encore fait, mais ça lui ressemblerait. Une diversion pour gagner du temps.

Elle glisse une main dans sa poche, effleure le croquis de Malveaux. Elle hésite à le montrer, puis se ravise. Ce n'est pas le moment de disperser les forces. De toute façon, la salle de crise la contactera s'il y a du nouveau. Murielle a vu les copies sur la table — elle en est certaine — et elle a sûrement déjà mobilisé tout le monde.

Elle sort son iPhone, tente de trouver le numéro du site de Petroleum Inc. Rien. Juste celui du siège social. Elle appelle quand même. Après une conversation laborieuse, son interlocuteur finit par lui promettre de joindre personnellement le directeur général.

— On dirait qu'il n'y a plus personne sur le site, lance Mike Latour de loin. Je propose qu'on entre.

Abygaelle reste figée, les bras croisés, le regard braqué sur les installations.

D'un côté, elle est convaincue que le message de Spacek, avec les noms de rues, n'est pas fortuit. De l'autre, elle n'a rien pour contredire Latour. Et elle sait que sa mésaventure récente dans la tour à condos a laissé des traces : elle est plus méfiante, plus prudente qu'avant.

Ti-Boy Malveaux avait dit que Spacek gardait toujours le meilleur pour la fin. Est-ce que c'est ça, la fameuse finale grandiose ? Ou est-ce le dessin des deux pins et du soleil qui est la fausse piste ? Et si, pendant qu'ils tergiversent sur place, l'horreur se produisait ailleurs ?

Mais rien ne colle. Ce serait tirer sur des ficelles trop fragiles.

Et si le message codé était postérieur au dessin ? Un événement est peut-être déjà en cours, ailleurs... Abygaelle serre les dents à cette pensée. De toute façon, ils n'ont toujours pas compris le sens exact du croquis. Elle se force à se concentrer sur ce qu'ils savent.

Un sentiment d'impuissance la ronge.

— Merde, réfléchis, Aby, marmonne-t-elle, les yeux rivés sur le bâtiment principal.

Finalement, elle rejoint Mike Latour, admettant à contre-cœur qu'il a peut-être raison. Ils doivent entrer, évaluer la menace de l'intérieur, puis ajuster la stratégie.

Elle observe l'écran du drone. Elle s'approche du technicien, qui commence à ramener l'appareil. Puis, elle pose une main légère sur son épaule.

— Peux-tu retourner par là ? Fais le tour, demande-t-elle en montrant une large structure blanche sur le côté gauche de l'écran.

Le policier jette un œil à son patron, qui hausse les épaules. Pourquoi pas ?

Le drone pivote doucement et s'élève, filant vers les immenses structures cylindriques. L'écran, posé sur une valise noire aux pieds du pilote, devient le centre de toutes les attentions. Abygaelle reste debout, tendue, concentrée.

Elle est impressionnée par le doigté du pilote. Les gestes sont précis, presque élégants. Bien au-delà de ce qu'elle a vu dans les vidéos de drones sur YouTube. Le bourdonnement des hélices ajoute une tension irréelle.

Puis, brusquement, le drone ralentit.

Il s'immobilise à quelques mètres du sol, amorce une descente contrôlée vers la base d'un des réservoirs. Le technicien ajuste la mise au point, affine l'image.

Un frisson traverse le corps d'Abygaelle.

À ses côtés, Mike Latour porte une main à sa bouche, les yeux agrandis, et murmure :

— Oh mon Dieu.

42

———————

La lumière dorée du crépuscule s'infiltre à travers l'immense baie vitrée de la salle communautaire. Pour Josée Parent, cette clarté chaude annonce l'heure du souper, comme en témoigne l'agitation croissante du personnel.

Le froissement des cartes qu'on brasse, les claquements secs des pions de dames, les rires étouffés, les chuchotements... tout se mêle dans un brouhaha familier. Josée a l'impression d'être la seule à ressentir cette peine sourde, la seule à qui il manque une raison de sourire.

Elle observe un cercle de tricoteurs, chacun absorbé dans son ouvrage. Aucun mot ne s'échange, seulement le va-et-vient régulier des aiguilles. D'autres lisent ou fixent l'écran de télé, vaguement attentifs.

Josée, elle, joue toujours au solitaire. Comme si elle se préparait à affronter son destin à tout moment — même si elle est précisément ici pour l'éviter.

Souvent, son regard se perd dans le vide. Elle revisite les moments charnières de sa vie et se demande, à voix basse dans sa tête, si d'autres choix auraient pu changer le cours des choses.

Les employés passent d'un résident à l'autre, attentifs à leurs besoins. Une préposée se penche vers une dame concentrée sur son tricot :

— Un autre foulard, madame Lavoie ? demande-t-elle avec ce ton qu'on réserve d'habitude aux enfants.

Josée lance un coup d'œil furtif à l'homme imposant qui, chaque jour depuis la visite de la sergente-détective, se tient là à la même heure. Elle a remarqué qu'il arrive un peu avant neuf heures, pour remplacer un autre gaillard qui veille toute la nuit, planté au même poste. Un troisième se charge du dernier quart de travail, celui de huit heures.

Chaque fois qu'elle bouge, le garde lève les yeux et feint l'indifférence. Mais Josée le sent : il suit chacun de ses gestes. Comme si elle était une bombe à retardement. Comme s'ils allaient la plaquer au sol au moindre faux mouvement.

Ils ont l'air plus détendus quand elle reste dans la salle commune. Dès qu'elle sort dans les couloirs ou s'isole dans sa chambre, elle les sent plus nerveux.

Elle a aussi repéré une faille : au moment du changement de garde, quand le nouveau discute avec celui qui s'en va, ils oublient de la surveiller pendant quelques minutes. Mais de toute façon, elle ne pourrait pas aller bien loin. Il n'y a que des chambres, quelques grandes pièces, et un jardin. Pour sortir, il faudrait forcément passer devant un employé.

À la télévision, une émission de cuisine défile : des apprentis-chefs s'affrontent pour réussir le soufflé au chocolat parfait. Étrange choix, à cette heure où les préposés diffusent normalement les nouvelles en continu. Certains résidents s'en sont plaints. Pas Josée.

Elle redoute trop de découvrir ce qui se passe dehors. Mieux vaut ne pas entendre ce qu'elle soupçonne. Et pourtant, au fond, elle espère se tromper.

Mais la visite récente d'André Spacek, combinée à la surveillance accrue, n'augure rien de bon.

Avant de s'enfuir, André lui a lancé un regard étrange. Mélancolique. Chargé de sens. Comme s'il avait voulu lui dire quelque chose. Ou pire : comme s'il lui disait adieu.

Peut-être regrettait-il de ne pas l'avoir écoutée. Peut-être voulait-il avouer qu'il avait tout foutu en l'air.

Et malgré l'intervention de la policière, malgré les gardes et cette tension constante qui lui colle à la peau, Josée refuse de croire qu'André soit l'auteur des horreurs évoquées par les rumeurs.

À l'écran, un candidat déçu explique la texture ratée de son soufflé, pendant que le chef le fixe d'un air désapprobateur. Josée détourne les yeux vers l'extérieur. Les arbres masquent partiellement l'agitation de la rue. Les jours raccourcissent ; bientôt reviendront les matins froids et les fins d'après-midi glacées. Elle a toujours détesté l'hiver. Surtout les hivers québécois, qu'elle trouve particulièrement cruels.

Elle entend des pas lourds derrière elle, qui se dirigent vers le garde en poste. C'est celui du soir, celui qu'elle trouve le plus séduisant des trois. Dans un autre temps, pas si lointain, elle aurait tout fait pour l'attirer dans son lit. Mais ces jours-là sont révolus. Aujourd'hui, elle n'a plus rien à offrir. Même si elle sortait d'ici, ce ne serait pas différent.

Josée serre la mâchoire. Elle repense à ce qu'André avait voulu lui dire, la veille. Est-ce que quelque chose est arrivé à Ti-Boy ? Son fils, qu'elle a élevé du mieux qu'elle a pu, traîne en lui une colère noire, tenace. Une rage qu'elle n'a jamais réussi à apaiser. Elle l'a toujours sentie là, tapie sous la surface, prête à exploser.

Parfois, elle se dit qu'elle exagère. Que tout ça, c'est dans sa tête. Mais elle n'arrive pas à oublier ce qu'elle avait entendu, ce soir-là, alors qu'il ignorait qu'elle était rentrée à la maison.

Ce qu'elle avait ressenti à ce moment-là l'avait bouleversée. C'était un mélange de détresse et d'effroi qui l'avait laissée vidée. Elle tentait de se remettre de sa rupture avec Spacek, mais cette révélation... ça avait été le coup de grâce. Après ça, elle avait disjoncté, complètement.

Ti-Boy lui rendait parfois visite, mais ça faisait un bon moment qu'elle ne l'avait ni vu ni entendu. Son absence lui pèse. Malgré tout, c'est son fils. Son attachement pour lui est viscéral. Elle voudrait qu'il ait une bonne vie, qu'il trouve la paix. Avec le recul, elle regrette sa relation avec Spacek. Elle aurait mieux fait de continuer seule, à se battre pour sa survie et celle de son fils.

André et Ti-Boy s'étaient empoisonnés l'un l'autre. André avait embrouillé les idées du gamin, et Ti-Boy, en grandissant, lui avait rendu la monnaie de sa pièce. C'était comme un jeu tordu, une rivalité malsaine entre deux hommes qui ne cherchaient qu'à se détruire.

La dernière fois qu'elle avait vu son fils, il lui avait dit que la voir dans cet état était trop douloureux. Elle aurait voulu qu'il comprenne qu'il y était pour quelque chose. Mais le lui dire n'aurait rien changé. Ça n'aurait fait que l'enrager. Étrangement, tout ce qui ne servait pas à flatter son ego déclenchait chez lui une fureur incontrôlable.

Elle sait qu'il l'aime, malgré tout. Mais jamais personne ne lui a témoigné autant de haine et de mépris. Pas même les hommes qu'elle soulageait dans leur voiture pour obtenir sa prochaine dose d'héroïne. Des hommes qui se transformaient en monstres, lui ordonnaient de sortir, et lui jetaient de l'argent au visage quelques secondes après avoir joui dans sa bouche.

Josée tente désespérément de se convaincre que rien de tragique ne s'est produit. Pourtant, la visite de la sergente-détective lui rappelle cruellement que la réalité est tout autre. Toute l'attention se porte sur André Spacek. Aucune mention de Ti-Boy. Elle espère, de tout son cœur, que si quelque chose de grave est arrivé, Spacek a eu la décence de tenir son fils à l'écart.

Des larmes emplissent ses yeux. Elle est impuissante, spectatrice du naufrage des deux seuls êtres qu'elle ait jamais aimés. Ce qu'elle redoutait est en train de se produire. La tension entre eux, les idées tordues qu'ils partageaient, cette spirale délirante… tout ça a précipité l'effondrement de son monde.

Et cette fois, elle le sent : il n'y a plus de retour possible. Plus aucune chance de rédemption.

Elle avait compris que la situation était grave quand le colosse habituellement posté de jour avait dégainé son arme et s'était lancé à la poursuite de Spacek, après l'avoir surpris sortant des haies de cèdres comme un fugitif.

Depuis, un employé vient régulièrement lui demander comment elle va, si elle a besoin de quelque chose. Une attention nouvelle, presque suspecte. Avant, on la laissait tranquille. Solitaire. Invisible. On la dérangeait seulement à l'heure des repas.

Maintenant, elle se sent sous surveillance constante. Comme si elle était une tueuse en série qui risquait de récidiver à tout moment.

Elle se lève lentement, sans précipitation, en observant le nouveau garde enlever son manteau et discuter avec celui qu'il relève.

À la télévision, un vieux film des années soixante-dix passe en sourdine : Jack Nicholson et Faye Dunaway, figures d'un passé trouble et cinématographique. Quand Nicholson plante son regard dans celui de Dunaway, Josée détourne les yeux. Elle n'a pas besoin qu'on lui rappelle que certains secrets détruisent tout sur leur passage.

Les deux policiers tournent le dos à la salle commune. Le garde sortant transmet ses notes à l'autre. Ils sont entièrement absorbés par leur conversation.

Josée s'éloigne à pas feutrés dans le couloir menant aux chambres et aux bureaux. L'obscurité avale peu à peu sa silhouette.

Devant la deuxième porte à gauche, elle tourne la poignée.

C'est le bureau des psychologues. Un endroit qu'elle avait fréquenté souvent à son arrivée, beaucoup moins depuis.

Cette porte-là n'est jamais verrouillée, contrairement aux autres. Elle s'assoit dans le fauteuil de cuir, face à un immense bureau en acajou. Elle inspire profondément, puis décroche le combiné du téléphone de service, à sa gauche.

Elle compose un numéro. Celui qu'elle s'était juré de ne jamais appeler.

Et à cet instant précis, elle sait qu'elle vient de franchir un seuil.

Un saut dans le vide.

Il n'y aura pas de retour en arrière.

43

———————

Un lourd silence s'abat sur les trois policiers, tous rivés à l'écran du drone, désormais en route vers les installations de la raffinerie Petroleum. Ce calme tranche brutalement avec le chaos qui les entoure : bavardages nerveux, crépitements de radios, hurlements de sirènes.

Ils doivent se rendre à l'évidence : une bombe artisanale a été posée contre l'une des structures. Et ce n'est pas la seule. Le drone en a révélé d'autres, qui étaient dissimulées et installées avec méthode.

Quelqu'un veut faire sauter la raffinerie. Peut-être que cette personne est toujours là, prête à appuyer sur le détonateur. À raser tout un quartier.

Des centaines de vies sont en jeu — y compris celles des policiers déjà sur place.

Les mots de Spacek résonnent dans la tête d'Abygaelle comme une lame qui tombe :

Vous avez calciné Mégantic.

Si ces bombes explosent, ce sera Mégantic à la puissance mille.

— Il peut activer les bombes à distance, confirme l'artificier contacté par Abygaelle. Il a même pas besoin d'être là.

C'est vrai, pense-t-elle. Mais depuis le début de cette affaire, des gens sont prêts à se sacrifier pour ceux qu'ils aiment. Rien n'indique que ça va changer.

Elle se demande comment le responsable a pu tout installer sans se faire repérer. Il y avait encore des employés sur le site, juste avant l'ordre d'évacuation. Elle secoue la tête. Pas le temps pour les spéculations. Elle y pensera plus tard — si elle est encore en vie. Si ce malade ne décide pas de tout faire sauter.

La voiture de police qu'elle a réquisitionnée est arrivée. Mais Abygaelle fait signe au chauffeur de rester à distance. Elle doit d'abord évaluer ses options. Valider son hypothèse. S'assurer qu'elle est sur la bonne piste.

Une part d'elle espère avoir vu juste — parce que si elle se trompe... c'est fini. Pour elle, et pour tous ceux dans un rayon d'au moins un kilomètre.

Quelques employés évacués ont mentionné que les portes du bureau administratif étaient verrouillées. C'est là que se trouvent les bureaux des directeurs, dont celui de Michel Duffy, le DG. Si le poseur de bombes est encore sur place, il se planque probablement là.

Les policiers qui escortaient les évacués confirment que Duffy n'était pas avec eux. Son adjointe non plus. D'autres employés manquent à l'appel — tous sont du même secteur.

Abygaelle demande au pilote du drone de braquer la caméra sur le bâtiment principal.

Un bloc rectangulaire en briques brunes. Trois étages, d'après le nombre de fenêtres. Au dernier, un bureau attire l'attention. Les vitres sont opaques, comme si les stores étaient tirés.

Le drone s'approche lentement, tentant de capter le moindre indice. Rien. Juste avant que le pilote ne rappelle l'appareil, une fente entre deux rideaux accroche l'œil.

En un éclair, le haut d'un visage apparaît.

Un regard furtif.

Puis plus rien.

— Ostie, c'est quoi ça ? lâche Mike Latour.

Le cœur d'Abygaelle s'emballe. Peut-être qu'elle a vu juste. L'image est trop pixelisée pour identifier l'homme, mais une chose est certaine : ce n'était pas André Spacek.

— On peut revoir l'image ? demande-t-elle.

Le pilote hoche la tête. Tout sera consultable une fois le drone revenu à sa base. Il mentionne que les images se trouvent sur une carte mémoire SD et qu'elles peuvent facilement être téléchargées depuis le dispositif de contrôle relié à un ordinateur.

Sachant qu'il faudra une dizaine de minutes pour que l'appareil revienne, Abygaelle file vers la voiture de patrouille stationnée un peu plus loin.

Un homme est appuyé contre la porte arrière du véhicule. Il discute avec un policier, mais se tait en la voyant approcher.

— Vous avez réussi à le joindre ? demande-t-elle, sans le saluer.

Richard Lelièvre baisse les yeux.

— Non.

Abygaelle pousse un soupir, puis se tourne vers le gros édifice qui domine la raffinerie. Elle a deux options : suivre son instinct — au risque de provoquer un carnage — ou ordonner le retrait de tous et tenter d'entrer en contact avec l'individu barricadé au dernier étage, si elle ne se trompe pas.

Sauf qu'ils avaient déjà essayé à plusieurs reprises de contacter quelqu'un dans la salle, sans succès. Personne ne répondait. Pourtant, quelqu'un est bel et bien là. L'homme derrière les rideaux en est la preuve.

— Qu'est-ce qui se passe ? Qu'est-ce que je fais ici ? demande Lelièvre, en voyant qu'Abygaelle se refermait sur elle-même.

— Attendez ici. Je reviens, dit-elle en s'excusant brièvement.

Elle rejoint l'équipe tactique, qui termine le transfert des images du drone.

Le plan est clair : établir un contact avec l'individu, le garder occupé pendant que l'équipe de désamorçage neutralise les six bombes repérées à l'extérieur du bâtiment.

Le problème, et il est majeur, c'est que deux d'entre elles sont placées juste devant la façade. L'homme, s'il est bien là, aura une vue parfaite sur toute l'opération. Ce qui augmente drastiquement le risque qu'il fasse tout sauter à la moindre alerte.

L'image de l'homme derrière les stores ne les aide pas. On ne distingue qu'une silhouette floue, informe. C'était plus net en direct. Malheureusement, inexploitable.

— Si on réussit à désamorcer quatre bombes sur six, on sauve du monde, déclare Mike Latour, convaincu.

Abygaelle n'a rien à redire. C'est lui le spécialiste. Mais ce plan ne la convainc pas. Pour le mettre en œuvre, il faut d'abord établir un contact avec l'homme à l'intérieur. Et jusqu'ici, ils ont échoué. Ensuite, il faudra réussir à le distraire assez longtemps pour que l'autre équipe puisse agir en douce.

— Il existe une autre option, propose Abygaelle d'une voix qu'elle aurait voulue plus assurée.

Elle expose son idée. Le sergent du SWAT la fixe, puis laisse échapper un rire sec, sans joie.

Il la regarde comme on regarde une enfant qui veut jouer à la guerre. Il ne lui manque plus qu'à lui dire de laisser les adultes faire leur job.

Mais plus elle y pense, plus elle en est convaincue : c'est la seule option. Son intuition est forte. Ses instincts lui disent de foncer.

Après tout, elle seule a vu le désespoir dans les yeux de l'homme recruté par Spacek pour faire sauter les condos. Elle sait ce qui aurait pu stopper Hugo Stafford. Et elle croit que le même levier pourrait marcher ici — si ses suppositions tiennent la route.

Mais une petite voix la ronge. Elle n'a aucune certitude. Et si elle se trompe, des centaines, peut-être des milliers de vies seront fauchées. Elle a survécu à l'explosion de la tour des Canadiens, oui… mais elle ne survivra pas deux fois. Elle n'a pas neuf vies.

Convaincue que c'est la seule explication, elle décide de jouer son va-tout. All-in. L'inaction, pour elle, n'est pas une option. Les bombes exploseront bien avant que les démineurs puissent neutraliser quoi que ce soit.

Elle s'approche de Réjean Mainville, le chef négociateur, fraîchement débarqué sur les lieux. Il tente en vain de joindre quelqu'un au siège social. Chaque appel se solde par un juron, une série de bips et un silence de mort.

Abygaelle hésite. Un numéro est griffonné derrière une vieille carte d'affaires. Elle a peur qu'il soit effrayé si elle l'appelle, mais elle espère que c'est la bonne personne.

— Est-ce que t'as un afficheur quand tu appelles ? demande-t-elle.

Mainville l'observe, intrigué. Elle répète la question, cette fois avec l'autorité d'une femme qui n'est pas venue demander la permission.

— Non. Numéro privé, répond-il enfin.

Elle lui tend la carte, un peu froissée.

— Essaye celui-là. On sait jamais.

Il fronce les sourcils.

— C'est quoi, ce numéro ?

— Essaye-le.

Il soupire, compose. Jette un regard à Abygaelle. Elle retient son souffle.

Il raccroche après quelques secondes.

— Boîte vocale. Pourquoi ? C'est qui, ce gars-là ?

Sans répondre, elle s'éloigne à grands pas vers la voiture de patrouille.

— M. Lelièvre ! lance-t-elle. Essayez encore de le joindre.

Lelièvre secoue la tête, abattu.

— Il répondra pas…

— Faites-le quand même. Peut-être que cette fois, ça passera.

Il compose à contrecœur. Rien. Répondeur, encore.

— Son cell est fermé. Ou mort. Avant, ça sonnait un peu… là, ça tombe directement sur sa messagerie.

Abygaelle aperçoit Mainville et Latour qui s'approchent, l'air déterminé. Elle n'a plus beaucoup de temps. Elle sait qu'elle aura droit à un interrogatoire en règle.

Elle doit décider — vite.

— Sergente-détective Jensen, qu'est-ce que…

Abygaelle lève la main pour faire taire Latour, les yeux rivés sur Lelièvre, qui murmure au téléphone, l'appareil collé à l'oreille :

— Réponds…

Puis il soupire. Son regard croise celui d'Abygaelle. Résigné.

— Boîte vocale.

— Câlisse, lâche-t-elle.

Frustrée, elle balaye les environs du regard, comme si la réponse pouvait surgir du décor. Mais non. Elle le sait : il faut bouger. Maintenant. C'est peut-être leur seule chance d'éviter un désastre. S'ils attendent, ils deviendront un souvenir douloureux, une simple note de bas de page dans l'histoire criminelle du Québec.

— Il faut y aller, dit-elle dans un souffle. Je suis convaincue que c'est lui.

— Qui ça ? demandent Lelièvre et Latour à l'unisson.

Elle les observe, tiraillée entre le devoir de vérité et la peur de faire tout foirer. Comment leur expliquer… sans éveiller les soupçons de Lelièvre ? Quoique, rendu là, il doit bien commencer à se douter qu'il y a quelque chose de pourri au Royaume du Danemark.

Parfois, il faut juste arracher le pansement.

— Écoutez, dit-elle en s'adressant au groupe, quelqu'un retient des otages au dernier étage de l'immeuble. Et j'ai toutes les raisons de croire que c'est la même personne qui a posé les bombes plus tôt aujourd'hui.

Lelièvre porte la main à sa bouche. Il comprend, d'instinct. Pas besoin d'être chimiste pour saisir ce qu'une explosion ici provoquerait.

Abygaelle poursuit :

— Spacek a utilisé la même tactique dans deux incidents récents. Chaque fois, il retenait un otage et forçait un proche à poser un geste irréparable. Un choix moral impossible. Le dernier cas... celui d'un otage encore vivant... le proche n'a pas encore agi. Il est...

Elle se tourne vers Richard Lelièvre.

Le silence tombe aussitôt. Tous les regards se braquent sur lui. Et lui, il pâlit. Il comprend.

— Vous pensez que c'est Giovanni ? C'est pour ça que vous vouliez que je l'appelle ? Mais... voyons donc ! C'est absurde. Giovanni ferait jamais ça. Et je connais même pas ce Spacek, pourquoi il se servirait de lui ?

Abygaelle s'approche, lentement.

— Je sais que ça a l'air insensé, monsieur Lelièvre. Mais si Spacek a réussi à convaincre une vieille dame de tirer sur un policier... croyez-moi, il peut manipuler n'importe qui. Y compris Giovanni. Surtout s'il pense que c'est la seule façon de vous sauver.

— Mais je vous le jure, ni lui ni moi, on connaît ce type-là !

— Ça n'a plus d'importance, dit-elle doucement. L'essentiel, c'est que Giovanni sache que vous êtes vivant. Et qu'il n'ait plus à obéir.

— Et qu'est-ce que Spacek lui a demandé, exactement ?
demande le négociateur.

Abygaelle le fixe, sans ciller.

— Il détient des otages. Et il a placé assez d'explosifs pour
raser tout ce quartier jusqu'au stade olympique.

Elle laisse un temps.

— Alors qu'est-ce que tu penses qu'il lui a demandé ?

Richard Lelièvre agrippe son téléphone avec une énergie
nouvelle, déterminé à prouver qu'Abygaelle se trompe. Il tente
de joindre Giovanni. Une fois. Deux fois. Trois fois. Mais rien.

Il doit se rendre à l'évidence : quelque chose cloche.
Giovanni a toujours détesté laisser sa boîte vocale se remplir.
Ce maudit voyant clignotant l'a toujours agacé. Pendant toutes
leurs années ensemble, Richard a toujours pu le joindre.
Toujours.

Ses jambes flanchent. Abygaelle pose doucement une main
sur son épaule.

— Restez avec moi, Richard. J'ai besoin de vous.

Elle l'appelle maintenant par son prénom. Ce détail, minuscule mais sincère, lui insuffle juste assez de force pour tenir
debout. Ce sens du sacrifice qui l'a toujours habité ne va pas
s'éteindre maintenant. Pas quand l'heure est grave.

Il essaye encore. Trois fois. Toujours le même silence. La
même maudite boîte vocale.

Il hausse les épaules, regarde Abygaelle, secoue la tête.

— Il est peut-être mort, votre gars, balance Mike Latour, un
peu trop fort.

Abygaelle se retourne d'un coup, les yeux chargés de colère.

Richard, lui, chancelle sous le choc. Elle fait signe à deux
agents d'emmener Lelièvre à l'écart, puis s'approche de Latour,
furieuse.

— Toi, la délicatesse, c'est clairement pas ta force, hein ?

Le sergent lève les mains, tente de calmer le jeu.

— Écoute-moi, Aby. Même si t'as raison... mettons que

Spacek a convaincu ce Giovanni de faire la sale job... peut-être qu'il a refusé. Pis Spacek l'a abattu. Ou alors... il s'est suicidé.

Il marque une pause.

— Y a des gens qui préfèrent mourir plutôt que de devenir complices.

— J'en doute, réplique-t-elle. Il saurait que sa mort condamne Lelièvre. Et Giovanni n'est pas ce genre-là.

— D'accord. Un autre scénario, alors.

Elle croise les bras, l'invitant à poursuivre d'un simple regard.

— Peut-être que Spacek a su que Lelièvre avait été libéré. Et en représailles, il a exécuté son amoureux.

Elle se mordille la lèvre. C'est une hypothèse impossible à écarter. Ça expliquerait l'absence de réponse. Ou alors... Spacek lui a simplement confisqué son téléphone.

Elle le fixe intensément.

— Y a une logique dans ce que tu dis...

— Bon, enfin, lâche-t-il, soulagé.

— ... mais j'y crois pas. Trop d'incohérences.

Elle s'approche d'un pas.

— Spacek aurait jamais pu recruter quelqu'un d'autre. Pas comme ça. Pas en quelques heures. Il est traqué, en cavale : tous les effectifs de la province sont sur lui. Et tu veux me faire croire qu'il aurait eu le temps de trouver un autre proche influençable, le briefer, lui remettre les armes, les bombes et le plan ? Il n'a plus son quartier général. Plus son fils pour l'aider.

Le sergent détourne les yeux, observe Lelièvre au loin, accablé. Puis son regard revient vers le bâtiment à l'horizon. Silencieux.

— Tu as peut-être raison, admet Latour. Mais on navigue à l'aveugle. Spacek a sûrement prévu un plan B si l'autre refusait. Et ce plan B, c'est peut-être lui qu'on a sur les bras, prêt à faire sauter le quartier. Peu importe lequel des deux, faut l'arrêter. T'as une photo de Tucci ?

Abygaelle fait signe à Lelièvre de revenir. Elle le rassure, lui dit qu'elle croit Giovanni encore en vie, puis lui demande une photo. Il s'exécute, tremblant. Une minute plus tard, l'image est transférée au sergent.

Latour examine la photo, fronce les sourcils, puis lance ses ordres :

— Fais circuler ça. Demande aux snipers de se mettre en position. S'ils l'ont en ligne de mire, qu'ils tirent à vue.

Et il s'éloigne, comme si de rien n'était.

— Quoi ?! hurle Lelièvre, effondré. Non ! Vous pouvez pas tuer Giovanni ! Il est pas dangereux ! Il ferait jamais ça !

Trois policiers tentent de le calmer. Abygaelle s'approche, tente de le raisonner, mais il est inconsolable. Alors elle laisse tomber et fonce vers Latour. Elle le rattrape.

— T'es malade ou quoi ? C'est quoi ton problème de dire ça devant Lelièvre ?

— On n'a pas le luxe de ménager les sensibilités, répond sèchement Latour.

— Y a des câlisses de limites, Mike.

— Tu veux sauver des vies ou tenir la main de son chum en pleurant ? Parce que moi, j'ai deux enfants à la maison. Et s'il faut abattre un taré pour les revoir ce soir, je vais pas hésiter une seconde.

— Alors montre-lui Lelièvre ! Amène-le à l'entrée du bâtiment. Fais en sorte que Tucci voie qu'il est vivant !

— Mauvaise idée. Si Tucci est bien là, il pourrait paniquer en voyant nos gars. Et boom. Fin de l'histoire.

— Vous perdez du temps, hurle Abygaelle. C'est notre seule chance !

Latour se retourne, s'approche d'elle, les yeux en feu.

— Écoute-moi bien, tabarnak. Je vais faire ce qu'il faut pour régler ça. Sacre-moi patience, ou je te sors du périmètre. C'est-tu clair ?

Abygaelle soutient son regard, le feu dans les yeux. Mais au fond, une ombre plus sombre s'installe. Pour la première fois, elle sent que c'est foutu.

Elle voit Lelièvre escorté vers une voiture. Puis son regard revient vers le bâtiment. Aucun plan. Aucun soutien. Juste elle.

Elle n'attendra pas la mort, les bras croisés.

Elle s'avance vers Lelièvre, qui cesse de se débattre en l'apercevant.

— Ne les laissez pas faire. Ne les laissez pas tuer Gio. Faites quelque chose, je vous en supplie.

Abygaelle baisse les yeux et se mordille la lèvre inférieure. Elle ne sait plus quelles options il lui reste, sauf celle de tenter une dernière fois de convaincre Latour. À quoi bon ? S'il avait été disposé à l'écouter, ils n'en seraient pas là. Et le temps presse.

Elle pousse un soupir, observe l'équipe tactique se regrouper autour de leur sergent. Il gesticule, pointe la raffinerie, tel un quart-arrière qui prépare une dernière manœuvre risquée : un *Hail Mary*. Une tentative désespérée.

Le problème, c'est que leurs chances de marquer sont nulles. S'ils croient pouvoir abattre Giovanni Tucci par la grande fenêtre du troisième étage sans tout faire sauter, ils rêvent. Hugo Stafford avait un détonateur à relâchement de pression. Pourquoi Tucci n'aurait-il pas le même ?

La voix de Richard Lelièvre devient un bourdonnement lointain. Abygaelle n'écoute plus. Elle est ailleurs. Submergée. En colère. En échec.

Elle aurait dû convaincre Latour. Elle repasse les échanges dans sa tête, mais aucune formulation n'aurait pu le faire changer d'avis.

Elle pense à Roland Michaud. À ce qu'il répétait toujours : Parfois, faut agir. Même si ça challenge les limites de l'éthique, même si ça te coûte ta carrière. Si tu sais que c'est juste, tu fonces. Tu régleras les comptes après. La seule chose que tu gardes avec toi dans ta tombe, c'est ta conscience.

Au loin, les snipers prennent position. En bas, des agents sécurisent l'entrée. Tout s'enclenche. Trop vite.

Et c'est là qu'elle comprend. Ce qu'elle doit faire. Son propre *Hail Mary*.

Elle risque sa vie. Sa carrière. La prison. Le déshonneur.

Mais au moins, elle n'attendra pas la mort comme une condamnée.

Elle souffle entre ses dents :

— Eh tabarnak...

Elle baisse les yeux. Devant elle, les espadrilles bleues de Lelièvre. Il pleure en silence, vidé, résigné. Il ne comprend plus rien. Pourquoi Giovanni a-t-il fait ça ? Pourquoi lui ? Pourquoi eux ?

Deux vies pour en sauver cent. Il aurait accepté ce marché. Mais Giovanni ?

Abygaelle s'approche. Les lèvres pincées, le regard décidé.

— Richard. Êtes-vous prêt à faire ce qu'il faut pour sauver Giovanni ? Même s'il n'y a absolument aucune garantie que ça fonctionne ?

Il relève les yeux.

— Tout ce qu'il faudra.

Elle serre les mâchoires, puis lance un regard vers Latour et Mainville, qui discutent un peu plus loin.

Il n'y a plus de place pour le doute.

— Très bien. Alors donnez-moi votre chemise.

44

Un silence lourd pèse sur la salle de conférence du siège social de Petroleum. Les otages fixent l'homme qui joue avec leur vie depuis plusieurs heures. Michel Duffy, le directeur général, a tenté de le raisonner à plusieurs reprises. Mais l'homme — élancé, soigné, presque élégant — lui a répondu d'un simple regard. Un regard perçant, vide, qui disait que c'était peine perdue.

Il dégage cette aura propre à ceux qui n'attendent plus rien de la vie. Ceux qui n'ont plus rien à perdre. Sa motivation demeure obscure, complètement étrangère aux affaires de la compagnie pétrolière.

Duffy se demande : pourquoi leur raffinerie ? Il y en a d'autres, tout près, sur la même rue. Mais à ce stade, la question n'a plus d'importance. Sa seule priorité, c'est de protéger ses employés. Les sortir vivants de ce cauchemar. Gagner du temps. Détourner l'homme de son objectif. Espérer un miracle. Sinon, ils y passeront tous.

Il en est presque certain maintenant : ils ont affaire au tueur de la Financière Powerlife. Même s'il ne ressemble pas à la photo dans les médias, il ne voit pas d'autre option. Duffy se demande s'il avait aussi contraint ses victimes à attendre avant de les tuer, s'il les avait laissées dans l'ignorance, comme il le fait ici. D'après ce qu'il sait, les raisons du massacre demeurent floues. L'homme était un ancien employé, c'est à peu près tout. Et Petroleum ? Probablement un choix au hasard. Personne ici ne le connaît.

Dès son arrivée, il a exigé que chacun se présente, explique son rôle dans l'entreprise. Peut-être voulait-il mesurer la valeur de ses otages, décider qui sacrifier pour faire pression sur les autorités. Mais ses intentions restent floues. Il refuse de parler à qui que ce soit — même pas un mot au téléphone. S'il voulait négocier, il l'aurait déjà fait, non ? Ou bien il cherche simplement à semer le chaos, à tuer le plus de gens possible dans la confusion. Un déséquilibré en mal de reconnaissance ? Un terroriste ?

Les otages retiennent leur souffle lorsqu'il s'approche de la petite boîte surmontée d'un bouton rouge. Et si, comme Duffy le redoute, il a placé des explosifs un peu partout sur le site, les conséquences seraient apocalyptiques. Malgré tout, Duffy s'accroche à l'idée qu'il se trompe. Peut-être ne fera-t-il sauter que ce qu'il transporte dans son sac de sport. Dans ce cas, les dégâts se limiteraient au bloc administratif.

Ils mourraient tous, bien sûr. Mais ce serait un moindre mal.

L'homme ne revendique rien. Il semble prêt à mourir, et leur sort paraît scellé. Alors pourquoi attendre ? Pourquoi sont-ils encore en vie ?

— C'est vous, hein ? La Powerlife ? lance Duffy, juste pour briser la tension.

L'homme le fixe, esquisse un sourire. Puis il lève son arme et la pointe sur lui.

— Si tu veux pas que ça finisse comme là-bas, ferme-la.

Soudain, son regard dévie vers la fenêtre. Il se fige.

— Les tabarnak.

Il se retourne brusquement vers les otages, furieux, pointant son arme dans leur direction.

— Si y en a un qui bouge, je fais tout sauter. C'est-tu clair ? dit-il en désignant le détonateur du doigt.

Sans attendre de réponse, il se retourne vers la fenêtre. Il veut s'assurer qu'il n'a pas halluciné. Non, il les a bien vus : trois hommes en tenue tactique, accroupis, progressent le long du flanc gauche de la raffinerie, dissimulés derrière les structures métalliques.

Il s'accroupit derrière le muret, juste sous l'immense baie vitrée qui donne sur les citernes. Seuls ses yeux et le sommet de sa tête dépassent. Il jette un coup d'œil vers les otages, pour s'assurer qu'ils restent immobiles. Certains pleurent en silence. D'autres, plus téméraires, le défient du regard.

On dirait qu'y en a qui veulent jouer aux héros... sans en avoir le cran.

Il pousse un long soupir.

— Fuck that. Je fais tout sauter.

Les cris fusent aussitôt. Les otages le supplient, pleurent, crient le nom de leurs enfants. Ils invoquent la pitié. Mais il n'en démord pas. Lui aussi a une famille. Et maintenant, il doit protéger ce qu'il en reste.

Puis, comme s'il venait d'accepter la fin, son visage s'adoucit. Il regarde les otages. Dans ses yeux passe un éclair d'humanité.

Il parle d'une voix plus calme, presque douce :

— Je vous jure que je voulais pas ça. Mais on va tous crever ici. Y a pas d'issue.

Il ressent leur peur. La même que la sienne, viscérale. Mais il sait qu'il ne peut plus reculer. Il ferme son cœur aux supplications. Son regard revient à la fenêtre. Ses traits se durcissent à nouveau. L'instant de grâce a été bref.

Il inspire profondément, baisse la tête.

— Je vous salue Marie... pleine de grâce...

Il murmure la prière du bout des lèvres, presque en transe. Il pense à ce qu'il va trouver de l'autre côté. S'il y a un enfer. Un paradis. Quelque chose. Il aura bientôt ses réponses. Il aurait voulu que ça arrive plus tard, ailleurs. Dans un lit, paisible, entouré des siens. Mais la vie ne suit pas toujours le scénario qu'on espère.

Son pouce effleure doucement le bouton du détonateur. Sa mâchoire se contracte. Il se prépare à l'impact. Les otages hurlent, impuissants. Ils sont, comme lui, piégés dans cette tragédie absurde. Personne ne sortira intact. Le passé l'a rattrapé. Il ne peut plus fuir.

Juste au moment où il s'apprête à appuyer, un éclat blanc attire son attention.

Dehors, Abygaelle Jensen et Richard Lelièvre surgissent en courant, poursuivis par trois agents du SWAT. Ils foncent vers le bâtiment administratif, les bras levés.

Abygaelle agite une chemise blanche attachée à une branche, tandis que tous deux crient à pleins poumons :

— Giovanni ! Giovanni !

Arrivés devant les grandes vitres de l'édifice principal, ils gesticulent frénétiquement, sautent comme s'ils faisaient des *jumping jacks*. Abygaelle lève haut la chemise. Sur le tissu blanc, on peut lire, tracé au rouge à lèvres : « Richard est libre. Il est vivant ! »

Lelièvre bondit, les bras en l'air, essoufflé mais déterminé. Abygaelle ne lâche pas la chemise. Elle la tient comme un étendard de la dernière chance.

Ils ne voient rien de ce qui se passe à l'intérieur. Le ciel pâle se reflète sur les baies vitrées, masquant complètement la salle de conférence. Malgré tout, ils insistent. Les trois agents du SWAT se rapprochent dangereusement.

— Allez…, murmure Abygaelle, la voix nouée.

À côté d'elle, Richard Lelièvre continue de hurler :

— Giovanni ! Giovanni !

Puis, un doute s'abat sur Abygaelle, brutal comme une gifle.

Et s'ils s'étaient trompés ?

Et si ce n'était pas Giovanni, mais Spacek, là-haut, prêt à tout faire sauter ?

Le premier agent la plaque au sol sans ménagement. La branche avec la chemise lui échappe des mains. Elle tente de se débattre, mais un deuxième l'empoigne et la soulève. Le troisième lutte pour maîtriser Lelièvre, qui crie toujours à pleins poumons :

— Giovanni !

Abygaelle se débat de toutes ses forces. Les agents, irrités, la réprimandent :

— Ferme ta gueule !

— T'es finie, lâche l'autre. Tu peux dire adieu à ta carrière !

Mais elle refuse de lâcher prise. Les yeux rivés sur le bâtiment, elle s'agite soudain :

— Attendez ! Regardez !

— Ta gueule, ordonne l'un des deux.

— Non, là ! Regardez !

Elle pointe du menton l'entrée de l'édifice.

Les agents se retournent... et voient un groupe de personnes sortir en file indienne, les bras dans les airs, tremblantes et hagardes.

Instantanément, ils relâchent leur emprise sur Abygaelle et Lelièvre, et se lancent vers les otages. L'un appelle son supérieur par radio. Un autre dirige les gens vers la gauche, là où d'autres unités les attendent. Le troisième couvre l'entrée, arme levée, prêt à tirer si nécessaire.

Dès que les derniers otages sont sortis, un agent se faufile discrètement par la porte latérale. On l'informe que le preneur d'otages est toujours à l'intérieur, seul et lourdement armé. Il est au dernier étage.

Lelièvre fait un pas vers le bâtiment.

— Je dois y aller !

Mais Abygaelle l'arrête net, le bras tendu.

— Non. Laissez-le faire son travail.

— Il va le tuer ! crie-t-il, hors de lui.

— Plus maintenant, dit-elle, sans réelle conviction.

— Comment vous pouvez en être aussi sûre ?

Elle le fixe, les yeux brûlants.

— Tu m'as fait confiance jusqu'à maintenant, Richard. Continue.

Lelièvre s'immobilise, les poings serrés. Mais il ne bouge plus.

Abygaelle, elle, garde les yeux rivés sur la porte d'entrée, que les otages viennent d'emprunter. Elle tente de respirer plus lentement, mais son cœur bat trop fort.

La vérité, c'est qu'elle n'en sait rien.

Elle ne sait pas si Giovanni Tucci en sortira vivant.

Mais cette libération soudaine... Ce geste...

C'est lui. Ça ne peut être que lui.

Elle ferme les yeux, espérant que l'agent du SWAT ne soit pas trop prompt sur la gâchette. À sa connaissance, Giovanni Tucci n'a rien fait exploser. Il n'a tiré sur personne. Elle espère qu'il s'est couché de lui-même, loin de ses armes, pour que le policier puisse l'arrêter sans le blesser.

Elle est soulagée à l'idée qu'aucun tireur d'élite n'ait eu une ligne de tir pour l'abattre. Contrairement à ce qu'avait ordonné ce connard de Mike Latour.

Puis, elle ressent un immense soulagement.

La porte principale s'ouvre, laissant apparaître un Giovanni abattu, mais vivant. Il est menotté et escorté par un agent en uniforme noir. Ses yeux rougis croisent ceux de Richard Lelièvre.

Ce dernier tente de courir vers lui, mais un agent le retient.

Personne ne veut encore les laisser se parler.

La tension a diminué, mais elle demeure imprévisible.

Abygaelle s'interpose. Elle calme Richard, lui promet qu'il

pourra bientôt lui parler. Mais d'abord, les agents doivent sécuriser le périmètre, s'assurer que Tucci ne représente plus un danger.

Ce dernier est emmené, encadré par deux membres du SWAT qui ne le quittent pas d'une semelle. Abygaelle n'est pas surprise. Elle ne s'attendait pas à ce qu'on le laisse flâner librement sur le site.

Ce qu'elle ne dit pas, en revanche, c'est qu'elle redoute de retourner au poste de commandement. Elle a agi seule, a désobéi aux ordres. Elle s'est mise en travers du protocole. Et maintenant, elle va devoir en répondre.

Richard lui prend la main.

— Merci... d'avoir sauvé Giovanni.

Elle hoche la tête, un sourire triste sur le visage.

— Merci à toi. De m'avoir fait confiance... et d'avoir embarqué dans mon plan de débile.

Plus loin, une silhouette s'approche à grands pas. Mike Latour. Visage écarlate, mâchoire crispée. Un homme qui a vu son autorité bafouée et qui entend bien obtenir justice.

Abygaelle soupire et baisse la tête.

— Qu'est-ce qui se passe ? demande Richard, inquiet.

Elle relève lentement les yeux vers lui.

— Il se passe que je suis dans la marde.

Elle laisse planer un silence.

— Dans la grosse marde dégoulinante.

45

───────

Si Samuel pouvait disparaître à l'autre bout du monde, il le ferait sans hésiter. Les larmes aux yeux, il se sent perdu. Cannelle, Mousson et Ciboulette viennent tout juste de le confronter au sujet d'une altercation avec un garçon du groupe de Charlotte.

Tout avait commencé lorsqu'il avait aperçu le groupe de sa petite sœur, rassemblé près des tables à pique-nique, à quelques mètres sur la gauche.

Le visage bouleversé de Charlotte l'avait immédiatement alerté. Il s'était temporairement éloigné de son propre groupe pour s'approcher de celui des dix ans. C'est là qu'il avait entendu Yan, un garçon de l'âge de sa sœur, se moquer d'elle. Il lui disait qu'elle avait l'air d'une conne avec son petit chapeau fleuri.

Comme chaque fois, une furie incontrôlable s'était emparée de lui. Il avait foncé vers le groupe, le visage tordu par la colère, les poings serrés.

Plus loin, Mousson conversait avec un autre moniteur.

Yan n'avait pas su lire le langage corporel alarmant de Samuel. Il était resté planté là, figé, à le regarder s'approcher.

Quand Samuel l'avait agrippé par le collet, il avait juré qu'il allait lui dévisser la tête s'il ne s'excusait pas. Yan s'était mis à hurler, puis à pleurer.

Mousson s'était retourné et s'était précipité vers eux pour les séparer.

— Qu'est-ce que tu fais là, Samuel ?

— Il a traité Charlotte de conne. Tu devrais surveiller ton groupe mieux que ça.

Mousson s'était tourné vers la petite fille, figée. Samuel avait blêmi en croisant son regard. Elle n'avait pas peur de Yan. Elle avait peur de lui.

Le moniteur avait ordonné aux trois enfants de le suivre. Il avait marché d'un pas lourd vers le baraquement des moniteurs. Cannelle, qui avait aperçu la scène de loin, avait confié son groupe à un assistant avant de les rejoindre.

Ciboulette était au téléphone quand ils étaient entrés dans son bureau.

— Je te rappelle, avait-elle dit en raccrochant.

Elle s'était tournée vers eux.

— Qu'est-ce qui se passe ici ?

Mousson avait raconté les faits d'un seul souffle. Yan sanglotait toujours. Charlotte, elle, reniflait en silence. Samuel avait tenté de s'approcher d'elle, mais elle s'était figée. Ce rejet l'avait blessé. C'était la première fois que Charlotte refusait son étreinte.

Il n'entendait plus que les voix étouffées des moniteurs, qui échangeaient entre eux en le désignant. Lui, il tentait de croiser les yeux de sa sœur, mais elle fixait obstinément le sol.

Samuel ne comprenait pas ce qu'il avait fait de mal. Il avait voulu la défendre. Alors pourquoi réagissait-elle comme ça ? Pourquoi semblait-elle fâchée contre lui ? Ou pire... déçue ?

— Samuel, tu m'écoutes ?

Il était sorti de sa torpeur et avait levé les yeux vers Ciboulette.

— Hein ?

— Qu'est-ce que t'as à dire pour ta défense ?

Les trois moniteurs le scrutaient d'un œil sévère. Le regard de Cannelle, en particulier, le transperçait. Dans ses yeux, il ne lisait que de la déception.

Il avait raconté ce qu'il avait entendu. Pour lui, c'était normal de défendre sa sœur.

— La violence n'est jamais la solution, Sam, voyons donc, avait répondu Ciboulette. On règle pas nos problèmes à coups de poing sur la gueule. T'es plus intelligent que ça. Regarde Charlotte. Elle est terrifiée. Tu crois bien faire, puis je le comprends. Mais ce que tu dois réaliser, c'est qu'on n'aime pas ça, nous, les filles, les gars violents. Ça nous fait peur. Même quand c'est pour nous défendre. Tu penses être un héros, mais t'effraies celle que tu voulais protéger. Il existe d'autres moyens. Mousson est là et...

— Il était pas là ! Samuel l'avait interrompue, la voix montée d'un cran. Il jasait pendant que Yan l'insultait.

Mousson avait fait un pas en avant.

— Woh, woh. J'étais là. Et crois-moi, c'est pas la première fois que je dois gérer des conflits. Ça fait trois ans que je travaille ici. Tu penses que c'est la première fois qu'un enfant manque de respect à un autre ? Si tout le monde se battait pour ça, on aurait un octogone de l'UFC au lieu d'un camp de vacances.

— Si tu vois quelque chose d'inacceptable, avait repris Cannelle, tu viens me voir. On règle ça comme du monde. Sinon quoi ? On se fait justice nous-mêmes ? C'est le Far West ?

Samuel avait baissé les yeux. Ils ne comprenaient rien. Mais Mousson, comme s'il avait lu dans ses pensées, avait ajouté :

— Je te comprends, Sam. J'ai trois petites sœurs. Si quelqu'un leur faisait du mal, je péterais un plomb, moi aussi. Mais je peux pas me permettre de réagir comme un enragé. S'il s'en était pris physiquement à Charlotte, j'aurais compris. Mais là, c'était juste des mots. Imbéciles, oui. Mais pas mortels. Puis regarde ce qui arrive. C'est toi qui paies le prix. Pas Yan. C'est ça que tu voulais ?

Samuel avait hoché la tête, la mâchoire crispée. Il s'était senti humilié. Mais le pire restait à venir.

Mousson s'était tourné vers Charlotte :

— Est-ce que t'aimes ça quand ton frère se fâche comme ça ?

Charlotte avait fixé le plancher.

— Est-ce que t'as peur quand il agit comme ça ?

Quelques secondes s'étaient écoulées. Puis elle avait hoché la tête. Oui.

Des larmes avaient coulé sur les joues de Samuel. Un mélange de honte et d'incompréhension. Elle ne le regardait toujours pas. Dans son attitude, il percevait ce tiraillement entre l'amour qu'elle lui portait... et la peur qu'il provoquait.

Puis un souvenir l'avait frappé : l'année précédente, elle lui avait déjà dit qu'elle n'aimait pas quand il se mettait en colère. Il avait balayé ça d'un revers de la main. Elle ne pouvait quand même pas lui reprocher de vouloir la protéger...

Il croyait bien faire. Il croyait que ce qu'il faisait était noble. Mais si ses gestes l'effrayaient... alors à quoi rimait tout ça ?

Ciboulette avait demandé à Yan de s'excuser auprès de Charlotte. Entre deux sanglots, il l'avait fait.

Puis elle s'était tournée vers Samuel :

— Ton tour.

Ça lui avait pris un moment. Il avait serré les dents, avalé sa fierté... puis il s'était excusé.

— La prochaine fois, avait dit Ciboulette, vous venez nous voir. Comme l'a dit Mousson, on sait comment gérer ça. C'est bon ?

Yan et Charlotte avaient timidement hoché la tête.

— Sam ?

Il avait levé les yeux. Le regard de Cannelle s'était adouci, chargé de compassion. Il avait hoché lentement la tête.

— Ça sera tout, avait conclu Ciboulette en retournant à son bureau.

En sortant, Samuel avait ressenti une brûlure de colère dans le fond de son âme. Il avait regardé Charlotte s'éloigner avec Yan et Mousson, sans un seul regard pour lui. Il avait soupiré, puis repris le chemin de son groupe.

Un bras s'était posé sur ses épaules. Cannelle était près de lui, le serrant tendrement dans ses bras.

— C'est correct, Sam. Sois pas trop dur envers toi-même, lui avait-elle dit d'une voix douce. Vous êtes ici pour créer des souvenirs. Des vrais. Des souvenirs qui vont vous rester toute votre vie.

Elle ne savait pas à quel point ses mots allaient devenir prophétiques.

46

———

C'est étrange, cette impression de calme après l'échec des visées destructrices de Spacek contre la Petroleum. Un calme assourdissant, surtout quand on le compare à l'urgence d'empêcher une nouvelle attaque.

Depuis, aucun indice. Silence radio. Ils avancent à l'aveugle, sans savoir quel sera son prochain coup d'éclat. Sans savoir s'il prépare quelque chose d'encore plus horrifiant.

Abygaelle fait des efforts pour rester calme sous la pression grandissante de l'enquête, en plus des conséquences que pourrait entraîner sa désobéissance.

Une boule lui noue l'estomac. Sa carrière, c'est tout ce qu'elle a. Sa seule boussole. Elle y a tout donné : ses efforts, ses espoirs, ses nuits blanches. Sa vie. Et tout ça pourrait s'effondrer en un instant. Quinze ans de sacrifices, balayés d'un revers de main. Comme si tout le bien accompli jusque-là ne comptait plus. Le poids d'une décision douteuse pèse plus lourd que des centaines de décisions justes prises chaque jour. Elle comprend que ce soit le cas quand la faute met des vies en péril... mais là, ce n'est pas le cas. Au contraire.

Elle craint qu'on ne profite de la situation pour la mettre

sur la touche. La forcer à rentrer dans le rang. Elle n'a jamais été du genre rebelle, même si elle ne suit pas toujours la ligne de conduite. Ce n'est pas une tête brûlée, un électron libre à surveiller de près. Mais parfois, il faut plier les règles pour éviter le pire.

Comme d'habitude, elle ravale ses inquiétudes. Ce n'est pas le moment de s'apitoyer. D'autres comptent sur elle. Il faut soutirer la vérité à Tucci. Comprendre ce qui l'a poussé à en arriver là. Depuis qu'il est sorti des bureaux de la Petroleum, il s'est enfermé dans un mutisme opaque.

Elle inspire profondément, puis pousse la porte de la salle d'interrogatoire.

Giovanni Tucci est assis au centre, menotté, les poignets bien droits sur la table. Il fixe un point vague, le regard éteint. On dirait qu'il est sous sédation. Abygaelle se croyait sonnée par les événements de la veille, mais à côté de Tucci, elle a presque l'air de s'en foutre.

Le juge a refusé sa remise en liberté. Ça n'aide pas. Les mots ont été durs : Tucci représente un danger pour la société. Quand on a toujours payé ses taxes, respecté les règles, vécu une vie rangée, sans jamais lever la main sur personne... ça doit frapper fort.

Et la prison, c'est pas fait pour tout le monde.

Avec tout ce qu'il a encaissé ces dernières heures, pas étonnant qu'il se soit replié dans un coin de sa tête où lui seul peut entrer. Même Richard, son conjoint, n'arrive pas à lui tirer une phrase.

Abygaelle dépose une bouteille d'eau devant lui. Elle l'observe un moment, en silence.

— Comment vous vous sentez, monsieur Tucci ?

Pas de réaction.

— Je sais que c'est pas facile. Mais l'homme qui vous a forcé à agir est encore en liberté. Chaque détail que vous pouvez me donner peut nous aider à l'arrêter. Il va frapper encore. Ou forcer quelqu'un d'autre à faire l'irréparable.

Tucci serre les lèvres, les yeux dans le vide. Abygaelle soupire et s'adosse à sa chaise. Rien à faire. Pas pour l'instant.

Elle laisse le silence s'installer, lourd, pesant. Elle cherche une fissure dans sa carapace, un point d'entrée pour le sortir de sa torpeur. Elle comprend ce qu'il ressent. Qui ne serait pas sous le choc, à sa place ? Mais comment lui faire comprendre que le temps joue contre eux ? Qu'ils n'ont pas le luxe d'attendre qu'il se remette de ses émotions ?

— Giovanni, j'ai besoin de vous, dit-elle doucement, en l'appelant cette fois par son prénom. Richard m'a parlé de vous. Il n'a eu que de bonnes choses à dire. Je sais que vous ne voulez pas que cet homme fasse d'autres victimes. Mais pour ça, il faut que je comprenne ce qui s'est passé.

Pas un frémissement.

Elle se décale, tente de capter son regard. Rien. Mur de glace. Elle pousse un soupir et fixe un moment le plafond. Ses mots glissent sur Tucci comme sur du verre. Il va falloir changer de tactique.

— Giovanni... quel est votre lien avec Spacek ? D'où le connaissez-vous ? Pourquoi lui ? Pourquoi vous ?

Elle marque une pause, puis poursuit :

— Il a fait la même chose avec une femme âgée. Elle a été forcée de tirer sur mon collègue. Son petit-fils était pris en otage. J'ai vu l'endroit où il était enfermé, avec Richard. Je connais le lien entre Spacek et cette femme. Mais je ne connais pas le vôtre. C'est quoi, votre relation avec lui ? Qu'est-ce qu'il vous a donné comme raison ?

Tucci fronce à peine les sourcils. Minime. Mais c'est déjà un signe. Il écoute.

Alors elle continue. Elle le martèle, avec calme et obstination. Pendant vingt longues minutes, les mêmes questions reviennent, reformulées, recentrées. Toujours le même axe :

pourquoi vous ? Comment le connaissiez-vous ? Qu'est-ce qu'il vous a dit pour que vous passiez à l'acte ?

— Je sais que Spacek est venu chez vous. Qu'il vous a menacé. Peut-être même avec une arme. Je sais qu'il vous a dit : « Pose les bombes, ou Richard est mort. » Je le sais. Et je ne vous juge pas, Giovanni. Personne ne peut juger une décision pareille. Mais je veux comprendre : pourquoi vous ?

Abygaelle s'interrompt. Elle hallucine peut-être, ou c'est juste un espoir, mais elle sent qu'il est ébranlé. Qu'il voudrait parler.

Elle pousse un peu plus loin :

— Encore une fois, je comprends. J'ai vu ses yeux. J'ai vu ce qu'il est. Personne ne peut lui résister. Il vous a piégé. C'est un monstre, un être machiavélique comme on en voit rarement dans une vie. Vous n'aviez aucune chance, Giovanni. Mais vous pouvez encore faire quelque chose. Quelque chose qui vous donnera, peut-être, un semblant de revanche.

Elle l'observe en laissant le silence s'épaissir avant de reprendre. Elle joue sur plusieurs tableaux. Si le fait d'empêcher que ça se reproduise, ou d'implorer son empathie ne suffit pas, peut-être que lui offrir une possibilité de vengeance le fera basculer. Mais ça ne semble pas fonctionner non plus.

— Il vous a dicté ce que vous deviez faire pour sauver Richard. C'est bien ça... non ?

Et là, enfin, Tucci bouge. Il tourne lentement la tête vers elle. Son regard s'accroche au sien, profond, impénétrable.

Puis il lâche un petit rire. Sec. Presque moqueur. Abygaelle en reste figée. Quelle drôle de réaction !

— Vous pensez vraiment que c'est ce qui s'est passé ?

Elle ne bouge pas. Sa question la désarme. Ce qu'elle vient de dire correspond parfaitement à ce qu'a vécu Denise Bédard. Alors pourquoi cette réponse ? Comme si elle venait de dire la plus grosse connerie de l'histoire de l'humanité.

— Écoutez, Giovanni... C'est comme ça que Spacek fonctionne depuis le début. Vous n'avez pas à vous sentir coupable. Je sais qu'il ne vous a laissé aucune issue. Vous avez fait ce que vous aviez à faire. C'était un choix impossible.

Tucci hoche lentement la tête. Comme s'il avait du mal à croire ce qu'il entendait.

— Ma pauvre Abygaelle, dit-il, avec son accent traînant, un filet de cynisme dans la voix. Si vous pensez que ce Spacek m'a forcé à faire quoi que ce soit... ma foi, vous n'avez rien compris.

47

La radio diffuse une vieille chanson francophone qui transporte Gilles Marquis directement à son adolescence. Chaque matin, il syntonise cette station dès qu'il démarre son ponton, histoire de commencer la journée dans le calme. Il veille à ce que chaque recoin du bateau soit propre, que l'acier inoxydable brille comme s'il sortait de l'usine.

Son Princecraft Vogue 25XT est toujours impeccable. Il l'a acheté à bon prix à un ami frappé par la maladie, incapable de s'en occuper. Cet ami, lui aussi passionné de navigation, tenait à le vendre à quelqu'un qui en prendrait soin. Gilles était tout désigné.

Veuf depuis cinq ans, Marquis a redirigé toute son affection sur son bateau... et sur les enfants du camp de vacances du Lac Sauvage, sans oublier les moniteurs. Les jeunes réussissent à adoucir ses peines, à l'empêcher de sombrer dans le chagrin que lui avait laissé Pauline — sa belle Pauline — emportée par un cancer du sein.

Sans enfant, Gilles s'est retrouvé seul du jour au lendemain. Heureusement, ses nièces l'entourent d'un amour sincère, et l'amitié qu'il a tissée avec les moniteurs du camp se renforce avec les années.

Chaque été, certains quittent le camp pour de bon, prêts à entamer leur carrière. D'autres débarquent, curieux, enthousiastes, découvrant ce Gilles Marquis affable, cet homme à l'approche facile. Toujours dévoué au bien-être des enfants qui fréquentent le camp sur l'île, il prend soin de se présenter aux nouveaux venus.

Les moniteurs, âgés de seize à vingt ans pour la plupart, débordent d'énergie et de bonne humeur — cette joie de vivre essentielle à leur rôle. Gilles est charmé par leur jeunesse, leur élan, leur éloquence naturelle.

À soixante-douze ans, il se sent encore vivant, comme projeté vingt ans en arrière dès qu'il est avec eux. Il sait bien que le corps finira par ralentir, que la santé ne suivra pas éternellement. Mais pour l'instant, il savoure chaque moment, chaque rire, chaque échange.

Il aime flâner le long du rivage, sourire aux lèvres, et saluer les jeunes qui s'essaient à la voile. Ils lui répondent avec des « Bonjour monsieur Marquis ! » plein d'entrain. L'affection qu'il ressent pour ces enfants, c'est peut-être celle qu'il aurait donnée aux siens, si la vie en avait décidé autrement.

Chaque fois, c'est le même scénario : les enfants arrivent en larmes, méfiants, pas très chaud à l'idée de passer quelques semaines loin de chez eux. Et au moment du départ, ils pleurent encore... mais pour d'autres raisons. Les promesses fusent : « On se texte ! », « On se fait un FaceTime ! » Les adresses courriel s'échangent en rafale.

Il se demande combien tiennent vraiment parole, une fois rentrés chez eux. Combien d'amitiés résistent au temps, à la distance ? Il sait que c'est plus simple quand les enfants habitent dans le même coin. Malgré tout, il en revient toujours à ce vieux dicton : « Loin des yeux, loin du cœur ». Et il est convaincu que ça s'applique à tout le monde.

Enfin… presque tout le monde.

Gilles, lui, n'a jamais oublié Pauline. Même s'il n'a pas croisé son regard tendre depuis sa mort, il se nourrit de photos, de vidéos, pour que son visage ne s'efface jamais.

En ville, ça brasse pas mal. Du moins, si l'on se fie aux bulletins de nouvelles qui interrompent parfois les vieilles chansons francophones que sa radio recrache, toujours un peu trop fort. Des histoires effrayantes : une tour de bureaux assiégée à Montréal, suivie le lendemain par l'effondrement d'une tour résidentielle, puis des rumeurs d'un incident dans une raffinerie de l'est de la ville.

— Le monde est en train de virer fou, marmonne Gilles, les yeux perdus sur le lac.

Il se demande parfois si ce n'est pas lui qui devient moins tolérant. Moins apte à accepter la cruauté des hommes.

Plus les années passent, plus il craint pour les générations à venir. Ces jeunes devront composer avec un monde miné par la désinformation, les délires complotistes, les esprits tordus qui s'en nourrissent. Le souvenir de la tuerie à la Financière Power-life lui revient en tête — une horreur encore non résolue, perpétrée par un malade toujours en cavale.

Pour Gilles, ça ne fait aucun doute : encore ces maudits terroristes. Dès que c'est trop bien orchestré, ils sont forcément dans le coup. Il avait lu beaucoup là-dessus. Trop, même. Assez pour se faire peur au point de couper les nouvelles. Depuis, il a choisi de sourire, de chercher la beauté plutôt que la laideur, même quand elle se cache loin, très loin.

— C'est votre bateau ?

La voix le fait à peine sursauter. Un homme se tient là, figé. Vêtu d'un habit de camouflage, un sac à dos solidement sanglé dans le dos, casquette noire vissée sur le crâne. Droit comme une barre, il attend.

— Oui, monsieur.

L'homme esquisse un mince sourire. Son regard se perd

quelque part derrière l'horizon pendant qu'il se gratte le menton.

— Comment on fait pour se rendre sur l'île ?

— Faut passer par moi.

— Et... c'est combien ?

— Gratuit. Mais qu'est-ce que vous allez faire là-bas ? Y a rien sur l'île, à part le camp de vacances.

— Je sais. J'y allais quand j'étais petit. Le nom a changé depuis. Mon fils est là-bas. Je suis rentré plus tôt de mission, en Europe de l'Est. Je veux lui faire une surprise. Vous pourriez m'y amener ?

Gilles lance un regard vers l'île. Le gars ne ment pas : avant, le centre portait un autre nom. C'était à l'époque du rachat par un nouveau proprio, il y a une vingtaine d'années.

— Votre fils, hein ?

— Oui.

— Il a quel âge ?

— Onze ans.

Gilles incline la tête, observe l'homme de haut en bas.

— Comment il s'appelle ?

— Mathieu Fournelle.

Le vieux marin frotte distraitement son menton. Ses yeux s'attardent sur l'écusson cousu sur l'uniforme.

— Il est écrit « Martel » sur votre écusson, constate Gilles.

L'inconnu sourit, un brin moqueur.

— Ouais. Il porte le nom de sa mère. Il a jamais connu son père... Moi, je suis entré dans leur vie à l'époque où Matt avait deux ans. Je l'ai adopté officiellement, mais il a gardé son nom de naissance. Et ça me va très bien.

Il s'approche lentement de Marquis.

— Il y a un problème, monsieur ? Écoutez, si c'est compliqué, je peux laisser tomber. Je pensais que c'était une bonne idée, mais bon... peut-être pas tant que ça.

— Non, non. Aucun problème. C'est juste pas tous les jours

qu'un militaire débarque ici avec tout son attirail, vous comprenez.

— Vous veillez sur les enfants, c'est bien. J'suis content de voir qu'y a encore du monde qui prend ça au sérieux. C'est rassurant. Mais... vous savez quoi ? C'était peut-être une mauvaise idée. Toutes les surprises sont pas bonnes à faire.

Il détache une sangle de son sac et s'accroupit.

— Pourriez-vous au moins lui donner ça ?

L'homme lui tend un petit ourson en peluche. Gilles le regarde sans le prendre. Quelque chose l'agace, sans qu'il sache quoi. Il s'éloigne, se dirige vers la table pliante posée près du quai.

Il consulte la liste imprimée, son doigt glissant sur les noms. Mathieu Fournelle. Il est bien là, dans le groupe des onze ans.

Ça concorde.

Gilles inspire lentement. Il fixe un instant l'île, puis l'homme. Il s'inquiète pour rien, se dit-il. Ce sont encore ces histoires de terrorisme qui lui font perdre le nord.

— Montez à bord, monsieur Martel. Je vous y conduis. Je dois de toute façon passer par le bureau administratif pour récupérer mon paiement.

Il lui offre son sourire le plus rassurant. L'homme se relève, visiblement soulagé.

— Merci. Vous travaillez pour le camp ?

— Non. J'suis bénévole. Mais je me fais rembourser l'essence.

— Et avec les prix qu'on a aujourd'hui... ça doit pas être du luxe. Quand je suis parti en mission, il y a six mois, l'essence coûtait vingt pour cent moins cher. C'est rendu n'importe quoi. Ils s'en mettent plein les poches, ces crosseurs-là. Un vrai cartel.

Marquis demeure impassible. Le ton du militaire vient de changer. Juste un peu. Mais assez pour lui faire lever un sourcil.

L'homme s'en rend compte.

— Excusez-moi. Je voulais pas être vulgaire.

Gilles se contente de sourire et démarre le moteur du ponton.

— Montez. On en a pour une quinzaine de minutes.

L'homme s'installe à l'arrière, légèrement en retrait, à quarante-cinq degrés du poste de pilotage. Il s'assied bien droit, les mains posées sur les genoux.

Le bateau avance lentement. Les vagues claquent en cadence contre la coque. Le bruit du moteur les oblige à hausser la voix pour s'entendre.

— Vous faisiez quoi dans l'armée ?

— Opérations de reconnaissance. Armée de Terre. On était déployés pour assurer une présence dans les pays de l'OTAN autour de la mer Baltique.

— Vous pouvez déposer votre sac ici, propose Gilles, en désignant un siège à côté de lui.

Le militaire refuse poliment d'un signe de tête.

À l'horizon, une série de vagues arrive à contre-courant. Gilles donne un coup de volant pour les prendre de face. Le ponton heurte les crêtes. Un tintement métallique retentit à l'arrière.

Marquis serre les dents.

Il aurait préféré se tromper. Des pensées sombres, nées d'un fond de paranoïa, nourri par les trop nombreux articles lus et les images vues, s'infiltrent en lui comme de l'eau sous une coque fissurée. Il garde un œil sur le sac, l'autre sur l'homme.

Le soleil chauffe son bras droit — celui qui serre le levier d'accélération comme s'il retenait autre chose que la vitesse.

Un long silence s'étire.

— Qu'est-ce qui est arrivé au père de Maxime ?

Le militaire ne bronche pas.

— Il a disparu pendant que ma conjointe était enceinte. Un vrai trou de cul.

— Je vois.

Il n'a pas dit Mathieu. Il a dit Maxime.

Et l'homme n'a même pas hésité.

Comme s'il ne connaissait pas son propre fils.

Il garde son sac trop près. Et ce bruit métallique... Gilles ne l'a pas imaginé. Il le sait. Il l'a entendu.

Le vieil homme jette un regard en coin. L'autre lui adresse un sourire timide. Trop timide. Trop bien placé. Il regarde de nouveau vers l'avant. Le quai se rapproche. Chaque seconde compte. Il ne croit pas à cette histoire de beau-père. Pas une seconde. Et maintenant, il est coincé au beau milieu du lac avec cet inconnu au comportement trop lisse, trop préparé. Il n'y a rien d'improvisé là-dedans.

Revenir en arrière ? Trop risqué. Mais l'amener sur l'île... c'est exposer les enfants, le personnel, tout le monde. Il pense à Pauline. À ses nièces. À tous ces petits visages qu'il salue chaque matin.

Il lève les yeux au ciel, comme pour y chercher une réponse. Le ciel est limpide. Trop beau pour ce qui s'en vient.

— Je vais donner un coup de klaxon pour qu'on vienne m'aider à amarrer le bateau, dit-il, la voix un peu tremblante.

— Bien sûr, répond l'homme, imperturbable.

Gilles inspire à fond. Il presse le klaxon.

Sept coups brefs. Un long.

Le code naval pour l'abandon du navire.

Il ferme les yeux. Avec un peu de chance, quelqu'un comprendra.

Quelques secondes passent. Puis un cliquetis derrière lui. Sec. Métallique. Il se retourne. Et recule d'un pas, le souffle coupé.

Un revolver. Silencieux vissé au bout du canon. Braqué sur lui.

— Tu me prends pour un con, grand-père ?

— J... je comprends pas.

— Sept courts, un long. Code d'alerte maritime. Tu penses vraiment qu'ils vont comprendre ? Tu crois qu'ils vont venir à ta rescousse ?

Gilles blêmit. Il coupe le moteur. Il s'assied lentement.

— C'est ce que j'espère, souffle-t-il.

Dans un geste sec, il arrache la clé du contact. Il veut la lancer à l'eau. Mais le coup vient plus vite.

Un choc violent, droit à l'estomac. Il se plie en deux, le souffle fauché. La clé tombe... à quelques centimètres des bottes noires du militaire.

Gilles s'effondre contre la console. Il grimace. Il porte la main à son ventre. Elle revient couverte d'un rouge sombre.

Il comprend. Ça y est. C'est commencé.

L'hémorragie progresse, et il sait qu'il ne reste que quelques minutes à sa vie.

André Spacek se penche et ramasse la clé, la faisant tourner doucement entre ses doigts. Il jette un coup d'œil au vieux marin qui halète, affaissé contre la console, les lèvres entrouvertes, à la recherche d'un air qui ne vient plus.

Une balle. Sans doute dans le poumon.

— Merci, monsieur, dit Spacek, agitant les clés devant son visage blême. Mais je vais prendre le relais à partir d'ici.

Il esquisse un sourire. Froid. Précis.

Il se félicite d'avoir eu la présence d'esprit de consulter la liste des enfants en arrivant au quai. Une manœuvre simple, efficace. Il savait que son uniforme et son sac l'auraient rendu suspect.

S'il avait su que le vieux fou flairerait quand même la supercherie, il l'aurait abattu dès le début.

Pas besoin de cette histoire tordue d'enfant adopté.

Mais il ignorait comment fonctionnait le bateau. Il avait eu le temps d'observer ce que faisait le vieillard jusqu'ici, alors il croit pouvoir maintenant le faire seul.

Le soleil cogne fort. Implacable.

Spacek agrippe le corps de Gilles, soulève sa carcasse maigre et ensanglantée sans grande difficulté, puis le traîne vers le flanc du bateau. Il le pousse par-dessus bord, sans ménagement.

Le vieil homme tente de nager. Ou de flotter. Il lutte, faiblement. Ses yeux cherchent encore une réponse.

— Tu peux te consoler, murmure Spacek en le regardant couler. Tu n'y pouvais rien. J'aurais été sur l'île de toute façon. Je t'aurais juste tué plus tôt, c'est tout.

Il lève calmement le bras.

Deux détonations étouffées.

Le crâne de Gilles éclate, et son corps s'efface dans les profondeurs du lac, englouti par l'eau noire.

Spacek relance le moteur, tourne lentement le volant, et met le cap vers l'île.

Il sait s'amarrer seul. Il l'a fait toute sa jeunesse.

Et de toute façon, il n'aura plus jamais besoin d'aide.

Il est venu ici pour mourir.

Mais pas avant d'avoir déchaîné l'enfer.

48

Le cliquetis des ustensiles, mêlé au brouhaha des conversations du restaurant, offre à Abygaelle un bref répit. Une pause mentale, mince mais précieuse, loin du cauchemar de la Petroleum qui l'a laissée meurtrie et désabusée. Pour la première fois de sa carrière, elle se sent à la fois héroïne... et paria.

Elle fixe le croquis que Ti-Boy Malveaux lui a remis, comme si elle tentait de résoudre une énigme complexe. Ses supérieurs avaient d'abord envisagé de la suspendre avec solde, puis s'étaient ravisés : elle resterait en poste. « Jusqu'à ce que toute la lumière soit faite », avaient-ils dit. Ils lui avaient même offert de prendre des vacances — une proposition qu'elle a sèchement refusée. Qu'ils la suspendent, s'ils en ont le cran. Mais qu'ils aient aussi le courage d'expliquer au public pourquoi ils punissent la sergente-détective qui a empêché un désastre pire que Lac-Mégantic.

Tant qu'elle porte encore l'insigne, elle ira jusqu'au bout pour arrêter ce monstre, avant qu'il ne s'ajoute d'autres noms à son tableau. C'est devenu personnel. Pourtant, elle a l'impression de courir après une ombre toujours hors de portée.

Elle est reconnaissante envers son patron, Charles Picard, qui a pris sa défense. C'est grâce à son instinct, avait-il souligné, que des vies avaient été sauvées. Mais il ne peut pas justifier son insubordination sur le terrain — une audace que les hauts gradés de la Police Provinciale, surtout du côté des unités tactiques, digèrent très mal.

Mais comme elle l'a dit à Picard : elle pensera à son avenir quand Spacek sera hors d'état de nuire.

La serveuse dépose devant elle une assiette d'œufs brouillés et de bacon, sourire machinal aux lèvres. Abygaelle la remercie d'un hochement distrait.

Elle ne croit pas une seconde que le dessin de Ti-Boy soit un leurre. Jusqu'ici, chaque indice les a menés dans la bonne direction. Ce croquis cache quelque chose, c'est certain. Elle ferme les yeux et soupire, frustrée. L'information est là, juste devant elle. Et pourtant... impossible de mettre le doigt dessus.

Elle tient encore debout par pure adrénaline. La fatigue la ronge. Et elle voit la même lassitude sur les visages dans la salle de crise. Comme si André Spacek était en train de gagner une guerre d'usure. La tuerie de la Powerlife est encore récente, mais dans leurs corps, dans leurs nerfs, ça fait des mois que ça dure.

Elle repasse les éléments, les visages, les scènes. Les cadavres de la Powerlife. Le regard bouleversé de Hugo Stafford, dans le garage, juste après avoir enlevé sa cagoule. La panique dans les yeux de Richard Lelièvre courant vers l'entrée de la raffinerie Petroleum.

Et malgré tout ça, rien ne lui permet de prédire le prochain coup de Spacek. Ce mélange de rage et de désespoir lui embue les yeux. Elle est à bout.

Tout ce temps à tenter de percer le mystère, et Spacek reste une énigme.

Un souvenir plus doux refait alors surface. Les remerciements sincères de Richard Lelièvre. Le soulagement dans son visage. C'est son instinct qui l'a menée là. Elle a aidé à éviter le pire.

Peut-être que Mike Latour avait raison. Peut-être qu'ils auraient pu obtenir le même résultat sans qu'elle mette en jeu la vie de plusieurs personnes. Mais elle en doute. Tucci s'était muré dans le silence. Pourquoi aurait-il, tout à coup, décidé de collaborer ? Pourquoi aurait-il soudainement répondu au téléphone ?

Ce matin, Abygaelle a passé près d'une heure au téléphone avec Roland Michaud, son ancien patron à la brigade des mœurs. Son mentor. Elle lui a confié ses inquiétudes, ses peurs profondes pour sa carrière — cette chose vitale, ce noyau dur de son identité, autour duquel tout le reste gravite. Elle ignore comment elle réagirait si on venait à le lui arracher.

Les hauts dirigeants fulminent à cause de son initiative. Mais au bout du compte, c'est le résultat qui compte, non ? Alors pourquoi la traite-t-on comme si elle avait massacré une portée de bébés phoques ?

Michaud, fidèle à lui-même, s'est contenté d'écouter. Calme. Pondéré. La voix de la raison. Il lui a conseillé d'attendre, d'observer, de laisser la poussière retomber. « Le tableau sera moins sombre quand les émotions se seront calmées », lui a-t-il dit.

Heureusement, elle peut compter sur Richard Lelièvre. Il ne cesse de lui exprimer sa reconnaissance. Il la défend avec vigueur. Il sait qu'elle a suivi son instinct — et que grâce à ça, son amoureux est encore vivant.

Certains otages ont confié qu'ils croyaient que c'était fini pour eux. Qu'ils n'en sortiraient pas.

Peut-être qu'avec ces témoignages, et un peu de bon sens de la part de l'opinion publique, les patrons finiront par ouvrir les yeux. Peut-être qu'ils comprendront qu'elle a évité un carnage. Que ses méthodes étaient risquées, oui — mais nécessaires.

Et puis, il y a les dirigeants de la Petroleum. Ce matin, ils n'ont ni incendie à éteindre, ni morts à pleurer, ni crise de communication à gérer. Tout ça, c'est grâce à elle. Et au courage de Richard Lelièvre.

Hier soir, elle s'était endormie paisiblement, blottie contre Zorro. En paix avec ses décisions. Mais au réveil, les doutes sont revenus, plus mordants que jamais. Maintenant, elle ne sait plus. Plus rien n'est clair. Une seconde, elle se voit en train de remettre son badge et son arme dans un geste théâtral ; l'instant d'après, elle supplie tout le monde de lui donner une seconde chance.

Elle se penche à nouveau sur le dessin de Malveaux. Il doit bien y avoir un lien avec cette « grande finale » qu'André Spacek leur a promise. Si faire sauter une raffinerie et effacer un quartier de la carte ne constitue pas une finale digne de ce nom... alors quoi ?

— Encore du café ?

La serveuse, la quarantaine, souriante mais distante, lui tend la cafetière. Abygaelle hoche la tête sans un mot, jette un œil à sa montre, puis soupire. Elle déteste le manque de ponctualité.

Elle repense à sa conversation avec Lelièvre, juste après sa libération de l'entrepôt. Il lui avait raconté qu'il se rendait à l'aéroport Trudeau pour une conférence à Toronto. Un événement lié à son travail. À peine sorti du taxi, un homme imposant s'était approché de lui, avant même qu'il ne passe les portes de l'aérogare.

Le gars lui avait demandé l'heure et, sans même attendre la réponse, s'était rapproché pour lui coller une arme contre les côtes. Il lui avait ordonné de le suivre jusqu'à un VUS noir stationné un peu plus loin.

Lelièvre avait tenté de protester, mais l'homme l'avait forcé à monter. Avant même d'avoir vu son visage, il s'était retrouvé assis à l'arrière, les yeux bandés. L'homme continuait de le menacer, le canon toujours contre lui, lui intimant de se taire.

Aucun nom. Aucune réponse à ses questions. Juste des ordres. Et toujours cette arme.

Lelièvre n'avait pas pu voir le conducteur non plus.

Son vol était prévu pour 11 h 23. Quelques jours avant le massacre à la Financière Powerlife. À son arrivée, deux autres otages étaient déjà là.

Abygaelle s'acharne à comprendre ce qui a poussé Ti-Boy Malveaux à se rendre. Pourquoi avoir contacté la police ? Pourquoi avoir désobéi à Spacek, qui lui avait pourtant ordonné de tuer les otages ?

Rien ne colle. Une toile d'éléments contradictoires à démêler... quand André Spacek, cette foutue couleuvre, sera enfin capturé. Même quand on croit le tenir, il nous glisse entre les doigts. Toujours. Comme ce jour-là, devant le centre de santé de Josée Parent. Une seule erreur, un foutu faux pas... et il s'était volatilisé.

Si le flic de garde avait été un peu plus alerte, elle ne serait pas en train de patauger dans cette merde. Sa vie serait pas mal moins compliquée, ce matin.

Peut-être qu'elle marcherait au soleil avec Zorro, en sirotant un café dans un parc tranquille. Tucci n'aurait jamais envahi la raffinerie. Et elle ne serait pas assise ici, à boire ce café tiède dans un resto, à ruminer cette situation chaotique.

Au lieu de ça, il ne lui reste qu'un gribouillis au crayon de cire comme dernier rempart entre elle et le vide. Elle pousse un long soupir, tente d'évacuer le désarroi qui l'accable.

Ti-Boy a expliqué qu'au départ, Spacek voulait dissimuler l'indice dans un endroit stratégique. Il pensait que le signaler plus tôt aux autorités policières augmenterait leurs chances de déjouer ses complots et d'empêcher un autre bain de sang.

La porte du restaurant s'ouvre à la volée.

Un homme entre, sûr de lui. Trop sûr. Il balaie la salle du regard, jusqu'à ce que ses yeux se posent sur elle. Son visage s'éclaire. Il s'avance, exhibant ses dents parfaitement droites.

— Je savais que tu voudrais me revoir, lance-t-il en tirant une chaise.

— Inutile de t'asseoir, Kevin. Tu restes pas. Je voulais juste te remettre ça, dit-elle en lui tendant sa gigantesque montre en argent. Celle qu'il avait laissée chez elle, l'autre jour.

Mais Kevin s'assoit quand même, attrape la montre en marmonnant quelque chose d'inaudible.

— Hein ? fait-elle, sèche.

— J'ai dit que c'est un vieux truc. Je laisse ma montre chez une fille pour être sûr de la revoir. Comme ça, elle a pas le choix.

Abygaelle lève les yeux au ciel.

— No shit, Sherlock. Tu pensais que j'avais pas deviné ta stratégie en trois secondes et quart ?

— Alors... on fait quoi ? demande-t-il en s'accoudant à la table, l'air confiant.

— Toi, j'en sais rien. Mais une chose est sûre : ça ne sera pas avec moi.

— Come on, Aby. On a eu du fun, non ?

— J'en garde aucun souvenir marquant.

Le coup porte. Kevin se fige.

— Qu'est-ce que... comment...

Son assurance se fissure. Abygaelle le voit perdre pied — lui qui croyait être le coup du siècle.

La serveuse arrive, cafetière à la main.

— Bonjour monsieur, je peux vous servir un peu de...

— Non, monsieur s'en va, la coupe Abygaelle. N'est-ce pas, Kevin ?

— Ah oui ?

— Oui.

Il tente un sourire à la serveuse, mal à l'aise. Elle s'éloigne rapidement. Kevin se lève, à contrecœur.

— Pourtant, je croyais que...

— C'est ça, ton problème, Kevin. Tu crois. Tu t'inventes des histoires. Essaie plutôt d'écouter. D'être là, pour vrai. D'arrêter de te perdre dans tes fantasmes. Allez, bonne chance pour la suite.

— T'es d'une froideur...

— Bienvenue dans le club, lâche-t-elle, vidée, en buvant une gorgée de café.

Kevin cherche une réplique, un truc qui ferait mal. Mais rien ne vient. Elle le regarde, sans expression.

— Adieu, Kevin.

— C'est ça, ouais.

Il tourne les talons. Puis, il s'arrête, l'index tendu vers la table.

— Qu'est-ce que tu fais avec ça ?

Abygaelle fronce les sourcils.

— Quoi, ça ?

— Ça, dit-il en désignant le dessin de Ti-Boy Malveaux.

49

Le déjeuner terminé, Samuel est de corvée de vaisselle. Ce n'est pas une punition, juste son tour. Ils installent un bac d'eau savonneuse au bout de chaque longue table de la cafétéria et, à tour de rôle, chacun s'occupe des tâches quotidiennes. Hier, Samuel essuyait. Aujourd'hui, c'est lui qui lave.

Les deux mains plongées dans l'eau chaude, il nettoie machinalement chaque objet qu'on dépose dans son bac. Il jette un œil autour : les autres enfants s'affairent eux aussi, pendant que ceux qui ne sont pas de corvée bavardent, rient, se chamaillent — jusqu'à ce qu'un moniteur intervienne pour les ramener à l'ordre.

C'est nouveau pour Samuel. À la maison, ils ont un lave-vaisselle, et sa mère ne les laisse jamais toucher aux chaudrons sales. Mais contrairement à plusieurs ici, ça ne le dérange pas. Il tire toujours une certaine fierté d'accomplir une tâche qu'on lui confie. Que ce soit à l'école, pendant les sorties ou les activités parascolaires, ou encore dans les sports, où il est souvent capitaine ou l'un des meneurs.

Charlotte est assise avec lui, comme chaque jour — malgré les événements de la veille. Elle lui parle, lui sourit. Mais ce n'est pas encore comme avant. Il y a une gêne, subtile mais tenace. Une forme de prudence dans ses gestes, dans ses mots.

Samuel comprend. Et il est prêt à attendre. Ce n'est pas la première fois qu'ils ont eu un froid, comme dans toutes les fratries. Mais ça ne dure jamais. Ils sont incapables de rester fâchés l'un contre l'autre. Alors Charlotte redevient peu à peu Charlotte.

La vie a aussi repris son cours avec Mousson, Cannelle et Ciboulette. Ils ne sont pas revenus sur ce qui s'est passé. Ils font comme si tout était clos, et c'est très bien comme ça. Samuel ressent encore un peu d'amertume face à leur réaction, mais après une nuit de sommeil, il comprend mieux.

Il sait qu'il sera toujours prêt à protéger Charlotte. Il accourra toujours à sa défense. Mais il doit apprendre à canaliser cette rage sourde, cette envie de frapper, de tout casser. Il doit agir autrement — pour que Charlotte se sente libre de lui dire quand ça ne va pas. Pour qu'elle ne lui cache plus rien, par peur qu'il explose.

Elle tourne son regard vers lui en souriant, lui montre une coccinelle posée sur son index. Samuel lui rend un sourire tendre. Charlotte s'émerveille toujours de tout. C'est une qualité qu'il lui envie.

Il sourit aussi en voyant Frank et P-A assis côte à côte. P-A parle avec animation, et Frank tente de suivre tant bien que mal. Quand P-A est en confiance, il devient un vrai moulin à paroles. Et il peut parler de n'importe quoi comme s'il avait étudié le sujet pendant des années.

Samuel a remarqué chez lui une capacité à absorber l'information au-delà de la moyenne. Au-delà de la sienne, aussi. Ce n'est pas juste les efforts qu'il met dans ses études qui font de lui un élève surdoué — c'est aussi cette intelligence innée, vive, toujours en éveil.

Il balaye la salle du regard à la recherche de Cannelle, mais ne la voit nulle part. Elle était là pourtant, il y a à peine dix minutes. Il a terminé un poème qu'il veut absolument lui remettre. Peut-être que c'est le dernier pour toujours. Qui sait ? Alors il y a tout mis. Il lui exprime clairement ce qu'il ressent. Il a retiré toutes ses défenses, toutes ses barrières contre un possible refus, contre une réaction tiède.

Mais il veut le lui donner quand ils seront seuls. Juste elle et lui. Pas devant les autres. C'est trop personnel. Viscéral. Ce sont des vers qu'on ne partage qu'à deux, comme si le reste du monde cessait d'exister.

Il baisse les yeux en réalisant qu'il ne leur reste que deux jours ici. Après, ils reprendront le bateau de M. Marquis, retourneront sur la rive, retrouveront leurs parents. Ils reviendront à leur vie d'avant. Le quotidien reprendra sa place, et les quatorze jours passés sur cette île finiront par devenir un souvenir lointain.

Et Cannelle ne partagera plus ses journées.

Il veut à tout prix garder le contact avec elle. Il ne sait pas encore comment. Peut-être qu'ils s'échangeront leur courriel. Peut-être qu'ils s'ajouteront sur Instagram ou Facebook. Mais l'idée de ne plus jamais lui reparler lui brise le cœur.

Il est certain que tous ces enfants garderont un souvenir indélébile de leur passage ici.

Mais il se demande s'il est le seul à repartir en laissant une partie de lui derrière.

50

———————

Abygaelle enfonce l'accélérateur en direction de l'autoroute 15, tout en parlant à Murielle Bouchard via le système mains libres.

— Murielle, j'ai même pas besoin de te dire que…

— Non, j'y vais tout de suite, la coupe-t-elle, avant de raccrocher.

Murielle fonce au bureau de Charles Picard pour demander du renfort. Abygaelle s'apprête à plonger tête première dans l'inconnu, quelque part dans la couronne nord, et Picard déteste ça. Il fulmine. Encore cette foutue sergente-détective qui agit sans filet, à peine quelques heures après que son jugement a été remis en question.

Mais Murielle insiste. Ne lâche pas.

Il finit par céder. À contrecœur.

Au pire, elle sera pas toute seule pour se foutre dans le pétrin, rumine-t-il, la mâchoire serrée.

Abygaelle, elle, pousse un soupir de soulagement en constatant que la route est dégagée, ce samedi matin. L'autoroute est étrangement tranquille, désertée par les vacanciers déjà partis la veille vers les Laurentides. Elle jette un œil à l'horloge digitale du tableau de bord : elle atteindra bientôt le camp de vacances du Lac Sauvage. L'adresse lui a été transmise par la cellule de crise.

Quand Kevin lui a parlé du croquis de Ti-Boy Malveaux, elle avait d'abord cru à une tentative maladroite d'attirer son attention. Mais ses observations tenaient la route. Une colonie de vacances ? Bien sûr. Comment avaient-ils pu passer à côté ? Le camp des Deux Pins — son ancien nom — n'existe plus officiellement depuis trente-cinq ans, d'où son absence des registres. Kevin lui a raconté que sa grande sœur y avait été monitrice. Son chandail de travail portait un écusson identique au dessin de Malveaux.

Abygaelle pince les lèvres. Finalement, cette mauvaise baise n'aura pas été complètement inutile. Kevin se souvenait du nom exact parce qu'il rêvait, plus jeune, d'y décrocher un poste de moniteur. Mais ça ne s'est jamais concrétisé. Il en parlait avec un tel vague à l'âme qu'Abygaelle avait souri. La blessure restait vive dans le cœur du petit Kevin.

Dès qu'il lui a révélé l'ancien nom du camp, elle a sauté dans sa voiture et transmis l'information à Murielle, qui l'a relayée à la cellule de crise. Les minutes suivantes lui ont paru interminables. Ils n'avaient pas une autre journée à perdre.

Elle serre le volant un peu plus fort. Et si c'était déjà trop tard ? Si Spacek avait frappé ? L'idée qu'un malade puisse s'en prendre à un camp rempli d'enfants la révulse. Un haut-le-cœur la saisit.

Comment on en arrive là ?

Comment un cerveau peut-il disjoncter à ce point ?

Elle pense à Sandy Hook. Ces images insoutenables. Ce cauchemar américain. Mais ici, au Canada, c'est impensable. Et pourtant...

Spacek a déjà semé la terreur à travers le pays — l'attentat de la Powerlife, la tentative d'assassinat d'un policier par personne interposée, ce plan tordu pour raser un quartier entier... sans jamais se salir les mains.

Un marionnettiste de l'ombre.

Elle se demande s'il est vraiment sur l'île... ou s'il a encore délégué ses horreurs à quelqu'un d'autre. Et si c'est le cas, alors peut-être qu'il y a d'autres otages. Pas seulement ceux retrouvés dans cet entrepôt avec Ti-Boy.

Mais en même temps... cibler des enfants ? Personne ne ferait ça. Même sous la menace. Aucun être humain ne pourrait consciemment tuer des enfants — même pour sauver un proche.

Personne, sauf Spacek.

Et si cette « finale » est censée être grandiose, il voudra la mener lui-même. Il voudra tout superviser. S'assurer que chaque détail soit exécuté à la perfection.

Surtout après tous ces plans qui ont dérapé.

Nadine Brabant l'a rappelée peu après. Elle a trouvé de l'information sur le camp Les Deux Pins. À l'origine, un camp de vacances pour enfants défavorisés, géré par un OBNL. Puis, racheté par un riche homme d'affaires de l'Ouest canadien, qui en a fait un lieu de villégiature sélect, réservé aux familles nanties.

Une semaine à ce camp coûte une petite fortune. Situé au cœur du Lac Sauvage, il a été rebaptisé Camp du Lac Sauvage — un nom si original qu'il ferait pâlir d'envie n'importe quel publicitaire.

Les indications de Nadine sont plus précises que celles que Kevin avait pu lui fournir. Abygaelle les entre dans le GPS sans hésiter.

Son cœur bat plus vite. Elle redoute ce qu'elle va trouver là-bas. Son esprit se remplit de visions horribles : des corps d'enfants déchiquetés, des ombres flottant sur l'eau, le silence glacial d'un massacre. Un cauchemar éveillé. Des enfants qui se sont levés ce matin comme tous les autres... sans savoir que c'étaient peut-être leurs derniers instants.

Les montagnes laurentiennes se découpent à l'horizon, baignées dans la lumière du matin. Elle murmure :

— Faut que j'arrive à temps.

Le GPS lui indique de tourner sur un chemin de terre qui s'enfonce dans une forêt dense de conifères. Sa voiture soulève un nuage de poussière, les pneus crissent sur le gravier. Elle garde les mains serrées sur le volant, concentrée sur chaque virage.

Elle fonce droit vers l'enfer.

Elle espère encore voir des véhicules de la Police Provinciale, un attroupement, des agents au travail. Peut-être même Spacek menotté, à genoux dans la poussière.

Mais son espoir s'éteint net quand elle voit le lac.

L'étendue d'eau est immense, calme, bordée au loin par une île couverte d'arbres serrés. Pas un uniforme en vue. Seulement deux voitures stationnées à distance — une berline bleu foncé, un VUS gris — et une table pliante installée près d'un vieux quai en bois.

Elle est seule.

Abygaelle réalise qu'elle ne pourra pas attendre les renforts.

Elle serre les dents. Si Murielle a réussi à convaincre l'équipe, ils arriveront bientôt. Sinon... elle fera avec. Mais elle connaît Murielle. Elle sait qu'elle viendra en personne, s'il le faut. Qu'elle remuera ciel et terre pour ne pas la laisser tomber.

Abygaelle émerge de sa voiture, arme au poing. Ses bottes crissent sur le gravier alors qu'elle s'approche de la table pliante. Son regard accroche une série de feuilles plastifiées, coincées sous une pierre.

Son cœur se serre.

Une liste. Des noms d'enfants. Classés par groupe d'âge.

Ils sont là. Sur l'île. Tous.

Elle déglutit avec peine. Lequel d'entre eux tirera le

mauvais numéro ? Lequel se trouvera au mauvais endroit, au pire moment ?

Au bout de la table, derrière une petite chaise en métal, une chemise bleue à motifs floraux repose, pliée à la hâte. Juste à côté, des jumelles. Abygaelle les saisit aussitôt et les porte à ses yeux.

Elle balaie les environs.

Rien.

Pas de mouvement sur le quai. Aucun signe dans le sentier qui s'enfonce dans la forêt. Même le ponton flottant, un peu plus loin, tangue doucement, sans embarcation amarrée.

Elle tourne les jumelles vers le lac. Cherche le moindre indice.

Tout est calme, à l'exception des oiseaux qui volent dans le ciel et du clapotis des vagues contre les rochers. Le calme est absolu. Écrasant.

Abygaelle repose son arme sur la table, sort son téléphone et tente d'envoyer un SMS à Murielle. Aucun signal. Elle essaie d'appeler. Rien. Elle serre les mâchoires, range le téléphone dans sa poche d'un geste sec. Un dernier coup d'œil à travers les jumelles.

Toujours pas un signe de vie.

Elle inspire, tente de réfléchir. Comment rejoindre l'île ? Nager est hors de question. Trop loin. Trop risqué. Et surtout : trop lent.

Puis, comme une réponse à ses pensées, une voile blanche fend l'horizon. Un petit voilier s'approche lentement du rivage.

Elle bondit. Agite les bras, crie, tente d'attirer l'attention du navigateur solitaire. Il semble l'avoir vue. Le bateau garde le cap.

Mais un doute la frappe.

Et si c'était Spacek ?

Elle s'immobilise. Récupère discrètement son arme, la glisse dans son jean, hors de vue.

Non... C'est illogique. Il ne ferait pas de voile, pas maintenant.

Sauf si le carnage est déjà terminé.

Elle reprend les jumelles. L'homme n'est pas Spacek. Il est plus vieux, chauve, corpulent. Elle pousse un soupir de soulagement.

— Fais ça vite... murmure-t-elle.

Elle s'avance prudemment sur le quai. Le bois craque sous ses pas. Elle lève la main pour lui indiquer où accoster.

C'est là que tout bascule.

Une série de claquements secs. Comme des pétards.

Mais Abygaelle comprend.

Des coups de feu.

Des balles ricochent sur l'eau. Des gerbes s'élèvent tout autour du voilier.

— Attention ! hurle-t-elle.

Mais déjà, le plaisancier s'effondre dans un cri étouffé.

La coque est touchée.

Elle comprend qu'elle aussi est dans la ligne de mire. Une rafale frappe le quai. Le bois éclate sous ses pieds.

Elle n'a pas le temps de réagir.

Son corps bascule. La chute est brutale, glacée.

Elle s'enfonce lourdement dans l'eau.

Et disparaît sous la surface.

51

À travers sa lunette de visée, André Spacek ne voit plus l'homme qui était à bord du bateau qu'il vient de cribler de balles. Il cherche aussi la femme sur le quai, celle dont les cris l'ont alerté, mais elle a disparu. Il garde l'œil rivé à la surface du lac, au cas où elle réapparaîtrait. Rien.

Le reflet du soleil sur l'eau complique tout. Il doute qu'elle ait survécu à la chute. D'un geste sec, il décharge une dernière salve en direction du quai, puis remballe son arme.

Il retourne à son poste initial, celui qu'il occupait avant d'entendre les cris. Il longe un sentier jusqu'à un énorme poteau de bois, en sort un couteau de chasse et tranche le seul câble téléphonique. L'île est maintenant coupée du reste du monde. Il vérifie son cellulaire : signal quasi nul. Sans hésiter, il le balance dans le lac.

Ses nouvelles bottes militaires le font souffrir atrocement. À chaque pas, c'est comme si une râpe lui arrachait la peau derrière les chevilles. Il fulmine d'avoir oublié de prendre des souliers plus confortables. Il tenait à incarner l'image parfaite du soldat en mission. Maintenant, il grimace à chaque mouvement.

Il est soulagé : Ti-Boy est resté loyal à la cause. Si ç'avait été le contraire, il aurait craqué. Complètement. Il ronge encore sa frustration à cause du coït interrompu de Giovanni Tucci à la Petroleum... Alors si, en plus, Ti-Boy l'avait trahi, ç'aurait été le coup de grâce.

Il ne lui en veut pas pour tout ce qu'il lui a fait vivre ces dernières années. Il met ça sur le compte de l'immaturité. Ça n'a jamais diminué l'affection qu'il lui porte. Il donnerait sa vie pour ce garçon, sans hésiter.

Mais tout ça... ça ne compte plus vraiment. Pour lui, tout s'arrête ici. Il n'attend plus rien de la vie, surtout avec cette chose qui lui ronge le cerveau de l'intérieur. Il refuse de finir comme Josée Parent, enfermé dans une institution, gavé de pilules, à baver dans un fauteuil. Il ne confiera jamais son destin à une société d'incompétents cravatés, affamés de pouvoir.

L'idée d'abandonner Ti-Boy à son sort lui fend le cœur. Il sait que le gamin risque une peine de prison. Mais il connaissait les risques. De toute façon, il sera libéré assez rapidement. Le Canada n'est pas reconnu pour ses peines exemplaires.

Avant de partir, Spacek veut laisser un message. Un vrai. Pour les endormis, ceux qu'on tond en silence, traités comme du bétail par des arrivistes. Parfois, il faut une décharge pour réveiller les consciences.

Ce qu'il prépare, c'est un électrochoc d'une ampleur inégalée.

Le sacrifice d'un seul homme peut changer le monde.

Et il est prêt à être cet homme. À se sacrifier pour la cause, comme un kamikaze au sang froid.

Il ne ressent aucun remords à l'idée de provoquer la mort de dizaines de personnes sur cette île — enfants comme adultes. Pour lui, ce ne sont que des dommages collatéraux. Des enfants meurent tous les jours dans des guerres, et personne n'en parle. Surtout pas en Occident.

Quand les États-Unis ont envahi l'Irak ou l'Afghanistan, personne ne s'est soucié des enfants écrasés sous les bombes. Alors pourquoi ce serait différent aujourd'hui ? Pourquoi nos enfants auraient-ils plus de valeur que les leurs ?

Parce qu'ils nous ressemblent ?

Foutaise.

Leur sacrifice — comme le sien — restera gravé dans l'Histoire. Ils seront liés à jamais. Des noms que l'imaginaire collectif ne pourra pas effacer. Dans cent ans, on parlera encore du Lac Sauvage.

On dira que c'est ici que tout a basculé. Que ce jour-là, une société anesthésiée a repris conscience. Qu'elle a dit non à l'injustice. Non à la mainmise des riches sur le destin des autres.

Ce sera le début de la fin pour le capitalisme. Ce système pourri jusqu'à l'os.

La Financière Powerlife engraisse les milliardaires pendant que le peuple crève de faim. Petroleum garde la population en otage, augmente ses prix à la moindre fluctuation du brut, mais ne les baisse jamais quand le marché s'effondre. Quant aux pharmaceutiques, ce sont des seigneurs de guerre en sarrau blanc. Ils vendent la même pilule à un prix trente fois plus élevé aux Américains qu'aux Canadiens. Ils appellent cela un système de santé.

Cette île, autrefois accessible à tous, est devenue un camp de vacances pour enfants de riches. Les autres, comme lui, ont été évincés.

Pas nés dans la bonne famille.

Mais aujourd'hui, c'est le jour de la rétribution.

Les enfants embourgeoisés — et ceux qui organisent ce camp, qui perpétuent cette inégalité — vont payer le prix.

Le message sera clair. Et définitif.

Il en a assez de souffrir. De fuir une douleur sans nom.

Il a promis une finale grandiose. Il tiendra parole. Rien ne marque les esprits comme un acte insensé, brutal, inexplicable.

Spacek bombe le torse, enorgueilli par sa mission.

Il agit pour le bien commun. Pour Ti-Boy. Pour Josée.

Pour tous ceux qui ont tiré la courte paille.

Son AR-15 en main, il avance d'un pas ferme. L'air du matin lui fouette le visage. Le ciel est pur, sans nuages. Le soleil chauffe sa peau comme une caresse.

Un jour parfait pour mourir.

Il n'aurait pas pu espérer mieux.

Soudain, une blondinette surgit sur sa gauche. Elle porte le t-shirt rose des monitrices du camp. Les yeux rivés sur une feuille qu'elle lit en marchant, paisible. Inconsciente.

Elle ne lève même pas la tête.

Les balles la frappent de plein fouet. Sa cage thoracique éclate. Son corps vole comme une poupée de chiffon avant de s'écraser au sol.

Spacek avance lentement, le revolver bien en main. Il sait qu'elle est morte avant même de toucher terre. Mais il s'approche quand même. Deux balles nettes, en pleine tête. Méthodiques. Précises. Il ne ressent rien.

Un regard rapide autour de lui. Il n'y a personne d'autre.

Il reprend sa marche vers le centre de l'île. Il longe des tables de pique-nique abandonnées. Tout indique que le reste du groupe s'est replié à l'intérieur de la cafétéria.

Il connaît les lieux par cœur. C'est là qu'il passait ses étés, enfant. Rien n'a vraiment changé. À part le prix du séjour. Il n'a même pas besoin d'y penser. Tout droit, et il tombera sur le bâtiment principal.

Ses bottes lui lacèrent toujours les talons. Chaque pas est une torture.

Puis, des voix lui parviennent, derrière un talus d'arbustes. Il s'arrête. Lève la tête.

Il avance, assuré. Le cœur calme.

Et il les voit. Trois jeunes employés du camp. Figés. Terrorisés.

Leurs visages disent tout.
Spacek sourit.

52

———————

Le joyeux tintement des assiettes qui s'entrechoquent se mêle au brouhaha que répercutent les murs de la cafétéria. Samuel Marcoux vient de terminer sa vaisselle et s'apprête à sortir, impatient de goûter aux rayons du soleil en attendant son groupe à l'extérieur. Au programme de la journée : sa nouvelle passion, la voile.

Mais une conversation récente lui trotte encore dans la tête. Brindille, un des moniteurs qui a un père marin, lui a raconté les coups de klaxon qu'il avait entendus il y a environ 15 minutes près du quai. Samuel connaît ce signal. Il a fait plusieurs croisières avec sa mère. Le jour de l'embarquement, l'équipage rassemble les passagers pour expliquer les consignes de sécurité, les points de rassemblement et la bonne façon d'enfiler un gilet de sauvetage.

À la fin, la sirène du bateau retentit : sept coups courts, un long. Le signal d'abandon du navire.

Brindille lui avait bien confirmé qu'il s'agissait de ce signal-là. Mais il avait aussi précisé que certains plaisanciers s'amusaient parfois à tester leur sirène... de quoi semer le doute.

Samuel jette un œil vers la rive, mais les arbres lui bloquent la vue. Rien de suspect. Il consulte sa montre Star Wars, puis hésite. Aurait-il le temps de se rendre jusqu'à la berge et revenir avant le début de l'activité ? Ce serait juste. Même en courant. Même pour lui.

Son groupe n'est toujours pas sorti. Il lui reste quelques minutes pour savourer le moment. La chaleur du matin est enveloppante, en contraste brutal avec l'air conditionné du bâtiment. Il inspire profondément, ferme les yeux un instant, puis bifurque à gauche et avance de quelques pas, observant les oiseaux perchés dans les branches.

C'est alors qu'un bruit sec lui parvient de loin. Une salve sèche, métallique, stridente. Comme des pétards. Il se fige.

Une ombre surgit des buissons, à l'autre bout de l'île. Un individu de grande stature, armé. Il disparaît dans la végétation. Puis, les claquements reprennent. Plus rapides. Plus forts.

Une vague vertigineuse lui monte à la tête. La scène paraît irréelle. Un cauchemar éveillé. Il reste figé un instant, incapable de réagir. Puis, entre les arbres, il aperçoit une silhouette, vêtue aux couleurs du camp, qui s'effondre. Inerte.

Le choc le ramène à la réalité.

Il fait demi-tour et s'élance vers le bâtiment principal.

Brindille se lève d'un bond en voyant son visage.

— Veux-tu bien me dire ce qui se passe, Sam ?

— Charlotte. Où est Charlotte ?

— Euh... je ne suis pas sûr...

— Il y a un gars dehors. Il tire. Faut sortir tout le monde d'ici. Vite. Il arrive. Pas une seconde à perdre. Où est-ce qu'on peut se cacher ?

Samuel parle tout bas pour ne pas semer la panique. Mais son visage trahit sa peur.

Brindille lâche un rire sec, incrédule.

— Un gars qui tire ? C'est pas drôle, là...

Mais le regard de Samuel le glace. Il se précipite à la fenêtre.

— Regarde si tu me crois pas. Faut se cacher. Là. Maintenant.

Autour d'eux, quelques enfants ont capté des bribes. L'agitation monte. Samuel balaie la cafétéria du regard. Charlotte n'est pas là. Ni Mousson. Ni aucun membre de leur groupe.

Des pas lourds résonnent dehors.

Brindille revient, blême, et grimpe sur une table.

— Les enfants, arrêtez tout et venez ici, tout de suite ! hurle-t-il.

Samuel pousse doucement les plus lents à accélérer.

— Qu'est-ce qui se passe ? demande Frank.

— Suis les autres. Maintenant.

Brindille discute à voix basse avec trois moniteurs. Leurs visages parlent d'eux-mêmes. Ils ont compris. Ce n'est pas un exercice.

Mais si on rassemble tout le monde ici... on offre une cible parfaite.

Samuel balaie encore la pièce du regard. Pas de trace de Charlotte.

Deux employés déplacent des tables sur un vieux tapis bordeaux. Une trappe apparaît dans le plancher. Soulagement. Fugace.

Sans le tapis, la trappe brille comme une cible en plein désert. Le tireur n'aura aucun mal à la remarquer.

Les enfants s'engouffrent dans la cave sombre. Le dernier animateur referme la trappe. Dans l'obscurité, l'agitation monte. Les employés murmurent des consignes, transforment la panique en jeu.

— Le plus silencieux gagne un prix, OK ?

Samuel n'entend déjà plus. Son cœur cogne, lourd et irrégulier, comme un poing dans sa poitrine.

Charlotte est seule.

Et c'est la première fois qu'il ne peut pas la protéger.

Ça lui brise le cœur.

53

André Spacek, arme tendue droit devant lui, ne ressent pas l'hégémonie qu'il avait imaginée pour son dernier acte. Il ne se fait aucune illusion : n'importe qui, à sa place, pourrait faire la même chose. Rien de plus simple que d'abattre des civils désarmés quand on est équipé pour la guerre. C'est un jeu d'enfant.

Ce n'est pas par goût du pouvoir ni par désir de domination qu'il agit — sauf peut-être sur les forces de l'ordre, incapables de l'arrêter à temps.

Il le fait parce que c'est nécessaire. Parce que le message prime sur le moyen. Et surtout, sur le messager. Un sourire lui échappe en repensant à cette vieille expression : « Ne tirez pas sur le messager. »

D'accord.

Mais qu'est-ce qu'on fait quand le messager arrive armé jusqu'aux dents... et qu'il vous tire dessus ?

Il ne retrouve rien des sensations vécues dans ses jeux vidéo de guerre, malgré les heures passées à y jouer. Dans une vraie guerre, c'est armée contre armée. Un affrontement plus juste. Ici, il incarne la quintessence de la lâcheté, et il le sait. Tuer des civils, c'est un crime de guerre. Seules les armées les plus viles s'y abaissent.

Mais Spacek n'a jamais douté. Il devait le faire.

Bombes. Otages. Balles si puissantes qu'elles déchirent les corps et réduisent les os en poussière.

Et malgré tout ça, il ne ressent rien. Pas de jouissance. Pas de haine. Même pas de stress. Rien. Comme s'il tondait sa pelouse. Comme s'il lavait le plancher de la cuisine. Juste une tâche parmi d'autres. Il agit machinalement, comme toujours. Sans la moindre empathie. Ses victimes lui inspirent autant d'émotion que l'herbe sous sa tondeuse.

Il est presque surpris par son absence de réaction quand il appuie sur la gâchette. Il voit les corps se disloquer, puis s'effondrer. Le grotesque ne le touche pas. Le machiavélisme de son plan non plus.

C'est peut-être ça, être un mort-vivant : avancer sans fléchir, causer un maximum de dégâts avant de tomber. Ou un vampire, en attendant qu'on lui plante un pieu dans le cœur.

Un bruit à sa droite. Il tourne la tête, s'y dirige sans réfléchir.

L'absence d'enfants parmi les victimes le dérange. Leur présence aurait renforcé son message. Le massacre d'enfants marque l'imaginaire. Il dégoûte. Celui des adultes, pas autant.

Il aurait pu faire un carnage au centre-ville, en pleine heure de lunch. Mais ce n'était pas le but. Il veut marquer les esprits. Pas devenir une statistique de plus. Il veut que son nom résonne. Qu'il survive à l'oubli.

Les gens ne comprennent que les actes impensables, ceux qui sont si diaboliques que l'esprit refuse de les rationaliser. Ils commenceront par se demander quel genre de malade peut s'en prendre à des enfants. Pourtant, ces mêmes gens restent indifférents aux morts, aux viols, aux enlèvements commis chaque jour sous le règne des despotes.

Cette morale à géométrie variable l'écœure.

Cette hypocrisie.

Cette révolte sélective devant la mort. Comme si toutes les vies n'avaient pas la même valeur. Comme si l'horreur n'était tolérable que lorsqu'elle frappe les autres.

Combien de fois a-t-il entendu : « On n'aurait jamais cru que ça pourrait nous arriver » ?

Comme si leur droit à la vie valait plus que celui des autres.

Non, les gens ne chercheront pas à comprendre ses motifs. Ils ne se demanderont ni pourquoi il a fait ça ni comment quelqu'un devient un monstre. Ils poseront une seule question : comment quelqu'un peut-il tuer des enfants aussi froidement ?

C'est simple.

Pour le message.

Rien d'autre.

Parce que les prières et les pensées après chaque tuerie ne servent à rien. Parce qu'un jour, il faudra bien affronter la vérité.

Mais l'humain préfère détourner le regard. Éviter de remettre son confort en question. Rejeter toute responsabilité. Ne rien changer.

Si la société prenait vraiment le temps d'examiner ses propres perversions... s'il existait une volonté réelle de chercher des solutions durables... il y aurait moins d'êtres comme lui. Moins de gens à bout, marginalisés, ignorés jusqu'à ce qu'ils commettent l'irréparable.

C'est pour ça qu'il ne ressent rien.

Parce que c'est un devoir.

La sale besogne qu'il a choisie.

Un sacrifice pour une société qui lui a tout arraché.

Tout ce qu'il avait construit honnêtement, balayé d'un revers de main, sans autre forme de procès.

Une simple accusation suffit à tout faire tomber, qu'elle soit fondée ou non. Et personne ne s'en soucie.

On lui avait dit un jour : « Des innocents doivent parfois payer pour que les coupables ne s'en sortent pas. »

Alors il applique cette logique.

Des innocents mourront pour que justice soit faite.

Comme lui, les gens sur l'île paieront.

C'est injuste. C'est barbare. C'est cruel.

Tout comme ce qu'on lui a infligé.

Comme lui, ils ont simplement tiré le mauvais numéro.

On lui avait enseigné qu'en cas de doute, il fallait agir comme si les soupçons étaient fondés.

Aujourd'hui, il n'y a plus de place pour le doute.

Tout est clair.

Tout est juste.

Ce qui le fascine, c'est cette manière qu'ont les gens de rester figés devant l'horreur. Comme si leur cerveau refusait encore d'y croire.

Deux employés du camp de vacances se tiennent devant lui. Ils ne bougent pas. Mains levées. Ils tentent de négocier.

Comment peuvent-ils croire qu'on peut raisonner un homme qui a tout perdu ?

Qu'ils s'en sortiront indemnes, face à quelqu'un poussé à bout ?

Ne comprennent-ils pas que c'est trop tard ?

Que le point de non-retour a été franchi depuis longtemps ?

Ils tombent tous les deux comme des pantins disloqués.

Une dizaine de balles, en moins d'une seconde.

Spacek s'approche pour s'assurer qu'ils sont morts.

Il ne veut pas que ses victimes souffrent. Ce n'est pas le but.

Il veut seulement transmettre son message.

Mais ces deux-là sont morts sur le coup.

C'est une certitude... quand il vous manque la moitié du visage.

54

Plongé dans une obscurité épaisse, Samuel Marcoux reste aux aguets. Chaque bruit, chaque craquement fait battre son cœur un peu plus vite. Il sait qu'il serait plus sage de rester caché, d'attendre les secours sans bouger.

Mais tout en lui hurle qu'il doit remonter. Il ne peut pas laisser sa sœur entre les mains d'un tueur sans rien tenter. S'il savait où se trouvent Charlotte et son groupe, il pourrait peut-être devancer le meurtrier, trouver un refuge pour les enfants.

Et puis, la trappe est trop visible. Beaucoup trop. N'importe qui d'un tant soit peu attentif comprendrait que si la pièce est vide, c'est qu'ils étaient descendus à la cave. Le tapis roulé dans un coin, les meubles déplacés... c'est un indice trop grossier.

Samuel hésite, un pied déjà posé sur la première marche. Son instinct le pousse à fuir, mais une autre voix, plus forte encore, lui intime de rester. Frank et Pierre-Alexandre sont tout près, figés, muets. Ce silence est lourd, pesant — mais normal.

Il est soulagé de voir que les enfants comprennent la gravité de la situation. Malgré quelques sanglots étouffés, ils gardent le silence. Samuel est presque certain que le tireur n'est pas encore entré dans le bâtiment. Sinon, il aurait entendu ses pas, le bruit sourd de ses bottes.

Avec précaution, il grimpe deux marches de plus. Il doit éviter d'attirer l'attention des animateurs. S'ils le voient, ils chercheront à l'arrêter. Chaque seconde perdue rapproche Charlotte du danger. Et Samuel sait qu'il ne se pardonnera jamais de ne pas avoir tenté quelque chose pour la sauver.

— Je remonte, murmure-t-il à l'oreille de P-A.

— T'es malade ?

— Faut que je retrouve Charlotte. Et faut que je replace le tapis sur la trappe avant que l'autre maniaque tombe dessus. Il y a encore des enfants dehors, sur l'île. Faut les avertir.

— Moi, je reste ici, souffle P-A, pétrifié.

— C'est exactement ce que t'as à faire, répond Samuel.

— Moi, je te suis, annonce Frank à voix basse.

— Non. Tu restes. C'est ma sœur. J'irai plus vite tout seul. À plusieurs, on va se faire remarquer. Restez ici, à l'abri.

— Tu m'empêcheras pas de faire ce que je veux, réplique Frank avec aplomb.

Samuel ne répond pas. Il n'a pas le luxe de discuter. Il partira seul, quitte à semer Frank dans les bois après lui avoir ordonné de se cacher.

Il n'a pas vu Cannelle non plus à l'heure du déjeuner. Elle doit être dehors, sûrement en train de préparer les voiliers. Son cœur cogne si fort qu'il en a mal à la poitrine. Il est décidé à sortir, mais l'angoisse est si vive qu'il ne sent plus ses jambes. Peut-être qu'il ne pourra même pas courir. Mais il ne peut pas rester ici. Pas tant que Charlotte est à découvert.

Il essaie de se rappeler ce qu'elle lui a dit qu'ils feraient ce matin. Elle lui en a parlé, c'est sûr, mais son esprit embrouillé refuse de coopérer.

À quatre pattes, il grimpe les dernières marches vers l'étage principal. Il tend l'oreille, alerte au moindre son. Rien. Pas un souffle. Un silence de mort.

C'est maintenant ou jamais.

Avec l'aide de Frank, Samuel soulève la trappe. Deux animateurs accourent, leur ordonnant de revenir, mais les garçons se faufilent déjà jusqu'à l'étage principal. La trappe se referme derrière eux dans un bruit sourd.

Brindille entrouvre la porte dans le plancher, une dernière tentative pour les retenir.

— Revenez immédiatement !

— C'est hors de question, coupe Samuel, le ton sec. Promis, on fait attention. Si on entend quoi que ce soit, on se cache.

Il le fixe un instant, résigné, puis referme la trappe.

Ils s'apprêtent à tirer le tapis par-dessus quand celle-ci s'ouvre de nouveau.

— Fuck, arrêtez d'ouvrir la trappe ! s'écrie Samuel, les nerfs à vif, tremblant de tous ses membres.

C'est Pierre-Alexandre. Il les regarde avec une drôle d'expression — tendue, mais résolue.

— Aidez-moi à sortir.

Samuel reste figé.

Quelle mauvaise idée.

Il essaie de le convaincre de rester, mais P-A ne cède pas. Et Samuel comprend qu'il ne changera pas d'avis.

— OK, mais grouille-toi. On doit couvrir la trappe avant qu'il rapplique.

Pendant que Samuel et Frank remettent le tapis en place, Pierre-Alexandre arrache une feuille du grand tableau en liège. Ils disposent quelques chaises par-dessus la trappe pour rendre la mise en scène crédible. La table, trop lourde, est vite laissée de côté.

Une fois la trappe dissimulée, les trois garçons jettent un coup d'œil autour d'eux. Toujours aucune trace du tireur. Mais chaque seconde compte. À découvert, ils sont des cibles faciles, même pour un amateur.

Ils filent vers la forêt qui cerne l'île. Après quelques dizaines de mètres, Samuel remarque que P-A les dirige vers une vieille cabane en bois, à demi dissimulée par le feuillage. Il ne l'avait jamais remarquée. Elle semble oubliée du camp, à l'écart, presque invisible.

La planque idéale.

Samuel ne pose pas de question. À quoi bon ? Ce qui compte, c'est qu'ils soient à l'abri.

À l'intérieur, ils reprennent leur souffle. Samuel sent son cœur ralentir. Il a bien fait de faire confiance à son instinct. Ils ont échappé aux regards. Mais ils restent dans le flou. Où aller ? Où sont les autres ? Comment prévenir ceux qui ne se sont pas réfugiés dans la cafétéria ?

— Avec ça, lance Pierre-Alexandre en brandissant la feuille.

— C'est quoi ? demande Samuel.

— L'horaire des groupes pour aujourd'hui.

Samuel le regarde, bouche bée. Puis il éclate d'un rire soulagé et l'enlace avec force.

— T'es un génie.

Il n'y avait pas pensé. L'emploi du temps affiché sur le tableau est leur meilleure carte.

— On devrait se diviser la liste, propose P-A. Un tiers chacun.

— Je vais chercher mon couteau, ajoute Frank, déjà en mouvement.

Samuel tente de le retenir, mais Frank marque un point : c'est leur seule arme, et elle peut aussi servir d'outil.

Il se souvient exactement où les responsables l'avaient rangé après la confiscation.

Pierre-Alexandre lui tend un tiers de la liste, puis confie les autres groupes à Samuel, y compris celui de Charlotte.

— Je sais où ils cachent les téléphones, dit P-A en désignant le bureau de Ciboulette. Avec un peu de chance, je vais avoir un signal.

Samuel les regarde s'éloigner vers les dortoirs des moniteurs, le cœur lourd. Il serre la mâchoire, secoué.

S'il leur arrive quelque chose, ce sera sa faute.

C'est lui qui les a entraînés là-dedans. Eux aussi sont désormais exposés à un tueur armé jusqu'aux dents.

Fuck. Il aurait dû rester planqué avec les autres.

Mais une autre pensée s'impose.

Ils peuvent faire la différence.

S'ils restent prudents, s'ils se déplacent vite... ils ont peut-être une chance.

Un homme seul, armé mais lent, ne pourra pas couvrir toute l'île à la fois. Et il ignore qu'ils sont là.

Un cri perce soudain la forêt, lointain mais net.

Samuel se fige, le souffle coupé. Puis il bondit.

Il court vers l'ouest, sans savoir ce qu'il trouvera. Mais il court. Parce que crier n'a jamais suffi.

Et parce que Charlotte est peut-être encore en vie.

55

Mousson perd brièvement son sourire et se retourne pour jeter un coup d'œil derrière lui.

— Qu'est-ce que c'était ?

— Aucune idée, répond Cannelle en haussant les épaules. Peut-être des plaisantins.

— Ouais, probablement, acquiesce-t-il en plongeant son regard de braise dans celui de sa jolie collègue.

Cannelle rougit et détourne les yeux. Il l'intimide à un point déconcertant.

— Va retrouver ton groupe. Je peux finir toute seule.

— Il te reste juste deux voiliers. Après ça, je te laisse tranquille, promis.

Elle n'a aucune envie qu'il la laisse tranquille. Au contraire, elle rêverait de tout laisser derrière pour fuir avec lui. Jamais elle n'a ressenti une telle attirance. En sa présence, ses jambes se dérobent, son cœur s'emballe, sa tête tourne. L'appétit lui manque, son esprit est ailleurs. C'est comme vivre dans un rêve éveillé… un rêve dont elle redoute qu'on la tire d'un coup sec.

Elle achève de lubrifier l'accastillage pendant que Mousson s'affaire au dernier voilier. Aucun enfant du groupe des douze ans ne se montre, ce qui l'étonne. Ils auraient dû arriver depuis un moment déjà. Elle soupire et jette un œil à sa montre. Elle devra aller les chercher au bâtiment principal.

Le soleil de plomb lui brûle la nuque. Elle songe à se réfugier sous un arbre, un peu plus loin. Elle aime l'été. Mais ces journées de canicule ? Pas quand il faut gérer une bande de préados exigeants, bruyants et surexcités. Elle s'éponge le front du revers de son bandeau.

Malgré tout, elle trépigne d'impatience à l'idée d'être enfin sur l'eau avec eux. Le vent les rafraîchira. Elle accueillera volontiers quelques éclaboussures. Un souffle plus soutenu aurait été idéal, mais la brise qui s'éteint doucement dans les feuillages de l'île laisse espérer qu'ils pourront hisser les voiles. Ramer sous cette chaleur serait un enfer. Elle sourit en observant les petites rides à la surface du lac.

— Voilà, c'est fait, lance Mousson en reprenant son souffle.

Il s'essuie le visage avec le bas de son t-shirt, dévoilant des abdos dignes d'une statue grecque. Il lance à Cannelle un regard suggestif, comme pour lui demander : « Et maintenant ? » Mais ils savent tous les deux qu'ils n'ont pas une seconde à eux. Pas aujourd'hui.

Mousson réalise à son tour que les enfants tardent. Son groupe l'attend à l'autre bout du site.

Un craquement dans les bois les interrompt. Peut-être enfin les enfants.

Au lieu de visages familiers, une silhouette massive émerge lentement de la forêt. Elle avance droit vers eux, silencieuse, les yeux rivés sur eux.

D'abord, Cannelle croit reconnaître un ouvrier des toits. Peut-être un jardinier. Mais son cœur se serre en voyant l'uniforme de camouflage. Ce n'est ni l'un ni l'autre.

— On peut vous aider ? demande Mousson, en se plaçant calmement entre l'homme et sa collègue.

L'inconnu esquisse un sourire. Puis il lève une arme semi-automatique. Le canon les vise.

Cannelle émet un cri strident et recule d'un pas. Mousson ne bouge pas. Il garde les yeux rivés sur l'homme.

Quand le canon pivote vers Cannelle, comme pour la faire taire, Mousson fonce. Mais les balles le frappent avant qu'il ait franchi la moitié de la distance. Ses jambes s'effondrent sous lui. Une douleur fulgurante le traverse, puis tout s'arrête. Les ténèbres.

L'homme tourne lentement la tête vers Cannelle. Elle hurle encore, recule, trébuche presque.

Il l'abat à son tour. Les cris s'arrêtent net. Ne reste que l'écho... et le bruit sourd d'un corps qui tombe.

André Spacek reste figé un instant, contemplant les deux cadavres. Inutile de vérifier. C'est terminé. Les regards pleins de vie qu'ils échangeaient il y a une minute sont morts. Éteints.

Il se penche vers le jeune homme, lui retire une espadrille. C'est un peu petit, mais cela devrait suffire. Il prend l'autre et glisse la paire dans son sac à dos.

Des bruits de pas lui parviennent — rapides, fuyants. Il se redresse aussitôt et s'élance dans cette direction, grimaçant à chaque foulée à cause de ses foutues bottes.

Il débouche dans une vaste clairière, près des baraquements. Personne.

Il se retourne vers le bois et arrose les arbres de balles. Pas de cris. Juste l'écho métallique des projectiles qui frappent l'écorce.

Puis il les voit. Trois autres animateurs s'avancent, inquiets. Trop tard.

Il sourit. Lève son arme.

Et les tue comme des animaux.

56

Pierre-Alexandre n'a jamais couru aussi vite de sa vie. En empruntant une route de terre, attiré par des gémissements étouffés, il aperçoit un individu vêtu d'un camouflage, le dos tourné. Son cœur saute un battement : c'est exactement le tueur que Samuel lui a décrit.

Sans réfléchir, il fait volte-face et s'élance dans la direction opposée.

Ses jambes plient, molles comme du linge mouillé, mais il se force à tenir l'allure. Il doit s'éloigner. Vite. Heureusement, la plupart des résidents de l'île sont déjà regroupés dans le sous-sol du bâtiment principal. Reste encore deux groupes sur sa liste à prévenir — eux ignorent tout du danger. Il doit les atteindre avant que le tireur ne le fasse.

Un éclair de lucidité traverse sa panique : personne n'a pensé à contacter la police. Il bifurque vers la cabane des responsables. Peut-être qu'une ligne terrestre fonctionne encore. Ou un cellulaire avec un peu de réseau. La réception est merdique sur l'île, mais près de l'eau, avec un peu de chance...

Il pousse la porte du bâtiment. Vide.

Il va devoir se débrouiller seul.

P-A se précipite vers un téléphone fixe sur le bureau, décroche. Pas de tonalité. Il raccroche brusquement, jure entre ses dents, puis reste là, figé, à scruter la pièce comme s'il espérait qu'une solution surgisse du décor.

Il approche une chaise d'une grande armoire en chêne massif. Ses bras tremblent. Il se déteste, incapable de contenir son anxiété. Clairement, il n'a pas hérité du sang-froid de son père chirurgien.

Il grimpe, tend la main, attrape une boîte posée tout en haut. Bingo : plusieurs téléphones portables, tous éteints. Il les allume à la chaîne, priant pour qu'au moins un d'eux capte un signal, même faible.

Son regard tombe sur son propre iPhone. Un mince sourire lui échappe. Il l'allume, les yeux rivés à la porte, guettant le moindre bruit. Le temps joue contre lui.

Au loin, une nouvelle salve de coups de feu. Silence. Puis ça repart.

Le téléphone se déverrouille à la reconnaissance faciale. Il compose le 9-1-1. Rien. Il jette un œil à la réception.

— Merde… une barre à peine.

Il tente l'appel plusieurs fois. Chaque tentative se solde par un échec. Frustré, il attrape deux autres téléphones non verrouillés et les essaie à leur tour. Toujours rien.

Il lance un dernier regard à l'écran de son cellulaire, puis le glisse dans sa poche arrière. Il n'a plus une seconde à perdre.

Des pas approchent.

Il se dirige rapidement vers le bureau du fond quand la porte s'ouvre d'un coup sec.

Ciboulette déboule, le visage blême. C'est la coordonnatrice des animateurs. Elle claque la porte derrière elle, le souffle court, et fonce vers le téléphone sur son bureau.

— Il fonctionne pas ! dit une voix dans son dos.

Ciboulette sursaute, pousse un petit cri.

— P-A ? Qu'est-ce que tu fais là ? T'as failli me faire mourir ! Faut que tu te caches, là ! Y a un homme dehors qui —

— Oui, je le sais, Ciboulette. J'ai essayé d'appeler la police. Aucun téléphone marche. Ni le fixe ni les cellulaires.

Il résume vite la situation. Les enfants sont en sécurité dans la cave avec leurs moniteurs. Samuel et Frank sont partis avertir les deux autres groupes.

— Non ! Ils doivent se cacher tout de suite ! s'écrie-t-elle, horrifiée. Je vais activer l'interphone. Ils doivent plus bouger jusqu'à l'arrivée des secours.

P-A fronce les sourcils. Quels secours, s'il n'y a aucun moyen de communication ? Il ravale son commentaire. Peut-être que Samuel ou Frank ont déjà trouvé un des groupes. Peut-être même davantage.

Il garde pour lui le fait que Frank est parti avec un couteau. Avant de lui confier l'arme, P-A lui a indiqué où frapper s'il croisait le tireur. Un vieux conseil que son père lui répétait en boucle — « neutralise, ne tue pas » — pour se défendre, pas pour attaquer. Jamais il n'aurait cru que ça servirait pour de vrai.

Évidemment, son père pensait pas à un couteau, mais à tout ce qui permet de se défendre sans trop blesser. Juste ce qu'il faut pour survivre.

— Cache-toi sous le bureau, là-bas, ordonne Ciboulette en pressant deux boutons avant de saisir son walkie-talkie.

Elle s'éloigne, la main tremblante, et active l'appareil.

— À tous les employés. Code 92. Je répète : Code 92. Ceci n'est pas un test.

Sa voix résonne dans les haut-parleurs de l'île. Un bref soulagement lui traverse la poitrine. Elle baisse le bras, balaye la pièce du regard.

Le garçon n'est plus là.

Elle revient vers le fond de la salle, le cœur battant.

— P-A ? chuchote-t-elle.

Des pas lourds, précipités, se rapprochent.

La porte explose presque en s’ouvrant. Une silhouette massive envahit le cadre.

Puis — le tonnerre.

Une rafale.

Les bureaux éclatent en morceaux.

57

Samuel Marcoux zigzague entre les arbres, bondit par-dessus les racines noueuses, fonce vers l'emplacement des kayaks où se trouverait prétendument un groupe d'enfants d'une dizaine d'années. Une image effroyable traverse son esprit : celle de petits corps déchiquetés, éparpillés sur la plage, près des embarcations.

Une voix a grésillé dans l'interphone, mais entre le martèlement de ses pas, le vent sifflant à ses oreilles et sa respiration haletante, il n'a rien entendu. Peu importe. Il doit rejoindre le groupe au plus vite et avertir le moniteur du danger.

Il vire brusquement à droite, manque de trébucher, se rattrape de justesse avant de heurter un tronc massif. Il ralentit, non pas par précaution, mais à cause de la chaleur accablante et de l'air immobile, même sous les branches. Son T-shirt lui colle à la peau, sa gorge est sèche comme du carton, et son esprit carbure à l'adrénaline.

Il prie pour ne pas arriver trop tard. Que le tireur ne soit pas déjà là. Il veut prévenir le moniteur, l'inciter à mettre les enfants à l'abri. À travers les feuillages, les couleurs criardes

des kayaks apparaissent enfin, de même que quelques silhouettes déambulant près de l'eau.

Samuel débouche sur la plage, balaie les environs du regard. Aucun tireur en vue. Il presse le pas vers l'animateur, un grand jeune homme aux cheveux châtains qu'on surnomme Safran.

— Allô, Sam ! lance une petite voix tout près.

Mais Samuel ne s'arrête pas. Il file droit vers Safran.

— Arrêtez ! Arrêtez ! crie-t-il, la voix hachée par l'effort.

— Qu'est-ce que tu fais là, toi ? demande Safran, mi-souriant, mi-perplexe.

Samuel lui fait de grands gestes, l'implore de s'approcher. Le sourire de Safran disparaît instantanément lorsqu'il perçoit l'expression de Samuel. Il y a quelque chose dans ses yeux, dans la tension de son visage. Il tend l'oreille, inquiet. C'était donc ça, les bruits secs entendus plus tôt ? Il avait pensé à des pétards... mais le camp interdit formellement ce genre de choses. Et cette annonce à l'interphone, étouffée dans l'écho ?

Il faut réagir. Vite. Mais comment rassembler les enfants sans provoquer de panique ? Samuel scrute les alentours, puis tend le bras vers la droite.

— Là-bas !

Il a repéré un talus herbeux, surmonté d'un affleurement rocheux qui évoque l'entrée d'une grotte. Safran prend les devants, commence à regrouper les enfants calmement. Pendant ce temps, Samuel improvise un abri : il attrape une bâche rigide, la cale contre la paroi naturelle pour en dissimuler l'intérieur.

Safran se retourne, le regard grave.

— Reste avec les enfants, OK ?

Mais Samuel secoue la tête, résolu.

— Je peux pas. Ma sœur est encore là-bas. Faut que j'y retourne.

L'animateur longiligne hésite un instant, puis fonce vers un des kayaks. Il attrape une pagaie, grimpe à bord et commence à traverser le lac à grandes brassées, en direction du poste principal. Samuel esquisse un sourire. Excellente idée.

Il rejoint ensuite les enfants, blottis sous la butte herbeuse, les yeux grands ouverts. Il s'agenouille à leur hauteur, le ton doux mais ferme.

— On va jouer à une partie de cache-cache spéciale.Puis il y a un prix vraiment exceptionnel à gagner...

Les enfants retiennent leur souffle, intrigués.

— Mais pour gagner, faut rester cachés ici, dans la grotte. Pas un son, d'accord ? Le moindre bruit suffit pour que vous soyez disqualifiés.

Ils échangent des regards à la fois inquiets et excités, puis hochent la tête avec sérieux.

— Et surtout, insiste-t-il, vous sortez pas tant qu'il y a pas un moniteur qui vient vous chercher. Promis ?

— Promis ! répondent-ils en chœur.

Samuel esquisse un sourire bref, les yeux brillants. Il jette un dernier coup d'œil vers les enfants, recroquevillés les uns contre les autres, puis rabat la bâche sur l'ouverture. Il cale quelques branches pour mieux camoufler l'entrée, se redresse et s'éloigne vers les arbres.

Mais à peine a-t-il posé un pied hors du couvert qu'une voix grave, sèche et tranchante claque dans l'air, comme un coup de fouet :

— Où est-ce que tu penses que tu t'en vas ?

Samuel se fige. Une sueur froide lui coule dans le dos.

Lentement, très lentement, il se retourne.

58

Un sourire mauvais se dessine sur le visage d'André Spacek pendant qu'il braque son arme vers un jeune homme qui s'éloigne dans un kayak. Il répète sa question, cette fois plus fort :

— Où est-ce que tu penses que tu t'en vas ?

Mais l'autre ne répond pas. Il rame à toute vitesse vers la rive. Spacek ajuste sa visée, puis presse la gâchette. Les balles fusent, criblant l'eau autour de l'embarcation. L'une d'elles l'atteint en plein dos. Le garçon lâche sa pagaie. Son corps bascule vers l'avant, figé, toujours assis dans le petit kayak jaune éclaboussé de sang.

Spacek pousse un cri rauque, presque bestial. Tous ses muscles se tendent en un spasme triomphal. À travers la lunette, il confirme : la plaie est béante. Le garçon ne bouge plus. Mort sur le coup.

Au loin, Samuel Marcoux, les yeux noyés de larmes, fonce droit vers le groupe de Charlotte. Il prie pour que Safran ait échappé aux tirs.

Le tireur tourne la tête vers sa droite. Une bâche repose contre un talus en terre. Il jette un coup d'œil aux alentours, en quête d'autres cibles, puis avance vers la butte. Il observe les lieux un moment, aux aguets, et s'apprête à écarter les branches quand des voix d'hommes lui parviennent, indistinctes, au loin.

Spacek, l'AR-15 en joue, se dirige sans hésiter vers elles.

Il fulmine intérieurement. Il a oublié de couper l'interphone général. Une erreur de débutant. Une connerie qui pourrait foutre tout son plan en l'air. Mais il se rassure : il a déjà fait ses premières victimes. Le message est passé — surtout pour le gars dans le kayak.

Code 92. Quelle subtilité !

Comme si tout le monde ignorait que 92, c'est-à-dire 911, était un code d'urgence. Un code idiot qui aurait pu tout faire foirer. Mais au lieu de le décourager, ça le galvanise. Il ira jusqu'au bout. Il l'a décidé : il tuera tout le monde sur cette foutue île. Et avec l'arsenal qu'il traîne, il a tout ce qu'il lui faut. Il a promis un carnage avant de crever. Et c'est exactement ce qu'il est en train de livrer. Magistralement.

Il se remémore son passage dans la salle de l'interphone. Personne. Rien que des meubles. Il avait tiré sur le système, pulvérisé le boîtier. Aucun corps. Il suppose que la pute qui a donné l'alerte l'a fait d'un autre endroit, ou qu'elle s'est sauvée à temps.

Peu importe. Elle ne perd rien pour attendre.

Il a pris quelques secondes pour retirer ses bottes d'armée et enfiler les espadrilles volées à Mousson. Déjà, des ampoules se forment sur ses talons. Heureusement, les semelles plates des souliers blancs ne frottent pas sur ses plaies.

Il localise l'origine des voix : trois hommes, bronzés à l'excès, travaillent torse nu sur le toit d'une des baraques.

« Les responsables du camp ne leur ont visiblement pas expliqué la signification du code 92 », pense-t-il, un sourire en coin.

Les trois hommes frappent à coups de marteau, parlant fort,

inconscients qu'un soldat lourdement armé vient de surgir de la forêt. Le trio est à sa merci. Spacek les met en joue, observe leurs gestes à travers sa lunette. Il savoure l'instant, curieux de voir leurs visages au moment où la mort les fauche.

Mais les ouvriers continuent de travailler, absorbés. Le sourire de Spacek s'efface. La sueur lui pique les yeux. Il s'essuie le front du revers de la manche, agacé. Puis, il tire quelques balles en l'air.

Cette fois, il capte leur attention. Leurs visages se figent. La terreur les marque au fer.

Sans leur laisser la moindre chance, Spacek les fauche d'une rafale. Les corps roulent sur le toit en pente et chutent lourdement au sol. Il s'approche et, même s'ils sont déjà morts, leur éclate la tête avec son revolver.

Un peu plus loin, un bâtiment familier : la cafétéria.

Il la reconnaît aussitôt. Ce lieu avait été son refuge, gamin. Le cuisinier y préparait des plats simples mais savoureux, mille fois meilleurs que ceux de sa mère, qui n'avait jamais su faire cuire autre chose qu'un œuf dur.

Heureusement, elle avait d'autres qualités.

Un pincement au cœur. Il pense à elle. À ses funérailles, bâclées par obligation. Il aurait voulu mieux.

Il s'avance vers le vaste édifice, fébrile. Des décennies sans y mettre les pieds. Rien ne semble avoir changé, sauf la teinte extérieure — plus terne, plus sombre.

Il se souvient. Comme il avait été heureux ici, avant que des parasites en costard ne s'emparent du lieu, le transformant en camp de vacances pour enfants gâtés. Une fois de plus, on les avait repoussés, lui et les siens, relégués dans les parcs urbains jonchés de détritus, de condoms usagés, de seringues. Ou entassés dans les piscines publiques surpeuplées, à se baigner dans une eau souillée de pisse.

Une fois à l'intérieur, il baisse son arme. C'est vide. Trop vide. Le signal de l'interphone, sans doute.

Les mâchoires serrées, il explore les lieux à grandes enjambées. Les tables sont couvertes d'assiettes à moitié pleines et de bacs remplis d'eau de vaisselle tiède.

Il fouille chaque armoire, chaque étagère. Rien. L'espoir de tomber sur une présence vivante s'amenuise peu à peu. Il pousse un cri rauque, frappe une table du poing. Puis, à voix basse, tentant de se recentrer :

— Regarde, André. Concentre-toi. Cherche ce qui cloche dans le portrait. Ils n'ont pas pu se volatiliser.

Sous ses pieds, dans la cave, les moniteurs et leur groupe d'enfants retiennent leur souffle. Certains prient en silence. D'autres pleurent doucement. Les pas lourds de Spacek résonnent au-dessus de leurs têtes, faisant tomber de la poussière à travers les fentes du plancher.

Les enfants sursautent au cri de l'homme, mais son hurlement couvre leur réaction.

Puis, une voix grave, faussement rassurante, résonne :

— Eh ! tout le monde, c'est la police. La situation est sous contrôle. On a neutralisé le tireur. Vous pouvez sortir, vous êtes en sécurité maintenant.

Les moniteurs ne sont pas dupes. Mais quelques enfants, soulagés, commencent à bouger. Les moniteurs peinent à les calmer, à leur faire comprendre qu'il ne faut pas faire de bruit. Pendant ce temps, l'homme là-haut insiste : il est policier, le danger est écarté, ils peuvent sortir.

André Spacek sourit. Il espère qu'un gamin ou un ado finira par sortir de sa cachette.

Mais rien ne se passe. Il finit par admettre qu'il n'y a plus personne ici. Tous sont éparpillés quelque part sur l'île. Il jette un œil autour de lui. Du désordre au sol. Un coin de tapis replié attire son attention. Il s'approche et le repousse du pied. Le vieux plancher grince sous son poids. Il s'immobilise.

Soudain, une ombre passe, rapide, de l'autre côté de la grande fenêtre.

Il ouvre le feu.

La vitre éclate sous la rafale. Il se précipite dehors.

Rien. Il fait le tour du bâtiment. Aucun signe de vie.

Il commence à douter de lui-même. À force de traquer l'ennemi, il voit des fantômes partout. Il doit garder le contrôle. Ils ne peuvent pas être ailleurs. Ils sont ici. Sur l'île.

Il soupire, s'adosse au mur extérieur du bâtiment, change le chargeur de son arme. Il doit rester attentif. Repérer ce qui cloche. Et puis, il y a cette bâche, près de la butte. Elle mérite une nouvelle inspection. Plus tard. Pour l'instant, il scrute les alentours, évalue les coins susceptibles de servir de cachette.

Il doit penser comme une proie. Pas comme un prédateur.

Puis, une douleur aiguë lui vrille les chevilles. Il sursaute, grimace.

Un frottement derrière lui. Comme un animal qui rampe sous la véranda.

Il pivote brusquement, hurle, agrippe sa cheville droite.

Il arrache son gant, examine sa blessure : une plaie nette, profonde.

Ses doigts sont couverts de liquide chaud et visqueux. Du sang.

Il pousse un cri de rage, et tire à l'aveugle sous la véranda.

D'abord, il croit à une morsure. Mais non. Deux coupures franches aux tendons d'Achille. Chaque pas devient un supplice. Il crie encore, puis vide son chargeur au hasard dans les bois, haletant.

Le sang coule à flots. Sa progression devient laborieuse. Combien de temps pourra-t-il tenir comme ça ? Combien de mètres avant de s'effondrer ?

Les dents serrées, il avance, traînant les pieds. Un mince filet de sang marque son passage. Arrivé près d'une table de pique-nique, il dégage son sac à dos, en sort la trousse de premiers soins, bande ses chevilles. Il serre fort. Assez pour ralentir l'hémorragie. Assez pour continuer.

Mais il reste sonné. Qui a pu faire ça ? Et comment ?

Il ne comprend pas. Une attaque aussi précise, aussi risquée...

Impossible à croire.

Ou alors... le hasard ? Le destin ? Quelqu'un, peut-être même une force invisible, se cache dans les ténèbres, déterminé à l'arrêter avant qu'il n'atteigne son objectif ?

Des forces invisibles, hostiles, qui conspirent contre lui ?

Qu'importe. Il serre les dents.

Il doit avancer.

Il doit finir ce qu'il a commencé.

Plus une seconde à perdre.

59

Frank Richard progresse péniblement à travers les bois, en direction du point de rendez-vous avec Samuel et Pierre-Alexandre. Chaque pas lui arrache un gémissement ; la douleur, vive et tenace, pulse dans son bras gauche. Sa manche s'imbibe rapidement de sang.

Il avait tranché les tendons d'Achille du tireur avant de se glisser sous la véranda. Ce n'était qu'une fois hors de portée, à l'abri des regards, qu'il avait compris qu'il s'était fait tirer dessus.

Il avait pris soin de contourner le bâtiment, s'en servant comme d'un écran, suivant à la lettre les conseils de Pierre-Alexandre. Des consignes reçues quand ils avaient récupéré son couteau dans la boîte des objets confisqués. P-A lui avait dit, entre autres, de viser l'arrière des pieds s'il devait frapper. Juste assez pour ralentir n'importe qui — même un colosse.

Frank l'observait depuis le coin d'une fenêtre, guettant une faille, une ouverture, une erreur. Mais quand il avait vu le tireur scruter le plancher de la cafétéria et s'approcher de la trappe, il avait réagi sans réfléchir. Il avait contourné le bâtiment en courant et lancé une poignée de cailloux contre une vitre. Le verre avait éclaté à l'instant même où il s'était glissé sous la bâtisse.

La véranda, avec ses treillis délicats, ceinturait élégamment l'immeuble. Frank avait forcé un panneau pour se faufiler à l'intérieur. Accroupi, il avait rampé jusqu'à l'entrée principale, là où un espace libre entre les escaliers lui offrait un passage.

Couteau de chasse en main, il avait hésité. Pas question de sortir à découvert. L'autre était plus grand, plus fort. Même en frappant le premier, il n'aurait jamais eu le temps d'infliger assez de dégâts. Dans la vraie vie, poignarder quelqu'un, ce n'est pas comme dans les films.

Surtout quand le type traîne assez d'armes pour équiper une milice.

Frank manquait généralement de cran. Mais quand l'homme s'était arrêté, lui tournant le dos pour allumer une cigarette ou simplement reprendre son souffle, Frank avait remarqué ses chevilles abîmées — peut-être des ampoules, ou les marques d'une infection naissante.

Un dilemme l'avait déchiré : tenter sa chance ou attendre et risquer que le tireur retourne à l'intérieur et découvre la trappe ? La peur lui avait tordu le ventre, mais l'inquiétude qu'une personne découvre les dizaines d'enfants dissimulés dans le sous-sol était encore plus grande.

Et puis, sans prévenir, il avait agi. Une impulsion brute.

Il avait foncé, frappé l'une des zones que P-A lui avait montrées, puis roulé sur le côté pour se mettre à couvert. Le coup était parti, le treillis avait explosé, et il avait pris une balle au bras.

Caché derrière la façade, il avait serré les dents. La douleur irradiait jusqu'à l'épaule. Il s'était faufilé de l'autre côté de la véranda et avait gagné les bois.

Il avance toujours, haletant. La douleur lui vrille le bras, mais il s'accroche. Le sang continue de couler, mais il serre les dents et tente de le contenir. À première vue, il peut encore bouger son bras. Ça brûle, mais c'est supportable.

Sauf qu'André Spacek l'a vu. Même dans le chaos, il a repéré la direction que Frank a prise.

Et maintenant, il avance vers eux, le visage tordu par la douleur... et la rage.

60

André Spacek hurle sa rage, frustré par les petits pas que ses blessures lui imposent. Il avance à un rythme si lent qu'il se demande s'il sera capable de finir sa tâche. Incapable de se hisser sur la pointe des pieds, il se sent comme un canard blessé — ridicule, mais encore dangereux.

Furieux, il tire au hasard dans les bois. Les balles claquent contre les troncs, sans arracher le moindre cri. Aucun frémissement, aucun signe de panique. Rien. Il poursuit sa route vers la butte d'où il a abattu l'homme en kayak. Le chemin est long, mais il n'a pas le choix : il doit rejoindre l'extrémité de l'île.

Il halète comme une bête traquée, les dents serrées, suffoquant dans son uniforme de camouflage. Chaque pas ravive la douleur, amplifiée par le poids du sac à dos qui lui scie les chevilles.

À bout de souffle, il se résigne. Il laisse tomber le sac derrière un gros rocher et le dissimule comme un animal enterre les restes d'une proie. Il glisse quatre chargeurs dans ses poches, ajuste sa ceinture, puis repart en direction de la rive. Il sait que les groupes d'enfants traînent souvent près de l'eau, absorbés par leurs jeux nautiques.

Il continue de tirer, mais moins fréquemment, car il doit économiser ses munitions. Aux aguets, il tend l'oreille. Un bruit. Des pas. Quelqu'un court dans les bois. Il lâche une rafale vers la gauche, sans viser. Il a cru apercevoir une ombre, mais il est impossible de savoir si elle est tombée. Il doute. Est-ce qu'il hallucine ? Est-ce que la douleur lui brouille les sens ?

Ses chevilles le font souffrir atrocement. La douleur irradie jusqu'aux mollets. Mais il avance encore, jurant contre sa malchance, espérant enfin croiser une cible.

En arrivant près de la rive, il s'arrête net. Devant lui, une montagne plonge dans le lac, majestueuse et impassible. L'eau est déserte. Pas un cri, pas un mouvement. Aucun enfant. Aucun moniteur.

Où sont-ils passés, tous ces gens ? Il y avait quoi — une centaine d'enfants, une cinquantaine d'employés ? Comment ont-ils pu disparaître aussi vite ?

Un cri aigu perce l'air, sur sa gauche. Spacek pivote d'un bloc, s'approche du bord du précipice, et découvre quatre jeunes adultes suspendus aux racines d'un arbre, au-dessus du vide. Deux gars, deux filles, tous vêtus des T-shirts d'animateurs du camp. Leurs regards sont rivés sur lui, pleins de terreur.

Il esquisse un sourire. Il lève déjà son arme. Une des filles hurle. Un des gars lâche prise et chute dans le lac en contrebas. Les trois autres restent accrochés, tremblants.

Avec un calme glacial, Spacek les exécute un à un. Trois détonations, trois corps figés, puis la chute. Il tourne ensuite son regard vers le lac, scrutant la surface. Le garçon tombé devra bien remonter à un moment ou à un autre.

Son AR-15 braqué vers l'eau, il attend. Tranquille. Serein. Le sourire toujours présent. Il ne pensait pas y prendre autant de plaisir. Il repense à cette rumeur : des hommes riches paieraient une fortune pour chasser des humains. Il avait toujours cru que c'était une légende urbaine. Mais maintenant...

Il comprend. Trop bien.

À quel point c'est enivrant !

Une silhouette fend la surface du lac, haletante. Spacek tire aussitôt, une rafale brève, précise. Le jeune homme n'a pas eu le temps de reprendre son souffle. Son corps flotte, immobile.

Spacek observe le sang se diluer le lac, noir comme de l'encre sous la surface. Le corps s'enfonce lentement, avalé par les profondeurs.

Les trois autres, avant lui, ont roulé le long de la pente rocheuse. Ils ont frappé l'eau dans un silence brutal, comme des sacs de sable.

Il inspire profondément. Son souffle est saccadé, irrégulier. Ses forces le fuient. Il sent le temps lui glisser entre les doigts. Il ne sait plus très bien s'il entend des voix… ou si c'est son propre souffle qui parle.

Il doit finir ce qu'il a commencé — pendant qu'il le peut encore.

Et seulement après, il en finira avec tout ça.

61

———

Samuel s'apprête à rejoindre le groupe de Charlotte quand Pierre-Alexandre, perché dans un arbre, lui souffle que le tueur vient d'entrer dans la clairière, tout près. Frank a la tête qui tourne sous l'effet de la douleur. En balayant la scène du regard, Samuel remarque l'absence de Mousson près du groupe de Charlotte. Les enfants sont debout, impatients, les yeux rivés sur lui.

Il fait un geste à Charlotte pour qu'elle se cache, mais elle le regarde sans comprendre. Les pas lourds de l'homme résonnent, se rapprochent. Le cœur de Samuel cogne contre sa poitrine. Il tente désespérément de lui faire comprendre qu'elle doit fuir, trouver refuge quelque part — n'importe où — mais elle ne comprend pas. Elle lui sourit, puis lui fait un petit signe de la main.

Samuel sent des larmes monter, des larmes de désespoir. Il ravale son angoisse, insiste encore du regard, du geste. Elle ne comprend toujours pas. Il se tourne vers Pierre-Alexandre, qui lui fait signe de se taire. L'homme en camouflage avance lente-ment, sa mitraillette à la main. Samuel et Frank sont recroquevillés derrière une butte. Pierre-Alexandre reste invisible dans les feuillages.

Mais les huit enfants de l'autre côté sont à découvert.

Le souffle court, Samuel cherche un moyen de détourner l'attention du tireur. Il doit l'éloigner des enfants. De Charlotte. Malgré la peur qui lui vrille les jambes, il continue de lui faire signe. Il ne peut pas l'abandonner.

Dans son perchoir, Pierre-Alexandre observe l'homme se rapprocher dangereusement. Les enfants sont condamnés s'il les repère. Il voit Samuel, désespéré, tenter de raisonner Charlotte, qui ne semble toujours pas saisir l'urgence de la situation. La panique monte. Le pire est sur le point d'arriver.

Samuel le sent aussi. Il comprend qu'il ne peut plus rien faire — sauf une chose. Se montrer. Faire diversion. Offrir une chance aux autres.

L'homme s'avance, méthodique. Chaque pas plus lourd que le précédent. Et soudain, tout bascule : Charlotte s'élance vers Samuel, insouciante, sans voir le danger.

— Non, Charlotte ! Reste là ! hurle Samuel, la gorge serrée.

Il agite les bras, mais elle continue d'avancer. Jusqu'à ce qu'elle s'arrête net. Figée. Le regard happé vers sa droite.

Samuel panique.

— Charlotte, viens ici ! Vite ! crie-t-il, la voix basse, mais urgente.

Elle fait un pas, hésitante. Et puis, une voix grave surgit de l'ombre, à quelques mètres à peine :

— Reste là, petite fille. Bouge pas. Sinon, je tire.

Pris de panique, Samuel se tourne vers Frank. Dans ses yeux, il ne lit que de la désolation, de l'impuissance. Il tend la main. Frank sait ce qu'il lui demande, mais il essaie de le dissuader.

Samuel le regarde. Impossible de rester là sans rien faire.

— Donne-le-moi, Frank. Vite.

À contrecœur, Frank place le couteau de chasse dans la main de Samuel, les yeux brillants d'angoisse. Il l'implore de rester. Mais Samuel sait qu'il ne peut pas abandonner Charlotte.

Pas maintenant.

Ni jamais.

En face, André Spacek observe la petite, figée devant lui. Frêle. Pétrifiée. Une part de lui hésite. Tuer une enfant... Même pour lui, il y a encore une limite.

Il inspire lentement. Ses lèvres se pincent. Il incline légèrement la tête, puis son bras remonte, prêt à viser.

Mais soudain, une ombre surgit sur sa droite. Il braque aussitôt son arme.

Un jeune garçon blond se jette devant la fillette. Un couteau à cran d'arrêt tremble entre ses mains, pointé vers lui. Le visage ruisselant de larmes, il fixe Spacek droit dans les yeux. Petit, mais debout. Toute la haine et la détermination du monde dans deux petits yeux bleus.

Spacek abaisse légèrement son arme, presque admiratif.

— Il y a de l'espoir avec cette génération, après tout, murmure-t-il.

Il soupire. Ce n'était pas censé être difficile. Il aurait préféré tomber sur des enfants sans visage, sans regard. Pas sur ce gamin-là.

Le garçon tente d'entraîner la fillette vers la butte. Lentement. Prudemment. Spacek les suit du canon de son arme.

— T'es courageux, p'tit gars. T'auras droit aux honneurs. Si ça peut te consoler.

Samuel ferme les yeux et se serre contre sa sœur. Sa main reste crispée sur le manche du couteau. Les dents serrées. Il se place devant Charlotte, comme une armure. Il attend.

Spacek lève son arme, la cale contre son épaule. Les deux enfants sont bien en ligne. Deux cibles. Un seul tir.

Pierre-Alexandre détourne les yeux.

Le doigt de Spacek effleure la détente.

Puis, trois coups de feu résonnent dans un écho assourdissant.

62

***

Dans le ciel, une nuée de merles d'Amérique s'envole, affolée par les détonations.

Toujours perché dans l'arbre, Pierre-Alexandre n'ose pas rouvrir les yeux, redoutant ce qu'il va découvrir. Il se serre contre une branche, des larmes coulent en silence sur ses joues. Un cri de femme surgit au loin, ajoutant encore un peu plus au chaos ambiant.

— Bougez pas, je suis de la police !

Samuel regarde Charlotte. Elle pleure, mais elle semble indemne. Samuel tremble de tout son corps.

Il se fige en voyant s'approcher une femme aux cheveux trempés, armée d'un revolver. Mais il comprend vite qu'elle ne leur veut aucun mal.

— Êtes-vous blessés ?

Samuel secoue la tête, les joues imbibées de larmes.

— Éloignez-vous lentement, dit Abygaelle en désignant une butte sur la droite, sans baisser son arme toujours pointée sur André Spacek. Je suis de la Police Provinciale. Est-ce qu'il y a d'autres tireurs ?

Samuel hausse les épaules, incapable de parler. Une voix fluette, venue d'en haut, fait sursauter Abygaelle.

— J'en ai pas vu d'autres, lance P-A.

— Ostie, tu m'as fait peur. Descends de là et rejoins les deux autres.

Voyant Frank se relever un peu plus loin, le bras couvert de sang, elle corrige aussitôt :

— Les trois autres.

Abygaelle s'agenouille près de la tête d'André Spacek. Deux doigts tremblants sur sa carotide. Elle soupire. Verdict sans appel : André Spacek est mort.

Elle se place entre le cadavre ensanglanté et les enfants, espérant leur épargner cette vision. Ses mains tremblent de plus en plus. C'est la première fois qu'elle abat quelqu'un en service.

Elle a tiré trois fois sans hésiter. La première balle a raté, mais a suffi à le figer — juste assez pour que les deux suivantes l'atteignent derrière la tête. Il s'est effondré face contre terre, comme une poupée de chiffon.

Normalement, elle aurait visé le dos. Mais son instinct a pris le dessus. Elle a visé la tête. De peur qu'il porte un gilet pare-balles. De peur qu'il tire sur les enfants.

Elle a peut-être eu de la chance. Ou bien l'adrénaline a affûté ses réflexes. Elle est une excellente tireuse, mais elle sait aussi qu'elle a eu de la chance. Le premier coup aurait dû être le plus précis. Ce sont les deux autres qui ont frappé la cible.

À genoux, elle observe les enfants qui pleurent.

— Vous en faites pas. Il fera plus de mal à personne. Restez ici, au cas où y en aurait d'autres. Les secours s'en viennent.

Abygaelle est persuadée que Spacek a agi seul. Comme dans l'affaire de la Financière Powerlife. Mais on ne sait jamais. Il aurait pu entraîner d'autres personnes dans sa folie, comme Stafford dans la tour à condos, Denise Bédard dans la maison familiale, ou Giovanni Tucci à la pétrolière.

Elle reste aux aguets, à l'écoute du moindre bruit. Elle attend l'arrivée de la section tactique, qui fouille l'île centimètre par centimètre. Elle ignore encore l'ampleur des dégâts causés par la folie de Spacek. Trop de temps s'est écoulé depuis qu'il a ouvert le feu sur elle quand elle était sur le quai.

Elle baisse la tête. Une pensée la ronge.

Aurait-elle pu faire autrement ?

Arriver plus tôt ?

Sauver plus de vies ?

Plus tôt, elle s'était jetée à l'eau pour échapper aux tirs de Spacek sur le quai.

Revenue trempée sur la berge, elle s'était glissée derrière sa voiture, haletante. Jumelles en main, elle avait scruté la rive opposée, en direction du quai. Rien. Aucun mouvement. Mais elle restait convaincue que les coups de feu venaient de là.

Une fois certaine que le tireur n'y était plus, elle avait cherché une autre embarcation. En vain. Redoutant que le navigateur du voilier soit blessé ou déjà mort, elle avait replongé et avait filé vers le bateau.

Dès les premiers mouvements de crawl, ses vêtements trempés et son équipement l'avaient ralentie. Elle s'était délestée du superflu, ne gardant que l'essentiel : chaussures plates, pantalon, chemise, arme. Puis elle avait nagé en direction de l'embarcation à la dérive.

Heureusement, c'est une excellente nageuse. Le courant, poussé par le vent, jouait en sa faveur. Arrivée au voilier, elle avait découvert le corps mutilé d'un homme d'une cinquantaine d'années, affalé sur le côté. La coque était percée.

Elle était montée à bord. Le bateau prenait l'eau, mais restait utilisable pour approcher de l'île. Elle avait pris la barre, scrutant chaque ombre, prête à se jeter à l'eau si le tireur réapparaissait.

Le vent léger et le courant la portaient dans la bonne direction. Mais au bout de cinq minutes, l'eau lui montait déjà aux mollets. Puis aux genoux. Elle était à mi-chemin. Elle avait attrapé une veste de sauvetage, lancé un dernier regard vers le cadavre — figé comme une sculpture — puis s'était élancée à l'eau.

Elle utilisait la veste comme flotteur, bras tendus devant elle, l'arme posée sur le gilet, à portée immédiate de sa main droite. Le soleil cognait, tentant de sécher le métal encore trempé.

Elle battait des jambes avec puissance, même si, par moments, elle avait l'impression de faire du surplace. Mais un coup d'œil derrière elle, vers le voilier qui s'éloignait, la rassurait : elle progressait.

Les yeux rivés sur son objectif — une petite plage près du quai de l'île — elle avançait, lucide, épuisée, mais déterminée.

Elle avait serré les dents en entendant, au loin, des cris mêlés à des coups de feu. Elle avait redoublé d'efforts, malgré la brûlure de l'acide lactique qui lui rongeait les cuisses.

Quand elle avait enfin atteint la plage, après une trentaine de minutes interminables, elle s'était effondrée dans le sable.

Elle avait démonté et nettoyé son arme en vitesse, les yeux rivés vers la rive opposée. Aucune voiture de police.

Rien.

C'est un coin reculé, certes, mais elle y était arrivée avec un GPS. La station la plus proche est à peine à trente minutes. Où étaient-ils ?

Elle n'avait pas attendu.

Elle s'était élancée vers l'origine des tirs.

En progressant discrètement à travers le boisé, elle n'avait croisé aucun corps. Ce silence lui avait laissé un espoir fébrile : peut-être n'y avait-il pas encore de victimes. Peut-être n'était-il pas trop tard.

Mais, à sa gauche, dans une clairière, elle avait découvert deux corps.

D'un seul coup d'œil, elle avait reconnu deux jeunes adultes — sans doute des employés du camp.

Plus loin, elle avait longé un grand bâtiment apparemment vide, puis aperçu d'autres corps : des hommes, torses nus, étendus dans l'herbe près d'une cabane et d'outils de menuiserie.

Elle avait continué d'avancer, désorientée, redoutant de s'éloigner trop de Spacek. Elle l'imaginait tapi quelque part, à l'affût, le sourire en coin... ou pire : l'œil rivé à la lunette de visée de son arme.

Sur une île aussi vaste, il lui aurait fallu des heures pour le retrouver. Et pendant ce temps, lui aurait pu tuer encore.

Ils avaient besoin d'aide. Immédiatement.

Des cris d'enfants avaient jailli sur sa droite — confus, paniqués — suivis d'une voix grave. Calme. Beaucoup trop calme. Elle s'était élancée sans réfléchir.

Et là, elle l'avait vu.

Spacek. De dos. Immobile.

Il tenait son arme braquée sur deux enfants.

Le garçon, les bras tremblants, brandissait un petit couteau dérisoire, tendu droit vers lui, comme une ultime résistance.

Puis il s'était retourné et s'était collé à la fillette, formant un bouclier vivant.

Un geste immense. Héroïque.

Mais vain.

Une seule balle aurait suffi à transpercer les deux corps. À tout déchirer sur son passage.

Abygaelle avait pensé crier « Police ! »... mais elle s'était ravisée. Si Spacek paniquait, il tirait. Et c'était terminé.

Parfois, il faut choisir en une fraction de seconde. Entre deux enfers. Deux tragédies.

Elle avait su, à cet instant précis, que d'autres — plus tard — prendraient tout le temps du monde pour juger. Pour repasser la scène au ralenti. Bien installés. Loin de la peur. Loin du sang.

Ils commenteraient. Ils critiqueraient.

Mais elle, elle n'avait pas douté.

L'idée de rater son coup ne lui avait même pas effleuré l'esprit. Elle n'avait pas envisagé qu'il retourne son arme contre elle.

Elle avait tiré.

C'était instinctif. Nécessaire. Inévitable.

Elle n'avait pas eu le temps de se demander ce que ça ferait aux enfants, de voir un homme mourir devant eux.

Elle aurait voulu une autre issue. Une autre option.

Elle avait compris, dans cette fraction de seconde, qu'il leur faudrait des années pour s'en remettre.

Des années pour apprivoiser la peur, effacer les images, survivre aux souvenirs.

Des années de thérapie. De cauchemars.

Et des questions qu'on ne poserait jamais à voix haute.

Mais ils sont en vie.

Et pour l'instant, c'est tout ce qui compte.

63

Le grondement sourd des moteurs des bateaux de plaisance, qui ramènent enfants et employés du camp vers la rive, tranche avec le silence pesant laissé dans le sillage d'André Spacek.

Abygaelle Jensen, soulagée d'avoir neutralisé le tireur avant qu'il ne puisse toucher aux enfants, se sent vidée. Une fatigue lourde, tissée de désillusion et d'adrénaline retombée, l'enveloppe comme un drap mouillé. Les enfants lui ont raconté, en phrases saccadées, ce qui s'était passé avant son arrivée. Ils lui ont aussi montré où les autres s'étaient réfugiés. Le plus costaud du groupe a été rapidement pris en charge par les secouristes, pendant que les corps disséminés sur l'île étaient recouverts de bâches jaunes.

Guidés par les indications des trois jeunes, les policiers ont localisé et évacué les survivants enfermés dans la cave du bâtiment principal, ainsi que ceux restés cachés dans les bois. Un message lancé par porte-voix a ensuite invité quiconque était encore à l'abri à se présenter au point de rassemblement, au centre du camp.

Même s'ils croient avoir retrouvé tous les survivants, un

hélicoptère de la Police Provinciale continue de survoler l'île, balayée au radar thermique. La chaleur ambiante complique les repérages, mais l'appareil poursuit sa ronde. Un autre hélico s'est posé dans une clairière, prêt à évacuer les blessés les plus graves.

Les policiers tiennent les curieux à distance des zones où gisent les corps, dans l'espoir d'épargner aux enfants une horreur supplémentaire. Les hélicoptères des médias tentent une approche, mais reçoivent l'ordre de reculer pour ne pas gêner les opérations.

À la télévision, les émissions régulières sont interrompues. Partout, ce ne sont que bulletins spéciaux sur la tuerie. Les rumeurs sur la mort d'André Spacek enflent, portées par des spéculations de plus en plus absurdes. Les réseaux sociaux dégorgent d'hypothèses délirantes. Blogues et sites d'info s'arrachent le moindre détail, chacun rêvant d'être le premier à publier LA nouvelle.

Assise seule sur une table de pique-nique, Abygaelle refuse de quitter l'île pour le débriefing. Elle garde les yeux sur les enfants, tous regroupés, encadrés par les intervenants. Leur sort, leur sécurité, c'est tout ce qui lui importe. Pour l'instant, elle a surtout besoin de digérer ce qu'elle vient de vivre. Douze corps ont été recensés jusqu'ici, tous des employés ou contractuels du camp. Aucun enfant parmi les victimes.

Un miracle.

La perte de ces jeunes adultes est tragique. Mais au fond d'elle, Abygaelle s'accroche à cette idée : si les enfants s'en sortent tous vivants, ce sera la seule bonne nouvelle de cette journée noire.

Les recherches se poursuivent pour retrouver le corps de Gilles Marquis, dont le ponton flotte à la dérive près du quai, ainsi que celui du navigateur du voilier, dont Jensen a parlé. Un troisième cadavre a aussi été repéré : un employé du camp, gisant dans un kayak, dérivant en plein milieu du lac. D'après

Samuel Marcoux, il tentait de traverser pour aller chercher du secours. Puis, il y a les quatre cadavres dans l'eau, plus loin, près d'un ravin.

D'ailleurs, Samuel, blême mais lucide, interroge tout le monde avec insistance :

Est-ce que quelqu'un a vu Cannelle, une employée du camp ?

Mais personne ne sait quoi lui répondre. Elle ne se trouve nulle part parmi les employés secourus. Ni dans les bras de ses collègues. Ni parmi les blessés.

Samuel le sent dans ses tripes : c'est mauvais signe.

Mousson aussi reste introuvable.

Frank Richard a quitté l'île pour se faire soigner, laissant Samuel, Charlotte et Pierre-Alexandre en retrait, à bonne distance des policiers, en attendant qu'on s'occupe d'eux. P-A leur a dit que son père est en route. Il a quitté l'hôpital dès qu'il a appris ce qui se passait. Il a proposé de les ramener, lui, Charlotte et Samuel, puisque leur mère n'est toujours pas revenue et que personne d'autre ne semble pouvoir venir.

Louise Handman — que tout le monde appelle Ciboulette — leur a expliqué que des chambres d'hôtel sont prévues pour héberger les enfants dont les proches sont absents. Samuel, inquiet, lui a demandé :

— Est-ce que t'as vu Cannelle ?

Elle a haussé les épaules, impuissante. Aucune idée.

— P-A... tu peux rester avec Charlotte, s'il te plaît ? Je reviens.

Sans attendre de réponse, Samuel s'éloigne, contournant discrètement un groupe d'agents en pleine discussion. Son regard ratisse les alentours, fébrile, jusqu'à s'arrêter sur la zone où reposent les corps, alignés sous des bâches jaunes. Un vertige le saisit.

Jamais il n'a été aussi près de la mort. Même quand sa tante est décédée, le cercueil était fermé. Là, les formes drapées de jaune lui paraissent irréelles. Flottantes. Fantomatiques. Difficile de croire qu'il y a à peine quelques heures, ces gens respiraient, parlaient, vivaient. Et que désormais, ils ne verront plus jamais la lumière du jour.

Des familles vont s'effondrer.

Samuel avance lentement, à pas mesurés. Il retient son souffle. Les policiers lui tournent le dos. Il fait tout pour ne pas se faire remarquer. Ses jambes tremblent. Il prie pour ne pas la trouver là.

C'est difficile de distinguer les corps. Les visages sont dissimulés. Il scrute les détails — les mains, les bracelets, un vêtement familier. Il jette un coup d'œil vers les policiers. Ils ne l'ont toujours pas vu.

Puis soudain, ses jambes lâchent. Il s'effondre à genoux.

Ses yeux s'embuent. Il la voit.

Ou plutôt, il voit la petite colombe tatouée sur un poignet mince, à la peau pâle. Le vent a soulevé la couverture, juste assez pour révéler ce détail — juste assez pour lui briser le cœur.

— Hé ! Qu'est-ce que tu fais là ? lance une voix derrière lui.

Mais Samuel ne réagit pas. Il s'en fout. Tout s'efface. Il a réussi à protéger Charlotte... mais pas Cannelle. Gabrielle, en fait. Maintenant qu'elle est morte, elle n'est plus Cannelle. Elle redevient Gabrielle.

Son amour impossible.

Sa beauté foudroyante.

Plus personne ne pourra l'aimer. Sauf lui. Et il sait qu'il l'aimera toujours.

Il plonge la main dans sa poche, sort un petit papier plié. Son dernier poème. Il le glisse dans la main froide de Cannelle, refermant doucement ses doigts rigides autour du message.

Une main douce se pose sur sa tête.

— Allez, viens, dit une voix féminine.

Il lève les yeux. C'est Abygaelle. La policière qui les a sauvés.

Il se redresse d'un coup, puis se jette dans ses bras. Il sanglote fort, sans retenue, comme un animal blessé. Abygaelle l'enlace, pose une main sur sa tête, le garde contre elle. Elle voit le bout de papier dans la main du cadavre.

Elle lève doucement la main vers un agent qui approche, lui fait signe de ne pas intervenir. Elle choisit de le laisser pleurer, de le garder contre elle. Autant de temps qu'il le faudra.

Elle a déjà vu cette peine-là. Cette douleur brute. Quand elle travaillait aux mœurs et qu'elle devait arracher des enfants à des familles brisées. Ce cri du cœur d'un enfant qui aime encore, malgré tout. Qui aime même ceux qui lui ont fait du mal. Parce que chez les enfants, l'amour est inconditionnel. Et parfois aussi... parce qu'au fond, ils savent que leur enfer est enfin terminé.

Elle ne connaît pas la nature exacte du lien entre ce petit garçon et la jeune fille morte.

Mais elle sait reconnaître un cœur brisé quand elle en voit un.

64

Dans le véhicule luxueux du docteur Gervais, Samuel et Charlotte sont assis à l'arrière, plongés dans un silence figé. Le lac Sauvage s'efface lentement derrière eux, s'éloigne comme un cauchemar qu'on tente d'enterrer sans trop y croire. Une mélodie classique, douce et un peu surannée, emplit l'habitacle. Elle flotte entre eux, une fragile tentative pour dissiper le poids du silence.

Le père de Pierre-Alexandre cherche les mots. Comment réconforter des enfants qui viennent de traverser l'enfer ? Lui, qui a l'habitude de parler avec des phrases bien tournées, se tait. Son fils, assis à sa droite, regarde lui aussi par la fenêtre, absent. Il répond à ses rares questions d'un ton neutre. Personne ne parle de ce qui s'est passé. Les mots sont superflus. Peut-être viendront-ils un jour.

Alors le docteur finit par poser la seule question qu'il se sent capable d'articuler :

— Ça va... ?

Il a déjà parlé à la mère des jeunes Marcoux, plus tôt. Il l'a rassurée. Il a promis que lui et sa femme veilleraient sur les enfants jusqu'à son retour. Elle a quitté ses vacances plus tôt. Elle prendra le premier vol disponible.

Sur l'île, une rumeur circule : trois enfants de douze ans auraient fait preuve d'un courage exceptionnel. Ils auraient sauvé des dizaines de vies. Malgré tout l'amour qu'il porte à son fils, le docteur a du mal à l'imaginer au cœur d'un acte héroïque. Pierre-Alexandre est brillant, oui — mais ni particulièrement courageux ni doué en relations humaines. Combien de fois a-t-il dû intervenir à l'école pour faire cesser le harcèlement qu'il subissait ?

Quant à Samuel, il ne le connaît pas. Le garçon reste fermé. Il pleure en silence. Pierre-Alexandre, lui, semble absent, figé dans ses pensées.

Charlotte pleure aussi. Elle n'a pas revu Mousson avant de quitter le camp. Quand elle demande ce qu'il est devenu, Samuel lui offre un faible sourire. Il pose une main sur la sienne, hausse doucement les épaules, puis l'embrasse sur le front.

Le docteur n'est pas dupe. Il est convaincu que Samuel en sait plus qu'il ne dit. Son visage raconte autre chose que « je ne sais pas ». Les jours à venir seront rudes. Il faudra les éloigner des écrans : les médias ne parleront que de ça. Et le retour à l'école... à cet âge, les enfants peuvent être cruels. Que vont-ils dire à P-A et aux deux autres ? Comment peut-on reprendre une vie normale après ça ?

Le docteur préfère ne pas y penser. Il monte un peu le volume de la musique et fixe l'horizon, les mains crispées sur le volant.

Ils ne seront jamais sortis assez tôt de cet enfer.

Sur l'île, un petit papier plié en deux s'envole au moment précis où deux hommes soulèvent le corps de Gabrielle pour le placer dans l'hélicoptère de la morgue. Porté par une brise légère, le billet manuscrit — écrit d'une main d'enfant — voltige comme un papillon blessé, avant de se poser sur les eaux tranquilles du lac Sauvage.

L'encre se dissout presque aussitôt. Mot après mot, les lettres s'effacent, absorbées par l'eau noire du lac qui s'approprie doucement ce poème destiné à quelqu'un qui ne le lira jamais.

Mais l'amour de Samuel, lui, restera ici, invisible et éternel, dans les profondeurs du lac Sauvage.

Les derniers mots à se noyer résonnent comme une promesse :

« Même si c'est avec lui que tu pars,

je t'aimerai à la vie, à la mort. »

À environ quatre-vingts kilomètres de là, Murielle Bouchard observe Ti-Boy Malveaux encaisser la nouvelle de la mort de son ex-beau-père. Elle lui annonce aussi qu'au dernier décompte, André Spacek aurait fait plus de vingt victimes.

— Des enfants ? demande-t-il d'une voix basse.

— Qu'est-ce que ça change ? réplique sèchement Murielle.

Il voudrait répondre que ça change tout. Mais il baisse les yeux et se tait.

— Au moins, ce cauchemar est fini, dit-il finalement. Ma mère et moi... on est enfin libérés de lui. C'est lui qui l'a rendue malade, vous savez ? Maintenant, faut essayer de recoller les morceaux. Ce qu'il en reste, du moins.

Il s'interrompt. Sur son visage, le regret se mêle à la honte.

— Si je m'en sors sans perpétuité, ajoute-t-il, à mi-voix.

Murielle hausse les épaules. Elle ne voit pas l'intérêt de le réconforter. Ce garçon a couvert un meurtrier. Il a fermé les yeux. Gardé le silence. Trop peu, trop tard. Même s'il s'est rendu. Même s'il a fini par collaborer, elle lui accorde peu de crédit.

Elle le raccompagne jusqu'à sa cellule. Ils reparleront. Ce n'est pas terminé.

Il faudra comprendre. Comprendre comment un homme, en apparence ordinaire, a pu basculer.

Comment il a pu se transformer en monstre ?

65

———————

Tout se déroule au ralenti pour Abygaelle Jensen, comme dans un rêve éveillé. Elle a du mal à croire que la vie puisse vraiment reprendre après les horreurs de la veille. Blottie toute la nuit contre son chien Zorro, elle sent, ce matin, qu'il est temps de mettre un peu d'ordre dans ses pensées — tout noter, sans rien oublier.

Charles Picard aurait voulu faire le débriefing dès hier soir. Mais Abygaelle n'en menait pas large ; elle avait l'air plus zombie qu'humaine. Expliquer l'inexplicable ? Très peu pour elle. Elle aurait préféré tourner la page. Point final.

Assise seule dans une salle d'interrogatoire de la Police Provinciale, elle laisse échapper un mince sourire quand Jack Morris pousse la porte. Son bras gauche est en piteux état, chaque geste lui arrache une grimace. Il s'installe en grommelant, comme si se mouvoir était devenu un effort olympique.

— Tu n'en fais pas un peu trop, Jack ?

— Ben là... laisse-moi donc en rajouter un brin, répond-il avec un sourire en coin. Surtout devant Murielle. Si elle peut me lâcher un peu, celle-là...

Le silence retombe. Jack finit par lui demander comment

elle va. Elle s'apprête à répondre « ça va », puis se ravise. Son regard s'attarde au sien, mélancolique. Ses épaules s'affaissent, ses lèvres se referment. Jack hoche la tête. Il comprend. Inutile de forcer.

La porte claque. Charles Picard entre comme une bourrasque, égal à lui-même.

— Murielle est pas ici ?

— Elle a pas pris sa retraite, elle ? lance Jack, les sourcils froncés dans une grimace moqueuse.

— Toujours aussi comique, Jack.

Picard ressort aussitôt, sans doute à la recherche de Murielle. Jack, lui, se rend compte qu'il en fait peut-être un peu trop. Les antidouleurs font leur effet : il se sent plus euphorique que souffrant.

Picard revient, puis s'assoit face à Abygaelle. Son regard vif, presque exalté, la prend de court. Mais les souvenirs affluent, nets, précis. Elle se met à parler. Elle raconte sa rencontre avec Kevin — sans mentionner leur lien. Le trajet vers l'île. L'appel au navigateur du voilier. Le corps de l'homme qui bascule sous les balles de Spacek. La rafale. L'instant où elle a plongé du quai. L'eau hachée de plomb autour d'elle. Et puis, le silence.

Elle se souvient avoir retenu son souffle. Émergé. Nagé jusqu'au voilier, lestée par ses vêtements qu'elle a fini par arracher. Elle se rappelle le gilet de sauvetage à bord, qui lui a permis d'atteindre l'île. Lente, mais obstinée.

Elle s'interrompt. Inspire à fond. L'air de la salle d'interrogatoire est plus lourd qu'un casque de plongée. Jack ne la quitte pas des yeux.

— Prends ton temps, Aby, murmure-t-il.

Elle hoche la tête. Rassemble son courage. Elle sait que le plus dur reste à raconter.

Spacek s'était effondré comme un sac de sable éventré. Elle l'avait gardé en joue, prête à réagir au moindre mouvement. Mais rien. Aucun spasme hollywoodien. Aucun coup de théâtre. Juste ce corps, face contre terre, avec son arme coincée dessous.

À son immense soulagement, les enfants et les moniteurs avaient fini par sortir un à un de leurs cachettes. Elle avait prié pour qu'il n'ait pas eu le temps de faire pire. Aucun enfant n'avait été tué, mais plusieurs garderaient en mémoire des images qu'aucun d'eux n'aurait jamais dû voir.

Quand les premiers bateaux de la Police Provinciale et les hélicoptères étaient apparus, elle s'était effondrée. Submergée. Ses collègues l'avaient encerclée, formant une barrière silencieuse entre elle et le chaos. Ils savaient qu'ils ne pouvaient rien faire d'autre que la laisser pleurer.

— Et ce matin, comment tu te sens ? demande le lieutenant.

Elle ne répond pas. Sa gorge se serre, ses yeux se voilent. Elle ne comprend pas cette vague qui l'écrase. Elle en a pourtant vu d'autres. Des scènes aussi noires. Sinon pires.

Est-ce parce que Spacek visait des enfants — ceux qu'elle a toujours juré de protéger ? Parce qu'elle a tiré pour la première fois en service, pris une vie d'un geste net, sans l'ombre d'un remords ? Ou est-ce ce sentiment étrange qu'il manque encore une pièce au casse-tête ?

Plus tard, la nouvelle est tombée : deux corps repêchés dans le lac. Le premier, celui qu'elle avait signalé — l'homme du voilier, son embarcation retrouvée à moitié coulée. Le second, Gilles Marquis, le vieux propriétaire du ponton amarré au quai. Une figure adorée du camp. Sa mort a semé la consternation jusque dans le village.

Les félicitations ont suivi. Trop nombreuses. Presque indécentes. Elle les a reçues en silence. Elle n'a fait que son travail.

Rentrée chez elle, elle a coupé son téléphone — un nouveau cellulaire doit arriver demain pour remplacer celui perdu pendant la traversée. Elle a aussi laissé son portable au bureau. Un silence plus qu'apprécié.

Savoir André Spacek hors d'état de nuire l'apaise... un peu.

Mais il a emporté ses secrets dans sa tombe. Peut-être que l'in-terrogatoire de Ti-Boy Malveaux, prévu demain, débloquera quelque chose. Elle l'espère. Elle veut comprendre. Parce que ce discours anticapitaliste que Spacek brandissait à tout vent... ça ne suffit pas. C'est plus tortueux que ça. Plus profond.

Mais ce qui la hante vraiment, c'est ce sentiment tenace qu'il manque encore une pièce au puzzle.

66

———————

Le grincement de la lourde porte de la salle d'interrogatoire fait sursauter Abygaelle Jensen, perdue dans ses pensées. Murielle Bouchard l'observe un instant, puis lui adresse un sourire rassurant.

Menotté, Ti-Boy Malveaux entre et vient s'asseoir au bout de la table.

— C'est encore nécessaire, ça ? dit-il en levant ses poignets pour montrer les menottes.

Abygaelle fait un signe discret au policier, qui s'exécute sans un mot. Ti-Boy frotte ses poignets, comme pour en effacer la mémoire du métal.

— Alors c'est vous, dit-il en la fixant droit dans les yeux.

— C'est moi quoi ?

— Celle qui a tué André.

Les mots la frappent plus fort qu'elle ne l'aurait cru. Ce ton détaché. Presque banal. Comme s'il parlait de la météo.

Elle ne répond pas.

— Je vais savoir un jour ce qui m'attend ? reprend le jeune homme.

— Ça dépend de ce que tu vas nous dire, lance Murielle. Plus t'es franc, meilleures sont tes chances.

Ti-Boy soupire et s'enfonce dans sa chaise.

— Mais je vous ai déjà tout dit.

Abygaelle se penche, les coudes sur la table.

— Je veux que tu me racontes tout. Depuis le début. Comment Spacek est-il entré dans vos vies ? Comment a-t-il monté son plan ? Pourquoi t'a-t-il impliqué ? Pourquoi as-tu accepté ? Et c'était quoi, exactement, sa relation avec ta mère ? Je veux tout savoir.

— Il est mort. Qu'est-ce que ça change ?

Abygaelle esquisse un sourire sec.

— Appelle ça de la curiosité morbide.

Ti-Boy hausse les épaules. Parler de lui, ça ne le dérange pas. Tout est bien rangé dans sa tête. C'est son histoire. C'est lui qui décide ce qu'il en montre... et ce qu'il garde pour lui.

— J'ai rien à cacher. Et si ça peut m'aider à me sortir d'ici au plus crisse...

Abygaelle le prévient de la présence de micros dans la pièce. Puis elle croise les bras et soutient son regard.

— Commence par le début. La première fois que t'as rencontré André Spacek.

Ti-Boy répond. Il n'a jamais connu son père biologique. Sa mère l'a élevé seule. Une femme instable, brisée par ses dépendances. Alcool. Drogue. Toujours à la recherche d'un homme pour combler le vide.

Et puis un jour, ce grand type à l'air étrange est arrivé. Un regard flou, mais une douceur apparente. Un peu spécial — le genre de mot qu'on emploie pour pas dire « bizarre ». Mais il n'était pas violent. Pas au début. Sa mère allait mieux. Elle souriait. Elle semblait respirer pour vrai.

— Comment se sont-ils rencontrés? demande Murielle.

Parfois, elles posent des questions dont elles connaissent

déjà la réponse. Pour tester la cohérence. Évaluer la sincérité du jeune homme.

— Un gars des Narcotiques Anonymes. Elle sortait avec eux après les rencontres. Elle disait qu'ils consommaient pas, mais j'y ai jamais cru. Bref, c'est comme ça qu'il est débarqué chez nous.

Il s'interrompt, prend une gorgée d'eau. Ses yeux dérivent vers le plafond. Il fouille sa mémoire, recolle les morceaux.

Ti-Boy explique que Spacek prenait des médicaments pour gérer sa schizophrénie. Malgré tout, la cohabitation restait possible, même s'il n'avait pas vraiment d'amis. Ses collègues le fuyaient comme la peste.

— Comment le sais-tu ? demande Abygaelle.

— C'est lui qui me l'a dit. Il s'en foutait pas mal. Il disait qu'il était pas payé pour se faire aimer, juste pour faire sa job. Et qu'il la faisait mieux que les autres.

Ça a duré des années comme ça. Au début, il jouait un peu le rôle d'un père... ou d'un mentor. Mais avec le temps, Ti-Boy l'a vu changer. Devenir méfiant. Colérique.

— Colérique comment ?

— Envers tout et tout le monde. Le moindre détail pouvait le faire exploser. Ma mère et moi, on avait fini par éviter de le contrarier. On ne parlait plus de sujets sensibles.

— Lesquels ?

— Mon Dieu, presque tout, répond Ti-Boy avec un rire nerveux. La politique, la société, les riches, les immigrants, la guerre... Mais ce qui le rendait vraiment fou, c'était l'injustice sociale. La façon dont les riches exploitent les pauvres.

— Un idéaliste, commente Abygaelle avec une pointe de sarcasme.

— Si on veut. Mais en même temps, il gagnait très bien sa vie à la Powerlife. J'ai toujours trouvé ça ironique. Il disait qu'il était un gestionnaire important — en tout cas, c'est ce qu'il prétendait. Mais un jour, il s'est mis à dire des trucs vraiment inquiétants.

— Du genre ?

— Il disait comprendre Valery Fabrikant, le professeur de l'Université Concordia qui avait tiré sur ses collègues dans les années 90.

— Et vous avez jamais pensé appeler la police ?

— Non. Ma mère et moi, on pensait qu'il disait ça juste pour se faire remarquer. On n'aurait jamais cru qu'il passerait à l'acte. Et pour être honnête... il nous faisait peur.

— Il a réussi à vous embarquer dans ses théories conspirationnistes ? demande Murielle.

— Pas vraiment. Même si certaines idées se tenaient, mettons. Je suis pas le seul à penser qu'il y a une élite qui contrôle le monde. Mais lui, c'était extrême. Et puis, y a eu l'événement qui a tout fait déraper.

— La plainte pour agression sexuelle sur un mineur, dit calmement Abygaelle.

Ti-Boy écarquille les yeux.

— Comment savez-vous ça ?

— Je suis sergente-détective. C'est ma job de savoir ça.

Il se redresse, encore un peu sonné.

— Ben c'est ça. Quelqu'un a fait un appel anonyme. Ils disaient qu'il avait abusé d'un ado pendant des mois. Il s'est fait mettre dehors avant même qu'il y ait une enquête.

— Il y a eu un procès ?

— Non. Juste l'appel, pis le renvoi. Aucune plainte formelle. L'affaire a disparu comme elle est venue. Mais lui, il l'a jamais digérée. Il voulait poursuivre la Powerlife, récupérer son poste, mais ça aurait coûté trop cher. Et puis, il était tellement en colère... Il disait que les dirigeants allaient payer. Il l'a jamais dit clairement, mais on sentait qu'il mijotait quelque chose.

— Est-ce qu'il t'a déjà agressé ? demande Murielle, la voix ferme.

— Bien sûr que non ! réplique Ti-Boy, outré.

— Fallait poser la question.

Il soupire, boit une gorgée, puis inspire profondément.

— Quand il a compris qu'on le soutenait pas, il a commencé à nous menacer, ma mère et moi. Puis il est parti. Il est jamais revenu. C'est là que ma mère a décroché pour de bon. Elle est retombée dans ses vieilles habitudes... jusqu'à l'overdose.

— Celle qui l'a laissée dans cet état semi-végétatif, murmure Abygaelle.

Ti-Boy baisse les yeux et hoche la tête.

Après une heure de confession supplémentaire, Abygaelle et Murielle mettent fin à l'interrogatoire. Ti-Boy est reconduit à sa cellule.

Il a du charme, une espèce d'aisance instinctive. Le genre de gars capable de vendre un congélateur à un Inuit.

Mais Abygaelle, elle, ne mord pas à l'hameçon. Elle n'a pas abattu toutes ses cartes. Elle en sait plus qu'elle ne le laisse croire.

Ti-Boy pense avoir repris le contrôle. Qu'il a su doser juste ce qu'il fallait.

Mais elle connaît ce regard. Elle l'a vu cent fois.

Celui de ceux qui croient manipuler le jeu.

Et qui ne savent pas qu'ils ont déjà perdu.

67

La journée est éclatante. Un soleil anormal cogne sur le Québec en plein automne, comme s'il refusait l'arrivée du froid. C'est le genre de lumière qui pousse les gens à sourire, qui donne l'illusion que tout va bien.

Mais Samuel Marcoux, lui, n'a pas le cœur à sourire.

Il traîne une peine lourde comme un rocher. L'esprit pollué d'images qu'il donnerait tout pour effacer. Prisonnier de ses souvenirs. Otage de visions gravées dans les recoins de sa mémoire. Et les semaines ont passé sans rien effacer.

Absolument rien.

Le bras de Cannelle, bleuté. Sa peau glacée. Il ne se console que d'une seule chose : ne pas avoir vu son visage. Mais ce qu'il imagine le hante encore plus. Un regard figé, vidé, peut-être apeuré, tourné vers le néant. Il secoue la tête, espérant chasser ces spectres. Il essaie plutôt de se rappeler la dernière fois qu'il l'a vue. Ses yeux brillants, juste après avoir lu son poème. Le petit bracelet rouge qu'elle lui avait donné la veille de ce jour fatidique.

Il en a assez. Assez de voir la face du tueur — celui qu'il refuse de nommer — partout. Sur tous les écrans, sur tous les réseaux sociaux, jusqu'aux résultats de la Ligue nationale de hockey, submergés par des nouvelles en continu. Ce visage sec, sévère. Ces yeux fous. Cruels. Les mêmes qui l'avaient fixé quand il s'était placé entre lui et Charlotte.

Il parlait doucement, presque avec tendresse. Mais son regard, lui, restait glacé. Dément. Samuel savait ce qui allait arriver. Il savait que se mettre entre lui et Charlotte ne changerait rien.

Mais il n'y avait rien d'autre à faire. C'était ça ou rien.

Il regrette encore. D'avoir fermé les yeux quand l'arme s'est levée. Il aurait voulu bouger, foncer, utiliser le couteau de Frank. Aurait-il eu le temps ? Charlotte aurait-elle pu s'enfuir, courir vers la butte ? Peut-être. Peut-être qu'il aurait été le seul à mourir.

C'est pour ça qu'il sourit, mal à l'aise, chaque fois qu'on le traite de héros. Quand l'école a organisé une cérémonie en son honneur, il aurait voulu disparaître. Parce qu'il sait. Il sait que sa peur, ce jour-là, aurait pu coûter la vie de sa sœur. S'il n'y avait pas eu la policière... C'est elle, la vraie héroïne. Pas lui.

Il est révolté d'entendre qu'elle doit passer devant un comité de discipline. À ses yeux, c'est insensé. Elle mériterait une médaille, une promotion. Qui d'autre aurait traversé à la nage ce lac immense, sans savoir combien de tireurs l'attendaient ? Qui serait resté aussi calme après ? Qui aurait eu l'instinct de le prendre dans ses bras quand il a compris que Cannelle était morte ? Qui aurait compris que les mots étaient inutiles, qu'il fallait juste le laisser pleurer en lui caressant les cheveux ?

Certainement pas les beaux parleurs en uniforme. Ceux qui voulaient l'éloigner du corps de Cannelle.

Samuel observe Charlotte plus loin. Elle discute avec une amie, un doux sourire accroché aux lèvres — ce même sourire qui, envers et contre tout, adoucit les tempêtes.

Mais il fronce les sourcils. Elle mordille l'ongle de son

pouce. Un tic nouveau. Avant le lac Sauvage, elle ne se rongeait pas les ongles. Il n'ose pas imaginer les cicatrices qu'elle porte en elle. Il la comprend. Lui non plus n'a pas envie d'en parler. Il dit qu'il préfère regarder vers l'avant. Tourner la page. Mais ils savent tous les deux que ça ne suffira pas.

Un jour, il faudra y revenir. Affronter la bête.

Mais pas aujourd'hui.

Pas encore.

Parfois, la nuit, Charlotte vient se glisser dans son lit. Il ne pose pas de questions. Il comprend. Elle a revu le monstre — le crâne éclaté, le sang dans la terre battue. Les cauchemars la dévorent, et la seule façon de retrouver un peu de paix, c'est de dormir contre lui. Son grand frère. Son rempart.

Alors il lui caresse doucement les épaules. Sans un mot. Il attend qu'elle s'endorme. Et seulement quand sa respiration s'apaise, quand il l'entend sombrer, il s'autorise à la suivre dans les bras de Morphée.

Pierre-Alexandre, lui, est devenu une sorte de héros dans son école. Frank, bien qu'il soit encore en train de se remettre de sa blessure au bras, s'en sort bien. Tous les trois échangent chaque jour sur Messenger. Un groupe privé. Juste eux. Pour se donner des nouvelles, dire ce qu'ils ressentent, ce qu'ils vivent.

P-A savoure sa nouvelle notoriété. Elle a fait fuir les intimidateurs qui le harcelaient à la fin de l'année scolaire. Qui irait emmerder un héros ? Les brutes sont lâches, mais pas idiotes. Elles changent de cible. Toujours le même type : des jeunes isolés, sans amis, petits, vulnérables.

Alors P-A cherche un moyen de briser ce cycle. D'empêcher d'autres gamins de subir ce qu'il a vécu. Il s'inspire de la résilience de Samuel — ce frère protecteur, pas juste pour Charlotte, mais pour tous ceux qui encaissent les coups sans les rendre.

Il lui en est reconnaissant. Pendant la deuxième moitié du

camp, Samuel lui avait offert un répit, en convainquant Frank de laisser tomber son petit rituel cruel. Il admire son calme, son courage.

Celui qu'il n'a pas encore.

Du côté de Frank, les choses semblent s'être calmées. Son père garde ses distances. Difficile de traiter son fils de bon à rien après ce qu'il a fait. Mais Frank ne se fait pas d'illusions. Il sait à quel point cet homme peut redevenir violent, et à quelle vitesse les vieux démons peuvent reprendre le dessus.

Sauf que cette fois, il se sent prêt. Prêt à lui tenir tête. Ou du moins, à limiter les dégâts. À ne plus laisser les ombres l'engloutir.

Pierre-Alexandre a proposé une solution. Il a demandé à son père d'user de ses contacts pour lui trouver une place dans un centre jeunesse. Un endroit sûr, pour se reconstruire, pour étudier. Mais Frank a refusé. Il ne veut pas fuir. Il veut affronter.

Pour le moment, du moins.

Samuel et P-A ont respecté sa décision. Pas de pression. Juste une porte ouverte : qu'il vienne chez eux quand il a besoin d'air. De calme. De temps.

Ils prennent de ses nouvelles, souvent. Et ils continueront. Jusqu'au jour où il pourra quitter ce trou à rat.

Parce qu'ils savent tous les trois qu'ils sont liés à jamais. Peu importe leurs différences, quelque chose les unit. Un lien tissé dans le feu, forgé dans la peur et l'adrénaline. Un lien que seuls ceux qui ont traversé l'enfer côte à côte peuvent comprendre.

Un drame comme celui-là, ça vous soude.

Pour toujours.

Peut-être qu'ils ne resteront pas toujours en contact. La vie adulte, c'est comme ça. Elle sépare parfois sans prévenir. Mais s'il y en a un qui appelle, qui écrit, même des années plus tard...

Les deux autres répondront.

Tout de suite.

Sans poser de questions.

Ils sont frères, maintenant.

Et rien — absolument rien — ne pourra briser cette fratrie.

68

Ti-Boy Malveaux récupère ses pièges dans un coin reculé du bois, en espérant une bonne prise. Moins il retourne en ville, mieux il se porte. Là-bas, il a toujours l'impression d'être observé.

Il a bien tenté de changer son apparence, mais on le reconnaît encore trop souvent. Faut dire que son visage a fait la une pendant des semaines. Puis, une fois libéré sous caution, l'attention médiatique s'est tournée vers d'autres tragédies. Warhol avait raison : chacun a droit à ses quinze minutes de gloire.

Ti-Boy ne regrette pas que les siennes soient derrière lui. Voilà six semaines qu'il est libre en attendant la suite, et il reste convaincu qu'il s'en tirera sans trop de dommages. Il a tout bien fait. Tout s'est déroulé comme prévu.

Ou presque.

Ce qu'il n'avait pas anticipé, c'est la paperasse autour de la succession d'André. Avec les circonstances, tout est resté scellé. Même le testament n'a pas encore été lu. Les biens dorment, en attente. Ti-Boy a hâte qu'on tourne enfin la page.

L'air froid emplit ses poumons. Les feuilles mortes

s'écrasent sous ses bottes. Un sourire carnassier fend ses lèvres quand il aperçoit un lièvre pris dans l'un de ses pièges. Il le détache avec soin, puis l'accroche à son bâton. Sa carabine .303 repose sur son épaule comme une extension de lui-même, prête à abattre tout ce qui bougerait de travers.

Un peu plus loin, la cabane qu'il a construite avec André Spacek l'attend. Un refuge, perdu dans le bois. Leur projet à eux. Un vieux bonhomme du coin leur avait permis de se brancher sur son électricité en échange de quelques services. Il garde aussi un œil sur la cabane quand Ti-Boy s'absente.

Les dernières années ont été éprouvantes. Il a besoin de silence. De paix. Il espère une peine à purger dans la communauté. Après tout, il a empêché un bain de sang. Il a sauvé des vies. Il est un foutu héros. On devrait lui remettre une médaille.

Il consulte sa boussole. Il cherche encore ses repères, même ici. Il jette un œil à son téléphone : aucun appel du centre où réside sa mère. Elle le contacte uniquement par texto, quand elle veut le voir. Il serre les dents. Devrait-il passer la voir ? Il ne veut pas inquiéter les autres résidents, mais il doit garder un œil sur elle, au cas...

Il vaut sûrement mieux attendre qu'il connaisse son sort... puis réévaluer.

L'automne fait vite tomber la nuit. Il est à peine dix-huit heures, et déjà la pénombre s'installe. Il est temps de rentrer. Vider le lièvre. Le faire rôtir sur le vieux barbecue qu'il a bricolé avec du métal récupéré ici et là.

Les autres pièges sont vides.

Au loin, la lampe au gaz laissée allumée sur la table brille comme une étoile polaire. De l'extérieur, sa cabane n'a rien d'exceptionnel. Mais à l'intérieur, tout est optimisé. Aussi fonctionnelle qu'un petit condo du Vieux-Montréal — sans l'hypothèque monstrueuse qui va avec.

L'électricité reste rudimentaire : frigo, congélateur, lampe de table, petite radio. La succession d'Ândré n'étant toujours pas réglée, il fait avec les moyens du bord. Ti-Boy s'accommode bien de cette vie frugale. Il compte rester trois saisons. Peut-être quatre, s'il trouve un moyen d'isoler et de chauffer. Mais pour ça, il lui faudrait de l'argent. Et ça, il n'en a pas.

Il pousse la porte.

Et se fige.

Une silhouette est assise à la table, baignée dans la lumière.

Son cœur s'emballe en reconnaissant le visage.

— Bonsoir, Ti-Boy. Ça fait un bail.

Abygaelle Jensen est installée nonchalamment de l'autre côté de la table. Jambe croisée, posture décontractée, comme si sa présence ici allait de soi. Son regard, planté dans le sien, ne vacille pas.

Ti-Boy serre la mâchoire. Une avalanche de questions déferle dans sa tête : comment l'a-t-elle trouvé ? Comment est-elle entrée ? Qu'est-ce qu'elle veut ?

— Je vois dans ton visage que je suis la dernière personne que tu t'attendais à voir débarquer ici ce soir, hein ?

— On peut dire ça, marmonne-t-il en refermant la porte derrière lui.

Il dépose le bâton et le lièvre dans un coin, sans quitter Abygaelle des yeux.

La lumière tamisée enveloppe la pièce d'une ambiance onirique. Il a l'impression d'être en plein rêve — ou plutôt en plein cauchemar. L'obscurité qui les entoure est si dense qu'on croirait qu'elle a surgi du décor, comme un spectre sorti d'un souvenir qu'il aurait préféré oublier.

Mais il garde son calme. Attend qu'elle montre ses cartes. Peut-être veut-elle simplement lui poser quelques dernières questions. Il tente une ouverture :

— Vous êtes venue m'annoncer la décision du DPCP ?

— Mon Dieu, non, fait Abygaelle, faussement étonnée. Je suis juste venue jaser. Il reste deux ou trois détails qui me chicotent. J'espère que tu pourras m'aider à éclaircir ça. Tu sais, combler les vides. Tu peux t'asseoir.

Ti-Boy la fixe un instant. Hésite. Puis il tire lentement la chaise en face d'elle, s'installe et appuie sa carabine contre le mur à sa gauche. Il remarque qu'elle ne porte pas d'arme. Ou alors elle est cachée sous son veston.

Il sort son téléphone, ouvre une application et appuie sur un bouton.

— Ça vous dérange si j'enregistre ?

Elle hausse les épaules.

— Pas du tout.

Il inspire profondément, soutient son regard.

— Alors, madame Jensen... qu'est-ce que je peux faire pour vous ?

Abygaelle sourit. Elle se redresse, les mains croisées sur la table.

— Je révisais mon dossier pour le procureur. Il faut que je termine mon rapport, mais il y a quelques détails qui ne collent pas. Alors je me suis dit : rien de mieux que de l'entendre de la bouche du cheval.

— Avant que vous commenciez, j'ai une question moi aussi. Comment avez-vous su que j'étais ici ? Je vous ai jamais parlé de cet endroit. Il y a presque personne qui le connaît.

— On reviendra là-dessus plus tard. Tu vas comprendre. Mais pour l'instant, j'aimerais qu'on avance. Qu'on puisse tous passer à autre chose. Tu dois en avoir envie autant que moi, non ?

Ti-Boy hoche la tête.

— Parfait. Alors commençons simplement. Est-ce que t'as un chandail de Nirvana ?

Il laisse échapper un petit rire nerveux.

— Si j'ai un chandail de Nirvana ?

— Oui. Un chandail blanc, manches longues jaunes, avec un visage rond et des X pour les yeux.

Il lève les yeux au plafond, fouille dans sa mémoire.

— J'ai ce design-là, ouais… mais en t-shirt, pas en manches longues. Ma mère en a un comme ça, je pense.

— Je sais. On l'a vu sur une photo, dans sa chambre. Et toi, tu confirmes que t'en as un aussi ?

— Vous êtes entrée dans sa chambre ?

Abygaelle élude la question. Elle poursuit :

— Je vais être directe. Et j'attends des réponses tout aussi franches. Tu nous as dit que Spacek t'avait impliqué dans son plan environ quarante-huit heures avant la tuerie à la Power-life. C'est toujours ce que tu maintiens ?

— Ouais. Environ quarante-huit heures.

— Donc, avant ça, t'étais au courant de rien ?

Ti-Boy croise les bras, le regard perdu dans le vide.

— Il parlait souvent de trucs bizarres, comme je vous ai dit. Valeri Fabrikant, les élites, les complots… Mais j'ai jamais pensé qu'il irait jusque-là.

— C'est plausible. Mais il y a un détail qui me dérange. Si t'as été impliqué seulement quarante-huit heures avant… pourquoi t'as filmé Spacek, cinq semaines plus tôt, pendant qu'il exposait son plan ?

Ti-Boy fronce les sourcils.

— De quoi vous parlez ? J'ai jamais filmé ça.

— T'aurais dû utiliser un trépied. On aurait jamais su que c'était toi.

— C'est pas moi.

Abygaelle reste de marbre.

— Dans la vidéo, la caméra bouge à un moment. Et dans le reflet de la vitre de l'étagère, juste à droite de Spacek, on voit quelqu'un. Debout, téléphone à la main. C'est toi.

— N'importe quoi. J'ai jamais filmé André. Encore moins pendant un de ses osties de monologues de marde.

— La personne sur la vidéo porte un chandail blanc, manches longues jaunes. Nirvana.

— Et alors ? Vous allez aussi soupçonner ma mère ?

— On y a pensé. Mais la silhouette ne colle pas. Trop élancée. Ta mère est plus petite. Et ses hanches féminines la disqualifient d'emblée. De même que la couleur de sa peau, trop pâle.

— Ça pourrait être n'importe qui. Vous avez aucune preuve que c'est moi.

— C'est vrai, l'image est floue. On distingue pas le visage. Mais il y a un autre détail qu'on voit très bien : un autocollant à l'arrière du téléphone. Qui ressemble beaucoup à...

Elle attrape le téléphone de Ti-Boy, posé sur la table, le retourne, et pointe un autocollant sur l'étui.

— ... à ça.

Elle le fixe. Marque une pause.

— Mais comme tu dis... c'est juste circonstanciel.

Ti-Boy hoche la tête, mais avec moins de conviction qu'au départ.

— Est-ce que tu sais ce que sont des métadonnées, Ti-Boy ?

— Le mot me dit quelque chose...

— C'est normal si t'as jamais eu à t'y intéresser. En gros, c'est de l'information cachée dans certains fichiers — photos, vidéos, ce genre de truc.

Elle ne le lâche pas des yeux. Il déglutit, visiblement tendu.

— Et dans les métadonnées de la vidéo... on apprend qu'elle a été filmée avec un iPhone. Ton iPhone.

— Impossible. Si c'est vrai, quelqu'un s'est servi de mon cell.

— Ton téléphone est verrouillé par reconnaissance faciale. Et dans la vidéo, la caméra fait face à Spacek. Donc c'est pas lui qui l'a déverrouillé. On a déjà écarté ta mère. Alors dis-moi... qui d'autre connaissait ton mot de passe ? Et pourquoi cette personne aurait filmé avec ton téléphone au lieu d'utiliser le sien ?

— À cause des métadonnées, réplique Ti-Boy avec un sourire satisfait.

Abygaelle l'observe, un sourire en coin.

— Brillant. Mais pas très crédible. Tu le sais aussi bien que moi qu'à ton âge, vous êtes incapables de vous séparer de votre téléphone. Mais bon... admettons que ça prouve rien. Admettons que c'était pas toi. Il y a d'autres trucs... plus troublants.

Ti-Boy se redresse, un peu plus confiant. Il écoute.

— Tu veux savoir ce que je pense ? Pas besoin de répondre, c'est rhétorique. De toute façon, je vais te le dire, que ça te plaise ou pas. Je suis pas venue ici pour te demander la permission.

Elle se penche vers lui, plante les coudes sur la table. Son regard le transperce.

— Moi, je pense que t'avais un plan. Un vrai plan. Tordu. Calculé. Tu l'as mijoté longtemps, et t'as placé tes pions un à un. Et Spacek était ta pièce maîtresse.

— Ah ben, tu m'apprends que j'avais un plan. Moi qui ai de la misère à choisir ce que je vais manger pour souper... mais ouais, j'avais sûrement un plan machiavélique. T'sais !

Il ricane, roule des yeux. Tentative de se moquer. Classique. Abygaelle reste de marbre. Elle note mentalement le passage au tutoiement, la désinvolture, les faux airs. Tentative de reprendre le dessus. Ça n'arrivera pas.

— Te sous-estime pas, Léonard. T'es beaucoup plus brillant que tu veux le faire croire.

— J'aimerais ça que ce soit vrai.

— C'est vrai. Fais-moi confiance. Mais même les meilleurs plans peuvent mal tourner. Ce que t'avais pas prévu, c'est que ton ancien prof de maths, Giovanni Tucci, refuserait de coopérer malgré tes menaces. Et surtout, qu'il te reconnaîtrait. Même avec une cagoule.

Elle marque une pause.

— Parce que c'est pas Spacek qui l'a menacé, cette journée-là. C'était toi. On est loin du Ti-Boy gentil forcé de surveiller les otages de l'entrepôt, hein ?

Il éclate de rire.

— Ok. Là, tu délires solide, ma pauvre fille.

— Tu crois ? Réfléchis. Spacek agissait toujours à visage découvert. À la Powerlife. Devant les otages — les trois me l'ont confirmé. Avec Denise Bédard. Même au lac Sauvage. Jamais de cagoule.

Elle laisse planer un silence, puis reprend, plus bas :

— Alors pourquoi, devant Tucci, il aurait changé son modus operandi ? Pourquoi se couvrir le visage pour un inconnu ? Ça n'a pas de sens. Par contre... que quelqu'un que Tucci connaissait — un ancien élève avec qui il a eu des démêlés — ait voulu cacher son identité, là, oui. Ça colle.

Elle se penche un peu plus, sa voix devient tranchante.

— Et je te le dis tout de suite, Léonard : si ta prochaine réponse est « C'était moi, mais j'agissais sous les ordres de Spacek »... je te croirai pas. Spacek connaissait même pas Tucci. Il avait aucun contentieux avec lui. Le seul qui avait un vrai mobile, un motif personnel, c'était toi.

Ti-Boy crache sa réplique, la voix chargée d'acide :

— Je te donnerai pas la satisfaction de répondre à tes lubies. Ton affaire, c'est du grand n'importe quoi.

Abygaelle hausse les épaules.

— J'aurais pu te croire... s'il n'y avait pas deux autres éléments.

Elle marque une pause.

— Premièrement, l'homme cagoulé dépassait Tucci d'un ou deux pouces. Et Spacek mesurait six pieds six. Tucci ? Cinq pieds dix. Huit pouces de différence.

Elle se penche légèrement, abaisse la voix pour marquer le coup.

— Mais surtout... le gars portait une vieille blessure mal guérie. Un truc qu'on remarque à peine... sauf quand on sait où regarder.

Ti-Boy glisse lentement ses mains sous la table.

Abygaelle suit le mouvement du regard.

— T'as compris. Tu te souviens de ce qu'on a discuté en salle d'interrogatoire ? Ton petit doigt, l'auriculaire, celui qui est resté croche depuis ta chute au hockey... Tucci s'en souvenait aussi. Et il l'a reconnu. Ce jour-là. Sur l'homme cagoulé.

— André m'obligeait à porter une cagoule, justement pour pas qu'on m'accuse à tort... comme tu le fais en ce moment. Et je suis jamais allé chez Tucci. Je sais même pas où il habite.

— Mais je n'ai pas dit que l'homme à la cagoule était allé chez lui. Pourquoi tu dis ça ?

Ti-Boy blêmit. Il baisse les yeux, se racle la gorge.

— Je sais pas... J'ai... J'ai juste assumé, c'est tout.

Abygaelle le fixe. Longtemps. Un petit sourire glisse au coin de ses lèvres — celui qui dit : Je sais que c'était toi, mon grand. Elle poursuit:

— T'as eu des démêlés avec Tucci, quand il t'enseignait, hein ?

— Pas du tout. Je me suis toujours bien entendu avec mes profs.

— Alors explique-moi pourquoi tu l'as accusé d'agression sexuelle.

Ti-Boy écarquille les yeux.

— Hein ? De quoi tu parles ? J'ai jamais accusé personne de rien.

— Pourtant, Tucci a été visé par une plainte. Élève anonyme. Gros scandale à l'école. Et lui, il est convaincu que c'était toi. Même si l'accusation a été retirée — faute de collaboration de la victime. Mais c'était trop tard : suspension immédiate, réputation détruite. Les élèves l'évitaient comme la peste. Il n'a plus jamais enseigné. Il est tombé en dépression.

— Je me rappelle tout ça, oui. Mais, encore une fois, je n'y suis pour rien. Je suis pas un monstre, OK ? En tant que policière, tu devrais savoir qu'on accuse pas sans preuve. Mais bon... vous aimez ça, j'imagine. Il y a eu assez de documentaires sur Netflix sur les policiers véreux...

Elle le fixe. Longtemps. Il joue bien. Trop bien.

Il a même les larmes aux yeux. Un léger tremblement dans la voix.

Comédien de génie.

Fou, peut-être.

Mais surtout, dangereux.

Ti-Boy baisse la tête, murmure, la gorge nouée :

— C'est n'importe quoi, ce que tu dis...

Mais Abygaelle ne se laisse pas berner.

— C'est ce que je me suis dit aussi. Mais savais-tu qu'avant d'être aux homicides, j'étais à l'escouade des mœurs ?

Il relève à peine la tête.

— Ah... tu le savais pas ? C'est pas grave. Disons juste que j'ai gardé mes entrées. Je suis allée fouiller un peu. J'ai retrouvé le vieux dossier de la plainte. Le nom de la victime était masqué, remplacé par un pseudonyme : Nodérlie. Ce nom-là, ça te dit quelque chose ?

Silence.

Mais elle le voit. Le battement dans sa gorge. Le souffle un peu plus court. Les pupilles qui se resserrent.

— C'est drôle quand même... qu'un personnage là-dedans porte ce même surnom.

Elle se penche lentement. Ouvre son sac. En sort un cahier usé, épais, la couverture cornée et salie par le temps.

Le cahier de dessin de Ti-Boy.

Elle le dépose sur la table comme une preuve à la cour, avec une lenteur calculée. Elle le feuillette, page par page, avec des doigts assurés. Ses yeux brillent d'un éclat froid, presque clinique.

Chaque image tourne le couteau dans la plaie.

Le silence devient lourd. Asphyxiant.

Et pendant que les pages tournent, le cœur de Ti-Boy cogne. Fort.

Comme s'il voulait lui-même sortir de sa poitrine.

— T'as un sacré talent, je te l'ai déjà dit. Voyons voir... ah, tiens.

Elle tourne le cahier face à lui. Il n'a même pas besoin de regarder. Il sait très bien ce qu'elle a trouvé.

— Ce dessin revient souvent. Je me suis demandé ce qu'il représentait. C'est ton ami imaginaire, hein ? Quand t'étais petit.

Ti-Boy sent un goût amer lui remonter au fond de la gorge. Elle en sait trop. Beaucoup trop. Il doit garder le contrôle.

— Ouais... J'avais un ami imaginaire. Il s'appelait Nodérlie. Ça m'aidait à passer au travers. Avec une mère junkie et un père fantôme, fallait bien que je trouve un moyen de tenir le coup.

Abygaelle le fixe, les lèvres légèrement pincées.

— C'est fréquent chez les enfants traumatisés. Rien d'anormal jusque-là. Ce qui l'est moins... c'est d'utiliser ce personnage pour faussement accuser quelqu'un d'un crime aussi grave.

— Je te dis que c'était pas moi.

— Tu trouves pas que ça commence à faire beaucoup de hasards, tout ça ?

— Non, murmure-t-il, les yeux dans le vide.

— Alors tu vas sûrement me dire que c'est aussi une coïncidence que Nodérlie ait complètement disparu... le jour même où Tucci a été suspendu.

Il soutient son regard, mais ses mâchoires se crispent.

Abygaelle retourne doucement le cahier vers elle. Feuillette une ou deux pages.

— Il y a tellement de choses fascinantes dans ce cahier...

Elle lève les yeux et accroche son regard.

— C'est comme si on lisait dans ton âme. T'en as encore une, pas vrai ?

Ti-Boy ricane, amer. Il hoche la tête avec condescendance, comme pour dire : quelle question stupide.

Mais ça l'a frappé. Bien plus qu'il ne veut l'admettre.

S'il a encore une âme ?

C'est une question qu'il s'est posée, lui-même. Trop souvent.

— Tu maintiens que t'as rien à voir avec la plainte contre Tucci ?

Il acquiesce, sans un mot.

— Parce que deux ans plus tard, une autre plainte d'agression sexuelle est tombée. Cette fois contre André Spacek. On en a parlé longuement, toi et moi, surtout de l'impact que ça a eu sur sa vie, sa réputation. Et quand j'y repense... ça ressemble vraiment à quelqu'un qui s'est dit : ça a marché une fois, pourquoi pas deux ?

Elle observe. Chaque battement de cil. Chaque tension dans sa mâchoire. Le moindre frémissement. Tout.

— Sauf que cette fois, on a des traces. Je sais que c'était toi, Ti-Boy. Quelqu'un a supplié les policiers de laisser tomber la plainte, mais ça, on y reviendra. Encore une fois, le dossier s'est évaporé... juste au moment où la rumeur s'est répandue et que le processus de congédiement était lancé. Tout est documenté. Inutile de le nier.

Il baisse les yeux. Sa voix tremble un peu, mais elle perce à travers, brisée :

— Je nie pas pour André. Mais, pour Tucci, j'ai rien à voir là-dedans.

— Si tu le nies pas, alors pourquoi avoir réagi aussi fortement quand j'ai posé la question la première fois ? Tu m'avais l'air sincèrement insulté.

— Parce que j'avais honte. Parce que je suis trop fier pour assumer ce que j'ai fait. Je voulais me venger d'André, pour ce qu'il avait fait à ma mère. Je l'ai regretté ensuite. Puis, il a fallu que je fasse comme si c'était pas moi. Que je finisse par me convaincre moi-même. C'était une question de survie.

— Comment ça ?

— Comme je vous l'ai dit... André a toujours juré de tuer celui qui avait porté plainte contre lui. Il le répétait sans cesse. Il disait qu'il avait été piégé, sali. Il m'a soupçonné au début, mais je l'ai nié, encore et encore. Je pense qu'il a fini par me croire.

Abygaelle hoche lentement la tête.

— Admettons que ce soit vrai. T'es en train de me dire que c'est une pure coïncidence si t'as retiré ta plainte juste après son congédiement à la Powerlife ?

— C'est ça.

Elle siffle entre ses dents, un sourire dur au coin des lèvres.

— Ça commence à faire pas mal de coïncidences qui se liguent contre toi, tu trouves pas, Léonard ? Moi, j'y crois pas trop, aux coïncidences. Surtout quand elles s'alignent aussi bien.

Il hausse les épaules, l'air désintéressé.

— Surtout que ce qui s'est passé à la Powerlife, poursuit-elle, ça a renforcé les idées fixes de Spacek. Cette obsession qu'il avait avec les élites, le pouvoir, les riches qui écrasent les pauvres. À ce moment-là, tu l'avais déjà convaincu d'arrêter la Clozapine. Sans médication... ses idées sont devenues des certitudes. Et ses certitudes, des armes.

— Je l'ai jamais convaincu de rien, de quoi tu parles ? Je m'en foutais s'il prenait ses médicaments ou non. Ce que tu racontes, c'est pas des coïncidences. C'est ta fixation à vouloir me faire entrer dans ton narratif. Tu vas tout faire pour me mettre ça sur le dos.

Abygaelle laisse échapper un petit rire sec.

— Oui, le fameux « narratif », dit-elle en mimant les guillemets, avec un sourire moqueur. Le mot préféré des complotistes pour expliquer tout et son contraire.

Ti-Boy sourit méchamment, satisfait de l'avoir fait réagir. Elle continue, imperturbable.

— Ce qui est bizarre, c'est que la prescription de Clozapine a jamais été suspendue. La pharmacie a confirmé des livraisons régulières à l'adresse de Spacek. Et chez lui, on a retrouvé les flacons. Tous vides.

— Preuve qu'il continuait d'en prendre, non ?

— Non. Dans une de ses vidéos, il dit qu'il s'est libéré de Big Pharma. Qu'il refuse de continuer à s'empoisonner. Je me demande juste qui lui a mis dans la tête qu'un mélange de vitamines et de CBD pouvait remplacer la Clozapine ?

— Je ne sais pas ce que c'est, du CBT !

— CBD, Léonard. Ne joue pas au con avec moi, tu sais très bien de quoi je parle.

Il soupire, recule sa chaise légèrement, s'appuie sur la table du plat de la main.

— OK. Ça suffit. Tes accusations ésotériques commencent à me faire chier. Je vais te demander de partir. Là. Maintenant.

Mais Abygaelle ne bouge pas. Son regard s'est durci.

— Mais c'est pas ça qui l'a fait disjoncter. Non. Ce qu'il lui fallait, c'était un électrochoc. Un vrai. Quelque chose d'irréversible. Et toi, tu le savais. Alors t'as fait le plus immonde des gestes qu'on puisse faire à quelqu'un qu'on prétend aimer : t'as brisé ce qui restait de lui… le jour où t'as tué sa mère.

69

———————

Ti-Boy reste figé. Il la fixe droit dans les yeux, le souffle court, le teint blafard. On dirait qu'il vient de recevoir un coup de pelle en pleine face.

— De... de quoi tu parles, sacrament ?

— Je parle de lui enlever toute raison de vivre. Tu savais très bien que Rose Desrosiers était son pilier. La seule qui l'empêchait de sombrer. Le jour où tu l'as tuée, Léonard, t'as signé son arrêt de mort... et celui de dizaines d'autres.

Sa voix tremble, chargée de rage.

Ti-Boy ouvre la bouche, mais elle lui coupe la parole d'un geste sec.

— Voici ce que je pense. Tu l'as gavée de Clozapine. Une bonne dose. Suffisante pour la plonger dans un coma. Pas assez pour la tuer. Et ensuite... t'as pris un oreiller. T'as pressé fort. Longtemps. Le coroner est formel : surdose de Clozapine, combinée à une asphyxie mécanique. Pas de strangulation, pas de vomi, pas de convulsions. Juste... un étouffement. Froid. Propre. Calculé.

Elle s'approche légèrement.

— T'as tué la mère de ton beau-père sans l'ombre d'un

remords. Tu réalises ce que ça veut dire ? Tu comprends que ça te classe parmi les pires psychopathes de la planète ?

Il reste muet. Mais ses mâchoires se contractent.

Abygaelle reprend, d'une voix plus posée, mais plus tranchante.

— Ce que t'avais pas prévu, c'est que Spacek... dans toute sa folie... allait l'enterrer dans sa cour. Juste là, derrière. Pas de crémation. Pas de cérémonie. Juste... de la terre. Parce qu'il voulait la garder près de lui. Et comme elle avait l'air morte de cause naturelle, personne n'a posé de questions. Une femme de soixante-dix-neuf ans qui meurt dans son sommeil... qui s'en étonne ?

Elle marque une pause. Le silence devient lourd comme du plomb.

— Tu t'étais sûrement dit que c'était pas si grave. Que de toute façon, après la tuerie à la Powerlife, tout le monde croirait que c'était lui qui l'avait tuée. Juste avant de perdre le contrôle. Par amour. Par peur qu'elle réalise qu'il était devenu un monstre.

— Tu m'enlèves les mots de la bouche. C'est exactement pour ça qu'il l'a fait.

— Ça aurait pu se tenir... si Spacek avait été en ville. Mais non. Il était à des centaines de kilomètres quand elle est morte. Et surtout... il avait commencé à décrocher. À se calmer. Il reprenait pied. Il parlait même de revoir ses plans. Mais sa mère est morte... et il a replongé. Jusqu'à la fin, il a cru que c'était une mort naturelle. Pas vrai ?

— Comment tu veux que je le sache ? C'est pas comme si on était deux copines qui se racontaient nos vies autour d'un Martini. Encore une fois, tu dis n'importe quoi. J'ai rien à voir avec sa mort. Tu bats des records de conneries. C'est débile, ton affaire.

Abygaelle serre les dents. Du feu dans le regard.

— Tu veux savoir ce qui me dégoûtait le plus, à l'escouade

des mœurs ? Les fausses plaintes. Celles qu'on lance par vengeance, par haine. On protège l'identité des mineurs pour une bonne raison. Mais il y a toujours des pourris qui exploitent les failles du système pour détruire des innocents.

Elle se penche légèrement vers lui. Lentement. Le ton tombe, glacial :

— T'as rien inventé, Ti-Boy. Mais toi... toi, tu vas laisser une trace. Parce que quand les gens vont apprendre que t'as faussement accusé deux hommes, avec les conséquences qu'on connaît... ils vont se mettre à douter. À douter de toutes les autres victimes. Ils vont dire : « Et si c'était comme ce gars-là... celui qui avait inventé une histoire contre son prof et son beau-père, juste pour se venger ? » Même celles qui disent la vérité vont se faire discréditer. Et ça, Léonard, c'est impardonnable.

— C'est cute, ton speech. Mais le problème, c'est que j'ai jamais menti à propos de Tucci. Tu continues à débiter tes osties de niaiseries. Et là, tu vas sortir d'ici.

Abygaelle ne bronche pas.

— André ne peut plus te nuire, maintenant qu'il est mort. Tu peux tout lui mettre sur le dos. C'est pratique... sauf si...

Elle s'interrompt. Son regard s'assombrit, gagne une lueur étrange. Ti-Boy fronce les sourcils, méfiant mais intrigué.

— Sauf si quelqu'un pouvait confirmer que c'était bien toi qui avais déposé la plainte contre Tucci. Quelqu'un qui était là. Les deux fois. Et qui, la deuxième, t'a tourné le dos. Parce qu'elle avait compris. Parce qu'elle savait que t'avais recommencé le même manège.

Le visage de Ti-Boy se ferme net. Verrouillé.

— Quelqu'un comme... ta mère.

— Tu bluffes.

— Je ne bluffe pas, Ti-Boy. Contrairement à ce que tu crois, c'est pas mon genre d'accuser sans preuve.

— Il y a un début à tout, rétorque-t-il. Mais ça n'explique

toujours pas mes motivations. Qu'est-ce que j'avais à y gagner ? André m'adorait. Il me traitait comme son propre fils.

— C'est justement ce qui rend tout ça aussi dérangeant. Aussi tordu. J'ai retourné la question dans tous les sens... et j'ai fini par comprendre. Cette plainte, ce n'était qu'une étape. Une pièce du casse-tête. D'un plan pensé longtemps d'avance. Froidement. Méthodiquement. Un plan presque parfait. Sauf qu'il avait une faille. Une minuscule faille. Et c'est elle qui va te faire tomber.

Elle s'interrompt un instant, puis baisse la voix.

— Tu te souviens quand je t'ai dit de pas te sous-estimer ? Je le pensais. T'es brillant, Léonard. Le vrai problème avec l'intelligence, c'est qu'elle rend arrogant. T'as fini par croire que t'étais au-dessus des lois. Intouchable. Que les autres étaient des sombres crétins.

Ti-Boy se penche lentement, les coudes sur la table.

— Ce sont des mots très durs. Je ne mérite pas autant de mépris.

Abygaelle esquisse un sourire glacial.

— Quand on est responsable de la mort de dizaines d'innocents, on mérite chaque once de mépris.

— J'ai rien à voir là-dedans. Combien de fois va falloir que je le dise ?

Elle ne répond pas. Ouvre calmement le cahier de croquis.

— Je t'ai dit que ce cahier était fascinant. J'y suis revenue récemment. J'ai pris mon temps. Et tu sais quoi ? J'ai repéré un détail que j'avais manqué.

Elle tourne quelques pages, lentement.

— Dans le coin inférieur droit, sur plusieurs dessins, il y a de petits pictogrammes. Très discrets. Vingt-sept au total. Je les ai comptés. J'ai un petit côté OCD, j'avoue.

Elle sort une feuille chiffonnée de son veston, la dépose à côté du cahier.

— Et là, ça m'a frappée. Regarde bien.

Elle pointe une série de symboles au crayon noir.

— Ces pictogrammes sont identiques à ceux qu'on a retrouvés dans le mémo codé reçu au poste. Celui qu'on croyait envoyé par Spacek. Mais maintenant, je me demande...

Elle le fixe. Droit dans les yeux.

— Et si on s'était fait berner ? Et si quelqu'un avait brouillé les pistes ? Quelqu'un qui voulait qu'on pense que ça venait de lui... mais qui savait très bien ce qu'il faisait.

Elle relève les yeux, son regard plus perçant que jamais.

— Il y a quelqu'un, un jour, qui m'a posé une question à laquelle j'avais pas su répondre à l'époque. Une question simple : pourquoi Spacek nous aurait envoyé des indices pour qu'on l'arrête ?

Elle laisse flotter un silence.

— J'ai d'abord pensé à un acte manqué. Un appel à l'aide. Mais après coup, j'ai compris. Ce n'était pas lui. C'était toi. Pas vrai ? T'espérais qu'on lui nuise, mais pas trop vite. Tu te disais que plus on lui mettait des bâtons dans les roues, plus il deviendrait fou. Plus il pousserait son délire jusqu'au bout. Tu voulais le garder motivé, Léonard. Et t'amuser à nos dépens, en prime.

Elle referme le cahier d'un geste sec, la paume posée dessus.

— Fallait y penser, Ti-Boy. Je te le donne... c'était brillant.

— Je comprends absolument rien à ton délire, réplique-t-il.

— On ne t'aurait jamais relié à tout ça... s'il n'y avait pas eu ces pictogrammes en bas de page. Ou ce dessin, ici. Une copie exacte de la gravure retrouvée dans la salle de conférence de Powerlife. Celle que Spacek avait laissée derrière lui. Je me suis toujours demandé pourquoi il l'avait faite. Est-ce que c'est toi qui lui avais demandé ? Est-ce qu'il l'a gravée sans même comprendre ce que ça voulait dire ?

Ti-Boy garde le silence. Elle poursuit, implacable.

— C'est là que j'ai compris pourquoi tu tenais tant à récupérer ton cahier. Je me disais au début : « Mon Dieu, ce kid a vraiment besoin de dessiner tous les jours. » Mais en prison, on t'a donné du papier, des crayons... et t'as presque rien dessiné. Alors je me suis dit : non. C'est pas juste un carnet. C'est plus que ça.

Elle tourne quelques pages, s'arrête.

— T'as mis tellement d'efforts à le protéger que j'ai fini par le voir autrement. Pas juste comme un carnet de croquis. J'avoue que tes dessins de démons qui se dévorent entre eux m'ont dérangée... mais j'y ai vu aussi une sorte de poésie tordue. Une voix. Et puis, un soir, j'ai vu ça.

Elle pivote le cahier vers lui. Pose doucement l'index sur un dessin.

Ti-Boy sent ses jambes ramollir sous la table.

— Tu sais ce que c'est, hein ?

— Un dessin abstrait. Non, attends... une carte au trésor. D'un jeu vidéo. J'essayais de résoudre une énigme.

Il dit ça comme s'il venait d'avoir une idée de génie. Abygaelle le regarde, sceptique, avec un rictus aux coins des lèvres.

— Intéressant. Parce que ta « carte au trésor » correspond, à l'échelle près, à la cartographie de l'île du lac Sauvage.

Ti-Boy cesse de respirer.

— Regarde ce quai, ici. C'est exactement là que le vieux bénévole — celui que Spacek a tué — attachait son ponton. Et ce X rouge, là ? Il est pile sur le seul poteau téléphonique de l'île. Le couper, c'était plonger tout le camp dans le noir. Plus de téléphone. Plus d'Internet. Plus de secours. Le plan parfait pour agir en toute impunité.

Il garde le silence. Les mâchoires contractées, le regard figé.

— Et là ? Ce rectangle ? Ce sont les bureaux des moniteurs. Et celui-là, plus large ? La cafétéria. Encore une coïncidence ?

Ti-Boy s'adosse lentement à sa chaise, bras croisés. Il la fixe, entre une rage contenue et... une pointe d'admiration. Il ne comprend pas comment elle a fait le lien. Mais chapeau.

Abygaelle referme le cahier d'un claquement sec.

— Tu savais exactement où Spacek allait frapper pour sa dernière sortie. Un camp rempli d'enfants. Et toi, au lieu de prévenir, t'as choisi de nous dessiner l'ancien logo de la colonie avec des crayons de cire. T'as autant de sang sur les mains que lui.

Elle s'interrompt. Juste assez longtemps pour que le poids de ses mots s'abatte.

— Ton plan comportait trois failles, Léonard. D'abord, tu croyais que Tucci ne te reconnaîtrait pas sous une cagoule. Ensuite, tu t'es inquiété à cause de ton cahier, ce qui a piqué ma curiosité. Et finalement...

Elle s'avance légèrement. Plante son regard dans le sien.

— T'avais pas prévu que ta mère m'appellerait.

Ti-Boy écarquille les yeux. Puis il ricane.

— Ma mère ? Celle qui est à moitié légume ? Qui peut à peine articuler deux mots ? Elle t'aurait appelée ? Et c'est moi que t'accuses de jouer au con ?

— Correction : ta mère que tout le monde croit handicapée. Que tout le monde pense qu'elle est incapable de parler. T'as jamais envisagé que si t'es capable de mentir aussi naturelle- ment, t'as peut-être hérité ça de quelqu'un ? Genre, de celle qui t'a mis au monde ? Je lance l'idée comme ça... mais disons qu'elle aurait pu avoir de très bonnes raisons de feindre un handicap. Tu me demandais tout à l'heure comment j'avais su pour cette cabane dans le bois. Comprends-tu mieux maintenant ?

La mâchoire de Ti-Boy se contracte. Il attrape son télé- phone, lentement... et arrête l'enregistrement.

Abygaelle esquisse un sourire. Froid. Tranchant.

— Je vois que tu saisis enfin la gravité de la situation.

Elle prend une longue respiration. Sa voix reste posée, mais chargée.

— Ta mère m'a tout dit. À quel point tu leur faisais vivre l'enfer, à elle et Spacek. Comment t'as convaincu André d'abandonner sa médication. Comment t'as empoisonné son esprit. Elle m'a parlé des deux plaintes pour agression, de ta haine pour le monde entier, de ton obsession pour le contrôle... et de ton vide affectif. Total. T'éprouves rien pour personne, sauf pour toi.

Ti-Boy la fixe avec un regard noir. Les traits du visage tirés à l'extrême.

Elle soutient son regard, la tête légèrement inclinée.

— Ah, tu savais pas ? Tu savais pas qu'elle pouvait encore parler, malgré l'overdose ? Qu'elle a bluffé tout le monde au centre ? Même les médecins ? Elle a joué la comédie pour une seule raison.

Abygaelle baisse le ton. Son timbre devient plus grave, presque rauque.

— Parce qu'elle avait peur de toi.

Silence. Lourd.

— Elle est entrée dans la pièce un jour, pendant que tu parlais avec Spacek. Tu lui expliquais ton plan, comment il fallait « réveiller » la société. Elle vous a écoutés. Longtemps. En silence. Puis t'as tourné la tête. Tu l'as vue. Et tu lui as dit que si elle ouvrait la bouche, tu la tuerais.

Pause.

— Mais elle, ce qu'elle a compris ce jour-là... c'est que tu la tuerais de toute façon. Surtout après avoir appris que Spacek comptait changer son testament pour lui léguer toute sa fortune. Et ne te laisser que des miettes. Juste assez pour que tu survives ici, dans cette cabane délabrée.

Elle marque une pause.

— Alors, quand elle a fait son overdose, elle a vu une porte de sortie. Elle a tout fait pour que tu la croies inoffensive. Pour que tu détournes ton attention d'elle. Elle pensait que c'était Spacek qui avait tué sa propre mère, alors elle le craignait, lui aussi. Mais toi... toi, elle te craignait encore plus. Alors elle est devenue « presque légume » pour survivre. Mais ça voulait aussi dire qu'elle ne pouvait plus vous arrêter. Elle a dû se retirer. Et elle l'a fait... parce qu'elle espérait, au fond d'elle, que vous alliez reculer. Qu'il vous restait encore assez d'humanité pour ne pas aller jusqu'au bout.

Abygaelle fixe Ti-Boy droit dans les yeux.

— Puis il y a eu la Powerlife. Et là, Josée a compris. Vous aviez plongé. Fini, les doutes. Fini, les espoirs. Elle a compris que vous étiez devenus fous. Alors elle s'est tue. Terrorisée. Mais sa conscience la rongeait. Elle ne dormait plus. Et quand elle a vu qu'un policier veillait sur elle jour et nuit... elle s'est dit que c'était peut-être le moment. Elle ne pouvait plus rester passive pendant que des innocents étaient massacrés. Qu'elle devait agir. Malgré tout l'amour qu'elle vous portait, à Spacek et à toi, elle ne pouvait pas cautionner vos gestes.

Elle inspire profondément. Le souffle plein de regrets.

— Malheureusement... vous avez eu le temps d'agir. Avant d'avoir reçu son message. Avant que je puisse lui parler. Avant que je puisse recoller les dernières pièces du puzzle.

Ti-Boy se redresse lentement sur sa chaise, la fixe... puis hausse les épaules.

— Je te crois pas pour ma mère, lâche-t-il. Personne ne peut faire semblant à ce point-là.

— Que tu me croies ou pas, ça ne change rien. Mais il y a une vérité qui commence à faire son chemin dans ta tête, hein ? Si je mens à propos de ta mère, comme tu dis... comment est-ce que je pourrais savoir tout ça sur toi ?

Il ne répond pas. Il le sait. Tout est vrai. Et elle n'aurait jamais pu apprendre ça autrement.

Il prend une longue inspiration, s'enfonce dans sa chaise.

Abygaelle, en miroir, passe une main dans ses cheveux et fait la même chose.

— La seule chose que j'ignore encore, reprend-elle, c'est le motif. Pourquoi te donner tout ce mal ? Pourquoi tuer ces gens... par procuration ? C'est la dernière pièce qu'il me manque.

Ti-Boy l'observe longuement. Un sourire fin se dessine au coin de ses lèvres. Ses yeux se plissent. Lentement, il glisse la main dans la poche intérieure de son veston, en sort un paquet de cigarettes. Il s'en allume une. Tire une longue bouffée. Expire un nuage de fumée lentement, comme s'il savourait le moment.

Puis il ricane doucement.

— C'est la question à cent millions de dollars, pas vrai ?

70

Abygaelle croise les bras, plante son regard dans celui de Ti-Boy. Il tire une autre bouffée de sa cigarette sans la quitter des yeux, un sourire narquois toujours accroché au visage. D'un geste nonchalant, il dépose la cigarette sur le rebord du cendrier.

— Pourquoi j'ai fait tout ça ? Pour l'argent, lance-t-il. Juste pour l'argent. Rien d'autre.

Abygaelle laisse échapper un rire sec, hoche lentement la tête.

— Je le savais que tu dirais ça. Mais je te crois pas.

— Comme t'as dit tantôt, que tu me croies ou pas... ça change rien.

— Je ne te crois pas, car, si tu avais voulu seulement de l'argent, il suffisait de tuer Spacek. T'aurais encaissé l'assurance, ramassé l'héritage, merci, bonsoir.

— C'est vrai, admet-il. Mais ç'aurait été pas mal moins le fun, tu trouves pas ?

Cette seule phrase résume toute la noirceur de son esprit. Un frisson remonte l'échine d'Abygaelle, mais elle ne lâche rien.

427

— Il y avait une raison plus tordue que ça.

— Ah oui ? Laquelle ?

— Le pouvoir. Le contrôle. Tester jusqu'où tu pouvais pousser ton beau-père. Voir si tu pouvais lui faire commettre les pires horreurs sans te salir les mains. Comme un petit Frankenstein du dimanche. Tu savais qu'une fois rendu au bord du précipice, un gars fragile avec des antécédents de santé mentale allait craquer. T'as vu en lui une expérience vivante. Tu lui as fait lâcher ses médicaments, nourri ses obsessions, puis t'as attendu qu'il implose.

Ti-Boy hausse les épaules, faussement blasé.

— André trippait déjà sur les théories du complot. Il vivait pour ça. Il trouvait que le système était corrompu, qu'il fallait un électrochoc. Tout ce qu'il a dit dans ses vidéos... c'était lui, pas moi.

— J'en doute pas, concède Abygaelle. On a retrouvé des carnets entiers, des années d'écrits. Il ruminait ses idées depuis longtemps. Mais penser, c'est pas agir. Pour passer à l'acte, il fallait qu'il n'ait plus rien à perdre. Et toi, t'as tout fait pour l'amener là. Tu l'as écrasé, pièce par pièce. Son travail, sa réputation, sa mère... Tu l'as vidé de tout ce qui lui restait. Un plan réglé au quart de tour par un esprit malade.

— Un esprit malade ? répète Ti-Boy, la voix vibrante de colère.

— Oui. Faut être vraiment dérangé pour faire ça. Tu penses pas ?

Le visage de Ti-Boy rougit ; une veine palpite sur son front.

— Au contraire, dit-il. Ça prend une grande intelligence. Stratégique. André Spacek, c'était pas un deux de pique trouvé dans une ruelle. C'était un vrai cerveau. T'imagines ce que ça m'a pris, comme finesse, pour le faire basculer ?

Plus il parle, plus son timbre s'excite ; il revit son « génie » avec jubilation. Abygaelle esquisse une moue dédaigneuse.

— T'es brillant, Léonard. Mais pas un Bundy ni un

Kaczynski. T'es juste un kid frustré qui a su profiter de la faiblesse d'un homme brisé. Il n'y a rien d'impressionnant là-dedans.

Abygaelle l'a ébranlé. Elle le voit tout de suite.

Ti-Boy sent quelque chose se tordre dans sa gorge. Est-ce parce qu'elle persiste à l'appeler « Léonard » ? Qu'elle piétine ce qu'il considère comme un chef-d'œuvre ? Ou que sa mère ait osé trahir son secret ? Peut-être tout ça en même temps.

Et d'un coup, il comprend. Il n'a pas à subir ça. Pas une seule seconde.

Elle doute de son génie ?

Parfait. Il va lui montrer.

Il bondit de sa chaise, attrape la carabine dans un geste sec, pivote, et la braque sur Abygaelle. Son souffle s'accélère, ses yeux s'enflamment, et son visage se tord en un masque de haine pure. Déformé. Démoniaque.

Imperturbable, Abygaelle reste immobile. Elle soutient son regard, inébranlable. Elle ignore ce qui a fait craquer le jeune Léonard, mais au moins, il a arrêté de jouer la comédie. Plus de masque. Plus de faux-semblants. Devant elle, c'est le vrai visage du monstre. Un sourire cruel déforme ses traits de chérubin ; on dirait qu'un démon a pris possession de son corps fuselé.

— Tu comptes faire quoi, avec ça ? Tuer une sergente-détective ? demande-t-elle d'une voix calme.

Il raffermit sa prise sur la carabine. Le canon vibre, imperceptiblement.

— J'ai plus rien à perdre. Tu penses que je suis pas assez intelligent ? Parfait. On va voir si je suis capable de descendre une policière, ici, dans le bois, et de disparaître sans laisser de trace. On prend le pari ?

Il penche la tête, un éclair d'amusement dans les yeux.

— Et même si je me fais prendre... tu le sais comme moi, il y a pas de peines consécutives au Canada. Un mort de plus, un mort de moins... aucune différence.

Il avance d'un pas lent, calculé. Le canon suit son regard, précis, méthodique. Il appuie la crosse contre son épaule, le doigt frôle la détente. Il se réjouit de la voir immobile devant lui. Il veut briser ce calme. Il veut la voir craquer.

— Tu sais quoi ? Personne va te retrouver. Le bois est vaste, les charognards, eux, attendent pas une invitation. Ton corps va se faire bouffer en deux jours. Avec un peu de chance, ils vont retrouver quelques dents. Mais moi, je vais être déjà rendu loin. Loin. Comme le personnage de Hannibal Lecter, dans *Le Silence des agneaux*. Libre comme l'air.

Il prend une longue respiration. Il y prend plaisir. Il savoure chaque mot, chaque image.

— Ce que je trouve le plus drôle, c'est que c'est toujours la même connerie dans les films : le héros qui se pointe tout seul dans un trou perdu pour affronter le tueur. Et dans notre salon, on se dit tous : « Pourquoi cet imbécile y va tout seul ? » Ben toi, t'as fait pareil. Exactement pareil. Et devine quoi ? C'est pas plus brillant dans la vraie vie.

Le canon de la carabine monte, lentement, se pose sur le front d'Abygaelle. Sur ce visage calme, trop calme. Dommage, pense-t-il. Elle est pas désagréable à regarder. Ça sera pas mal moins joli dans quelques secondes.

Et c'est ce qui l'excite.

Il règne. Il se sent invincible. Le gamin apeuré qu'elle a vu en cellule a disparu. Il n'en reste plus rien. Devant elle, c'est un monstre. Un vrai. Un psychopathe affamé. Cette fois, il veut tuer de ses propres mains. C'est bien plus satisfaisant que d'empoisonner une vieille dame sans défense et de lui écraser un oreiller sur le visage.

— Un dernier mot avant que je te fasse sauter la cervelle ? demande-t-il, la voix tremblante d'excitation.

Abygaelle ferme les yeux. Une fraction de seconde. Une inspiration lente. Une ancre. Puis elle les rouvre. Plante ses yeux dans les siens. Aucune peur. Juste cette certitude glaciale, tranchante.

— Oui. Un seul.

— Lequel ?

Elle sourit.

— Jack.

Aussitôt, un coup de feu retentit.

71

———

Gisant au sol, hurlant de douleur, Ti-Boy Malveaux voit surgir une silhouette depuis l'ombre. Un homme massif, les cheveux poivre et sel clairsemés, le tient en joue avec un revolver encore fumant.

D'où sort-il, ce connard ? Aucun bruit. Rien. Ti-Boy était convaincu qu'Abygaelle était seule. Il le savait, au fond, que c'était incroyablement stupide. Mais il s'est quand même laissé prendre. Et maintenant, il comprend qu'elle l'a bien ferré. Il a plongé tête première dans le piège, comme un amateur.

Ti-Boy fixe Jack, les yeux injectés de rage.

— Crisse de malade... tu m'as démoli la main !

Jack Morris jette un regard vers la main ensanglantée, un sourire mauvais au coin des lèvres. Il avance, lentement, comme une bête certaine de sa victoire.

— Estime-toi chanceux d'être encore en vie, petit morveux. T'étais à deux doigts de tuer une sergente-détective.

Ti-Boy tente de ramasser sa carabine, mais Jack la lui fait valser à l'autre bout de la pièce d'un coup de botte sec.

— Tut, tut, tut. Je ferais pas ça à ta place.

Implacable, Abygaelle le regarde se tordre de douleur.

— T'avais raison, Léonard. Ça aurait été vraiment stupide de venir seule.

Elle regarde vers la porte, la voix ferme :

— À vous de jouer, les gars.

Un vacarme éclate. Une demi-douzaine de policiers déferlent dans la pièce, se ruent sur Ti-Boy, le plaquent au sol, le menottent à coups de genoux. Il hurle, se plaint qu'ils lui arrachent le bras. En réponse, il reçoit des « ferme ta gueule » crachés avec fureur. Il comprend, trop tard, qu'ils ont tout entendu : ses aveux, ses menaces.

Il est foutu.

— Va lui falloir une ambulance, lance Abygaelle.

— On s'en occupe... mais pas trop vite, réplique l'un des policiers.

Ils l'entraînent dehors, traîné comme un sac de vidanges par deux colosses. Ti-Boy continue de gueuler, mais personne n'écoute. Il disparaît dans la nuit, emporté vers les voitures banalisées garées à la lisière de la forêt.

Jack pousse un long soupir et s'assoit devant Abygaelle. Il attrape la cigarette encore tiède de Ti-Boy dans le cendrier, la coince entre ses lèvres et tire une bouffée lente. La fumée monte en volutes épaisses alors qu'il renverse la tête en arrière, yeux clos, savourant chaque gramme de nicotine.

— T'avais pas arrêté de fumer ? demande Abygaelle, amusée.

— Ouaip, répond Jack en prenant une autre bouffée.

Il retient la fumée dans ses poumons, et, à travers un souffle étouffé, il murmure:

— Ton plan était pas mal risqué.

— J'avais confiance en tes talents de tireur, répond-elle avec un sourire narquois.

Jack laisse filer un autre nuage de fumée.

— Il aurait pu te tirer dessus sans réfléchir. Mes talents de tireur t'auraient servi à rien.

Abygaelle hausse les épaules.

— Ti-Boy aurait jamais résisté à l'envie de me servir un monologue pompeux. Fallait qu'il se sente en contrôle. Ces types-là, je les connais par cœur. Des narcissiques flamboyants, qui veulent juste épater la galerie avec leur soi-disant génie. T'aurais eu le temps de le descendre trois fois avant qu'il songe à presser la détente.

Jack ne répond pas tout de suite. Il reste pensif. Faut bien admettre que tout s'est déroulé exactement comme elle l'avait prédit. Finalement, il sourit. Elle est magnifique dans cette lumière tamisée.

— T'es prête pour ton autre défi ? demande-t-il.

— Mon autre défi ?

Jack arque un sourcil. Elle n'a pas oublié quand même...

— Le comité de discipline.

— Ah... ça. Qu'est-ce que tu veux que je te dise ? J'ai fait ce qui me semblait juste. S'il faut que je paie pour ça, je suis prête. Je referais exactement la même chose. Je sais que, de l'extérieur, ça a l'air bizarre. Mais comme aujourd'hui, avec Ti-Boy... c'était la seule option. Là, on a la preuve. Il pourra plus bullshiter personne. Il pourra pas se négocier une sentence bonbon. Il a montré son vrai visage. C'était lui, le cerveau. Et on n'est pas près de le revoir.

— C'est ce qu'on espère.

Abygaelle inspire profondément. Son corps se détend enfin.

— Je peux te demander une faveur ?

— Toujours.

— Quittons vite ce trou à rats.

ÉPILOGUE

Jack Morris attend dans un couloir des bureaux administratifs de la Police Provinciale, le pied qui tape nerveusement sur le plancher. Son esprit tourbillonne, embourbé dans un flot de pensées contradictoires. Il n'a pas eu le cœur d'assister à la décision du comité de discipline sur Abygaelle. De toute façon, ça l'aurait probablement foutu en colère. Et Jack n'a jamais été doué pour gérer ses émotions.

La cause a été repoussée tant de fois qu'on arrive presque, jour pour jour, à l'anniversaire du drame du lac Sauvage. Les médias, eux, parlent encore abondamment du massacre à la Powerlife, de l'explosion de la tour des Canadiens, de la prise d'otages à la Petroleum... et, bien sûr, des horreurs sur l'île.

Un filon inépuisable pour les journalistes. Un puits sans fond pour Jack.

Il voudrait passer à autre chose. Non pas pour oublier ce qui s'est passé, mais parce que c'est malsain de toujours ressasser le passé. Surtout quand le passé vous fait faire des cauchemars.

Il n'y échappe pas.

Il se réveille encore parfois en sursaut, trempé de sueur,

hanté par le visage de Denise Bédard qui lui tire dessus. La pauvre femme ne s'est jamais remise de ce qu'elle a fait. Reconnue coupable d'agression armée, elle a évité de justesse la tentative de meurtre sur un agent de la paix. Elle a écopé de dix-huit mois à purger dans la communauté, suivis de deux ans de probation, avec interdiction de posséder ou d'utiliser une arme à feu.

Mais Denise n'a aucune intention de toucher à une arme. Elle ne l'avait jamais fait avant que Spacek ne l'y oblige. Elle n'a aucune raison de le faire dans le futur.

Même sans prison, le casier est là. Inévitable. On ne tire pas sur un flic sans en payer le prix, aussi circonstanciée soit l'affaire. Jack a plaidé en sa faveur, mais il comprend la décision du juge. Denise, elle, la vit comme un affront, une tache indélébile dans sa vie. Elle qui a toujours respecté les règles à la lettre, elle a honte de ce qu'elle a fait. Elle le lui a répété plus d'une fois, et Jack, lui, ne sait plus comment lui dire qu'elle aussi doit passer à autre chose.

La dernière fois qu'elle lui a parlé, c'était au sortir d'un hiver particulièrement rude. Une conversation comme les autres : encore des excuses, toujours les mêmes, prononcées dans une voix cassée, presque éteinte. Jusqu'au moment où elle lui a raconté son après-midi de magasinage printanier avec son petit-fils, Maxime.

Pour la première fois depuis longtemps, le garçon l'avait accompagnée, comme autrefois, quand il était petit. Il l'avait aidée à choisir ses fleurs. Et là, sa voix s'était illuminée, pleine d'un élan qu'il n'avait pas entendu depuis des mois.

Jack espère qu'elle finira par retrouver un peu de paix.

Maxime aussi en porte encore les cicatrices. Tout le monde sait qu'il a été l'un des otages de Spacek et Malveaux. Il suit toujours une thérapie, mais Denise lui avait dit qu'il allait un peu mieux. Il parle même de s'inscrire à des cours d'été, pour rattraper les crédits manquants à l'université. Pas tout de suite — il n'a pas encore l'énergie pour se plonger dans des études à plein régime. Mais un jour. Quand il sera prêt.

Giovanni Tucci a lui aussi écopé d'une peine à purger dans la collectivité. Mais même dehors, il reste prisonnier de ce qui s'est passé. Il poursuit sa thérapie avec acharnement, tente de s'extirper de ce cauchemar qui lui empoisonne la tête.

Richard Lelièvre l'accompagne dans ce lent processus. Il l'aide à reconstruire, morceau par morceau, un semblant de quotidien. Il a pris un congé sans solde de son boulot. Il n'est plus capable de contempler des œuvres d'art, même s'il a toujours vécu pour ça. Le cœur n'y est plus.

Son énergie est consacrée à autre chose. À son couple. À ses propres blessures. Parce que se faire enchaîner comme un animal, emprisonné contre son gré, ça laisse des marques. Pas seulement sur la peau. Dans l'âme aussi.

La déshumanisation, quand elle est profonde, il faut du temps pour en guérir.

Mais Richard veut y croire. Ils ne seront plus jamais les mêmes — ça, il le sait. Mais peut-être qu'ils réussiront à recoller suffisamment de morceaux pour continuer d'avancer. De construire une version différente d'eux-mêmes, marquée, certes, mais encore capable d'aimer.

De vivre.

La porte de la salle d'audience s'ouvre enfin.

Jack lève les yeux. Un petit cortège en veston-cravate sort en file, certains avec un dossier coincé sous le bras. Il reconnaît Mark Latour, le sergent du SWAT, qui passe devant sans même lui adresser un regard. Ce n'est pas une surprise : les deux ne s'aiment pas. D'autres gradés lui adressent un signe de tête poli.

Charles Picard sort à son tour. Il lui lance un sourire, lui tapote l'épaule.

— Tout va bien, Jack. Tu peux respirer.

Puis il file rejoindre les autres patrons, un peu plus loin dans le couloir.

Abygaelle suit, en conversation avec la représentante syndicale qui l'a épaulée depuis le début. En apercevant Jack, elle serre la main de la dame, puis vient vers lui.

— Et puis ? demande-t-il.

Abygaelle esquisse un sourire discret, hausse les épaules.

— Une tape sur les doigts. Un avertissement, mais sans aucune mention dans le dossier officiel. En gros, ils m'ont dit de ne plus recommencer.

Elle marque une pause, le regard brièvement tourné vers le groupe des hauts gradés, où Picard jase à voix basse avec deux directeurs.

— Mais tu me connais... s'il faut que je risque encore ma vie pour en sauver d'autres, je vais le faire.

Elle revient à lui, le regard allumé par une lueur nouvelle.

— Mais bon. La représentante syndicale et moi, on pense que la pression populaire a joué en ma faveur. La pétition, les gens ce matin avec leurs pancartes « Free Aby »... C'était peut-être un peu exagéré, admet-elle en souriant. Mais bon, ça a marché.

Elle lui donne un petit coup de coude complice.

— Tu vas m'avoir dans les pattes encore pour un petit bout.

Josée Parent va mieux. Du moins, c'est ce qu'elle laisse croire.

Elle parle avec aisance maintenant, elle projette même une sortie prochaine. Aux yeux des psychiatres et des infirmières, sa guérison est spectaculaire.

Mais elle ne leur dira jamais la vérité. Qu'elle avait été capable de parler dès son arrivée. Que ce mutisme était une façade. Une carapace. Le seul moyen de se protéger de la menace constante que représentait son propre fils.

Ce qu'elle avait entendu ce soir-là... ces mots qui l'avaient broyée... elle ne pourra jamais les oublier. Quand votre propre fils menace de vous tuer, que vous reste-t-il dans la vie ?

Cette trahison lui avait brisé le cœur. La douleur des paroles de Ti-Boy, qu'elle aimait plus que tout au monde, était comme un poignard en plein thorax.

Elle s'était enfoncée dans la nuit la plus noire. Une spirale de défonce, sans fin, sans fond. Inconsciemment, elle avait voulu crever. Avalée par la douleur, la honte, l'horreur. Elle avait pris trop d'héroïne. Bien trop. Et même après, elle avait continué. Chez elle. Seule. En pleurant toutes les larmes qu'il lui restait.

Ti-Boy n'était pas là, cette nuit-là. Il était avec Spacek. À comploter Dieu sait quoi.

Puis, plus rien. Le noir complet.

Tout ce dont elle se souvient ensuite, c'est de s'être réveillée aux soins intensifs, avec Ti-Boy et André à son chevet. Elle avait si mal qu'elle ne pouvait ni bouger ni parler. André la fixait, inquiet, les yeux pleins d'une douleur qu'il tentait de dissimuler. Ti-Boy, lui, la regardait d'un air indéchiffrable. Mais une chose était certaine : ce n'était pas de l'affection.

Au début, elle avait cru qu'il était déçu. Déçu qu'elle ait replongé si loin dans ses vieux démons, qu'elle ait failli l'abandonner. Failli en faire un orphelin. Mais ensuite, elle avait compris. Il n'était pas déçu. Il était contrarié qu'elle ait survécu. Frustré de devoir encore trouver un moyen de la rayer de sa vie.

Plus tard, elle avait surpris une conversation entre eux et le médecin. Le docteur expliquait que les séquelles seraient probablement permanentes. Et il avait eu raison.

Josée souffre. Encore aujourd'hui.

Elle a du mal à se concentrer, à accomplir des tâches exigeant un minimum d'effort cognitif. Comme si son cerveau baignait dans du Jell-O. Sa pensée flotte dans une brume persistante. Physiquement, elle est épuisée. Constamment constipée, elle a perdu beaucoup de poids — un poids qu'elle est incapable de reprendre. Son corps est devenu fragile, affaibli, toujours à bout de souffle.

Elle vit aussi avec ce que les médecins lui ont décrit comme le syndrome du sevrage prolongé. Chez elle, ça se manifeste par des sautes d'humeur imprévisibles, une fatigue écrasante, une insomnie tenace. Elle n'a pas eu ses règles depuis l'overdose. Ses poumons ont été abîmés. Son cœur aussi. Elle vit comme si elle était assise sur un baril de poudre... prête à exploser à la moindre étincelle.

Elle se rappelle très bien son appel à Abygaelle Jensen. C'était le soir où elle avait profité du changement de garde entre les policiers pour s'éclipser dans le bureau des psychologues. Là, elle avait laissé un message vocal. Elle lui avait demandé de ne pas la rappeler. Elle allait le faire elle-même, à une date précise.

La deuxième fois, Abygaelle était prête. C'était quelques jours après la mort d'André.

Josée lui avait tout raconté.

Son fils. Les fausses accusations d'agression sexuelle. La façon dont il avait nourri les délires d'André. Les plans tordus. Et cette promesse — glaciale — de la tuer si elle tentait de se mettre sur son chemin.

Elle avait vidé son cœur, en larmes. Submergée par ce sentiment de trahison envers son propre enfant. Écœurée de devoir en arriver là. De devoir dénoncer celui qu'elle avait mis au monde, celui qu'elle avait protégé toute sa vie.

Mais elle n'avait plus le choix. Il était prêt à la sacrifier pour de l'argent. Juste ça.

Feindre le mutisme était devenu un mécanisme de défense. Gagner du temps. Éviter la prochaine trahison. Elle savait que Ti-Boy ignorait qu'André avait modifié son testament peu avant sa mort. Qu'il lui avait légué la majorité de ses avoirs. Si Ti-Boy l'avait su, elle ne serait plus de ce monde aujourd'hui.

Elle n'avait jamais avoué à André que c'était Ti-Boy qui avait causé son renvoi de la Powerlife. C'était une ligne qu'elle n'avait pas eu la force de franchir. Elle craignait que ça ne pousse André à bout. Qu'il devienne encore plus instable. Et Dieu seul sait ce qu'il aurait pu faire dans cet état. Il aurait sûrement tué Ti-Boy. Même si ça avait annihilé la menace qu'il représentait pour elle, elle ne pouvait condamner son propre fils à une peine de mort.

Évidemment, quand elle avait témoigné contre Ti-Boy — sur vidéo, à cause de sa condition — elle s'était imaginé son visage en l'écoutant. Le choc. La colère. Le regard défait d'un fils qui entend sa propre mère exposer au grand jour les secrets enfouis au plus profond de son âme.

Abygaelle lui avait dit qu'elle trouvait étrange qu'elle ait eu tant de mal à s'exprimer dans son témoignage en cour, alors qu'elle était largement plus éloquente au téléphone.

Josée avait tenté de justifier ça du mieux qu'elle pouvait, expliquant que le stress l'empêchait de parler, que plus l'émotion montait, plus les mots se bousculaient et se bloquaient dans sa gorge.

Mais elle avait vu dans les yeux de la sergente-détective qu'elle ne la croyait pas.

Ce n'était pas grave. Ce n'était pas le but. L'essentiel, c'est qu'elle l'avait fait. Elle avait parlé.

Ti-Boy, lui, refuse de la voir. Il l'a rayée de sa vie. C'est du moins ce qu'il a écrit dans une longue lettre haineuse envoyée depuis la prison. Une lettre trempée dans le fiel. Chaque phrase dégoulinait de rancune. Et cette menace à peine voilée à la fin :

« Tu sais, je peux encore faire ce que j'ai dit que je ferais... même si je suis en prison. »

Une ligne qui résonne dans sa tête comme une lame suspendue. Un rappel constant que, malgré tout, elle est assise sur un baril de poudre, et que, tant que sa santé sera précaire et que son fils vivra, elle restera une cible.

Mais il n'est pas sur son testament, et il le sait. Il n'a hérité que d'une somme symbolique de la part d'André. Le reste a été partagé entre elle et un organisme qui vient en aide aux plus démunis. Un don anonyme, bien sûr. Personne n'aurait accepté de l'argent venant du bourreau du lac Sauvage.

Alors, si Ti-Boy la fait tuer un jour, ce ne sera pas pour de l'argent. Ce sera pour la vengeance. Pour le pur plaisir. Parce qu'il en est capable. Parce que son esprit est assez tordu pour ça.

Et malgré tout, elle l'aime encore. Elle ne peut s'en empêcher.

Mais il faut parfois se rendre à l'évidence qu'on a engendré un monstre.

Elle veut retourner aux Narcotiques Anonymes. Elle veut croire qu'elle en a encore la force. Mais elle n'est pas certaine de pouvoir rester sobre. Pas avec un tel vide en elle. Pas avec ce cœur abîmé. Et dans son état, replonger ne serait pas une rechute... ce serait un suicide.

Elle va voir ce que le futur lui réserve.

Elle va tenter de se reconstruire.

Du mieux qu'elle peut.

Samuel Marcoux est assis sur un banc de parc. Il regarde Charlotte qui se balance, insouciante, riant au rythme de ses mouvements. La vie suit son cours — du moins en apparence. Mais il suffit d'un détail pour le ramener à la réalité.

En marchant vers le parc un peu plus tôt, il a aperçu la une d'un journal dans la vitrine d'un dépanneur. Les visages d'André Spacek et de Ti-Boy Malveaux trônaient en haut de page, figés dans l'encre noire. Ça l'a frappé de plein fouet. Il n'arrive toujours pas à soutenir le regard de Spacek, même sur papier. Il se met à trembler. C'est plus fort que lui.

Ces yeux l'ont terrorisé au plus profond de son âme. Il se souvient encore de cette étincelle folle, démente, dans les pupilles de Spacek au moment où il avait levé son arme. Il avait décidé. Il allait les tuer.

Samuel revit la scène en boucle : Spacek, face contre terre, après les trois coups de feu tirés par Abygaelle Jensen. Elle tremblait de tout son corps, mais faisait tout pour paraître en contrôle.

Elle s'était postée à côté du cadavre comme un chasseur auprès de sa proie. Sauf qu'il n'y avait ni triomphe ni soulagement. Juste une peur contenue. Une vigilance glacée. Elle restait là, au cas où il bougerait. Pour être sûre qu'il n'y aurait pas d'autre victime. Pour confirmer qu'il était bel et bien mort.

Samuel a reparlé à Pierre-Alexandre récemment. Il semble aller mieux. Mieux que lui, en tout cas. Il dégage une confiance nouvelle. Comme si ce jour-là lui avait prouvé qu'il avait de la valeur, qu'il possédait des ressources insoupçonnées. Qu'il pouvait exceller en temps de crise. Les compliments que les trois adolescents reçoivent encore aujourd'hui doivent y être pour quelque chose. Ça nourrit l'estime de soi, forcément.

Samuel, lui, continue de se faire arrêter dans les lieux publics. À l'épicerie, dans l'autobus, au parc. Des gens viennent le féliciter. Lui serrer la main. Le remercier d'avoir été « un exemple pour la jeunesse ». Il sourit, poliment, mais chaque fois, il replonge. Ça le fige. Ça lui rappelle ce qu'il a laissé derrière. Ce qu'il ne veut plus voir. Il voudrait juste passer à autre chose.

Qu'on oublie.

Frank, de son côté, a fini par accepter l'offre du docteur Gervais. Il vit maintenant dans un centre jeunesse. Son père lui a foutu une dernière raclée — la fois de trop. Frank a plié bagage.

Et, étonnamment, il s'épanouit. Il participe à toutes les activités du centre, s'y investit. Il parle même d'étudier en travail social. Il veut devenir intervenant. Tendre la main à d'autres jeunes comme lui. Leur dire que c'est possible de sortir de l'enfer. Qu'il y a autre chose que la violence et le mépris.

Qu'il y a une lumière au bout de ce long tunnel pourri.

Parce que trop de jeunes dans sa situation tournent mal. Ils tombent dans le crime et deviennent à leur tour les bourreaux qu'ils ont appris à craindre. Ou pire : ils finissent par commettre l'irréparable. Ils mettent fin à une vie qui aurait pu être plus douce, infiniment plus digne, si quelqu'un — juste une personne — leur avait donné les bons outils.

Leur avait montré le chemin.

Frank n'est pas un génie des bancs d'école, mais Pierre-Alexandre lui a promis qu'il l'aiderait à s'en sortir. À trouver des trucs, des repères, des méthodes pour réussir. Déjà, ça fait une différence. Petite, mais tangible.

Il n'est pas devenu premier de classe, mais il se rapproche de la moyenne du groupe. Et pour lui, ça équivaut à gagner à la loterie. Un exploit qu'il n'aurait même pas osé rêver.

Samuel sort de ses pensées en entendant des rires gras, un peu plus loin dans le parc. Il serre la mâchoire. Trois garçons tournent autour de Charlotte et de son amie, trop près, trop insistants. L'un d'eux la pousse légèrement du pied, comme pour tester les limites.

Il se lève d'un bond. Une chaleur brutale lui remonte dans le visage, cette rage qu'il connaît si bien. Ça lui serre la poitrine. Il avance d'un pas vif, tendu comme un câble, les sourcils froncés, les poings fermés. Les jeunes reculent en le voyant s'approcher, la veine de son front prête à éclater.

Charlotte le voit. Elle se fige.

Arrivé à leur hauteur, Samuel passe un bras protecteur autour des épaules de sa petite sœur. Il plonge son regard dans celui du leader du trio.

— Décâlisse.

Le mot claque comme une détonation. Pas besoin de le répéter.

Le garçon baisse les yeux, marmonne quelque chose d'inaudible et prend la fuite, suivi de ses deux acolytes. Samuel reste là un instant, les épaules hautes, le souffle court. Un fauve prêt à bondir. Mais au lieu de laisser libre cours à sa rage, il plonge son regard dans celui de Charlotte, et ses yeux s'adoucissent. Elle lui sourit et il l'embrasse sur le dessus de la tête. Elle s'élance vers le tourniquet en riant très fort.

Il revient vers son banc, s'assoit lentement. Son regard glisse vers son poignet gauche, où brille toujours le petit bracelet tressé, rouge. Celui que Cannelle lui avait offert.

Il le touche du bout des doigts, presque avec tendresse.

Une mélancolie douce-amère l'envahit. Il aime croire que Cannelle aurait été fière de lui. De ce qu'il vient de faire. De ce qu'il n'a pas fait.

Protéger, sans faire peur à Charlotte. Intervenir, sans céder à la violence.

Il baisse les yeux en souriant, le cœur encore lourd, mais un peu plus en paix.

Abygaelle lance une petite branche au loin, et Zorro bondit aussitôt, le corps tendu, les pattes martelant le sable humide. Depuis que l'affaire devant le comité de discipline est derrière elle, elle s'est accordé quelques jours de congé. Rien de bien extravagant — juste du silence, un lac, et son chien.

Elle marche pieds nus le long du rivage du lac Memphrémagog. Pour la première fois depuis un an, son esprit commence à se détendre. Elle inspire profondément, accueille la chaleur du soleil sur sa peau, la fraîcheur du ruissellement des vagues qui lui caressent les pieds, juste avant le ressac.

Zorro revient en trottinant, fier comme un roi, la branche coincée entre les crocs. Mais bien sûr, il refuse de la rendre sans résistance. Abygaelle doit tirer de toutes ses forces. Il la teste. Il la fait travailler un peu avant de relâcher sa prise, avec une lueur moqueuse dans les yeux.

Quand elle parvient enfin à récupérer le bout de bois, elle le relance, cette fois dans l'eau. Sans hésiter, Zorro s'élance, plonge dans le lac et nage droit vers l'objet flottant. L'eau est plutôt froide, mais ça ne change rien pour lui — il adore ça. Il nage avec grâce, comme s'il était né pour ça.

Abygaelle, elle, pense à ce moment où elle a appuyé sur la détente.

C'est plus fort qu'elle. Chaque fois qu'elle revoit la scène, elle serre les dents. Même si André Spacek était une ordure sans nom. Même s'il venait de tuer une vingtaine de jeunes adultes, sans compter ce qu'il a fait subir aux otages, à Denise Bédard, à Giovanni Tucci, à Hugo Stafford, aux victimes de la Powerlife. Même là... Elle trouve encore le moyen de se sentir coupable.

Mais si elle ne l'avait pas fait, des enfants seraient morts. Samuel. Sa petite sœur. Les autres, un peu plus loin, à découvert sur la gauche. C'est ça, son point d'ancrage. Ce qui la garde droite quand la culpabilité l'envahit.

Ils sont à l'école, aujourd'hui. Pas enterrés sous une pierre grise dans un vieux cimetière. Ça ne règle pas tout, mais ça suffit pour la faire respirer à nouveau quand son estomac se noue devant la photo d'André Spacek. Vivant.

Elle a reçu un appel, récemment. Fatima Nouri, la seule survivante du massacre de la Powerlife. Elle voulait lui annoncer qu'elle travaille, avec la fondation G. W. Wilson pour l'enfance, à faire revivre le camp du lac Sauvage.

Elle désire honorer la mémoire de son ancien patron et faire contrepoids au geste monstrueux de Spacek. Wilson avait toujours eu à cœur le sort des enfants. Il avait même parrainé certains jeunes défavorisés pour leur offrir une semaine à ce camp hors de prix. Un vrai philanthrope. Et Fatima est convaincue qu'il serait fier que le lieu porte maintenant le nom de sa fondation.

Elle veut que les gens sachent que Wilson n'était pas le démon que Spacek a tenté de dépeindre. Et elle ne supporte pas l'idée que l'île reste à jamais souillée par les actes de ce fou furieux.

Abygaelle trouve l'initiative noble. Mais elle pense qu'il faut laisser le temps à la poussière de retomber.

Et aux esprits maléfiques de quitter l'île.

Léonard Malveaux va croupir en prison jusqu'à la fin de ses jours.

Il a été reconnu coupable du meurtre de Rose Desrosiers et de Hugo Stafford. Tenu responsable aussi des vingt-et-une victimes du camp du lac Sauvage, des quinze employés massacrés à la Powerlife. À cela s'ajoutent les chefs de séquestration, les dommages causés à la tour des Canadiens, et une liste d'accusations trop longue pour tenir sur une seule page.

Malgré la gravité de ses crimes, le juge n'a pu imposer qu'une seule peine : l'emprisonnement à perpétuité avec une période d'inadmissibilité de vingt-cinq ans. C'est la loi depuis l'affaire Bissonnette — ce jeune désaxé qui avait ouvert le feu dans une mosquée de Québec, tuant six personnes et en blessant huit autres.

Le juge de première instance l'avait condamné à quarante ans ferme. Mais la Cour suprême a invalidé le jugement, statuant que cumuler les peines violait la Charte canadienne des droits et libertés. Ainsi que le droit à la dignité humaine. Et l'espoir d'une réinsertion.

Et la dignité des victimes, elle ?

Peu importe. Personne ne croit que Bissonnette ou Malveaux reverront un jour le ciel autrement qu'à travers les barreaux. Et c'est ce que tout le monde espère.

Durant tout le procès, jusqu'au moment où il a entendu sa peine, Ti-Boy est resté de glace. Aucune émotion. Quelques regards noirs en direction d'Abygaelle — qu'elle a ignorés.

Il n'a plus aucun pouvoir. Il n'a plus aucune emprise. Il va pourrir en prison.

Pour Abygaelle, c'est simplement un mauvais souvenir. Il n'existe plus.

Elle n'en a rien à foutre de ses reproches, de sa haine. Elle a fait son travail. Elle a mis en lumière ce qu'il était vraiment.

Maintenant, elle se concentre sur la prochaine ordure qui s'en prendra à des innocents. Parce qu'elle sait que ce n'est pas fini. Qu'il y en aura d'autres.

C'est sa réalité.

Elle espère seulement que chaque cas, aussi sombre soit-il, la rendra meilleure. Plus rapide. Plus lucide. Plus forte.

Debout, les pieds dans l'eau, jeans roulés jusqu'aux mollets, elle contemple le paysage.

Les flancs de montagne s'étendent à perte de vue, baignés dans une lumière douce. L'été achève. Elle le sent dans l'air.

Elle inspire profondément, tente de chasser les idées noires de son esprit.

Au loin, Zorro aboie joyeusement. Il saute sur place, la queue battante, prêt à repartir à l'aventure.

Abygaelle sourit.

Elle marche vers lui, laissant ses orteils s'enfoncer doucement dans le sable humide.

LEXIQUE QUÉBÉCOIS

L'absence de "ne" dans la négation est très courante à l'oral au Québec

Accouche ! : Crache le morceau !

anyway = de toute façon

Ark : Exclamation de dégoût ou de désapprobation

au plus crisse : au plus vite ou le plus rapidement possible

Ben là… : exprime la surprise ou l'agacement.

ben non / ben du monde / ben chanceux = forme orale de « bien ».

Bicoque : Petite maison modeste

Binerie : Petit resto typique

Boire le Kool-Aid : croire aveuglément en une idéologie

boîte vocale : répondeur

Bro : emprunté à l'anglais « brother »

Bullshiter : anglicisme signifiant raconter des salades, mentir, embobiner

Ça brasse pas mal : « il se passe beaucoup de choses »

Ça clique / cliquer : s'entendre naturellement avec quelqu'un.

Ça me revient : Je me souviens

Ça presse : c'est urgent.

Cabaret : plateau de service.

Câlisse de chien sale : insulte locale expressive

Câlisse, Ostie, Tabarnak, Calvaire, Sacrament = Juron québécois. Variations équivalentes de « putain » en français international

Camp de vacances : « colonie de vacances »

Cave : idiot, imbécile

Cellulaire / cell = Téléphone portable

Centre de soins de longue durée : EHPAD ou de maison de retraite médicalisée.

Chaise berçante : chaise à bascule

Chandails : Pour une équipe de sport, équivalent de « maillots ».

Check ben : Regarde bien

Chialer = Se plaindre.

Chum : Désigne autant un ami platonique qu'un petit ami (amoureux) selon le contexte.

Cochonnerie : des choses de mauvaise qualité.

Collet : « col de chemise » ou « encolure »

Comme du monde : Comme il faut.

Conteneur à déchets : « benne à ordures » ou « container ».

Coudonc = Abréviation de « écoutons donc » = Exprime la surprise, l'étonnement ou l'agacement.

Couronne nord : Banlieue située au nord de Montréal

Crisse (dehors) = foutre dehors avec force

Crosseurs : Désigne des profiteurs, des arnaqueurs, des gens malhonnêtes.

Décrisse / Décalisse = Mot vulgaire pour dire « va-t-en » ou « dégage »

Dépanneur = Petit commerce de proximité ouvert tard.

Depuis belle lurette : Depuis très longtemps

Descendre (quelqu'un) : Tuer

Donner le Bon Dieu sans confession : confiance en quelqu'un au premier abord.

Dope : Drogue

Dormir au gaz : signifie que les gens ne font pas attention, qu'ils sont naïfs, lents ou endormis face à la réalité.

Du bon bord : Être du bon côté.

Dull : ennuyeux ou sans intérêt.

En dedans : En prison

En rajouter un brin : exagérer un peu, en ajouter légèrement.

Espadrille : sneaker ou basket

Être dans la marde : être dans le pétrin.

Être dans le champ : avoir tort, se tromper.

Être dans le trouble / le mettre dans le trouble : Être dans une situation problématique, avoir des ennuis.

Être en crisse : être en colère, enragé.

Être mêlé : Être confus, ne pas comprendre

Être un deux de pique : un imbécile

Foufounes Électriques : Salle de spectacle et bar culte à Montréal

Frapper un mur : atteindre ses limites.

Fuck / Tabarnak / Câlisse / Décrisse = Jurons québécois

Fuck that : « j'en ai rien à foutre », « laisse tomber » ou « au diable ».

Gomme = Chewing-gum (usage typiquement québécois).

Grouille-toi : « Dépêche-toi », « Magne-toi » ou « Hâte-toi »

Heure de lunch: « repas de midi » ou « déjeuner »

Jamais en cent ans : Jamais de la vie

Jaser : Parler, discuter (familier).

Jogger : En France, on dit plutôt « courir » ou « faire un footing ».

Jus de chaussette = un café très faible, mauvais ou dilué.

Laptop : ordinateur portable ou PC portable.

Le presto va sauter : Équivalent français : « la goutte de trop », « la cocotte va exploser ».

Ma job : mon travail ou mon rôle

Man cave : Pièce réservée aux loisirs masculins dans une maison, souvent décorée avec des objets de sport.

Maudit : Juron modéré.

Me chicoter : me tracasser, m'inquiéter

Méchante surprise : « méchante » signifie énorme, violente, spectaculaire

Mettons : Admettons

Moniteur / Monitrice = Équivalent d'un animateur/animatrice en colonie de vacances.

Motel : Hôtel ou Auberge. Évoque souvent un hébergement modeste.

Né dans le fond du baril : « être né dans la misère » ou « partir de très bas dans l'échelle sociale ».

No shit, Sherlock : Expression sarcastique en franglais. Signifie « sans blague ? »

OBNL : Organisme à but non lucratif.

P'tit crisse : Petit merdeux.

Palapas : désigne les abris de plage en paille.

Pas le temps de niaiser : « on n'a pas le temps de perdre du temps » ou « faut pas traîner ».

Pas piquée des vers : signifie « très bonne », « pas mauvaise du tout ».

Pas sorti du bois : les ennuis sont loin d'être terminés.

Passer un sale quart d'heure = subir des mauvais traitements ou des moqueries.

Pipes : fellation.

Pis chez vous ? : Puis, chez toi ? (Pis est un remplacement de Puis).

Pogner : attraper, prendre.

Poly / Polytechnique = Référence culturelle forte : le massacre de l'École Polytechnique de Montréal en 1989.

pour l'amour du crisse : pour l'amour du ciel

Préposé (aux bénéficiaires) : aide-soignant

Quart de travail : Poste ou équipe de travail

Ramasser tout : « prendre » ou « récupérer ».

Rappliquer : « arriver rapidement »

Rouler sur l'or : Être riche

sac de vidanges : sac-poubelle

Sacrer son camp : « partir », « se sauver »

Safe : sécuritaire

scram : dégage

Se faire lessiver : se faire exploiter.

Se faire mettre dehors : être expulsé ou renvoyé.

Se fendre le cul : Faire beaucoup d'efforts

Se replacer : se remettre sur pied, se rétablir dans la vie.

sentence bonbon : une peine jugée trop clémente

Souper : diner en France

Styromousse : polystyrène expansé

Suer comme une truie : transpire abondamment.

Syntoniser : « mettre la radio sur telle fréquence »

T'es-tu levée du mauvais bord du lit ? = Demander si quelqu'un est de mauvaise humeur.

T'sais : Forme orale contractée de « tu sais ».

Tache de vin : tache de naissance rougeatre

Tanné : lassé / en avoir assez

Tantôt : tout à l'heure

Téléphone intelligent : Téléphone portable

Tirer le diable par la queue : vivre dans la pauvreté, avoir de la difficulté à s'en sortir.

Toune : chanson

Tout foutre en l'air : tout gâcher.

Trimer dur : Travailler très fort.

Tripper : être passionné par, être obsédé par

trou à rat : un lieu miteux, insalubre ou dangereux

Tu vas vite en affaires : tu tires des conclusions hâtives

TVA / Radio-Canada = Principaux réseaux télé québécois. TVA = chaîne privée ; Radio-Canada = chaîne publique francophone.

Un froid : Malaise ou tension passagère

Un jeton : Dans le contexte des Alcooliques Anonymes, un jeton est une médaille symbolique remise à chaque étape de sobriété.

Un méchant paquet de = Beaucoup de quelque chose

Une vie rough : une vie difficile

Virer fou : « devenir fou », « perdre la tête ».

Vivre sur du temps emprunté : Vivre avec un danger latent.

Vos troubles : Vos problèmes

Voyons ! ou Ben voyons ! = Interjection typique exprimant l'incrédulité

VOUS DÉSIREZ EN LIRE DAVANTAGE ?

Profitez de l'offre de lire deux courts romans gratuits:

- Un Train d'Enfer (Collection Contes Macabres)
- Épiphanie d'une Caméra Brisée (Collection Martin Iafs)

Pour téléchargez ces deux romans gratuits, rendez-vous au https://sebastyendugas.com/librairie-de-depart/

À PROPOS DE L'AUTEUR

Sébastyen Dugas est un auteur québécois de la région de Montréal. Détenteur d'un baccalauréat en administration des affaires, il a œuvré en TI pour la majeure partie de sa carrière.

L'écriture a toujours été une passion pour Sébastyen du plus loin qu'il se rappelle. Il adorait écrire pour son propre et plaisir en plus de collaborer à des blogues et journaux en tant que journaliste. Il n'a jamais exploré l'idée de publier ses œuvres jusqu'à tout récemment alors qu'il a lancé son premier roman.

Amoureux des voyages, il a déjà visité plus d'une vingtaine de pays en compagnie de la femme qui partage sa vie.

instagram.com/sebastyendugas

facebook.com/sebastyendugas

bsky.app/profile/sebastyendugas.com

youtube.com/@sebastyendugas3605

DU MÊME AUTEUR

Collection Abygaelle Jensen

La Dame en Bois

Collection Martin Lafs

Épiphanie d'une Caméra Brisée

Ne Pas Trouver Roger

Un Tien Vaut Mieux Que Deux Piranhas

Collection Contes Macabres

Un Train d'Enfer

L'Ombre Sans Visage